南宋生活顧問 上

阿味 著
游素蘭 繪

目次

壹之章　穿越庶女攢私房

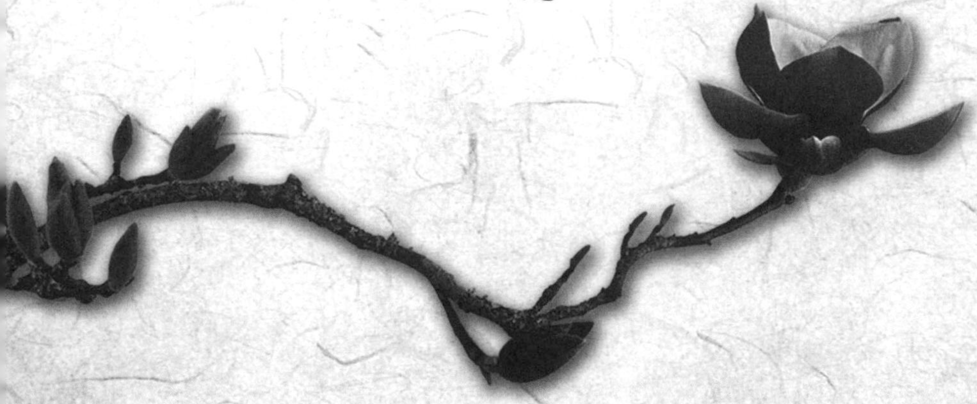

南宋，臨安，六月的正午最是熱的時候，日頭晃人眼，蟬聲擾人心，小圓沒有歇中覺，獨自靠在軟榻上發呆，手邊攤著一本翻了一半的帳本。

自己和姨娘被嫡母趕出府，轉眼就數月過去了，當初仗著手中有些錢，置下了這座三進小宅，又雇了好些下人，哪料到天有不測風雲，趕上南宋金融危機會子貶值，家中錢財減半，如今雖說帳上的錢還能撐幾個月，但卻沒有任何進項，難道又要姨娘日夜做繡活賣錢嗎？

貼身丫頭阿繡見她為錢滿臉愁容，很是不解，「四娘，妳製的那些跳棋、撲克牌、飛行棋早就在臨安府傳開了，難道家中還沒錢使嗎？」

小圓苦笑連連，在府裡時嫡母常常不給飯吃，不得已才苦想了幾夜畫出些棋牌的圖紙，央人偷拿出去賣了錢換饅頭吃，那幾個鐵錢哪管得到今日？不過阿繡這話倒是提醒了她，何不再畫些圖紙去找章夫人，她家中做著海上生意，乃是臨安城有名的大商戶，若能與她合開鋪子，倒是能解燃眉之急。

想到此處，她有些雀躍，馬上爬起來修書一封，問章夫人何時有空，自己好登門拜訪。

沒想到章夫人收到信，過了幾日竟親身來訪，小圓喜出望外迎了出去，只見章夫人站在拉了黑幔布的花圃前踮腳瞧著，小圓快走了幾步，叫道：「章夫人，怎麼站在大日頭裡？雖有傘遮著，到底曬得很，快些到廳裡坐。」

章夫人笑著挽了她的手，邊走邊指著花圃，「怎麼只種了兩種花，趕明兒我給妳送些茉莉來，現在的小娘子們時興戴這個呢！」

二人到廳中分賓主坐下，小圓嘆道：「我家哪裡有閒錢買那樣貴的茉莉花戴，這些花兒各有用處呢！鳳仙花不用說妳也知道，要用來染指甲，菊花的妙處也多，如今不是都時興睡菊花枕了嗎？」

章夫人捧著茶杯聞了聞，臉上露出滿意的神色來，「這菊花茶也香得很，想必過不了多久，臨安府裡的娘子們都要時興喝這個了，怪不得都說如今城裡誰要是不學著四娘，是要被人恥笑的。」

小圓怎會放過章夫人的表情，她心中一喜，合作之事怕是成了大半，忙道：「妳送來的冰，我讓她們做了冰酪了，端來給妳嘗嘗。」

章夫人接過丫頭遞上來的冰酪，這冰酪盛在小琉璃碗中，乳白中隱約透出些紅來，她拿小勺撥了撥，原來裡頭摻的是蜜桃。她看著手中的冰酪，讚道：「四娘真真是會過日子。」說完卻又嘆道：「但妳信上所說之事，卻有些難為。」

章夫人若真不想與自己合作，也不會親自前來。她故意這樣講，定是為了爭得事成後更大的股份，因此小圓也不開口，只微笑著望她。

章夫人暗自吃驚，四娘子好定力，哪裡像個未及笄的小姑娘。她略一猶豫，還是講道：「我是個商人婦，拋頭露面倒也無妨，可四娘妳身為官家女兒，怎好也這樣？」

小圓故意將幾張棋牌圖紙拿出來晃了一晃，道：「我不過用這些圖紙悄悄入股，哪裡需要拋頭露面？」

章夫人沒想到小圓如此快就能應答上來，一時竟沒了話講，卻又不甘心還未壓她一壓就由得她講價錢，便藉口說要回去同老爺商量，告辭了出去。

小圓望著她的背影笑了笑，絲毫不慌張，阿繡奇道：「四娘，妳不怕章夫人就此走了？」

小圓笑道：「慌什麼？她對我做的那些東西滿意著呢，過幾日必要再來。」

到了第三天頭上，章夫人果真又尋上門來，照常先讚後為難，緊緊咬定她要六成股份不鬆口。小圓卻是任她如何講，就是按兵不動。如此三番兩次磨了小半個月，章夫人又來，卻只故作驚訝地道：「四娘，我才知道妳竟是被府裡趕出來的。」

小圓心中暗笑，神神祕祕湊到章夫人跟前，「章夫人，這話我只告訴妳一個，其實我是心甘情願被嫡母趕出來的，我一個庶女，沒了父親，在外頭不比在府裡自在？」

章夫人瞠目結舌，何四娘竟有如此膽色敢設計嫡母，真是小瞧了她。小圓見章夫人如此神色，心想火候也到了，若真把她嚇跑，家裡生計還是無從解決，便開口道：「四娘知道章夫人是做海上大生意的，哪裡將這樣的小買賣放在心上，只不過憐惜我家貧，想幫我一把罷了。」

章夫人見她講得可憐，心軟下來，道：「如今官宦家的夫人們都愛使妳做的東西，我也是想藉著這個鋪子同她們搭上話，好給我家海上的生意通通路子。」

小圓直道章夫人好謀略，又請她到自己閨房一坐。章夫人知道她是想談談正題，欣然同往，站在門口一看，卻是吃了一驚，這閨房也太簡陋了，床上的帳子褪了顏色，牆角的桌子掉了漆，而且一件擺件也無，只桌上一只白瓷花瓶，插著幾朵繡球菊花。

其實章夫人自己也是庶女，突然想起未嫁時的那些艱辛，不禁滴下淚來，「是我從商久了，忘了自己也是這樣過來的，竟想來刁難妳，其實一個鋪子能值幾個錢，罷了，我們四六分成，妳拿六成。妳只需畫出圖紙來交給我，其他一概不用管，分紅我每月結一回給妳。」

前後鬥智半個月，小圓只想著五五分成就是好的，此時得了六成，倒真是意外之喜。她達成心願，眼見生計不愁，滿心歡喜，不料還未得意幾天，府裡的嫡母得知了消息，馬上使她庶出的三哥上門打秋風來了，說是大哥要買官，「借」錢兩萬貫。

「兩萬貫？打劫！」小圓還未開口，阿繡先驚呼。

若是換了其他人來，小圓定要將他趕出去，但這位三哥卻是在她將要被嫡母餓死之時，偷塞過幾個饅頭的。滴水之恩當湧泉相報，她不願看著三哥空手回去被嫡母為難，只得忍痛送了半貫錢出去。

三哥臨走時提點小圓：「章家鋪子的貨一出來，夫人就曉得是妳的手筆，還須得掩飾一二。」

小圓對天長嘆，雖身已在府外，嫡母還是掌著生殺大權，若不設法將鋪子改頭換面，這樣的秋風怕是要吹個沒完沒了。

小圓悶在房內苦想了幾日未果，阿繡便勸她上街去逛逛，散個心或許就計上心頭。小圓覺得她言之有理，看看別人家都是如何開鋪子的，或許真有收穫也不一定，但又猶豫道：「身為官家女兒，貿然去街上可不大好。」

阿繡打開櫃子，取了一頂紫羅蓋頭，「四娘，妳坐上轎子，把簾子拉嚴實，要掀簾看時就戴上這蓋頭，難道還能讓人瞧了去？」

「也罷，反正還未及笄，去瞧瞧也無妨。」小圓急於謀出路，也不顧得那許多，戴上蓋頭上轎，又把那轎簾用細枝小心支起，留了道縫瞧外頭直往後退的鋪子。

御街果然是臨安最繁華的所在，人來人往好不熱鬧，有人拄著拐站在「五勞七傷」的牌子前觀望；有家珠子鋪除了珠子，還擺著時興花果；最賺錢的當鋪、別處少見的金鋪……突然阿繡在前驚喜叫道：「四娘，咱們的鋪子！」

可憐小圓畫圖無數，設計的棋牌風靡整個臨安府，她自己卻還使著最原始的用紙片自裁的撲克牌，上頭連個花樣也無，此時聽說鋪子在近前，她哪有不想看看自個兒的成果，當即掀開轎簾朝外望去，還好她只是個未及笄的女娃娃，倒也無人注意她。繪了彩圖的紙牌，金子雕的棋盤，那上頭的棋珠子，怎麼竟像是紅寶石的，臨安人愛奢華真是名不虛傳，小圓越看越出神，不知不覺將蓋頭上的面紗掀起了一半來，她的目光在貨架間流連，不曾想突然對上了一雙熟悉的眼睛。

「哎呀，程少爺！」阿繡猛地捂住嘴。

小圓慌忙拉上轎簾，心跳得像要蹦出來似的，她伸手摸了摸臉，竟是燙得厲害。程少爺程慕天乃是府裡的嫡母替她許下的一門親事，為人最是古板，被他看見未婚妻子在大街上自掀蓋頭，這還了得？

「程少爺，我家四娘不是有意出來逛的，實是想看看自家鋪子……」阿繡見程慕天板著臉離她越來越近，慌得手足無措，急著往章家鋪子指了指。

已拉上轎簾的小圓一聽她如此說，懊惱得使勁捶了下轎壁，不出她所料，程慕天含著怒氣的聲音從轎外傳來：「程福，走，去裡頭瞧瞧。」

主僕二人慌忙起轎回到家中，阿繡猶自抱怨程少爺身有殘疾還恨不得四娘處處跟大人一樣恪守規矩，被小圓瞪了一眼才醒悟過來——程少爺雖然是因為瘸了一條腿，才被夫人當作「好事」配給四娘，但四娘與他青梅竹馬情投意合也是事實，自己怎能將四娘開鋪子的事告訴程少爺，他見了四娘掀面紗已是不喜，這下可是雪上加霜了。

小圓顧不得斥責她，獨自回到房中氣惱程慕天的古板，臨安城的娘子上街逛的不在少數，自己雖為官家女，但還未及笄，怎麼就不能上街瞧瞧了？氣完她又悔恨，明知程慕天是個講究的人，為何自己就不能謹慎些？萬一他送回草帖退親怎麼辦？她輾轉反側，胡思亂想了整整一夜，竟是一刻也未睡著。

哪知第二日她的生母陳姨娘從府裡喜氣洋洋回來，拿了張程府送來的定帖給她看。雖說府中嫡母不僅扣下了定禮，還讓她們自己想辦法置嫁妝，但小圓還是又驚又喜。

南宋風俗，換過定帖，女家就該列了嫁妝單子送過去，可陳姨娘哪來那麼些東西，幸虧媒人出了好主意，說四娘還未成年，成親的日子要定在及笄之後，所以先把單子列得豐厚些送過去，再一樣一樣地置辦齊。

換過定帖不出三日，府裡便來了消息，說程家要相媳婦。何家已在城中酒閣備了席面，叫小圓跟著夫人前去。相媳婦比小圓想像的要無趣許多，因程家與小圓的嫡母姜夫人極熟，兩家大人你來我往聊至興起，竟將兩位正主丟到了一旁。

小圓想抬頭看程慕天，又怕動作太大被他人瞧見，只好把目光投向桌上。只見圓桌上除了茶水果子、應景的精緻菜式，還擺著幾只酒杯。程家人那邊是四只，自家這邊兩只，取男強女弱之意。她頗不以為然，撇了撇嘴把目光朝前移了移——程慕天正低頭作深思狀，半眼也未瞧她。她突然覺得氣悶，向姜夫人告了罪，藉更衣的名頭帶著阿繡出去透氣。

小圓順著閣後的小溪，踢著石子兒朝前走著，阿繡忽然扯了扯她的袖子，輕輕喚道：「四娘，程少爺！」

她抬頭一看，程慕天站在花牆後，遠遠地朝她招了招手。

「阿繡，我沒看錯吧？」小圓揉了揉眼睛，問道。

阿繡也是一臉的不可置信，「程少爺可是最重規矩的，這……」

小圓想了想，仍叫阿繡跟著，隔著花牆輕聲問：「何事？」

程慕天在花牆那頭道：「我馬上會讓父親與妳家定日子下定禮，這回妳滿意了？」

「什麼？」小圓驚得目瞪口呆，自己何時逼過婚？

程慕天繼續說道：「既然妳非要開鋪子，下過定禮後便以程家名義入股吧，分紅我自會讓章夫人按時送到妳家去的，少不了妳分毫。別讓我再看見妳在大街上拋頭露面，不然我定告訴姜夫人。」

小圓定定地望著花牆上的綠枝兒，定親還有這般好處？所有開鋪子的顧慮一瞬間迎刃而解，再也不必擔心府裡來打秋風。她呆站了半晌，想起相媳婦若不中意，給的是彩緞，若是中意就插金簪，於是沒頭沒腦地冒出一句：「你還沒給我插金簪呢，如何能下定？」

這回輪到花牆那頭的程慕天目瞪口呆。

回家的路上，阿繡與小圓同乘一頂轎子，她拿了金簪放到小圓頭上比劃了一陣，笑道：「四娘，程少爺真是外冷內熱的一個人，嘴上說得難聽，其實全都替四娘打算著。」

小圓透過轎簾縫隙朝外望著，一想到以後有程家這擋「風」牌，任府裡怎麼來打秋風都不怕，只覺得天都藍了許多。

一晃一月過去，鋪子生意紅火，終身大事已定，小圓日子過得極為愜意，正在慶幸章家鋪子自改了程家股份就無人來打秋風，就聽見說府裡來了人。

小圓以為是府裡派了哪位兄長又來要錢，忙扯了脖子上掛的金項圈，擼下手上新戴的一對鐲子，想了想又換了身舊衣裳，這才帶了幾個機靈的丫頭朝陳姨娘屋裡去。

到了廊下，陳姨娘屋裡的婆子見她這身打扮，忙迎上來笑道：「四娘，並沒有哪位少爺親來，是夫人跟前的劉嬤嬤投了來。」

小圓微一皺眉，走進屋去，只見劉嬤嬤正坐在小凳上與陳姨娘說笑。

「四娘，快些來，劉嬤嬤正講趣事呢！」陳姨娘站起來把主座讓給小圓，自己挪到下首坐了，向劉嬤嬤說：「劉嬤嬤，妳剛才說大郎養了兩個怪人？」

劉嬤嬤站起來向小圓行過禮，愁眉苦臉道：「四娘、陳姨娘，哪裡是趣事，妳們可不知我的苦處。大少爺叫我去服侍他養的一個食客，那食客舞文弄墨的人，極是講究，每洗一回臉竟要換幾十次水，穿一回衣要撣幾十遍的土，我這把年紀哪裡受得了這個折騰？」

小圓微微一笑，「劉嬤嬤，妳是夫人跟前的紅人，怎好叫妳去做這些個，回了夫人換個差事便是了。」

劉嬤嬤一拍大腿，「我哪有不去找夫人的，可夫人萬事都依著大少爺，我訴過苦後倒是給我換了個活兒，又叫我去服侍他養的一個閒漢。那閒漢跟先前的食客是恰巧相反，好幾個月也懶得洗一個澡，給他備了乾淨衣裳也不換，他住的屋子整日臭氣熏天，害得我日日被大少爺責罵。」

陳姨娘和小圓還住在府裡時，時常缺衣少食，劉嬤嬤沒少偷偷幫她們捎帶東西出去換錢。雖說劉嬤嬤每次至少都剋扣了一半的錢，但陳姨娘還是感念她曾幫過忙，便好心出主意：「那妳去和夫人說說，還是讓妳回她房裡伺候？」

劉嬤嬤扯著袖子，抹了抹眼睛，「說一回就扣一回月錢，我哪裡還敢說？」說著說著，撲通跪倒在陳姨娘面前，抱了她的腿哭道：「陳姨娘，看在往日的情面上，救救我這把老骨頭吧。」

陳姨娘忙拉了她起來，「我們都不住府裡了，可怎麼幫妳？」

劉嬤嬤偷偷看了小圓一眼，道：「就因為妳們離了夫人單過，我這才厚著臉皮求上門來，還望四娘和姨娘大發慈悲，隨便給我派個差事，助我脫了苦海吧。」

陳姨娘不敢作主，只看著小圓，悄悄把手伸出袖子畫了個圓圈。小圓明白陳姨娘的意思，雖說她們已被趕出了府，但還是何家的人，當家主母隨時可以把她們賣掉，因此不能太得罪她。就算知道劉嬤嬤是來盯梢的，也得把她留下。

她本暗自氣惱，仔細一想又差點笑出聲來。她這嫡母準是已疑心程家的分紅是送到了自己手中，所以派個人來盯著，但這宅子是她的地盤，她想讓劉嬤嬤知道什麼不知道什麼，可真是太容易了。想到這裡，她堆起滿臉笑容，先把劉嬤嬤敲打了一番，「劉嬤嬤這是哪裡話，當初在府裡時咱們那樣艱難，賺了錢不是也沒忘了妳那一份兒？」

這話唬得劉嬤嬤直縮脖子，「四娘，這話可不能亂講，要是夫人知道，咱們就都……」

「我不過說說罷了，劉嬤嬤急什麼？」小圓笑著召來管家娘子，吩咐道：「劉嬤嬤是我同姨娘的大恩人，妳派個清閒差事給她，要是累著了她我可不依。」

管家娘子吳嫂是小圓出府後新雇來的，不知主人家的底細，見四娘如此看重這位劉嬤嬤，忙領了她到管事娘子們的住處供了起來，哪裡敢讓她動手做半點事。

小圓聽了吳嫂的回報，命阿繡拿了只簪子賞她，忍住笑，誇道：「妳做得很好，以後便是如此。」

吳嫂一退下，小圓就抱著靠枕笑倒在榻上，陳姨娘嗔道：「妳明知她是夫人派來看著咱們的，還這樣對她。」

小圓捶了幾下枕頭，恨道：「在府裡時她就是做這樣的事情，這回我可不會叫她如意。」

陳姨娘走過去摟了她道：「四娘，莫怕，姨娘會防著她的，再說她這人貪財得很，就算有什麼事情被她知曉，拿錢堵住她的嘴便是了。」

「姨娘說的是，我怎麼忘了這碴？」她略一思慮，心中有了計較，復又高興起來，然後命小丫頭取了麻將，陪陳姨娘抹起牌來。

小圓雖不喜麻將，但為了陪陳姨娘，她不得不硬著頭皮陪她打到了夜深，連晚飯都是拿饅頭夾了肉菜在牌桌上解決的。

陳姨娘見她呵欠一個接一個，知她撐不下去，忙勸她回去歇著，正說著，突然聽見外頭吵嚷聲響成一片：「失火了！救火……」

小圓睡意立消，同陳姨娘對看一眼，不約而同奔了出去。她踮起腳朝南邊看去，遠遠地能看見皇城的方向有火光閃現，她吐出一口氣，喝道：「火還遠著呢，叫嚷什麼？」

陳姨娘也斥了下人幾句，卻又把小圓拉到一旁，悄聲道：「四娘，姨娘還未進何家門時，也是遇過一場大火的，這火看著遠，來得卻極快，根本就撲滅不了，咱們還是趕緊收拾細軟到山上去避一避的好。」

小圓覺得有些不可思議，「我們離皇城遠著呢，能燒到這裡來？」

陳姨娘指了廊下的柱子，「這裡的宅子不是木頭的就是竹子的，哪裡經得住燒？」

小圓這才覺得陳姨娘的話很有道理，忙幫著陳姨娘安排人手搬運家什，又把劉嬤嬤打發回府裡去報信。

因火勢還遠，下人們並不驚慌，幾個管事的就已能安排得井井有條。陳姨娘站在臺階上看著他們搬箱籠，拉了小圓的手道：「四娘，可惜妳的鋪子了，那裡離皇城更近，怕是已經遭了火了。」

小圓亦是心痛，卻怕露出來更惹陳姨娘傷心，便強笑道：「姨娘，橫豎有章夫人，她家大業大，這點子損失不算什麼，倒是咱們這幾天該住哪裡？要不，還是跟以前一樣，去阿繡家擠幾天？」

陳姨娘搖了搖頭，「阿繡家本來就小，我們出府後又雇了些人，她家哪裡住得下。以往火災過後，朝廷都會把災民安置到廟裡去，咱們趁早去山上廟裡住著，還能占個好院子。」

小圓點了點頭，見陳姨娘處事很老道，就依在她身旁，只等著安頓下來好睡覺。下人們動作麻利，山也不算太高，不到一個時辰，小圓便站在廟裡的佛堂上。她被陳姨娘拉著向佛祖們磕了幾個頭，回到分給她們的房內一覺睡到天亮。

好不容易置下的房產，一場火灰飛煙滅，陳姨娘本還指望著多替小圓置辦些嫁妝，如今連安身之所都沒了，她正在房中尋思做些活計補貼家用，就聽得守門的婆子來報，說程家來人送了中秋節的節禮來。

陳姨娘問道：「程家追節該去府裡，怎麼到這裡來了？」

那婆子連連搖頭，一問三不知，陳姨娘正欲讓她出去辭了那禮，忽見小圓在房內朝她悄悄招手，忙走了過去。

小圓附到陳姨娘耳邊，道：「姨娘，這樣的事本不應我開口，只是那禮必不是追節，不過是程二郎見我們遭災，又不好親自前來，所以藉著中秋的名頭給咱們送些東西來罷了。」

陳姨娘這才恍然大悟，忙命那婆子打賞來人，接了禮箱進來。

話說陳姨娘接了禮箱，打開一看，除了些應節氣的常物之外，還有個精巧的小匣子，她打開看了看，連聲喚小圓。小圓本遵著規矩，躲在房裡不肯來看未來夫婿送的禮，突然聽見陳姨娘叫，忙從隔壁過來。陳姨娘把匣子裡的東西遞給她，「妳看看，這禮也太貴重了些。」

小圓一看，原來是張紙，打開掃了一眼，抬頭寫著「房契」二字，落款卻是何圓圓，她抬頭問道：「這是程二郎送來的中秋節禮？」

陳姨娘說：「可不是，放在這小匣子中，可嚇了我一跳。」

小圓心中驚喜，卻怕陳姨娘笑話她，故意將房契擲回匣子裡，道：「姨娘拿去收房便是，有什麼稀罕，我的鋪子都掛了他程家的招牌，一棟宅子算什麼？」

陳姨娘奇道：「四娘，程二郎送這樣一份大禮，妳就一點都不驚訝？」

她不等小圓回答，便自己笑了起來，「也是，這房子遲早還是他程家的，是姨娘想太多了。我這就叫人去收房，收拾收拾好在中秋前搬進去。」

小圓臉上一紅，低頭捧了匣子跑回自己屋子，將剛才弄皺的紙角再三撫了撫，又拿起來從頭到尾讀了三遍，這才想起把契紙重新拿出去交給陳姨娘收房。

晚些時候，劉嬤嬤帶了府裡的口信回來，說是夫人請四娘子同陳姨娘中秋節時回去一同賞月。

劉嬤嬤剛退下，小圓手中的一方犀牛鎮紙就摔到地上跌作兩截，「只請我們中秋回去？不是現在？」

陳姨娘忙衝過去看她的手，「我的兒，小心傷了手！中秋就中秋吧，反正咱們現在有宅子住了！」小圓攥了拳頭，怒道：「可他們並不知程二郎送了宅子來，就打算讓咱們在廟裡待到中秋節嗎？」

陳姨娘撫著她的背，安慰了她好一陣也無用，只得說：「四娘，雖說追節的回禮該由夫人準備，可既然程二郎的大禮已送到咱們這兒了，妳是不是也該備幾樣針線回過去？」

小圓立時傻了眼，趴在陳姨娘身上扭來扭去不肯起來，陳姨娘笑道：「別揉弄妳姨娘了，快起來！憑姨娘的手藝，還能讓妳差到哪裡去？」

小圓見房中無人，湊到陳姨娘耳旁講了幾句，陳姨娘連連搖頭，「那哪兒成，雖說並無規定一定要妳親繡，可從咱們這裡送出去，程二郎一準就認定是妳繡的了！若是姨娘替妳繡，待日後你們成了親，被他發現妳根本不會繡活兒，那可怎麼辦？」說完，她把哭喪著臉的小圓推到繡架前，不分由說塞了針線在她手中，教她做起針線來。

程慕天送的那件「中秋節禮」與小圓先前的宅子一樣，都是三進小院，不過佈置得更加精緻。小圓在院內轉了幾圈，發現房屋山牆形似馬頭，全都高過了屋頂，她問過管家才知，這樣的山牆是能防火的。她隨手推了扇門進去，只見梁架上雕刻精緻，卻並未加彩繪，一架屏風也甚是素雅；園子裡挖了個頗大的池塘種蓮養魚，引的是園後小河裡的水，塘上還架橋砌了亭子。

小圓在宅子裡轉了個遍，見裡頭一應大小物件都是齊全的，且收拾得乾乾淨淨，便同陳姨娘第二天就下山搬了進去，又召回了所有下人，重新過起小日子。

章夫人得知她們搬了新家的消息，帶了幾位相熟的夫人來暖房，又送來足兩個月的分紅給小圓。鋪子還未開滿兩個月，怎的就送了這麼些錢來？小圓心中疑惑，便讓人併了一桌，取了些糖絲線、蜜麻酥、紅柿子等點心，又搬來一副麻將，讓陳姨娘陪夫人們摸牌取樂，自己則悄悄拉了章夫人，藉著要更衣，帶她來到外頭相問。

章夫人左顧右盼了半晌，終於開口道：「四娘，咱們的鋪子燒了，本錢賠了個精光，我家老爺大發雷霆，我講了半日才勸得他不要妳一起承擔損失，但鋪子他卻不許我再開了。」

真是屋漏偏逢連夜雨，小圓垂下眼簾，心想，是妳家海上生意的關節打通，不再需要這鋪子了吧？生意散夥乃是常事，況且人家還不要她承擔鋪子被毀的損失，已是極難得了，因此她雖氣惱，也只得福身謝過。

章夫人見小圓禮數周全，有些過意不去，便教她買了木板與草薦去賣，說是眼下火災，賣這些不僅不用交稅，連房租都可以暫停繳納。

小圓冷笑，販賣這些小東西賺的錢，還不夠給下人開工錢，妳過河拆橋想看我笑話，我偏要賺得更多錢。章夫人一走，她就喚來阿繡，「趕緊讓妳爹娘兄妹去買了竹子木板和草薦去賣，你們家的房租也可以不用交了。」

阿繡歡喜磕了個頭，飛奔回家去報信，全家幾口人齊上陣，幾日功夫下來，賺了不小一筆。

這日她爹娘特意打了十來斤油，又買了白糖和麵粉，整治了幾籃子吃食，讓她帶來謝小圓，「四娘，多虧妳提點，我大哥娶親的銀子算是不愁了。」

小圓想起他們家租的那層樓房，擔憂道：「我記得妳家只得三間房，妳大哥和妳二哥擠著一間呢，這娶了親可怎麼住？」

阿繡滿不在乎地答：「還能怎麼住，再租一間房呀！」

小圓皺了皺眉，「妳這粗性子，多租一間房每個月不得多出百來文的開銷？這場火燒了四天，咱們以前的那座宅子算是徹底毀了，但地契還在，正好家中多了原先鋪子兩個月的分紅，我想著照妳家那個樣子蓋個三層小樓，樓下作鋪子也好，作作坊也好，租出去收租子；樓上的兩層，就與妳家住吧，租金照著市價給一半，若是有難處，不給也成。」

阿繡喜出望外，趴到地上磕了個頭，連著出了好幾個主意，直說那地只蓋一棟樓太虧，需得多蓋幾間才是。小圓見她這般興奮，索性把蓋樓的差事交到她手中，自己樂得當個甩手掌櫃。

雖說章夫人過河拆橋，家中又沒了進項，但三棟樓房還在蓋，臨安出租房子最是賺錢，因此小圓無甚憂心，一心想著過好中秋節。

南宋也有月餅，卻是菱形的，且並未賦予團圓之意，小圓很失望，只得親自到廚房拿了菱形的月餅叫她們改作圓形，又親手調了紅糖蓮蓉餡，這才走到陳姨娘房裡與她商量過節的事宜。

「姨娘，能不能不回府過節？咱們剛搬到新宅子，後頭有園子有河，拜月放燈都方便。」小圓靠著陳姨娘的肩膀，偎在她身旁問道。

陳姨娘摟著她道：「妳平日裡挺穩重的一個人，怎麼一說起府裡就孩子氣起來？中秋乃團圓之節，豈能在外單過？」

小圓噘著嘴扭了半日，陳姨娘就是不鬆口，還使人送她回房做針線。

晚上阿繡從老宅督工回來，見著小圓繡的那隻像極了鴨子的鴛鴦，一臉奇怪地問：「四娘既然已繡好了帕子，為何不送去後頭河邊？」

小圓比她更奇怪，「為何要去河邊？明日才放燈呢！」

阿繡往門口一指，「我剛才坐船回來也正奇怪呢，今日又不是十五，程少爺怎麼就放起燈來。」

小圓一聽，趁著天黑沒人看見，抓了頂蓋頭就往後園跑。這宅子園中沒有蓋竹樓，無法登高去看，她只得編了個理由支開看角門的婆子，悄悄溜了出去。

阿繡緊跟在她身後溜了出來，指點她道：「四娘，那邊有個為了方便買水而修的臺階，妳去那邊看。」

小圓依言站到臺階上，發現階上有只小船，在月光下微微泛著光澤，撿起來一看，竟是玉雕的。她把手指伸進船裡摸了摸，果然有條紙卷藏在裡頭。

「四娘，那是什麼？」阿繡在身後問道。

小圓忙把紙卷用兩隻手指夾出來，塞進懷裡。她捧著玉船抬頭朝前看去，不寬的小河對岸，柳樹下掩著一葉小舟。船首站著的，是她再熟悉不過的那道身影。

她癡癡地看了許久，突然船尾的程福撐了下杆，小舟藏進了垂柳枝葉下。

「四娘，有船來了，咱們進去吧。」阿繡在她身後提醒道。

走進角門，小圓躲在暗處直盯著對岸不肯離去。阿繡看了看她手中的玉船，問道：「四娘，妳與程少爺打小就認識，我看妳又不像不在意他的樣子，那為什麼當初夫人要把妳許給他時妳卻不依？」

小圓慢慢把目光收了回來，嘆道：「是『許』嗎？哪有嫁女兒卻向人家討海上生意股份的？」

阿繡瞠目結舌，「四娘，我不知還有這麼一齣！那四娘以後去了程家，怎麼抬頭做人？」

她話一出口就反應過來，自己講了不該講的話，於是捂著嘴不敢再跟上去。小圓正想一個人待一會兒，便也不去叫她，獨自回房掩上了門。

「是情詩嗎？」小圓撥亮了油燈，拆開紙卷，自嘲地笑了起來，「要是情詩，那他就不是程二郎了。」

的確不是情詩，那張紙上的內容讓小圓欣喜若狂，她含著淚奔到陳姨娘房中，把陳姨娘從床上叫醒，「姨娘，妳看這是什麼？真不知他是如何弄到的！」

陳姨娘把那張紙看了又看，抱著小圓大哭起來，小圓拍著她的背安慰道：「姨娘，妳現在是自由身了，該高興才是。等過完節我就使人去官府，把這宅子過到妳名下。」

陳姨娘捧著那張已有些泛黃的賣身契又哭又笑，直問她這契紙是誰送來的，小圓只道是程二郎使人送來的，卻不敢告訴她玉船的事。

陳姨娘聽著聽著，突然抬頭道：「四娘，那明日我就不能陪妳去府裡了。」

小圓替她擦了擦淚，說：「姨娘，我本以為妳捨不得離開府裡呢！見妳還是高興的，我就放心了！妳還管中秋作什麼，我恨不得也能得個自由身才好呢！」

陳姨娘輕輕拍了她一下，嗔道：「府裡再怎麼不是，妳這個身分是他們給的。我們孤兒寡母獨住在這裡卻無人來欺侮，也是因為妳哥哥們都大了，等妳出了門，要靠娘家的地方還多著呢！他們不必為妳做什麼，只要有人有身分在那裡，妳在婆家就能過得好。」

小圓不得不承認在這個時代，陳姨娘的話很有道理，但若欺人太甚，她還是要在綿裡藏根針，不叫他們小瞧了自己去。

別了捧著賣身契左看右看的陳姨娘，小圓回到房中，取了那只玉船擱在書架上，又恐小丫頭撣灰時摔下來，又放在床頭，卻又怕睡覺時壓著了它……她折騰了大半夜，直到天色泛白才和衣睡了過去。

她一覺睡到日上三竿，正疑惑怎麼沒人來喚她，采菊就走進來說：「四娘，陳姨娘體恤繡姊姊，早上就讓她回家過節去了，今晚我陪四娘去府裡。」

小圓點了點頭，換過衣裳就要出門，吳嫂卻趕了來，急道：「四娘，劉嬤嬤在帳上支了好幾百錢，已是往何府去了。」

采菊不等小圓開口，先斥道：「沒一點眼力勁兒，沒主子的許諾，她有膽子去帳上支錢？」

小圓看了采菊一眼，「倒是沒想到妳還這般伶俐。」

采菊見小圓誇她，越發得意起來，理也不理吳嫂，扶了小圓就朝外走。

小圓著急趕路，不及與吳嫂講話，只得路過她身旁時，微微朝她點了點頭。

吳嫂見她們二人走遠，往地上啐了一口，「作死的小蹄子，還說我沒眼力勁兒，我看妳才蠢笨得很，四娘那是對妳不滿了，還以為是誇妳呢！」

旁邊餵雀兒的小丫頭采蓮道：「吳嫂子，她不過是看著繡姊姊討了四娘的喜歡，一家人都造化了，也一心想著往上爬呢！不過她講的也有幾分道理，此事四娘必是默許了的，妳何苦來討這個沒趣兒？」

吳嫂子見她話講得利索，笑道：「妳這丫頭還是年輕了些，四娘明白，那是主子的英明，可我特特地來回話，那是作下人的本分。」

采蓮若有所悟，「原來不是多此一舉，而是為表勤懇忠心。」

且說劉嬤嬤到了府裡見著姜夫人，將小圓這些日子的行為舉止一五一十講了一遍，又道：「夫人，四娘還是同以前一樣，大門不出二門不邁的，連廟裡燒香都不肯去，同程少爺也無私下交往。」

姜夫人氣得滿頭珠翠亂晃，狠狠朝桌上拍了一掌，「不成器的老東西，以前讓妳看著她們就沒一回盯好過，如今又是這樣！我要妳留意她的行為舉止作什麼，她與程二郎定聘禮都行過了，只等著明年成親，就算他們有來往我又能把她如何？」

姜夫人發脾氣乃是家常便飯，劉嬤嬤跟了她幾十年自是明白，當下不慌不忙地跪倒在地，裝了副委屈的模樣問道：「不知夫人何意？我是蠢慣了的，還望夫人明示。」

姜夫人長吸一口氣，卻又無可奈何，只得把話挑明，「她們才燒了舊屋又換新宅，想必手裡攥的錢不少吧？」

劉嬤嬤悄悄摸了摸袖子裡的錢，就照著小圓教的答道：「那宅子並不是四娘的，卻是在陳姨娘名下。」

姜夫人驚喜道：「她一個妾，能有什麼私產，她的宅子便是我的宅子！」便疊聲喚人去收房子，突然又記起，陳姨娘的賣身契已拿去跟程慕天換了何老大買官的兩萬貫錢，她如今已是自由身，就算再有十棟八棟宅子，也由不得自己來過問。

到晚間賞月時，小圓見著姜夫人有些頹然的臉，心中偷笑了一回，抬頭看看天，只覺得今晚的月亮果然又大又圓。

她拿了塊西瓜慢慢吃著，朝周圍眾人看去，大哥何耀齊正湊在姜夫人身旁竊竊私語；二哥何耀致忙著與周姨娘的丫頭調笑；周姨娘在同三哥講話，但不知他有沒有在聽。

「四妹，妳三哥中舉這些年不去做官，非要考個一甲頭名回來，他在家除了讀書萬事不理，來年春闈的錢可從哪裡來？要不妳同程妹夫說說，叫他再與我們些錢？」何老大搖搖晃晃走到小圓面前，晃著手中的酒杯說。

不等小圓開口，何耀弘已是拍案而起，周姨娘忙拉了他的袖子道：「耀弘，你大哥也是為你好，再說規矩在那裡，你怎能同你哥哥拍桌子？」

何耀弘一把甩開他生母的手，咬牙切齒道：「既是要講規矩，那妳還得尊我一聲三少爺！大哥一口一個妹夫，如此敗壞四妹的名聲，叫她以後如何做人？」

周姨娘一聽，立時扯散了頭髮，坐到地上嚎哭起來。姜夫人清了清嗓子，喚回何老大，拍著他的手說：「大郎，你心是好的，可性子不能這樣直，這話要是傳出去，程家鬧著要退親可怎生是好？」

何老二丟開丫頭的手，扭頭道：「母親說的是，妹妹要是嫁不出去可就糟了。不過咱們就在臨安府住著，春闈能花幾個錢？改日我去央了程二郎帶我做生意，賺些錢來與母親便是了。」

姜夫人瞪了他一眼，「你以為做生意同調戲丫頭一樣容易？莫敗光了家產倒是真的，還不如叫你大哥去。」

何老二討了個沒趣，又去尋耀弘說話，可耀弘正在生悶氣，理也不理他。何老大與姜夫人又講起了悄悄話，還不時掃老二一眼。周姨娘鬧了一會兒，見無人理她，又自顧自爬起來，抓了塊月餅揣進懷裡。

原來還有這麼一齣，但替三哥趕考出錢，她心裡還是極願意的，於是小圓微笑著看完這齣鬧劇，便站起來道：「夜也深了，我這便回去了，請三哥送我吧。」

姜夫人掩不住臉上的笑意，忙催了何耀弘去換衣裳，「還是你四妹乖巧！多帶幾個人去，莫把錢弄丟了！」

何耀弘把小圓送上轎子，轉身就要回去，小圓忙叫住他道：「三哥，你不陪我走走？」

何耀弘停了腳步，卻沉默不語。小圓看了看跟在他身後等著收錢的小子，馬上明白過來，「這些愣頭小子，三哥這麼大個人，能丟了不成？采菊，與他們每人五十文，明日再到我府上來。」

那幾個小子得了錢，謝過賞，一哄而散。何耀弘走到轎旁，悶聲道：「四妹，三哥真是無用，累妳又要費錢。」

小圓催了轎夫慢慢走著，安慰他道：「三哥，我也是為著自己的私心，想花些錢財換你能安靜讀書，那樣你來年進士及第，妹妹我也好跟著沾光。」

何耀弘欲要再說，聲已哽咽，他怕小圓聽出來，只得一路無語送她到陳宅門口。

陳姨娘已是接了出來，望著遠去的何耀弘奇道：「妳三哥怎麼話也不講一句？」

小圓悄悄抹了眼角的一滴淚，笑道：「三哥嗓子啞了，怕我聽出來。」

陳姨娘早命人在園子備好了香案和酒席，同小圓一起淨手焚香。小圓見陳姨娘口中念念有詞，仔細一聽，原來是在對月許願，望女兒康健，婚事圓滿。她便照著樣子念起來，不過把「女兒」換作了「母親」二字。

陳姨娘聽到她的祝願，唬了一跳，捂了她的嘴道：「四娘，妳該祈願『貌似嫦娥，面如皓月』！姨娘已是被賣過一遭，豈能再提婚事？」

小圓撥開她的手，故意將臉摸了一摸，「妳女兒已是花容月貌，何須再求？」

陳姨娘笑出聲來，拉著她入席，道：「姨娘這輩子能看著妳平平安安，以後同姑爺和和睦睦，也就心滿意足了。」

席上的菜色都是陳姨娘精心準備的，花炊鵪子、五珍膾、大金橘、小橄欖，以及十個下酒盞、八道勸酒果子，俱用白瓷小碟裝著，外加兩大盤子各式月餅，全是陳姨娘親手做的。

小圓嘗了口月餅，連聲道好吃，又取了塊遞給陳姨娘，說：「姨娘，妳也不過三十歲出頭，如今又是自由身，怎麼不能提婚事？按說我不是兒子，不該提這話，可等我明年出了門子，妳一個女人家，怎麼好支撐門戶？」

陳姨娘掰著月餅沉默不語，小圓便知她是聽進去了，也就不再提。接過小丫頭遞過來的羊皮燈，她拉起陳姨娘，戴了蓋頭走到河邊放燈，此時河面上已佈滿了「一點紅」，遠遠望去煞是好看。二人第一次無拘無束過中秋，自是十分盡興，夜深丫頭催了好幾回方才回房去睡。

小圓這邊的樓房還未蓋到一半，程慕天那邊就將愁字寫上了眉梢，他皺著眉頭坐在書桌前苦思冥想。章夫人突然散夥，小圓家失了收入來源，聽說正在蓋樓，不知錢夠不夠，他有心送去金銀，又怕惹了程府不滿，反倒給小圓添煩惱。

程福自幼跟在程慕天身邊，最是瞭解程慕天的心思，當即端了茶送進來，道：「少爺，如今朝廷修橋又修路，要的石頭和木料大都是咱們家供的，想必餘下來的也不少，依小的愚見，這些東西白放著反倒黴壞了，何不給親朋好友都送些去？」程慕天的眉頭舒展開來，連聲誇了程福幾句，當即吩咐他運一車去何府，順路再給小圓家的老宅地送去幾車。

程福派了幾個小子先拉一車去何府，送給小圓的幾車他不敢馬虎，親自押了車到老宅地來見阿繡。

阿繡正愁著蓋房的錢不夠使，見了滿滿幾大車木料和石頭，喜得衝程福謝了又謝。程福紅了臉側過身，連連擺手，「這是我家少爺的心意，繡姊姊莫要謝我。」

阿繡一聽卻瞪了眼，道：「你比我還長幾歲，如何叫我姊姊？」

程福被她唬了一跳，吭哧著再講不出話來。阿繡得意一笑，帶了幾個小子去卸車，程福怕石頭砸著她，忙又跟去幫忙。

晚間阿繡回來，與小圓講了程慕天送建材的事，小圓不屑道：「偏他好面子講規矩，連送幾根木頭還要找出個名目來。」她口中講著瞧不起他的話，手裡卻拿了前些日子剛繡好的鴛鴦帕子來，央阿繡替她傳過去。

小圓望著她抿嘴一笑，替她出主意道：「妳不如去尋那個程福呀！」

「對呀，他是程少爺跟前的人，做這件事最合適！不過何須我去尋他，他過幾日自會到宅地去，說好要給咱們再拉幾車材料來呢！」阿繡絲毫未留意小圓促狹的表情，滿不在乎地答道。

自從小圓送過帕子給程慕天，阿繡就時常帶回程家的消息。昨日送了楠木，今日包了工人的飯食，但她口中提得最多的還是程福，講他日日來宅地，日日都犯傻。小圓心裡跟明鏡兒似的，卻恨阿繡這粗性子的丫頭不開竅，明明人家是有情意，她卻當作了趣聞來講。

因臨安遭了火災，買人比雇人便宜許多，陳姨娘就與小圓商量，要遣了家中雇工，另買些人來使。能縮減家中開支是好事，況且待樓房蓋好，小圓還想自開個鋪子，正是缺人手，因此滿口答應，第二日就叫了人牙子來家。

人牙子帶了十幾個小姑娘來，她們身上穿的衣裳全是破舊不堪，有的甚至是光著腳板。八月天已經有些涼了，小圓忙叫人去取幾雙鞋來與她們。人牙子遞上花名冊，「四娘子會過日子，自燃了那場大火，多少人家都過不下去了，這時候買人最是便宜。」

過不下去了嗎？小圓被這話驚起，彷彿看到自己在府裡時的光景。她眼眶一濕，按冊子一一問過年齡籍貫，最後全都留下看幾天品行，與人牙子約好半月後再來瞧。

阿繡成日在老宅地上忙，小圓便把采菊和采蓮調上來伺候，又命采蓮負責調教新買來的丫頭。采蓮忙活了幾日，來回小圓道：「四娘留下的新丫頭共計十五人，因來的時日短，品行還未得知，就按容貌分了上中下三等，其中上等兩人，中等十人，下等三人。」

小圓見她口齒清晰，講得頭頭是道，就拿起她遞過來的冊子翻了翻，人名、年齡、籍貫也是記得清清楚楚。

采蓮領了分派丫頭的差事，幹得熱火朝天，待人牙子再次上門，她遣回兩個蠢笨的，另挑了看相機靈的送去學規矩，又把已調教好的丫頭選了兩個容貌上等的送到小圓房中，把兩個做事勤懇容貌卻一般的送到陳姨娘屋裡。

她分派給小圓的那兩個丫頭年方十五，已出落得楚楚動人，只是整日裡除了逗鳥餵魚，就是嗑瓜子閒聊，接連好幾日，小圓都覺得這兩人用著不趁手，便喚了采蓮來問緣由。采蓮卻死活不肯開口，非叫她去問陳姨娘。

小圓只得帶了滿腹疑惑去找陳姨娘換人，不料陳姨娘卻稱，這兩個丫頭容貌不錯，等她出閣時正好跟去做通房。

小圓自然是堅決反對，陳姨娘勸了她半日：「妳生為官宦人家的女兒，出嫁卻不帶幾個通房丫頭去，豈不被人恥笑？」

小圓抗爭了半日，最終敵不過陳姨娘的嘮叨落荒而逃，心裡打定主意，一定要早些尋個理由把那兩個丫頭打發掉。

待樓房蓋好，阿繡作主租出大半，卻有間臨街的房因裡大外小無人要，這樣的套間正好裡頭做間廚房，外頭設個小櫃檯，小圓便有心開個蛋糕鋪子。她雖在廚事上一竅不通，卻勝在家中有幾個好廚娘，便命人照著烤鴨子的爐子打了一個來，指揮平日手藝最好的四個廚娘加雞蛋發了麵，放到爐裡去烤。這些廚娘都是做了幾十年的老手，不到兩個時辰就把熱氣騰騰的蛋糕端到了小圓面前。

小圓拿刀把那蛋糕切成小塊，翻來覆去瞧了好幾遍，什麼瑕疵也尋不出來，她又是高興又是有些失落，「妳們真是第一次烤蛋糕嗎？以前……我第一次做這個時，不是烤焦了就是沒烤熟。」

端蛋糕來的廚娘笑道：「四娘是千金玉體，哪裡能做這個？我們往常也做蛋糕，不過是蒸的罷了。四娘真真是巧心思，這烤出來的確是比蒸來的香。」

小圓聽她說香，愈發開心起來，把蛋糕分給她們嘗了嘗，各人都說好吃。

待她們吃完，小圓命采蓮拿了賞錢來與她們，又道：「妳們回去都琢磨琢磨，三日後咱們來個蛋糕擂臺賽，誰做出的品種多，味道好，就是咱們蛋糕鋪子的新主廚。」

這四個廚娘本都以為四娘喚她們來不過是為解饞，哪裡想到會有這樣大的獎賞在前頭等她們，於是各個回去後都絞盡腦汁，使出渾身解數，誓要在擂臺賽上拔頭籌。

待到擂臺賽，小圓站在桌前依次看過去，只見那些蛋糕大多是在原有的基礎上作了些許改良，有的撒了把紅豆，有的加了幾粒葡萄乾，還有廚娘為博出彩，從波斯商人處高價購來椰棗妝點，但有塊蛋糕與眾不同，卻是呈了乳白色。

采蓮見小圓盯著那塊乳白色的蛋糕，忙命廚娘切成塊，捧到她面前。

小圓拿起一塊嘗了嘗，欣喜問道：「這是奶油，哪裡來的？」

那廚娘回道：「我們有個熟人在專為外國人開的館子裡幫廚，這東西便是從那裡拿來的。」

小圓十分興奮，當即宣佈她為蛋糕鋪子的主廚，接著回房鋪了紙，將記憶裡吃過的各式麵包、蛋糕密密麻麻記了十幾張，喚了阿繡來準備蛋糕鋪子開張。

阿繡忙了好幾日，爐子、櫃檯和材料都已準備好，只等擇了吉日就開張。這日她來回報完此事，又站在門口抱怨道：「四娘，采蓮給妳房裡挑的都是些什麼狐媚子？」

小圓一把將她拉進房內，「小聲些，那是姨娘挑的。」

阿繡掏出兩個香囊，道：「她們託我遞這個給程少爺呢，真是不知廉恥！」

小圓接過香囊看了看，只見針腳細密，上頭的鴛鴦栩栩如生，比她繡的那方帕子強了許多倍。

她把香囊丟回阿繡懷裡，鄭重其事地道：「妳快與程少爺送去，莫耽誤了別人。」

阿繡半日才反應過來，舉了香囊到小圓面前，問道：「四娘，妳傻了，竟要給她們機會？」

小圓道：「妳只管把香囊送去看看程少爺的反應。」她心想，若他真的收下，我立馬就讓姨娘去退親。

她頓了頓，又道：「雖然妳們都說我待人寬厚，但我卻不想被人欺到頭上來！這巧手的兩個丫頭，生得如花似玉，就與妳做個蛋糕西施吧！」

阿繡連聲稱好，等鋪子一開張就領了那兩個丫頭去，又怕她們心術不正往蛋糕裡摻些什麼，因此不叫她們進鋪子，只在門口設了個廣告牌子，讓她倆站在那裡作活招牌。

陳姨娘得知自己替小圓挑的陪嫁丫頭站在店前作了西施，著急了一陣子，直到程福將程慕天丟掉的香囊送過來，她才恍然大悟，自此將替小圓挑通房的事丟下不提。

程慕天聽說小圓的蛋糕鋪子開張，料想這樣稀奇的東西必是賣給大戶人家，忙遣程福拉了一車盛蛋糕的象牙盒子去送賀儀。程福來到鋪子門口，一眼看見那兩個蛋糕西施，嚇得他直抹頭上的冷汗，「虧得那香囊少爺看也沒看就丟了，不然站在這門口的就是我們少爺了。」阿繡見他把自家四娘講得如此兇神惡煞，自然不依，與他理論了半日卻不是程福的敵手，便一狀告到小圓面前。

小圓聽阿繡訴完苦，把頭埋在胳膊裡笑了個夠，才裝出副氣憤莫名的樣來，「這個程福，膽子也忒大了些，居然敢欺負我的丫頭，我定要寫信去同他家主子理論理論。」

阿繡見小圓動了真格，又躊躇起來，「四娘，我也不過是抱怨抱怨，若是程少爺得知此事，定要罰他了。」

小圓忍住笑，板著臉訓她道：「妳平時頂爽利的一個人，怎麼這會兒囉嗦起來？」說完就推開阿繡，取了信紙，提筆洋洋灑灑寫了一大篇，又親手用蠟油封了口，讓采蓮交給外頭聽差的小廝送去給程家。

程慕天看完小圓送來的信，又是笑又是皺眉，「要許配丫頭，把人送了來便是，偏她花樣多。」

正巧程福送了新買的筆墨進來，程慕天就叫住他問：「程福，你打小跟我，如今也該替你尋房媳婦了，我看三娘房裡的翠竹不錯，不如……」

程福一聽慌了神，又不敢打斷程慕天的話，只得趴到地上磕起頭來。

程慕天反被他嚇了一跳，道：「你竟這樣中意何四娘的那個丫頭？」

程福急道：「少爺，你知道，那還來逗我？你定是與那何四娘學的！」

「大膽！何四娘也是你能說得的？」程慕天瞪眼喝道，臉卻不知不覺紅了起來。

程福見程慕天並沒有反對他與阿繡的意思，便笑嘻嘻地又磕了個頭，央他替自己去提親。

程慕天自小性子內向，也就同程福能講上兩句話，所以玩笑歸玩笑，第二天就讓人備了一份很是過得去的聘禮，雇了個媒婆去提親。

丫頭配小子，向來沒有那麼多規矩，像這樣鄭重其事使了穿黃背子的媒婆挑了聘禮來的，算是頭一份。陳家大小丫頭婆子們都圍了來看熱鬧，把阿繡的屋子堵得水洩不通。

阿繡本人此刻卻在陳姨娘房裡，站在下首聽叮囑。

陳姨娘叫人拿了盤首飾交給阿繡，道：「妳可要知道，四娘這般與妳做臉，是為了讓妳到程家不受欺負。妳到了程家，不僅要與眾人和睦相處，更要替四娘多留一份心，讓她以後嫁過去少受些委屈……」

陳姨娘足足嘮叨了半個時辰，才放她到小圓房裡去。

小圓取了她的賣身契交給她，道：「從今往後妳就是自由身了，但程家是斷不會放程福的，因此妳最好不要聲張，對外就稱還是我的丫頭，等你們日後有了孩子，我定會想法與他們一個良人身分。」說完又許了她幾天假，回家看爹娘。

待程福定了迎娶的日子，小圓就替阿繡置辦了被褥箱籠，又請裁縫來做四季新衣，引得一院子未嫁的丫頭豔羨不已。到了成親那日，又接了阿繡的兩個妹妹來陪她，請了一隊吹鼓手，熱熱鬧鬧把她送上了花轎。

程家都當阿繡的賣身契還在小圓手中，無人知曉她已是自由身，管家娘子孟嫂就照著慣例，任她作了個管事，專管程慕天院裡的丫頭們。

程慕天有兩個姊妹，姊姊已出閣，妹妹年方十一，家中長久沒有女主人，滿院子的丫頭一向無法無天，加之阿繡又是個直性子，一來二往不免吃了些暗虧。

陳姨娘得知阿繡在程家的處境，著實為她急了一番，特意使人將她叫回來，關上門，把昔日在府裡時的絕學傳授給她。

阿繡得了陳姨娘的真傳，再回程府時就順手得多，明裡上上下下送上一份小禮，哄得她們開開心心；暗裡仗著程福的紅人身分，先後擠走好幾個相貌勝過小圓的大丫頭。

她花了些功夫整頓好丫頭們，又想起陳姨娘的教誨，便到蛋糕鋪子取了最新式的糕點，拿程家先前送的象牙盒子盛了，親自送到程三娘房裡。

程三娘平日最喜甜食，見了蛋糕十分歡喜，笑嘻嘻地留阿繡用過了茶點才放她回去。阿繡見三娘和氣，鬆了口氣，不料程家大姊回娘家見了那幾盒糕點，嗤笑道：「這是哪門子的做派，拿我們自己的盒子裝了不值錢的點心又送回來，真不知二郎是如何想的，竟不要如貞反去娶她！」

她當晚回去越想越替夫家的表妹抱不平，第二天一早就使人送了個水靈靈的丫頭來給程慕天。

阿繡見了那丫頭頓時傻了眼，這可是姑奶奶送來的人，排擠不得，但這丫頭長得跟棵水蔥似的，放在程少爺院裡，豈不是給四娘日後添禍害？

她又想去尋陳姨娘討主意，可自從程慕天院裡少了幾個丫頭，孟嫂就警惕起來，不再讓阿繡輕易出門。她左想右想不得法，只得回住處找程福。

程福正在換衣裳準備跟程慕天出門，聽了阿繡的話，笑道：「多大點子事，且放一萬個心，任二郎納誰做妾做通房，也不會要她。」

阿繡追問是何緣故，程福卻不肯再說。她在房內坐不踏實，只得匆匆寫了封信，追出去交給程福，讓他捎給小圓。

小圓收到信，嘆道：「再急又能如何，難道要我現在就去趕了那個丫頭出程府不成？」

陳姨娘聽了這話，笑道：「那倒用不著，程二郎的一姊一妹都是他父親的姨娘所生，那兩位主兒後來都被程老爺給賣掉了，妳可知為什麼？」

小圓與程慕天相識已久，此事也有耳聞，因此也不怎麼驚訝，答道：「有了孩子還被賣掉，雖然少見，卻也不是沒有。」

陳姨娘壓低了聲音，道：「這其中有隱情妳並不知道，我聽夫人無意中提過，都說程二郎的母親——程老爺的正房夫人，是被房中的幾個妾室害死的呢！程夫人死後，程老爺心裡明白是幾個妾室作怪，卻不知具體是哪幾個，索性把所有的姨娘通房都賣給了人牙子。」

小圓暗自心驚，「難怪程老爺如今只剩一個租來的妾。」她想起內向寡言的程慕天，嘆道：「程二郎也著實可憐，日日面對仇人的兩個女兒，雖是親姊妹，又哪裡能有話講？」

陳姨娘拍了拍她的手，道：「程二郎與她們不同心，必不會看上她們送來的丫頭，妳且放寬心。他家那位三娘子年紀還小，也不足為慮，妳以後嫁過去，只需防著已出閣的大姊便是。」

小圓輕輕點頭，用心記下不提。

小圓謹遵南宋風俗，蛋糕鋪子走的是精品路線，東西做得精細不說，連盛蛋糕的盒子，不是金的玉的就是象牙的，引得臨安城的娘子們都以吃過小圓家的蛋糕為榮。她生意場上得意，卻覺得身邊伺候的人越來越不趁手，那新提拔上來的采菊，三番兩次叫她都不在，一問都是在陳姨娘房中。

這日她又喚采菊進來伺候，可進來的卻還是采蓮。

「采菊還在陳姨娘屋裡？」小圓不經意皺了皺眉，問道。

采蓮回道：「她早回來了，在她房裡呢。」

「既然回來了，為何不來伺候？」小圓站起身來，欲往陳姨娘房裡去。

采蓮卻到她身前跪下攔住去路，道：「四娘還是莫去，我聽說采菊已是把她家的表叔介紹給陳姨娘了。」

小圓有些糊塗，又仔細問了幾句方才明白——采菊中秋時聽見小圓勸陳姨娘再嫁，便動起了心思，恰巧最近她家有個遠房表叔窮得過不下去來投親，她就大著膽子去見了陳姨娘。

采蓮見小圓面色複雜，以為她在氣采菊，便道：「四娘，采菊也是一時糊塗，妳饒了她這遭吧。」

小圓心中想的卻是陳姨娘——采菊去尋陳姨娘還是在上午，這一整天卻未見陳姨娘來找自己，難道她真中意了采菊的遠房表叔？直到熄了燈，小圓還是翻來覆去睡不著，她有心去尋陳姨娘問個明白，又怕證實了心中的想法，「還是等她自己來說吧。」她按下心中莫名的煩躁，強迫自己閉眼睡去。

一晃半月過去，陳姨娘那邊未傳出動靜，小圓稍放下心來，想來自己的親娘也未必會看上個無家無業的老光棍。

不料，采菊走後門子把她表叔介紹進來這日她正歇中覺，忽然聽見外頭丫頭閒聊，說采菊聽說後園的竹樓要修葺，就把自家表叔介紹了來。小圓心一驚，爬起來直奔後園，找來管事問采菊表叔是哪一個。管家指了個精壯漢子給小圓看，忐忑不安地道：「四娘，可是陳姨娘對新來的沈長春不滿意？」

「原來他名叫沈長春。怎麼，我姨娘竟是知道他來咱們家的？」小圓又是一驚，眉頭深深皺起。

管事賠笑道：「看四娘您說的，竹樓的事兒就是陳姨娘提起的，若她不點頭，誰敢把人往這裡領？」

小圓驚呆在原地，管事的連喚了好幾聲她才回過神來。

她拔腿就想奔往陳姨娘房中問個究竟，再把采菊遠遠的賣出去，好在秋風吹了些過來，讓她臉上一涼，人也漸漸冷靜下來——雖然這樣耍手段往上爬的丫頭，她最是見不得，但若陳姨娘是真的中意沈長春，罰了采菊不是叫她難堪？

她想著心事，隨意走著，直到阿蘇在她耳邊喚了聲「四娘」，才發現自己不知不覺走到了陳姨娘的房門口。

她想轉身回去，阿蘇卻已打起了簾子，朝裡喊了聲：「姨娘，四娘來了。」

小圓無法，只得走進門去，只見陳姨娘和她一樣局促，站在椅前不像往常一樣迎上來摟她。

兩人無言相看了半日，小圓打破沉寂，道：「姨娘，我是妳親女兒，有什麼不能向我說的？」

陳姨娘端起茶杯遮住臉，羞道：「四娘，是姨娘犯糊塗了，明知我是被采菊設計，還對那沈長春……不是姨娘存心要瞞妳，而是實在羞於講出口。」

小圓還是第一次見到陳姨娘臉紅羞澀的模樣，她恍惚間彷彿見到了自己站在河邊手捧著玉船，偷偷夾起小紙卷不敢叫旁人知曉——她突然為著自己的自私羞愧起來。

「姨娘，不是妳的錯，我的親事又何嘗不是被夫人利用，結果如何？」小圓想起程慕天，嘴角浮上微笑，「婚姻大事，就像一雙鞋子，合不合腳只有自己知曉，姨娘無須憂心旁人。」

陳姨娘又驚又喜，猛地抓住小圓的手，連聲問：「真的嗎？四娘，妳真的這樣以為？」

小圓點點頭，道：「只是沈長春家中底細如何，姨娘須得細細打聽才好。」

陳姨娘去了心事，只覺得渾身鬆快，拉著小圓興致勃勃講起沈長春來。小圓看著她笑顏如花，越發覺得自己做對了。

替陳姨娘歡喜不等於替采菊歡喜，晚間小圓回房，還是恨不得立時就叫來人牙子將采菊賣出去，但思慮再三，為了陳姨娘往後沒有一門為奴的親戚，還是將賣身契給了采菊，還了她一個自由身。

轉眼入冬，天氣越來越冷，臨安的屋子牆壁薄，夏天住著雖涼快，到了冬天卻讓人凍得受不了，好在蛋糕鋪子賺了不少錢，小圓便在家大興土木，所有房屋都先把地面挖開，砌好煙道後再鋪上青磚。煙道一頭連著廚房，日夜不斷火，另一頭則開了出煙窗，把煙排出院外。煙道砌好後不到一個時辰，各房就暖和起來，下人們都對小圓稱頌不已。

到了臘月二十四，家中帳上已多了不少錢，陳姨娘手中寬裕，早早的就把過年的物品置備齊全，又備了一桌酒，與小圓二人過小年夜。

丫頭們端了熱過的酒上來，擺上熱騰騰的火鍋，陳姨娘替小圓燙了幾顆魚丸子，笑道：「咱們家沒有祭灶的人，無法拿糖糊住灶王爺的嘴了。」

小圓道：「自古就有『女不祭灶』的規矩，咱們也無法，不如……」她扭頭遣了丫頭們去廚下吃酒，繼續道：「不如讓沈大叔早些進門呀？」

陳姨娘吃了幾口熱酒，雙頰緋紅，「不成，怎麼也得等妳出閣，不然家裡多個男人，妳行動就有許多不便了。」

小圓甚是感激，撲到她懷裡摟了她的脖子道：「還是親娘疼我。」

今年的小年夜雖只有母女兩人單過，她們卻都覺得比在府裡還熱鬧。二人吃罷酒席，又叫了阿蘇、采蓮湊成一桌，打了半宿的撲克牌方才去睡。

第二天一早，陳姨娘就讓人挑了上好的赤豆，熬了幾鍋人口粥，叫家中下人都來吃，又讓小丫頭們給家中阿貓阿狗也添上一碗。

小圓命人在粥裡加了糖霜，全家上下捧著碗都笑顏逐開。管家娘子吳嫂嘗了口粥，覺得實在是甜，忙出門去叫她家兒子來喝粥。

她繞過照壁，卻見她家大小子來寶正站在大門口直愣愣衝著個小娘子看，她幾步上前重重拍了兒子一把，罵道：「既有客來，怎麼不進去通報？」

來寶指了指那小娘子身旁的兩個老人家，道：「娘，他們非說這小娘子是咱們四娘房裡的丫頭。她長得是不錯，可我從未見過，怎可能是四娘的丫頭？」

吳嫂仔細一看，那小娘子蓬頭垢面，一把髒兮兮的頭髮遮著半邊臉，但眉眼卻是采菊不假。她忙把三人拉到旁邊人少的巷中，問道：「四娘不是把賣身契賞給妳了嗎，怎麼還來？」

采菊狠狠瞪了身旁的爹娘一眼，道：「還不是他們想錢想瘋了！」

采菊娘抹了把眼淚，向吳嫂哭道：「夫人，她在家不是要吃新鮮瓜果，就是要吃魚肉，咱們哪裡供得起，還是與您家送來吧。」

吳嫂慌忙擺手，厲聲道：「我可不是夫人，休混叫！再說賣身契都給你們了，哪裡還有再回來的理？」她有意為難采菊，但想起沈長春與她家沾親帶故，為了以後在陳姨娘手下日子好過，她緩了緩神色，又道：「主子們老早就吩咐下來，說不許人去打擾，不過既然你們大老遠來了，我就冒死去替你們通傳一聲吧。」說完，讓來寶領了三人去耳房看茶，自進內院見小圓與陳姨娘。

「他們要再賣采菊一回？難不成他們竟不知沈大叔一事？」小圓聽吳嫂講了采菊一事，奇道。

陳姨娘揮退下人，沉默了許久，道：「四娘，只怕他們是欲擒故縱。」

小圓見陳姨娘一臉愧色，馬上明白過來。采菊家明知陳姨娘不願有個賤籍的親戚，還偏要將女兒重新送來，這是變了法子在伸手要錢哪！

陳姨娘站起身來，道：「我這就去打發他們，再使人去知會長春。」

小圓卻攔她道：「姨娘，沈大叔如今寄人籬下，亦有萬般難處，咱們且忍忍吧。若是姨娘信得過我，就讓我去辦此事，如何？」

陳姨娘看著小圓，又是欣慰又是愧疚：「四娘，難為妳了。」

小圓拍了拍陳姨娘的手，讓阿蘇陪她回房，又喚吳嫂讓她帶人進來。

不料吳嫂卻道：「四娘，他們已是讓沈官人拉回去了。」

小圓慶幸自家姨娘未看錯人，道：「他倒是個會做人的，只是怎好叫他為難？妳使人與采菊家送些過年的事物去吧。」

吳嫂應了一聲，轉身剛走到門口，就聽得院子裡有人喊道：「吳嫂子，獨獨采菊沒走成，被妳家來寶死命拉著哩！」

吳嫂的臉漲得通紅，大聲道：「這混小子，我去揍他！」

小圓忙叫住她，問道：「怎麼回事，妳家來寶竟看上她了不成？」

吳嫂把頭埋得低低的，小聲答道：「誰知這小子中了什麼邪，第一次見采菊就對上了眼！」

小圓笑道：「采菊生得不差，來寶看上她實屬正常。」又心想，采菊配來寶倒也合適，但她知道吳嫂與采菊素來有些不對盤，因此這話也只在心裡想想罷了。

倒是吳嫂把來寶拉回家後，越想越覺得自己做得不漂亮——縱然采菊有千般不是，那也是陳姨娘未來的親戚，自家兒子看上她那叫有眼力，自己怎能攔在頭裡？

「剛才四娘問起時，我就該趁機求她給你做主的。」吳嫂懊惱道。

來寶一聽忙推她道：「娘，妳現在去講也不遲！」

吳嫂被他推出門外，嘆道：「我跟你爹自認都不是蠢人，怎麼就生出你這麼個愣頭小子來？就算娘替你把媳婦接進門，就憑你，能彈壓住她？」

住她隔壁的一個婆子正巧路過，笑道：「有妳這婆婆高坐堂上，再厲害的媳婦又能怎的？」

吳嫂衝她笑罵了幾句，心裡卻舒坦起來，到井邊打水攏了攏頭髮，就走到小圓房裡去說。

小圓正在同采蓮下五子棋作樂，聽了她的話，小圓低頭不語，采蓮開口道：「吳嫂子，妳糊塗了，咱們四娘還未出閣呢，這話妳該去同陳姨娘說！」

吳嫂陪笑道：「我也知道不該拿這樣的事來問四娘，只是我家來寶愚笨，這樁婚事，陳姨娘必是不肯的，所以我才先來求求四娘。」

小圓知她講的是實話，吳嫂一家還是奴籍，陳姨娘必是不肯有這樣一門親戚的。

采蓮見小圓依舊不語，猜想她是不願再將采菊弄到眼皮子底下來，便湊到她耳旁低聲細語了幾句。

小圓微笑著點了點頭，對吳嫂道：「我得閒就幫妳問問吧，妳且回去等消息。」

等小圓派人去問過采菊爹娘，果如采蓮所料，他們一家人都看不上來寶，采菊甚至放話出來，情願與有錢人做妾，也不嫁賣身為奴的窮人家。

吳嫂從小圓口中得知這個消息，當下就把采菊恨上了，卻無奈她如今與陳家並無多少瓜葛，自己無從下手，只得把這口氣先強壓了下去。

大年三十，小圓在陳姨娘懷裡扭了半日，還是不得不登上了去何府過年的轎子。她在家磨蹭了許久，路上又特意囑咐轎夫慢些走，於是等她到何府時，年夜飯都已擺上了桌。她深吸了一口氣，進門時就作好了挨罵的準備，不料姜夫人卻是親親熱熱，半句重話也無。

何老大親自捧了碗湯麵，讓她坐到姜夫人身旁，笑道：「四妹來得正是時候，正有樁喜事要告訴妳。」

姜夫人亦笑道：「正是，我這裡有門好親要說與妳姨娘，若是她同意，年後就把酒辦了，咱們也沾光樂和樂和。」

小圓心裡一緊，要去拿湯匙的手慢了下來，「四娘先替姨娘謝過夫人了，只不知是哪戶人家？」

姜夫人見她相問，臉上反露了尷尬，「是……是御史中丞家的老爺……」

「鼓樓的御史中丞家？」饒是小圓定力過人，也禁不住叫了起來。

姜夫人急急點了點頭，道：「上次人家沒看中妳，皆是因妳萬事不會，可妳姨娘針線上是頂尖的，必能合了中丞老爺的意。」

姜夫人話畢，老大老二齊心協力把御史中丞家誇得天上有地下無，直道陳姨娘若嫁過去，後半生必能安享富貴，衣食無憂。

小圓把求助的目光投向何耀弘，無奈何耀弘向來不把冠有「姨娘」稱號的人放在眼裡，只要小圓無事，他就眼觀鼻鼻觀心。

姜夫人三人講得紅光滿面，竟將小圓撂在了一旁，彷彿陳姨娘明日就要一頂藍布小轎抬進進中丞家側門似的。

小圓看著姜夫人興高采烈的模樣，不禁想起一年前，她也是這般喜笑顏開地告訴陳姨娘，自己與四娘尋了門好親……

「姨娘，御史中丞家來相看媳婦的人都進了四娘的院子了。」阿蘇從小圓院門口打探消息回來，對陳姨娘說。

陳姨娘忙趕過去站在院門處遠遠看了一眼，問門口的丫環道：「怎麼來的是兩個年輕媳婦？」

那丫環左看右看，湊到陳姨娘耳邊小聲講了幾句，陳姨娘立時大驚：「什麼？御史中丞家的姨娘？」

裡頭的婆子聽到陳姨娘的聲音，忙奔出來把她拖到院子外，道：「陳姨娘，人家到底是來看妳生的女兒，妳大呼小叫像個什麼樣？」

陳姨娘一向安靜守禮，剛才實是過於心急，聲調才高了些，婆子一提醒，她的臉就微微紅了起來，但還是堅持問道：「錢嬤嬤，那兩個女客是御史中丞家的什麼人？」

錢嬤嬤左顧右盼，支吾了兩句就要回院，陳姨娘猛地一把拽住她，她以為陳姨娘要耍潑，就要回頭喊人，沒想到陳姨娘卻自袖子裡悄悄塞給她一把錢，說：「錢嬤嬤，妳老向來是最最憐惜人的。」

錢嬤嬤把另一隻手伸進袖子數了數，笑道：「四娘是妳生的，妳急也是該的。其實這事前頭的人都曉得了，也不怕告訴妳，那是御史中丞家的兩個姨娘。」

陳姨娘又問：「那御史中丞家的三公子還未娶妻就先納了妾了？」

「他家的三公子聽說才十五歲呢，有沒有近身服侍的婢女都不一定，哪裡來的妾？」

陳姨娘被近午的日頭晃得睜不開眼，身子晃了晃，眼看就要倒下，錢嬤嬤忙伸手扶住她，勸道：「陳姨娘，妳也別洩氣，四娘雖說是過去做偏房，可御史中丞家大業大，必虧不了她。」

「偏房？難道四娘不是去給中丞家三少爺做正房？那兩個女人到底是誰的妾？」陳姨娘的聲音尖厲起來。

錢嬤嬤扶著她的手竟不自覺哆嗦了一下，畏畏縮縮地回答：「是、是他們家老爺的兩個妾。」

陳姨娘兩眼發黑，硬撐著走進屋內，對御史中丞的兩個妾說：「今日我們家四娘身子不爽利，兩位姨娘不如改日再來吧。」

那兩個妾，一個面露笑意，一個卻皺起了眉頭。

小圓見陳姨娘神色不對，忙配合著伏在桌上咳個不停，御史中丞家的兩個妾無法，只得辭了出去。

不等姜夫人屋子裡的婆子開口，陳姨娘就每人塞了幾十個錢，福了福身子，說：「實是四娘身子不爽快，等過兩日不咳了，還要勞煩幾位請方才的兩位姨娘來。」

那幾個婆子聽得她如此說，又看在錢的分上，臉色才稍好看了些，臨走時猶道：「我們倒是無妨，仔細夫人那裡。」

婆子們走後，陳姨娘把方才在錢嬤嬤處打探到的消息對小圓講了一遍，囑咐她道：「過兩日她們再來時，無論問妳會什麼技藝，妳全要回答『不會』，還要找機會在她們面前露一露妳的腳。」

小圓雖不明所以，還是一一應了，又聽陳姨娘的勸，每日裡只吃一頓，且只吃素菜，等到御史中丞家的那兩個姨娘又來的時候，她已是餓得雙眼無神，腳步虛浮。

這兩個姨娘，穿著差不多的水色衣裙，不過一個瘦削，另一個卻珠圓玉潤。那瘦些的一見小圓就驚叫道：「這才幾日功夫，臉就黃成了這樣，莫不是有病？」

胖些的姨娘卻說：「李姨娘，上次咱們來的時候她不就已經病了嗎？這大病初癒，臉色自然難看些。」

李姨娘斜了她一眼，「王姨娘，這位妹妹是大家閨秀，想必琴棋書畫樣樣精通，妳不要讓人比下去了才好。」

王姨娘一點也不生氣，笑咪咪地拉過小圓的手，說：「何妹妹，休聽她瞎說，能得個有才氣的妹妹相伴，是我的福氣。」

李姨娘哼了一聲，「那就別囉嗦了，開始吧。」

小圓茫然地看了看她，又看了看王姨娘，問：「開始什麼？」

「琴棋書畫呀，一樣一樣來，先搬了琴出來讓咱們王姨娘來評一評，妳可別小看了王姨娘，她以前呀，可是歌舞坊的紅人兒！」李姨娘尋了張最大的椅子坐了下來，斜著眼挑釁似的看著王姨娘。

小圓老實回答道：「兩位姊姊，我沒有琴，琴棋書畫我一樣也未學過。」

李、王兩位姨娘都瞪大了眼，異口同聲道：「都不會？」

小圓點了點頭，垂下眼簾，絞著裙上的帶子。

「喲，王姨娘，這下可妳得意了，這小丫頭連張琴都沒有！」李姨娘有些迫不及待地站起身來往門口走，「我這就去回了老爺，這何家的四娘什麼都不會，拿什麼來伺候老爺？」

王姨娘抿了抿嘴，對小圓說：「何妹妹，妳什麼技藝也沒有，可怎麼作妾呢？」

眼見李姨娘都不見了身影，王姨娘還躊躇著不肯離開，小圓只得「哎喲」一聲提起裙子，「我的腳，怎的就痛起來了？」

王姨娘低頭一看，「何妹妹，妳怎麼沒纏腳？」

小圓將一雙大腳朝外挪了挪，王姨娘遺憾地搖搖頭，「何妹妹，不是姊姊我不幫妳，實在是……」

小圓想說些客套話，又怕王姨娘當了真，只得低著頭一言不發。

好不容易打發走王姨娘，她才鬆了口氣，誰料自此之後，姜夫人又三番五次請了別家的姨娘來相看小圓，一心要將她賣進高官家作妾，把陳姨娘和小圓嚇得不輕。

「四娘，在想什麼？快來用些酒菜，吃飽了好回去陪妳姨娘守歲。」姜夫人夾了一碟菜放到小圓面前，打斷了她的思緒。

何耀弘皺眉道：「夫人，四妹理當在家中守歲，怎好讓她去陳府？」

姜夫人被他一句話堵住，不知如何是好。小圓想到能回家與陳姨娘一同守歲，心中雀躍不已，馬上起身謝過姜夫人。何耀弘待要再勸，卻被老二摟住肩拖了出去。

姜夫人記掛著要早早趕小圓回去勸陳姨娘再度為妾，小圓也一心想早些回家，於是這頓年夜飯還不到半個時辰就草草收場。

小圓有些氣惱何耀弘不幫陳姨娘說話，便不要他送，獨自鑽進轎子回家。

小圓到家時，陳姨娘還未吃年夜飯，見她這樣早就回來，忙問道：「四娘，可是夫人為難妳了？」

小圓見了屋內燒得旺的松盆，決定還是將不愉快的事留到吃完年夜飯再講，「是夫人叫我回來陪妳守歲呢，只是我還未吃飽，腆著臉要向姨娘討些年夜飯吃。」

陳姨娘的臉被松盆映照得紅撲撲的，上前摟她到桌旁坐下，道：「有妳陪著過年，姨娘高興還來不及呢！」

陳姨娘不知小圓今夜要回，因此年夜飯置辦得不甚豐盛，但母女二人都吃得十分香甜。吃罷飯，喝過茶，吳嫂就端上各式炮仗來，請二人出去放爆竹，但陳姨娘與小圓都是喜靜的人，不願出門，便讓吳嫂把炮仗分給小子們去耍，她二人只坐在窗前遠遠看著取樂。

小圓躊躇再三，還是將姜夫人的企圖講與陳姨娘知曉，陳姨娘一聽忙問：「妳沒為這個和夫人頂嘴吧？萬一夫人生氣退了妳的婚約可就糟了！」

小圓搖頭道：「我怎敢與夫人當面衝撞，她現在還是隨時都能將我賣了呢！不過，咱們也不能由著她們將妳賣了，不如出了正月就裝病吧。」

陳姨娘笑道：「當初就是聽了妳的話，裝了病不能做活計，這才叫夫人趕出來過了幾天安生日子。」

她抬手試了試額頭的溫度，彷彿又回到了一年前……

「妹妹，妳這額頭燙得嚇人，我去求夫人替妳請個郎中來。」周姨娘摸了摸陳姨娘滾燙的額頭，起身道。

陳姨娘好不容易才用熱水將額頭捂燙，哪能如此露了餡？忙叫住她道：「姊姊別忙活了，反正我是不中用了，何苦去惹夫人生氣？」

周姨娘嚷道：「不請郎中怎麼成？我兩個兒子的聘禮可就全指著妳繡活計掙出來了。」

陳姨娘咳嗽了幾聲，安慰周姨娘道：「姊姊，妳莫急，我替二郎掙的錢，也夠辦一份體面的聘禮了。只是對不住妳的三郎，往後沒法繼續替他掙聘禮錢了。」

周姨娘一聽，捶著床沿哭天搶地起來，「耀致和耀弘不是夫人生的她就不心疼，一厘錢也不願拿出來，只逼著妳繡活計賺聘禮錢。妳這要是一走，我的兩個兒子怕是娶不成親了。」

陳姨娘故意由她鬧了小半個時辰，將她生病的消息傳到了姜夫人耳中。姜夫人正為小圓賣不出去而煩躁，聽聞陳姨娘病重，便買通了郎中，稱陳姨娘患的是傳染病，藉機將她母女二人趕出了大門。

她只道自己好手段，未曾想是中了小圓的計。陳姨娘想到這裡，笑容更盛，命人端了宵夜果子上來。十般糖、澄沙團、皂兒糕，十幾樣精巧果子擺了一桌子。

陳姨娘撿了塊糕遞給小圓，笑道：「咱娘兒倆哪裡吃得下這許多？不如散給丫頭們去吃。」

吳嫂笑著應了，把各樣果子分出一碟子來，讓早已等在一旁的丫頭們端了去。

丫頭們一散，屋裡就冷清下來，陳姨娘讓吳嫂拿了個凳兒坐著，對她道：「咱們人少，守歲冷清無妨，正月裡就叫齣南戲來唱唱吧。」

此話一出，外間的丫頭們都歡呼雀躍起來，紛紛進來打聽陳姨娘要聽哪齣戲，陳姨娘卻轉頭問小圓：「四娘，咱們好久沒熱鬧熱鬧了，想聽什麼，只管說來。」

小圓攀了陳姨娘的胳膊，扭道：「姨娘，那些個戲文聽得我頭疼，不如請班影戲來看呀？」

丫頭們聽得有皮影戲，就把南戲拋到了腦後，全擠進屋來慫恿陳姨娘請影戲班子，連吳嫂都道影戲好，說她家小兒子正愛看。

陳姨娘被她們鬧得無法，只得笑道：「影戲不就是把真人換成皮影了嗎？這幫孩子！依了妳們，就請影戲班子。」

丫頭們見陳姨娘點頭，轟的散開，自去三五結群商討要看哪齣戲。

吳嫂問陳姨娘哪天請戲班，陳姨娘道：「咱們也沒個親戚走動，就讓他們明兒來，只不知正月初一人家演不演。」

吳嫂回道：「他們四海為家的人，哪裡有年節？正是要趁著別人家過年好多賺幾個錢呢！」

陳姨娘喜道：「那咱們就明兒看戲，多預備些賞錢罷了。」

吳嫂忙出去知會他男人，明兒一早就去預定影戲班子。

眼看著天就快亮了，陳姨娘忙命丫頭取竿頭掛銅錢，拉了小圓到院中，指著一堆灰，道：「拿竿子使勁多打幾下，逢凶化吉，處處吉利。」

小圓忍住笑，依言打了下，灰飛得滿身都是，采蓮遞上帕子來，道：「馬上就是正月初一了，姨娘、四娘快去換身衣裳，丫頭小子們怕是就要來磕頭了。」

小圓上前替陳姨娘拍了拍衣裳，二人同去房中更衣，待她們回到廳上，管事娘子們已是領了各處的丫頭婆子黑壓壓站了一地，見她二人坐定，都跪下磕頭，口稱恭賀新禧。

陳姨娘笑著讓阿蘇端出紅包分發下去，又催小圓去府裡拜年。

小圓記掛著晚上的皮影戲，倒也沒再扭來扭去，帶了采菊就往府裡趕。見了姜夫人拜過年，少不得又是一番詢問，小圓只得施了太極雲推手，同她糾纏一番。

好不容易拜完年回來，小圓倒頭就睡，連午飯都不曾起來吃。等她再起來時，一幫小丫頭已圍著戲班的大箱子看那驢皮描成的皮影。

陳姨娘忙命人擺飯，叫她吃過飯好開場，小圓擺手道：「擺到廳上，邊看邊吃。」

丫頭們一聽俱歡呼起來，擺飯的擺飯，佈屏風的佈屏風，很快就把各樣事物安排得妥妥當當。

陳姨娘摸了摸小圓的手，道：「還是妳的主意好，要是聽戲文，就得在外頭搭臺子了，沒得凍著妳。」

小圓正要答話，外頭一陣喧嘩，丫頭們嚷道：「繡姊姊來了。」

話音剛落，阿繡已是自掀了簾子，拉著程福，笑吟吟站到了小圓面前。

小圓見了阿繡自是歡喜，陳姨娘卻微微皺了眉，「阿繡，妳初一就到這裡來拜年，程家豈不是有閒話？」

程福在一旁笑呵呵地回答道：「回姨娘話，咱們是得了少爺特許的。」

陳姨娘聽了此話，又見阿繡低頭但笑不語，心下有了幾分明白，便對程福道：「西廂還有一班子影戲呢，你去那裡看吧。」

打發走程福，陳姨娘讓阿繡在自己身旁坐下，問道：「可是有喜了？」阿繡含羞點了點頭，小聲道：「郎中說一月有餘了。」

小圓很是驚喜，拉了陳姨娘笑道：「這丫頭，出閣時都沒見她紅過臉，如今要當娘的人了，反倒害羞起來。」

一席話說得陳姨娘和滿屋子的丫頭都笑了起來，阿繡紅了臉道：「不是說有影戲嗎？快些開場，也叫我開開眼。」

陳姨娘指了她對小圓道：「瞧瞧，聽了我的話去程家磨礪了幾回，如今都會乾坤挪移了。」

陳姨娘的話引得眾人又笑了一回，吳嫂見影戲班子已準備好，忙捧了戲單上前問道：「姨娘想聽那一齣？」

陳姨娘萬事女為先，自然是把戲單遞與小圓問她想看何戲，小圓把戲單子推回陳姨娘手中，笑道：「我倒是想看一出『鞭打蘆花』，只是不應節氣，還是請姨娘點一齣喜慶的吧。」

陳姨娘知她是隱射府中嫡母，也不說她，自點了一齣「出天官」。

吳嫂誇道：「姨娘點的真真是好戲，這戲配著爆竹，再喜慶不過的。」說完，她趕緊命人去準備爆竹給戲班子掛紅送財禮。

這齣「出天官」講的是天官下凡，消災降福、賜福祝壽。陳姨娘接著又點了幾齣，同這個也差不多。小圓與阿繡都不過十來歲，哪裡願意聽這些，不過是看那些皮影的新奇罷了。

看罷影戲，阿繡拿出一張紙遞給小圓和陳姨娘瞧，「這是程少爺過年買的新靴，從襯裡內搜出來的。」

小圓覺得很新鮮，靴內竟還藏著物件。她接過一看，紙上寫著：「嘉泰四年十月二十日，鋪戶任一郎造」。

「這是任家鋪子作的記號？」小圓問道：「只是為何要縫在襯裡而不貼到外頭？」

陳姨娘湊過來看了看，「這樣的暗記自然要隱祕些，貼在外頭一準讓人仿冒了去。」

阿繡點頭道：「姨娘講得極是，這任一郎家中還有一本『坐簿』，只要是他家賣出的靴子，都要在坐簿上寫明，再往靴子襯裡放上一張紙條，字型大小與坐簿上一樣。」

小圓暗道了聲慚愧，「這倒叫我想起那家門首有隻白兔兒的鋼針鋪來，據說他家的店能幾十年不倒，這樣的記號功不可沒呢，不如咱們把這兩樣都學起來！」

她得了如此好的主意，便起身欲謝阿繡，卻得知這乃是程慕天的主意，心下不禁甜絲絲。

貳之章　天賜良緣新嫁娘

正月裡的年酒讓陳姨娘同小圓應接不暇，小圓整日赴宴，陳姨娘則在家招呼來拜年的客人們。

小圓成天在外應酬，竟抽不出空宴請鋪子的管事們，陳姨娘便想了個法子，製了些拜年飛帖，一家家投過，那些娘子們都為吃年酒一事疲憊不堪，見小圓投飛帖，俱來效仿，一來二往大家全都閒下來，小圓這才得空宴請管事。

請管事們吃年酒這天，小圓不好露面，便叫采蓮把她的意思寫下來，每位管事發了一份，叫他們帶回去仔細研讀。

幾位管事見小圓如此鄭重其事，自然不敢怠慢，還未出正月就將坐簿等事宜安排妥當。

到了正月十五，鋪子送來幾盞花燈，小圓到院中瞧了瞧，原來他們將各自設計的商標都畫在燈上，倒也新奇有趣。她挑出一盞繪了月餅同蛋糕的，對管事們道：「這樣就很好，讓人一看便明白，咱們的鋪子就都用這個吧。改日你們去造個銅牌把它刻上掛到店首，盛蛋糕的盒子也都雕上這個，還要記得打點官府，好叫別的店不許用和咱們一樣的招牌。」

幾個管事俱應了，轉身去安排諸項事宜。

阿繡有喜不便出門看花燈，聽說小圓家中就有幾盞，忙乘了轎子過來看。小圓帶她看完花燈，又拉了她進屋，旁敲側擊打聽些程慕天的消息。

阿繡在程家歷練了幾個月，比從前伶俐許多，小圓才問了幾句，她就笑道：「四娘，妳馬上就要嫁過去了，直接問來便是，何苦繞圈子？」

小圓舉起枕頭欲打，又想起她如今是雙身子，只得狠狠瞪了她幾眼。

阿繡見小圓惱了，忙道：「說起來程家還真有新鮮事，程老爺已請辭，如今掛著虛銜回家來了。」

小圓道：「這算得什麼新聞，程老爺年事已高，回家來再正常不過。」

阿繡把腦袋往小圓這邊湊了湊，道：「他把任上的那個妾也帶回來了！」

小圓想了會兒，問：「可是租來的那個妾？怎麼，程老爺想將她買進來？」

阿繡點點頭：「就是那個租來的妾，程老爺還未與她簽死契，但往後會如何誰知道呢？聽說老爺又給她漲租金了。」

小圓見阿繡憤憤不平，很怕她露本性惹出事來，便正色道：「長輩的事，哪有我們插嘴的份？以後休要提起！」

阿繡見小圓滿臉嚴肅，忙點頭應了。二人又閒話了一陣，阿繡稱程福等著她吃飯，便辭了去，小圓卻久久靜不下心來，不知怎的，老是想起陳姨娘提過的已故程夫人來。

晚飯時陳姨娘發現小圓心神不定，自然是要問的，小圓便將心中憂慮講了出來：「姨娘，妳不是說過，程夫人都是叫他家的姨娘們害死的嗎？如今又來了一個。」

陳姨娘安慰她道：「程二郎如今大了，又打點著家裡的生意，豈能被她暗算了去？就是妳嫁過去，只需以禮待她便是，怎麼也輪不到她當家。」

小圓點頭道：「姨娘所言極是，倒是我多想了。」

出了正月，陳姨娘因辦年酒而累了身子，接連請了好幾個郎中來家，不出三日，滿臨安都曉得何四娘的姨娘病倒了。

有劉嬤嬤在小圓家中，府裡自然未生疑，但卻惱陳姨娘病得不是時候，於是連探望也就省了。倒是程府聽說陳姨娘患病，使人送了好些藥材來。

陳姨娘端起參湯喝了一口，嘆道：「程府多了個姨娘倒是好的，以往他們哪裡想得起我來？」

小圓自然知道程家老少都是和她三哥一樣的人物，看來這人參的確是程老爺姨娘的意思，「姨娘，以後我善待她便是了。」

此話一出，阿蘇、采蓮都捂嘴偷笑，小圓回過味來，臉霎時漲得通紅，陳姨娘笑罵：「不過就這幾個月的事，怎麼不是『以後』？」

小圓要在陳姨娘床前侍疾作樣子，所以雖紅了臉，還是得硬撐，惹得陳姨娘也笑起來。

陳姨娘這裡是裝病，但沈長春卻不知，他自身不好前來探望，便去獵了幾隻兔子，央采菊送來。

自采菊一家上回鬧過，小圓月月都送了錢糧去，因此這回採菊來十分安靜，由丫頭領著去房裡，瞧過陳姨娘便轉身要回去。

吳嫂本在假山處與劉嬤嬤閒聊，見她過來，故意壓低聲音問劉嬤嬤：「妳昨日說御史中丞家想尋個新姨娘？可惜我家沒女兒，不然就託妳走門子送了去。」

劉嬤嬤何等人物，見她眼神直往采菊身上瞟，心中就明白了大半，當即把詫異的樣子裝出十分來，「就算有女兒，妳家不過暫時艱難些，終究是要恢復自由身的，何苦把親閨女送與人做妾？」

吳嫂嘖嘖了兩聲，「我雖沒什麼見識，但中丞家還是知道的，那可是在御街上住的人家，把女兒送過去，哪怕只作個妾，也比尋常人家當正房的強。」

劉嬤嬤連聲附和：「可不是。聽說那中丞家連下人穿的都是綾羅綢緞，吃不完的魚肉都倒在後門口……」

劉嬤嬤的聲音越講越低，采菊的腳步也就越走越慢。吳嫂見狀心中大樂，拉了劉嬤嬤道：「其實我家還有個內侄女，年方十六，樣貌生得極好，不如我請妳去對面巷子的賈家攤子吃羊飯？」

采菊把這番話聽得真切，匆忙趕回家中，催她娘去賈家鋪子尋劉嬤嬤，「吳嫂家有個好樣貌的內侄女呢，妳趕緊帶上錢悄悄去尋劉嬤嬤，務必讓她把我薦了去。」

采菊娘聽她講了御史中丞家的「盛況」，哪裡有不肯的，立刻從床下罐子裡摸出小圓送來的錢，又翻出兩根琉璃簪子，帶了采菊拔腿就往賈家鋪子跑。

吳嫂存心要作籠子的人，早就躲了個無影無蹤，單為采菊娘把劉嬤嬤留在了攤子上。采菊躲在鋪子前的一株樹下，見只有劉嬤嬤一人坐在桌前，忙指了給她娘看：「吳嫂不在呢，真是天賜良機，妳趕緊去求她。」
采菊娘去了不到半刻鐘就回到樹下，喜孜孜地道：「這位劉嬤嬤好說話，接了錢就答應回去問問她們夫人，連簪子都沒要。」
采菊啐了一口：「她可是姜夫人身邊待過的人物，妳那簪子不金不銀，她哪裡看得上眼？」
采菊娘挨了罵，灰溜溜跟在采菊後頭回家，好在第二日何府就傳來了消息，叫她扳回了些面子。「采菊，虧得我一張巧嘴哄住了劉嬤嬤，姜夫人才答應得這樣快。」采菊娘興奮得手舞足蹈。
采菊斜了她一眼，「姜夫人真說了，要我先認她家的周姨娘作乾娘？」
采菊娘道：「那是姜夫人思慮周全，妳有個好娘家就多個靠山，到了夫家也不會讓人欺了去。」
采菊點頭道：「這回妳講得倒有些道理。」
采菊爹同沈長春做活回來，從缸裡舀了瓢水咕咚灌下，問道：「那周姨娘既是要嫁乾女兒，如何連件陪嫁也不給？」
采菊娘把胸一挺，道：「姜夫人講了，抬進去時越可憐，越能得中丞老爺的疼惜。」
采菊爹連連點頭：「說的是，得了老爺疼惜，賞賜還會少？姜夫人真真是好見地。」
沈長春皺著眉在一旁聽了半日，問道：「這事陳姨娘可知曉？」
采菊臊紅了臉，摔杯子道：「我如今是自由身，嫁與誰與她何干？」
采菊娘忙上來捂她的嘴，急道：「祖宗，如今指著她們哩，休要胡說！」
沈長春搖了搖頭，自去陳家報與陳姨娘。
采菊爹見他出去，回頭便罵采菊娘：「妳看看他，不過是攀上了高枝兒罷了，還是個倒插門的，神氣什麼？等咱們閨女嫁進中丞家，哪裡還要他貼補？」
采菊娘無緣無故挨了罵，自然不依，回嘴道：「那是你家兄弟呢，與我何干？」

趁著爹娘吵嘴，采菊摸到裡屋偷了把錢，去街上買回胭脂水粉，一心要把自個兒扮成天仙抬進中丞家。

過了幾日陳姨娘聽得御史中丞老爺新納的妾抬進了門，病也好了起來，小圓便來尋她商量，要請幾位來探過病的娘子吃酒。二人拿著廚下擬的菜單看，小圓問道：「姨娘，怎麼聽說御史中丞家新娶的姨娘是采菊？」

陳姨娘瞧了瞧她，見她神色如常，這才回答道：「確是采菊，妳莫要看不開。」

小圓見房中並無他人，道：「他們是周瑜打黃蓋，我有何想不開？只是奇怪這樣的消息，她是如何得知的？」

陳姨娘朝窗外看了一眼，「正是要與妳講此事，據說是采菊來看我時，無意間聽到了吳嫂和劉嬤嬤的閒聊，這才……世間哪裡有這樣巧的事，也不看看我們在府裡時怎樣過來的，妳現在管著家，該去敲打敲打她。至於劉嬤嬤，等妳出了門子，我也就遣她回去了。」

小圓點頭應了，馬上回房讓人叫了吳嫂來問話，吳嫂自然是矢口否認，分辯道：「四娘，這事兒的確是巧合，雖然我與采菊有些過節，但絕無捉弄她的心思。」

小圓有一下沒一下地敲著桌子，「妳講得極是，這事兒確是巧了點，我這就喚劉嬤嬤來問問。」

吳嫂知道劉嬤嬤是叫小圓的錢收買慣了的，當即嚇得頭冒冷汗，「四娘，采菊一心想要過好日子，我幫她一把也是好意。」

「唔，那我姑且就當妳是好意吧。采蓮……」小圓一副雲淡風輕的表情，「去叫人牙子來，把她這一房賣了去。」

吳嫂好半天才回過神來，叫道：「四娘，就算我有錯，若她自個兒沒有那個心，我就算是有意的也無法。」

小圓淡淡一笑，「誰說我是為了此事怪妳？」

「那四娘，妳……」吳嫂發現自己有些揣摩不透小圓的心思。

「萬一哪天我也得罪了妳，被妳『好意』說上了幾句可怎麼辦？要知道，我是最恨有人背後算計我的。」小圓不願聽她解釋，說完就去了陳姨娘房裡，任由她去和采蓮鬧。

陳姨娘見小圓不過幾句話功夫就回轉，便問道：「四娘，這樣快就教訓完了？妳還是心軟，這樣的下人，實該敲幾板子。」

小圓摟住陳姨娘的脖子，笑道：「姨娘，妳閨女今日心狠了一回呢，已是叫人牙子來了。」

陳姨娘雖覺得將吳嫂一家賣掉有些罰過了，但她對下人本就不很在意，何況小圓還是她心尖尖上的人，第二日就找了人牙子來，重新買了兩房下人，只等著擇優選一戶升任管家。

雖然吳嫂是個壞心腸，但采菊抬進了御史中丞家，陳姨娘卻意外得了好處，立時可以「病」癒，不用日日躺在床上。她心下十分快活，喚了小圓和兩個丫頭，足足抹了一整天的牌。

小圓在牌桌前坐了一天，晚間回房就覺得腰間酸痛，她正要喚小丫頭來替她捶一捶，采蓮突然叫道：「哎呀，四娘，妳癸水來了。」

小圓一時未明白采蓮的意思，直到她上前來幫自己解裙子才反應過來，忙推開她的手，「我自己來吧，妳去叫我姨娘來。」

陳姨娘聞訊趕來時，小圓已換了乾淨衣裙，正指揮著小丫頭們縫棉花包。

陳姨娘看了看自己手中草木灰縫成的布包，猶豫問道：「四娘，妳這是……」

小圓指了指棉花包，道：「姨娘，大丫頭們已告訴我癸水是怎麼一回事了，我才問過她們，這些東西不能見太陽，只能陰乾，我可用不慣，再說草木灰哪裡有棉花好使，我還準備墊幾張宣紙在裡頭呢！」

陳姨娘愣道：「塞棉花？那可不好拆洗。」

「要拆洗作什麼，用完就扔，又乾淨又方便。」小圓說完，又囑咐小丫頭下回縫棉花包用的布須得先用沸水煮過。

陳姨娘如今也是有些家底的人，就不去理論費不費錢的事，坐到小丫頭旁邊接過手來，「我來吧，這針腳也太粗了些。」縫了兩針，又抬頭對小圓說：「回頭我幫妳下面一層用厚實的土布，上頭一層用棉紗布，這樣使著更舒服。」

小圓偎到她身旁，笑道：「姨娘，妳用譽滿臨安府的蘇繡替我縫棉花包，趕明兒我可要出名了。」

陳姨娘溫柔地看她一眼：「我自己生的女孩兒，能不仔細些？」她做好一個棉花包，叫采蓮服侍小圓換上，又拿了些材料回房去繼續縫。

第二日天剛泛白，小圓就捂著肚子在床上翻來覆去。采蓮聽到動靜，忙掀了簾子進來瞧。她比小圓長幾歲，一看便知她這是肚子痛。她們丫頭遇到此種情形，忍一忍也就過去了，但小圓是主子，采蓮不敢怠慢，忙叫了個小丫頭，讓她去請陳姨娘。

陳姨娘聽說小圓肚痛，馬上讓人煮了紅糖水送去，不料小圓喝了卻不見效，她只得又使人去藥鋪抓了幾味活血的藥，親自看著火熬好了，端過去給小圓。

小圓已是疼得頭冒虛汗，聽得是活血的藥，端起來一口就喝了下去。陳姨娘揀了塊過口的蜜餞餵到她嘴裡，心疼道：「快些躺下，過會子就好了。」

眾人只顧著憂心小圓肚子痛，直到此時替她蓋被子，才發現床上早已染紅了一片。小圓氣道：「本以為是個好東西，怎麼這樣不經用？」

新挑上來的丫頭采梅安慰她道：「四娘，不是棉花包不好，是那東西太輕小，容易挪動而已。」

小圓讚許地看了她一眼，「說的不錯，該縫上個帶子繫在腰間的。」

陳姨娘介面道：「這有何難，好孩子，妳快些躺下歇著，姨娘這就替妳縫帶子去。」說完就風一般回房給棉花包縫帶子。采蓮忙上來替小圓換了床單，伺候她重新躺下。

晚間陳姨娘再送藥來時，小圓已好了些，就扭來扭去不肯再吃藥，「姨娘，這藥太苦，我這會兒又不疼，明日再吃吧。」

陳姨娘點了點她額頭，「少吃一頓都不成，回頭肚子又該疼了。」

小圓無奈捏起鼻子勉強將藥服下，又接連塞了好幾顆蜜餞到嘴裡，方才覺得苦好了些。

陳姨娘見她眉頭緊皺，便攬了她道：「四娘，郎中講了，妳肚痛乃是血氣不暢，因此這幾日都得服些活血的藥。姨娘知這藥苦，妳忍著些呀，我讓她們多送些蜜餞來。」

「血氣不暢？」小圓盯了那藥碗，「不知這藥裡有哪幾味？」

陳姨娘笑道：「妳還研究起這個來，我讓人把方子送來給妳慢慢看吧。」

回頭陳姨娘真的讓人送了藥方子來，小圓拿起來一瞧，上頭列著些益母、香附等藥，她將藥方緊緊攥在手裡，臉上現出笑容來。

「采蓮，過來替我寫幾個字兒。」小圓看著采蓮取了筆墨，便念道：「艾葉、薄荷、當歸、益母草、魚腥草、香附，還有百部和芍藥，記下，然後各秤一斤來。」

「一斤？四娘，熬藥哪裡用得著這許多？」采蓮停了筆問道。

小圓賣了個關子，也不詳說，只讓她備齊材料，又命小丫頭新做了十來個棉花包。

第二日采蓮捧了藥材進來，見小圓擺弄棉花包，奇道：「四娘，難不成妳要將藥材縫進去？」

小圓接過藥材，嗔道：「直接裝進去且不論有無效果，首先就會硌得慌。」說完她將藥材分作兩份，一份交給新選上來的丫頭采梅，吩咐道：「拿去跟熏衣裳一樣把棉花包熏一熏。」

她把剩下的那份交到采蓮手中，「拿去熬濃汁，把藥渣子濾淨，再把棉花放進去煮過晾乾後縫進布包裡。」

兩個丫頭領了材料分頭行事，中午小圓吃過午飯，采梅就將熏好的棉花包呈了上來。小圓接過一個聞了聞，只覺一股子清涼氣味撲鼻而來，整個人頓時舒坦了不少，她驚喜道：「這是薄荷，難為妳想得出來！」

采梅見小圓喜歡，一顆心放了下去，笑著回道：「我想著這和熏衣裳許是一個道理，平日裡四娘和姨娘都愛熏個薄荷醒腦，我就擅自做主加了些進去，本來還擔心四娘怪罪呢！」

小圓從照盒裡取了一對耳環遞給她，「妳愛動腦子，這很好，我怪妳作什麼？」

采梅謝過賞出去，仍舊安安靜靜，並不見她如何張揚，小圓從窗子裡瞧見，面露讚許之色。

下午時分，采蓮也捧了加過工的棉花包來，小圓照樣拿起聞了聞，「煮過的味道濃重些，只不知到底哪種效果好，且讓我先試試，妳們也分些去使吧，若藥材不夠就再買些來。」

采蓮面露喜色，替大小丫頭謝過小圓，自去分發藥棉包，重新採買藥材。

小圓這裡忙著試用藥棉包，不想陳姨娘卻一臉急色尋上門來，「四娘，我聽說妳都兩日沒喝藥了，我的兒，妳肚子疼不疼？」

采蓮扶住陳姨娘，遞給她一個藥棉包，笑道：「姨娘，妳莫擔心，四娘自從使了這個，肚子好些了，哪裡還需服藥？」

陳姨娘將信將疑，「這東西聞起來倒是一股子藥味，能管用？」

小圓將兩樣藥棉包給陳姨娘講了一遍，「若像我頭天那樣痛得厲害，肯定還是得服藥，但如果只是小疼痛，使這個盡夠了。」

陳姨娘把兩種都拿起來聞了聞，「采梅熏過的好聞些，不知效果如何？」

小圓答道：「其實各有所長，熏過的因有薄荷，使著舒服；煮過的藥性大些，治腹痛更有效。」

她剛說完，采梅端水路過門口，接話道：「四娘，我熏的那個雖好聞些，卻不管用，過不了幾日味道就沒了。」

小圓恍然，「可不是，熏衣裳也就管得幾日而已，妳倒是老實人。」

采梅謙虛道：「我也不過在倒騰物件上上心罷了。」說完端起水走遠了去。

小圓與陳姨娘商量了一陣，決定各取所長，在煮的藥汁裡加上薄荷一味。因采梅這些有專長，就命她製了些來放到小圓房中，又分了些給來月事的丫頭們去試用。

那些丫頭們用過後雖不好意思明著讚個好字，卻紛紛私下拉了采梅誇她手巧。采梅便回了小圓，稱這些藥棉包研製成功。

小圓聽了十分高興，叫來采蓮吩咐道：「妳是個最會調教人的，且去挑幾個手巧的丫頭，設個女事房，專門負責縫製棉花包，再叫采梅把製藥棉的法子教與她們。」

采蓮奇道：「四娘，妳每月哪裡用得著這許多？」

小圓道：「家裡這些丫頭，哪個用不著？叫她們要用時，儘管去女事房領，只一樣，領多少都要登記，不許浪費。」

采蓮瞠目結舌，「四娘，這是用過就扔的物件，得費多少錢？」

小圓拿起帳本晃了晃，「月事是女孩子的大事情，馬虎不得，再說咱們家馬上就有額外進帳，這些個小東西還是用得起的。」

采蓮見小圓如此心疼下人，心中很是感激，自去盡力將事體安排妥當。家中丫頭們聽說了此事，個個暗自雀躍，對小圓稱頌不已。

小圓辦妥了「大事」也未閒著，喚來家中採辦吩咐道：「現在交給妳一門發財的路子，去多多買些隔年的棉花，租個倉庫擱著。」

採辦不明所以，但深服小圓短短幾個月時間裡開了好幾家鋪子，因此也不多問，到帳上支了銀子就去買棉花。此時已是二月間，天氣一天暖過一天，棉花極好壓價，他沒費什麼周折就裝滿了一屋子。

採辦媳婦見他忙進忙出收棉花，很是奇怪，「四娘雖說設了個女事房，可哪裡用得著這許多棉花？」

眾人都跟著採辦媳婦疑惑之時，小圓又指使著採辦購進了大批的棉布和土布，這下大夥兒都明白過來，四娘這是要做藥棉包的生意呀！

阿繡聽說了此事，匆忙趕來尋小圓，「四娘，妳家採辦上我們少爺的鋪子買了好些布匹，聽說是要做什麼藥棉包？」

小圓笑了起來，「這樣的東西，我要是開個鋪子，哪個不怕羞的敢來買？」

阿繡亦笑，「可不就是這個理。」

小圓又道：「不過既然連妳都曉得了我家的藥棉包，看來這些東西馬上就能賣出去了。」

阿繡還是聽不明白，又去尋陳姨娘，問四娘不賣藥棉包為何還要採辦棉花布匹。

陳姨娘聽她且急且訴，笑道：「我知道妳是向著四娘，可妳也是要當娘的人了，行事該穩妥些，動了胎氣怎麼辦？至於四娘，咱們如今不缺那幾個錢，她愛怎麼耍就怎麼耍。」

阿繡見陳姨娘對小圓寵溺至此，越發急了起來，但陳姨娘擔心她的身子，不由她繼續講，叫了兩個人來強將她送了回去。其實陳姨娘如何不急，只不過不想掃女兒的興罷了，但只過了三五天，她就把一顆心全放回了肚子裡。

臨安的有錢娘子們聽說小圓家連丫頭都使上了既方便又乾淨還有藥效的棉花包，個個生怕自己落在後頭叫人說自家沒錢，紛紛上小圓家打聽了方法，發動全家女人齊動手，縫製藥棉包。

縫這東西可不得要棉花棉布？但這時節舊棉已過季，新棉還要待年底，哪裡買去？只有上小圓家。

小圓見用倉庫臨時改作的棉鋪生意紅火，大有趕超其他幾個鋪子之勢，便請牙郎另盤了個鋪子，刻了棉花商牌掛在門口，專為娘子們賣藥棉包的一應材料。

又過了幾日，相熟的娘子們來賀小圓新鋪子開張，都抱怨道：「買回的棉花怕不乾淨，便學四娘煮一煮，可真費事。」

小圓靈光乍現，忙道：「這有何難，明日我家鋪子就售煮過的棉花，拿乾淨木盒子裝了，給各位送上門去。」

第二日，小圓家的棉鋪不但有了煮過的棉花棉布，還有拿藥材泡好的藥棉，不但上櫃檯出售，還可按日子送貨上門。這下不但沒積壓貨物，家中進益又多了幾分，陳姨娘放下一顆心來，遠在程家的阿繡也喜氣洋洋。

三月初，科考放榜，何耀弘高中了一甲第四名進士及第，聖上賜宴瓊林，後又授官左儒林郎，一時間何家門楣光耀，不消細說。

張榜那天，小圓早早就使人送了賀儀去，左等右等卻不見來報喜訊的人，她望著大門哭笑不得，「別人家都是報喜不報憂，他們卻是有了難處才來，遇到也能讓我沾光的事，就全然忘了。」

陳姨娘卻是指著側門，「劉嬤嬤去打聽回來了，快叫她來講講。」

小圓今日看劉嬤嬤最為順眼，讓小丫頭搬了個凳兒給她坐了，笑問：「劉嬤嬤，聽說在瓊林宴上，聖上親口讚我三哥了？」

劉嬤嬤把頭一揚，「這還有假，如今三少爺已然是聖上跟前的紅人了，不知有多少人爭搶著與他結交，根本脫不開身。」

儒林郎並不是京官，況且還未獲差遣，哪裡就成了皇上跟前的紅人？小圓聽劉嬤嬤話中水分極大，怕惹出麻煩來，忙打斷她道：「妳都沒見到三哥，哪裡有什麼話講，歇著去吧。」

劉嬤嬤很不服氣，叫道：「四娘，妳可冤枉我了，我雖未見到三少爺的面，卻見著了咱們將來的三少夫人。」

小圓詫異道：「夫人替三哥許下親事了？這還真未聽說。」

劉嬤嬤把小凳朝前挪了挪，壓低聲音道：「不是夫人說下的親，是她自己薦上門來的。」

陳姨娘看不慣她故作神祕，插嘴道：「可是榜下擇婿？這也不是什麼稀奇事。」

劉嬤嬤訕笑道：「還是陳姨娘有見識，就是榜下擇婿。今兒剛一放榜，咱們三少爺正抬頭看榜呢，就有一位小娘子走到他身旁，問：『我是城中李家的女兒，家中富足，樣貌也不醜，想嫁給小官人，不知行不行？』，咱們三少爺……」

陳姨娘再次打斷她的話：「這樣沒規矩的小娘子，耀弘哪裡看得上？」

小圓先是驚訝，旋即卻笑了，「瞧姨娘說的，我猜這門親事夫人必是肯的。」

劉嬤嬤大腿一拍，「還是四娘聰明。那李家是做海上生意的，自然膽子大了些，但勝在家中有錢。聽說陪嫁足有十萬貫，還不算城外的田產屋業，而且她幾個兄弟全都買了官做。這樣好的親事，哪裡去尋了來？夫人自然是應允的，連下定的日子都選下了。」

陳姨娘嘆道：「也不知耀弘喜不喜這樣的小娘子……」

「姨娘糊塗了，自古以來婚姻大事只有媒妁之言，父母之命哪有三哥說話的份？」小圓眼角掃到劉嬤嬤臉色微變，忙打斷陳姨娘的話，又轉頭吩咐道：「虧得劉嬤嬤費力打聽到這些，讓我們也歡喜得很。采蓮，拿上等賞錢來。」

劉嬤嬤口中推辭：「自家人要什麼賞錢。」腳下卻不沾地地跟了采蓮出去。

小圓見劉嬤嬤出了院子，便坐到陳姨娘身旁撞了撞她的胳膊，笑道：「姨娘，我還從不知道妳這樣關心三哥。」

陳姨娘握了她的手，「姨娘只是見了妳三哥這樣，想起自己的過往罷了。如今耀弘越過了大少爺，是夫人的眼中釘呢！剛才幸虧妳機靈，要是那話傳到夫人耳裡，怕是要給他添煩惱。」

其實方才小圓不過是為了不給三哥添麻煩才說得那樣的話，此時也跟陳姨娘先前一樣憂慮起來，擔心那兩人過不到一處去。

陳姨娘只得又反過來勸她看開，「四娘，與妳一樣嫁給青梅竹馬的能有幾人，大家都是這樣過來的，妳三哥也沒有哪裡委屈了去。」

小圓嘆息了一聲，將「自由戀愛」幾個字重新埋起，強撐起笑容同陳姨娘一道去備耀弘婚禮的賀儀。

陳姨娘本覺得她們現在就備賀儀過早了些，沒想到姜夫人急著想要那注豐厚的陪嫁，竟將定、聘、財三禮一次並行，月底就讓耀弘去李家迎娶新婦了。

迎親那天，小圓怕姜夫人見著陳姨娘又想出花樣來，便留了陳姨娘在家，自己獨身往府裡去。她到姜夫人面前打過照面，就溜到耀弘院中，本想趁著迎親隊伍還未回轉，瞧一瞧新房，沒想到卻在房門口碰見了他。

「三哥，你未去親迎？」雖說如今親迎之禮鬆弛，但小圓還是有些驚訝。

何耀弘滿不在乎地擺手道：「已遣了媒婆去了。」

小圓見他一副輕鬆模樣，自己反倒莫名沉重起來，張口半日只講出一句：「新嫂嫂是李家五娘子吧，聽聞是個能幹人，夫人必喜愛她的。」

何耀弘扯著嘴角笑了一笑，只說前頭有客要招待，轉身往院外去了。

小圓沒了瞧新房的心思，又聽見外頭隱約有樂聲傳來，想來是新婦迎回，開始攔門了，她忙帶了丫頭往中門去──要是新婦坐虛帳時，姜夫人不見她幫著招呼女氏親家，又要多話了。

其實因耀弘高中進士及第，來幫忙的何家親戚頗多，根本輪不到小圓插手，她正不想與李家人打交道，樂得自在。

待伎樂花燭引了耀弘入新房，看熱鬧的人爭著去扯門楣上橫掛的彩帛，采蓮也推小圓上去搶，小圓卻把頭輕搖，到酒席上略坐了坐就辭了回去。

陳姨娘見小圓回來，拉著她問：「四娘，可瞧見李家的嫁妝了，說來姨娘聽聽，看給妳備的還差些什麼。」

小圓無精打采地搖了搖頭，躺倒在榻上，嘆道：「我哪有心思去瞧嫁妝，三哥一臉的不在乎，一點新郎倌的樣子也無，夫人倒是忙著看嫁妝，根本沒怎麼露面，還不知李家人心裡怎麼想呢！」

陳姨娘聽她如此說，也擔憂起來，「李家人可不是好相與的，只望妳三哥還如以前一般講規矩，以禮待妻。」

不料，她二人的擔憂還未等到小倆口回門就變成了事實——姜夫人占了新婦的嫁妝去給大少爺加官通路子，李五娘一狀告到了何氏族裡。

陳姨娘聽劉嬤嬤唾沫橫飛講了一通，卻很是不解，「李五娘要麼去官衙裡告，要麼回娘家去讓爹娘做主，怎麼告到何氏族裡去了，難道何族長會不偏著姜夫人？」

劉嬤嬤樂道：「可不是呢，這位三夫人到底年輕了些！」

小圓暗自搖頭，遣了劉嬤嬤去廚下吃酒，對陳姨娘道：「我看李五娘必是已將族裡打點好了，夫人此回要吃大虧。」

陳姨娘這才回過味來，驚道：「媳婦的嫁妝可比不得兒子的家當，若族裡不偏心，姜夫人這官司就算上官衙都是輸。」

小圓巴不得姜夫人吃個虧才好，卻是放心不下三哥，便央了陳姨娘要去瞧瞧。

陳姨娘卻勸她道：「一筆寫不出兩個何字，又沒有鬧到官衙去，理他們作甚？」

小圓想想是這個理，若她們不是想顧著臉面，李五娘早就直接上官衙了。

她這裡剛把心放下，第二天何耀弘卻使了人來捎話：「若妳三嫂要來與妳合做生意，妳切莫看我面子。」

小圓先是有些不明所以，心中略想了一想又明白過來，「敢情三嫂不是心疼嫁妝，是藉機要分我鋪子的股份？」

果然，何耀弘的人前腳才走，姜夫人就親自登門，親親熱熱坐到小圓身旁，道：「四娘，妳三哥才授了官，卻無差遣，頂什麼用？不如分些股份與他，拿錢走走門路，得了實權大家都有益處。」

哪有登門求人卻不先拜訪正主兒的？小圓毫不客氣答道：「夫人此事找錯了人，那些鋪子都是在我姨娘名下呢！」

姜夫人修養功夫不到家，當場就變了臉色，「實話與妳講吧，妳三嫂的陪嫁已讓我拿去替妳大哥重新買官了，若妳不分些股份與她，她便要一狀告到官衙。妳馬上就要出閣的人了，娘家鬧出這樣的事體來，妳到了夫家也無光彩，孰輕孰重妳自個兒想清楚。」

小圓暗自冷笑，李五娘還指著沾何家的光呢，這個官司她萬萬是不敢往官衙裡送的，不過是個噱頭罷了，但此回卻得想個法子堵了他們的嘴，省得他們成天惦記自己這兩個店。」

小圓將李五娘想要股份的事與陳姨娘講了，道：「姨娘，我鋪子開得太快，已礙了一些人的眼了，不如散去吧，省得徒添煩惱。」

陳姨娘很捨不得，拿著帳本看了又看，「真要每房都分幾股？姜夫人不是說只有妳三嫂要嗎？」

小圓笑道：「姨娘，錢財乃是身外物，咱們為何要分股份，不就圖個清靜嗎？照我說，直接把鋪子都分與他們。」

陳姨娘以為小圓講的是真話，吃了一驚，「四娘，都給了他們，我們靠什麼過活？」

小圓捂嘴一笑，「此時講了就不靈了，姨娘且看好戲。」

因那兩個鋪子都是掛在陳姨娘名下，第二日小圓就叫了牙郎來，請陳姨娘將店轉給了府裡眾人。

府裡聽說了此消息，除了何耀弘外都驚喜若狂，何耀齊身為長子，代表全家來領了契紙回去，頭一件事就是研究如何分股份。最後每間鋪子的股份作十份，三兄弟每人三份，還剩的一份為了安撫李五娘，分給了三房。

何家老大得了李五娘的十萬嫁妝，對如此分法自是無話講，但何老二卻是一絲好處也無，自然是不依，幾房人鬧哄哄爭了足足三、四天，等到他們想起去街上收鋪子，才發現小圓給他們的真是「鋪子」，不但管事夥計廚娘全無，連印了商標的銅牌盒子包裝紙都不見蹤影。

幾兄弟見了此情景，何老二頭一個發難：「我們幾個從未做過生意也還罷了，弟媳不是出身經商世家嗎，怎麼也犯如此大錯？」

何老大緊隨其後，「虧得我們還多分了一股給她，不如拿出來交與娘親還好了。」

兄弟三個只有何老大是姜夫人親生，股份交與她和交給何老大有什麼分別，何老二生怕又吃了虧，馬上與老大爭辯起來。

何耀弘本就偷偷使人去小圓家還過股份，是小圓死命勸他留下的，此時他見了空蕩蕩的鋪子，一顆懸著的心方才放下，臉上竟不知不覺露出笑來。

老大老二見他發笑，齊聲問道：「老三，你才中了進士及第的人，難不成有什麼好主意？」

李五娘好不容易得了個佳婿，豈能容人羞辱了去？她幾步從後頭趕來，嗤道：「多大點子事，就叫幾位大少爺慌成這樣？沒有管事難道我們自己不會雇？沒有了商標難道咱們自己不會照著畫？」

何老大、何老二受人擠兌卻毫不生氣，雙雙袖著手，笑嘻嘻地望著何耀弘。

果然何耀弘死盯著李五娘沾了幾點泥的裙襬看了幾眼，漲紅了臉吼道：「妳蓋頭都不戴就提著裙子往街上來，有無想過我的臉面？」說完，不等李五娘分辨，就將她塞進轎子催轎夫送回家。

李五娘挨了心上人的罵，躲在房內痛哭了一場，再出來時還是幹練的模樣。從娘家調來幾個得力的管事，每間鋪子分了一個，又請了臨安最出名的鐵匠，照著小圓以前包裝盒子上的商標打了一批金的出來。

等她躊躇滿志重新開張了鋪子，卻有衙役找上門來，「這些商標除了陳家鋪子，旁人不許用。」

李五娘在娘家時就幫著打點生意，自然曉得其中的門道，當即就悄悄打聽陳家向官府孝敬了多少錢，但她卻不知小圓孝敬官府倒是其次，主要是每個月都有鋪子的分紅送到各位官差家中，因此那衙役哪裡肯說。待到拆了鋪子門口的銅牌，他才看在錢的分上提了一句：「陳家鋪子重新開張了，這些商標妳如何能再用？」

李五娘先是吃驚，隨後氣結，她一門心思要算計小圓，怎料到反被小圓耍？

更要命的還在後頭，她在店內坐了不到半日，來回話的管事絡繹不絕，蛋糕鋪子的管事抱怨：「會做新樣式蛋糕的廚娘全被陳家帶走，哪裡去再尋了來？」棉鋪的管事抱怨：「沒有藥棉的配方，光個棉花包誰家自己不會做？」

李五娘越聽越惱火，顧不了會遭何耀弘責罵，直奔陳家要找小圓問個清楚。小圓見了她倒是客客氣氣，親手執了契紙與她瞧，「三嫂嫂請看，這些廚娘和夥計都是與陳家簽了死契的，眼見我姨娘就要招夫婿自立門戶，搶自個兒生母家人的事我怎做得出來？」

小圓一口一個陳家，李五娘想問問她家為何又開新鋪子的話就有些說不出口。她突然想起往族裡送過的那些錢，馬上又動身去找族長，讓他務必替自己作主。

何家族長想起早上小圓剛送來的修葺祠堂的錢，心裡掂量了一番，對李五娘板起了臉，「那是陳家的鋪子，不是四娘的鋪子，她好心幫襯你們，妳不知感激也就罷了，竟然貪心到如此地步。」

李五娘又氣了個倒仰，她料想此時就算回家也不過又被何家兄弟嗤笑，於是直接上轎往娘家去了。

晚間何家不見新婦回來，忙使人去鋪子裡看，鋪子裡卻是空蕩無人，還是旁邊店裡的夥計告知了詳情。姜夫人聽得回報，氣道：「鋪子裡用的全是她娘家的人，出了這種事連個回來報信的都無。」說完又趕何耀弘去小圓家質問，何耀弘哪裡肯去，藉口要去問差遣，走到朋友家宿了一夜。

第二天一早，姜夫人到底還是找上了陳家，不料卻在廳中「巧遇」了何氏族長，族長自然是明裡暗裡將她狠罵一通。等到她回家，全族人都知曉她們白撿了幾個鋪子卻怪人家不陪送夥計，隨後幾日何家兄弟走在街上總有人指指點點，他們回家哪有不抱怨的，嘔得姜夫人病倒在床上。

小圓送出去的幾家鋪子成了空殼，她的新鋪子卻又熱熱鬧鬧做起了生意。陳姨娘細細翻過帳本，一臉的滿足，「還是老管事、老夥計，商標也是原先的，不過將鋪子挪了個位置罷了。」

小圓則感嘆：「我倒要感謝三嫂，若不是她，我哪裡想得到平日裡還要把族長哄好？」

二人說著說著相視而笑，阿繡從窗外瞧見，大聲道：「四娘好手段，總算出了一口氣。」

陳姨娘先嗔道：「妳雙身子的人，有事打發人來說一聲便是，怎的又自己跑了來？」

阿繡笑嘻嘻地看著小圓，「哪裡是我有事，分明是我家程少爺有事，放心不下咱們四娘，我只得來跑一趟，好為主子解憂！」

小圓忙拉了她坐下，笑道：「這丫頭如今竟伶牙俐齒了起來。」

阿繡也不分辯，只道：「我們少爺怕四娘受了委屈，想提前來催妝呢！」

小圓立時羞紅了臉，陳姨娘急道：「胡鬧，成親前三日才能催妝，這種規矩豈能亂來？雖他一片好心，也莫讓我閨女受人恥笑！」

陳姨娘是關心則亂，直到滿屋子丫頭都在衝她笑她才明白過來，這不過是阿繡故意編來打趣小圓的。程慕天是個最守規矩的人，怎會做出如此事體來？她板起臉想斥阿繡幾句，可還是撐不住也笑了起來，「明兒是寒食，就留在這裡過吧。」

阿繡記掛著程福，又趕著回去給程慕天報小圓的消息，哪裡肯留，陳姨娘只得放她去了。

因寒食節廚房要禁火三天，所有吃食都得在頭一天的「炊熟日」備好，陳姨娘便起身到廚下看著廚娘們做棗糕，捏成燕子形狀用柳枝兒串了，遍插在門楣上。

小圓帶著丫頭們站在門下瞧了一回，「聽說風乾的子推燕若能放到明年，還有治口瘡的功效呢。」

小丫頭們都問這棗糕燕為何要叫子推燕，小圓便將晉文公放火欲催介子推出山，未曾想好心辦壞事，反而燒死了子推的故事講了一遍。丫頭們個個聽得唏噓不已，有個小丫頭卻道：「我看那晉文公倒跟姜夫人似的，說不定就是想害子推，偏還要尋出好藉口來！」

小圓忍不住笑起來，「沒想到妳頗有些阿繡的風采！」

陳姨娘端了稠餳出來給小圓嘗味道，「四娘，明兒妳及笄，可是要去府裡？」

小圓搖頭道：「族長念我出錢修葺了祠堂，讓他夫人親自給我插簪呢！」

陳姨娘喜上眉梢，「那感情好，族裡能讓族長夫人親自主持及笄禮的可沒幾個。」

第二天，姜夫人特意派人來接小圓回府行及笄禮，沒想到卻撲了個空，她當著來觀禮的幾個親戚下不了台，氣道：「我好心好意去接她回來及笄，她卻只顧著去巴結族長夫人。」

一個老孀子看不過眼，拖長了尾音叫道：「罷喲，妳也不過是與新進門的三媳婦過不去，又想拉攏閨女。」

眾親戚紛紛來勸姜夫人：「族長夫人與她及笄也是妳這一房的榮耀，該高興才是。」

「榮耀什麼？」姜夫人桌子一拍，「妳們都道是我不厚道，欺負庶出的女兒，可也不看看我講的話她哪一樣聽了？叫她替她大哥買官她只出五百文，我替她姨娘尋的一門好親也叫她設計攪黃了。她的心眼子多著呢，裝著可憐罷了！」

老孀子譏諷道：「四娘把陳家的鋪子都送與了你們，妳還想怎樣？」

不提鋪子還好，姜夫人一口氣立時堵在了胸口，偏生又不好辯解，竟兩眼一翻暈了過去。

小圓那邊剛挽起頭髮，就聽得姜夫人暈倒。她可不願在族人面前落下口實，匆忙上了轎子直奔府裡。到門口時，正巧遇見李五娘下轎。原來上回姜夫人病倒李五娘沒趕上，這回一聽說姜夫人又病了，立馬從娘家趕了回來準備主持大局。

小圓上前行過禮，也不多言語，進去瞧了瞧姜夫人，見她還昏睡著，就準備去尋何耀弘說說話，下人們卻告訴她三少爺出去為差遣通路子了。

小圓回家後向陳姨娘講了府中情形，陳姨娘笑道：「李五娘對妳三哥倒是沒話說，為了他的差遣竟變賣了一塊隨嫁田。」

小圓低頭看著指甲，「若不給三哥弄個差遣，她不就竹籃打水一場空了？瞧著吧，日子在後頭呢，夫人與李五娘都不是省油的燈，且看她們鬥。」

陳姨娘想到她們相鬥，自己和小圓就能過過清靜日子，臉上不知不覺就浮上了笑容來，「有個廚娘是京都遷來的，昨日蒸了好些臘肉呢，我讓人端來給妳嘗嘗。」說完，歡歡喜喜拉了小圓上桌，吩咐丫頭們上菜，魚鵝肉、蒸糯米、凍薑豆，還有鴨蛋、茸母糕，滿滿當當擺了一桌子。

等出了寒食清明，程耀弘的差遣也定了下來，立時啟程往任上去了。姜夫人見李五娘沒了夫婿在身邊，打定主意要立立婆婆的威嚴，但李五娘好不容易掌了府中大權，又得科舉出身做了官的夫婿撐著，哪肯輕易讓出來，二人成天在家雞犬不寧，鬧個不休。

小圓聽劉嬤嬤又一次講府裡的故事，笑道：「劉嬤嬤，妳以前可是從來不講夫人的不是的。」

劉嬤嬤袖著錢，左顧右盼，「哪裡有不是？我不過實話實說罷了。」

小圓同陳姨娘俱笑起來，賞她廚下去吃酒。

笑過之後，陳姨娘又勸小圓：「四娘，到底妳出嫁時要從府裡出門，還需時常去打個照面才好。」

小圓很是篤定，道：「姨娘莫急，不出三日，夫人定會主動來尋我。」說完卻又長嘆：「如今府裡是一灘子渾水，我實在不想去蹚，卻又怕惹急了夫人，她到時不去替我鋪房。」

果然才過了兩天，姜夫人就尋上門來，先是誇小圓得了族長夫人親自插簪，為本房爭了光，後又讚她空鋪子送得好，殺了李五娘的威風，有話沒話講了一籮筐。

小圓只是微笑不語，陳姨娘沉不住氣問道：「四娘成親時還得勞煩夫人去鋪房呀！」

姜夫人就等有人接話，忙道：「這是我分內的事，自然是要去的，只是府裡如今是老三媳婦掌家呢，只怕到時辦得不妥當。」

陳姨娘張了張口，卻不知勸她什麼好，只得拿眼看小圓。

小圓輕輕一笑，「咱們家是三哥先娶了嫂子，這倒是少見呢！」

姜夫人聽了這話猶如醍醐灌頂，叫道：「正是，正是，如今她一人獨大，我自然是壓不下她，實該替耀齊趕緊尋房媳婦才是。」

她得了如此好主意，看小圓就親切起來，拉著她的手信誓旦旦保證，到時定將她的鋪房辦得妥妥當當。

小圓哄定了姜夫人，她出閣的日子也近了。這天陳姨娘拿了大紅的嫁衣來讓她試大小，讚道：「我的四娘好模樣。」

小圓摸著衣上密密的針腳，問道：「姨娘可曾替自己也繡一件？」

陳姨娘竟羞紅了臉不肯作答，取出地契盒子要給她交代陪嫁。小圓見她身後的阿蘇悄悄衝自己點了點頭，立時明白，偷笑著坐過去聽她數地契房契。

陳姨娘把契紙一張張取出來給小圓瞧過，「一共三個小莊、兩頃水田、一頃旱地，還有五頃山林。這幾個小莊都不在臨安跟前，妳去閒住是不能了，且留著收租子吧。我在臨安城外還買了座小宅給妳，帶著大園子，讓妳閒時能去散散心。原先宅子的地契和鋪子，妳都帶了去，姨娘也不會經營那個。」

小圓仔細想了想，答道：「姨娘，妳還要招夫婿，沒些產業傍身怎麼行？還是放在妳名下吧，我替妳照看著便是了。」

陳姨娘笑道：「妳去了程家，總要有些自己的家底，方才不會被人瞧輕了去。再者，大宋有律，妳隨嫁過去的產業只歸妳一人所有，誰也休想再占到便宜。」

小圓倒真不知這條規矩是有明律的，怪不得李五娘敢為了嫁妝宣揚要去衙門打官司了。想到以後自己可以毫無顧慮地大把掙錢，小圓喜上心頭，「既然如此，鋪子我就帶了去，但六成分紅都與姨娘，至於老宅的幾棟樓，姨娘就留著收租子零花吧。」

陳姨娘一聽大半收益都要送與自己，忙再三推辭，但小圓堅決如此，她只得含淚謝過小圓，一把將她摟進懷裡，「置辦嫁妝本就花的是妳自個兒的錢，如今還要妳出錢養姨娘，這是我哪輩子修來的福氣。」

小圓替她拭去臉上的淚，逗她道：「誰讓妳沒兒子呢，只有我來養了。」

陳姨娘笑起來，「我這閨女哪裡比兒子差了？」

二人說笑一陣，陳姨娘自袖子裡掏出張單子，「差點混忘了，還得讓妳帶幾房家人過去才是。」

小圓暗自點頭，雖說程慕天是老實人，但自己手中總要有個把親信行事才方便。

陳姨娘把單子遞到她手中，「妳房裡兩個大丫頭采蓮、采梅肯定是要跟過去的，至於做不做通房，妳自個兒拿主意，還有兩個小丫頭阿雲、阿彩，妳也帶過去。至於陪過去在外打點的家人，我看咱們的管家就很好，不如就是他家吧。」

小圓很是感激，笑道：「姨娘，哪有嫁閨女把自己的管家也陪了去的？咱們鋪子的管事都是簽了死契的家人，那個大管事任五我看就很好，還是讓他管著城裡的生意吧，至於管田產的人選……姨娘，妳之前挑管家，不是有一房落選嗎？我看那田二是種地的出身，他媳婦也是個老實人，就請姨娘賞給我帶過去吧。」

陳姨娘點頭應了，「還是妳想得周到，就如此吧。我這就叫他們去收拾，等著妳出嫁那天一起跟過去。」

正式迎娶的前三天，程家開始來催妝，小圓也帶著陪嫁搬回了府裡住。姜夫人忙著替何耀齊挑媳婦，分不開身來應付小圓的婚事，就答應了讓陳姨娘以何家親戚的身分也暫時搬進府裡，並同意成婚頭一日帶她一起去鋪房。

陳姨娘不曾想過自己能親自送女兒出嫁，真是喜出望外。她親自去收了催妝的冠帔花粉，又給程家答以金銀雙勝御、羅花樸頭、綠袍、靴笏等物，忙得不亦樂乎。

鋪房那天，何家族中的一個嫂子帶了陳姨娘等人擔了部分嫁妝先去張掛帳幔，展陳衾褥。後又命阿雲和阿彩看守房中，不許人入內。

第二天吉時，程慕天親領著迎親隊伍行至何家大門前，抬著花瓶花燭的行郎、專門雇請的吹鼓手，浩浩蕩蕩引了許多人來看熱鬧。

陳姨娘聽得一聲「花轎來了」，忙忙起身叫人去催姜夫人款待酒肴，散發花紅利市錢，又親扶了小圓出來，送她到家廟門口。

小圓到家廟磕過頭別了祖宗，門口的樂官已在作樂催妝，她望著陳姨娘不自覺淌下淚來，「姨娘，往後女兒不能常陪妳身旁。」

陳姨娘顧不得怕姜夫人責怪，緊緊握著小圓的手送她到門口，「離得又不遠，要見也容易。」

程家人見新人出來，克擇官又報了一遍時辰，吉利詩詞聲遍起。待得小圓上轎，轎夫鼓樂人照例不肯立即起簷子，吵嚷著要討利市酒錢。陳姨娘嫁閨女，到底是歡喜大過捨不得，忙命人拿錢來散發。

簷子起過了三四回，轎夫終於肯出發。眾人擁著花轎回到程家門首，又有樂官伎人來攔門，「仙娥飄渺下人寰，咫尺榮歸洞府間。今日門欄多喜色，花箱利市不須慳。」

「洞府都來咫尺間，門前無事若遮攔。愧無利市堪抛擲，欲退無因進又難。」後頭這首答攔門詩卻是程慕天的聲音，小圓在轎中聽見，又驚又喜。方才上轎時因大紅蓋頭遮著，未看見他站在何處，此時他越過司禮人自行答詩，莫不是特意為之？

陰陽克擇官手執花斗撒完穀豆，來請新人下轎，待小圓走下轎子，又有一樂伎捧了鏡子對著轎子倒行，數名伎女舉了蓮炬花燭在前迎引，采蓮和采梅左右扶著小圓，踏著青錦褥，跨鞍入中門。

進了中門，早有候著的人迎上來，引小圓到新房內床上坐了，采蓮小聲提醒道：「四娘，這便是『坐床富貴』了。」小圓見她出聲，便知程慕天馬上要進來請她行參拜之禮，心跳不自覺就快了幾拍。

待看熱鬧的人扯過門楣上的彩帛，程慕天進新房請小圓到堂上，用彩緞挽的同心結牽著她在堂前站定，他家雙全的女親上前來用機杼挑開蓋頭，露出小圓羞紅的臉來。

程家族人俱住泉州，臨安只得程老爺與他兄弟兩房，因此參拜之禮並不繁瑣。認完親戚，夫妻交拜卻是回新房進行。交拜禮畢，二人面對面坐在床上，看著禮官拿金錢彩果撒帳。撒完帳，程何兩邊的親眷上前來把小圓和程慕天的頭髮各剪下一縷，拿木梳合梳到一起。

這便是「結髮夫妻」了，小圓偷眼望向程慕天，心中頓生出柔情來。

合髻後，丫頭端上交杯酒來，小圓抿了一口，把剩下的半盞遞與程慕天。程慕天一眼瞧見杯沿上沾的胭脂，臉刷的紅透，竟猶豫著不敢下口，惹得丫頭們偷笑不已。

行完合巹之禮，程慕天出去招待賓客，新房內除了小圓和她帶來的丫頭們，就只剩了程三娘。後者見小圓看她，不好意思笑了笑，「嫂嫂，我們家親戚都在泉州，這裡叔叔家的堂兄們也都還未娶親，嬸子在外招呼女客，因此只有我一人來陪妳了。」

小圓聽得一聲「嫂嫂」，雙頰飛紅，低低應了一聲。她早知這位三娘子性子柔和，又極老實，因程慕天不待見她，在這家裡連丫頭都不拿正眼瞧她。上輩人犯下的錯，與小輩何干，小圓嘆了一聲，叫采梅拿花生餅來給程三娘嘗，「三娘，嘗嘗我姨娘做的餅。」

程三娘扭捏著不肯伸手，還是采梅硬塞了塊給她，小圓不禁又嘆了口氣。

「嫂嫂，這餅香得很，還是有親娘好。」程三娘小口咬著餅，紅了眼眶。

小圓拉她到身旁坐下，嘆道：「妳小時還到我家玩過的，我是怎麼樣過來的，想妳也知道。咱們這樣妾生的孩子，能活下來就不錯了。」

一席話講得程三娘伏到她懷裡哭起來，采蓮看見忙過來勸道：「三娘子，今日是妳嫂嫂大喜的日子呢！」

程三娘猛地醒悟過來，忙三兩把抹了淚道：「大姊還在我房裡呢，我瞧瞧她去。」

小圓瞧著她走出門去，對采蓮道：「我記得三娘只比我小二歲，妳看她這身子單薄的。」

采蓮點了點頭，答道：「我記下了。」

采梅奇道：「采蓮姊，四娘是問妳程三娘呢，妳記下什麼了？」

小圓笑道：「妳采蓮姊記下的多了，妳還須跟她多學學。」

采蓮看了采梅一眼，「妳該改口稱夫人了。」

采梅忙叫了聲「夫人」，低頭退到角落裡，倒惹得小圓笑起來。

晚間，程慕天帶著一身酒氣回來，站在門口只看了兩眼就問：「淑慧怎麼沒陪著她嫂子？」

采蓮和采梅俱偷笑，「程少爺這就心疼夫人了。」

小圓不想新婚之夜傷了和氣，扯了個謊道：「我累了想一個人歇著，就叫她先回去了。」

程慕天莫名又紅了臉，支吾了幾句，獨自鑽進屋去洗臉。

采蓮見程慕天進去，忙推了把小圓，又拉了采梅和兩個小丫頭一同出來。采梅兀自捂嘴笑著，采蓮扯了扯她的袖子，正色道：「往後我們在這府裡，一言一行都代表著夫人，休要讓人落了口實。」

采梅也不是那不曉事的人，忙點頭應了：「采蓮姊，我雖有些小聰明，但接物待人比妳差遠了，還望姊姊教我呀！」

采蓮看了看阿雲和阿彩，道：「妳們三個都是我挑上來的，教妳們自是不遺餘力。這裡不比陳姨娘那裡，妳們自己也需謹慎些。阿雲、阿彩妳們兩個記得瞧瞧三娘子房裡缺些什麼，告訴我好與她送了去。」

阿雲和阿彩齊聲應了，與采蓮三個對望一眼，原來采蓮記下的是這個，自此三人對采蓮又服氣了幾分。

陳姨娘說的對，沒有婆婆的確要少很多事，程老爺自有那個租來的妾服侍，小圓跟著程慕天到他跟前打了個照面就算了事。

請過安，程慕天一本正經說要去鋪子看看，提腿就走了。小圓還未回過神，就見程福又偷偷回轉，「夫人，少爺說中午回來吃呢，叫我不告訴別人。」小圓聽後忍俊不禁，顧不了什麼儀態，一路笑著回院子。

阿繡早在屋裡等著她，一見面就問：「四娘……夫人，見著那根水蔥兒了嗎？」

小圓一愣，「哪裡來的水蔥？」

阿繡眨巴眨巴眼，小圓想起她給自己寫過的信，撐不住一陣好笑，「妳是說大姊送來的那個丫頭？早上二郎訓她時我倒是見過，的確嫩得跟水蔥兒似的。」

阿繡清了清嗓子，扶著腰站起來道：「我管著這院子裡的丫頭們呢，現在就叫來給夫人瞧瞧吧！」

小圓剛止住笑，聽了她這話又撐不住了，「我還道妳轉了性子，原來還是如此！還不快坐下，叫采蓮叫去！」

阿繡不依，攔住采蓮，非親自去了。

阿雲見阿繡出去，對小圓道：「不是我要說繡姊姊的不是，可哪有下人拜見新主子還要去請的？」

采蓮忙道：「繡姊姊身子沉重，疏忽了也是有的。」

小圓應了一聲，「采蓮說的是，說到底是管家娘子的不對，阿繡大著肚子怎能還讓她勞累？待會兒妳叫她回家去養著，管教丫頭們的事妳先接過來。」

說話間，阿繡領了一群丫頭進來，花紅柳綠擠了一屋子。小圓正瞠目結舌，采蓮已湊到她耳邊小聲道：「夫人，足有九個。」

小圓卻笑了，「倒是個吉利數。」

阿繡面帶羞慚。又不好說這幾個丫頭都有後臺，自己彈壓不住，只拿眼可憐巴巴地瞧小圓。

小圓讓阿繡坐了，帶著笑問她道：「都叫些什麼，也不讓她們說來聽聽？」

阿繡還未開口，丫頭們就嘰嘰喳喳報起自己的名號來，這下連采蓮都皺起了眉頭。

阿繡的臉已漲得通紅，大聲吼道：「亂糟糟的，夫人能聽清楚嗎？」

小圓生怕她動了胎氣，好說歹說先將她勸了回去。丫頭們見新來的夫人好性兒，臉上不屑的神色都帶了出來，小圓看見反倒放下一顆心，怪不得這麼些人，個也沒攀上去，原來都是些心思外露的人，實在不足為慮。

采梅見小圓不言語，忙叫她們把名字再報一遍，小圓卻道：「不必了，先說說妳們都是誰送來的吧。」

丫頭們的表情明顯一滯，相互看了一眼，開始有人妳推我我推妳，過了一會兒，一群人分作了三堆兒，有三個稱她們是程家大姊送過來的，有兩個稱是程家二嬸送過來的，獨獨那根水蔥兒一個人站著。

小圓心中先是一沉，沒想到連城中唯一的親戚都不安分，接著又嘖嘖稱奇，那水蔥兒竟不和那三人站在一起，不知有何想法。

水蔥兒見小圓看她，仰頭道：「我叫喜慶，既跟了少爺，就是少爺的人。」

小圓樂不可支，只差笑出聲來，連采蓮也忍不住勾了勾唇角。

「長者賜，不可辭，妳們不是二嬸送來的，就是大姊送來的，我當然要高看一眼。」小圓話講得慢，等看到她們面露得色卻又話鋒一轉，「但這院子哪裡住得下這許多人，不如擇優而取，二嬸和大姊送來的人裡各挑一個留下，其他的都送出去配人，也免耽誤了妳們的青春，想來嬸嬸和大姊也無話說。」

此話一出，除了那喜慶，全都抱怨起來。小圓挑了個抱怨聲最大的，問她道：「妳就真認為妳比不上她們幾個？那不如現在就把名額讓出來好了。」

那丫頭聞言馬上閉緊了嘴巴，另幾個也安靜下來，規規矩矩上來行過禮退了出去。

阿雲見喜慶還站著不動，推她道：「這裡不用妳伺候，還不趕緊下去。」

喜慶身子一扭，「夫人還未說明按什麼條件來挑呢！」

小圓奇道：「妳們不就想服侍少爺嗎？當然是由少爺親自來挑。」

喜慶見小圓講得如此直白，紅著臉問：「夫人此話可當真？」

小圓重重點了點頭，喜慶一顆心放回了肚子裡，心想，只要妳不攔在頭裡，憑我這好模樣，必能將她們幾個比下去！

采蓮等小圓打發走丫頭們，問她道：「夫人，今日是到這府裡的第一頓飯，妳要親自下廚嗎？」

此話把小圓唬了一跳，伸手摸了摸采蓮的額頭方才放下心來，「采蓮，是妳不認得我了，還是我不認識妳了，妳家四娘哪裡會廚下之事？」

采蓮壓低了聲音道：「夫人不過去廚房指揮指揮，哪裡就要妳親自動手了？老爺今晚有應酬，因此中午全家人一起吃，夫人哪怕做做樣子博老爺一笑也好。」

小圓拍了拍額頭站起身來，「妳說的極是，是我疏忽了。妳先去廚房讓那些廚娘回去歇一天，再叫任嬸和田嬸到廚下伺候。」

采蓮笑道：「怕她們多嘴，早就換了我們的人了，任嬸和田嬸家的幾個媳婦都是廚下一把好手呢！」

采梅擔心道：「咱們一來就動他們的人，不怕人說嗎？」

阿雲道：「怕什麼，家中除了夫人再無主母，頂多也就是挨老爺幾句訓罷了。」

小圓走到照臺前，喚采蓮過來替她除釵環，「阿雲的性子比阿繡的還直。」

采蓮神色不變，「夫人身邊需得這樣一個人。」

小圓但笑不語，換了家常衣裳下廚房，洗淨素手——指揮眾人做羹湯。

任嬸與田嬸帶著幾個媳婦剁菜的剁菜，洗米的洗米，雖忙卻不亂。小圓微微點了點頭，示意她們不必過來行禮，又把從阿繡那裡得來的程慕天愛吃的幾樣菜告訴她們去做。

她坐了不多時，任嬸命人宰了幾隻雞，過來問她愛什麼口味，小圓細想了想，問道：「我記得妳們誰家是從福建遷來的？」

任嬸笑道：「可不就是我們，早年逃荒來臨安的，都好些年了。」

小圓又問：「那閩菜可還會做？」

任嬸回道：「哪能忘了，我們還是愛家鄉口味，每頓都做著呢！」

小圓喜不自禁，忙命她細細去做幾個閩菜來。任嬸聽得夫人一聲令，忙命自家媳婦回去取了芥菜乾來，挽起袖子做了道菜乾扣肉，又就著剛宰的母雞做了個醉糟雞，猶自嘆沒有海鮮，做不出更好的菜式來。

小圓看了一會兒，突然想起自己是會做涼菜的，忙叫采蓮替自己繫上圍裙，上前拿香油拌了個小苦瓜。她一邊往苦瓜裡加糖、醋，一邊想著程慕天是愛吃這個的，嘴角漸漸往上勾起來。

忽然廚房門口一個人影一閃，采梅眼疾，喝道：「是哪個？」小圓使了個眼色給采蓮，後者悄悄走到窗前往外一瞧：「啊，是程福！」

小圓咳了一聲，果真見程福從門口探進個腦袋來，望著她尷尬一笑，「夫人，不知妳親自下廚，所以冒昧尋了來，我這就走。」

小圓見他背著手不敢走進來，起了疑心，帶了采蓮出去問他道：「手裡提的什麼，還不拿出來。」

程福不得已將東西拿出來遞給小圓看，原來是三兩個包好的中藥。小圓一見，越發生疑，嘴上卻道：「這也不是什麼見不得人的東西，可是少爺身子不爽利？」

程福本是提著一顆心，見小圓主動開了頭，立馬順著往下說：「可不是，少爺估摸著是昨夜受了寒，所以我替他去抓了幾味藥。本想到廚房找個嫂子給熬一熬，卻不想夫人在這裡，我不能誤了夫人的事，還是提回去叫阿繡生爐子吧。」

這謊可扯遠了，六月的天氣會受寒？何況今天程慕天出門時還是好好的！小圓捧著藥就不還給他，問：「少爺也回來了？」

程福搖頭道：「沒呢，因這藥得熬個下午，所以我先回來了。」

小圓露了笑臉，「這藥就放這裡熬吧，沒得讓人說我未把官人服侍好。」

小圓把「官人」都講出口了，程福再想不出什麼藉口把藥討回來，急得撓腮抓耳。小圓道：「看你這副樣子，可是怕少爺知曉了責怪你偷懶？我熬好後還讓你端過去就是，不搶你的功勞。」

程福忙道：「好夫人，少爺不想讓人知道他病了呢，藥熬好千萬先給我呀！」

小圓點了點頭，又怕程福馬上去告訴程慕天，便叫任嬸把她家小子叫來陪程福去吃酒。幸虧今日讓廚娘們都回家去了，不然人多嘴雜，程家少爺新婚第二天就鬧病的事還不知傳成什麼樣呢！

小圓咬了咬下唇，拿起藥包看了看，上頭印著個「程」字，原來是在自家鋪子裡抓的藥。她的心又放下了幾分，扭頭吩咐采蓮：「這藥少了一味，妳去鋪子裡問一聲。」

采蓮接了藥，悄悄從側門去了。小圓裝作無事，進門只說房裡的丫頭生事，采蓮回房管教去了。她本是隨口編的藉口，不想田嬸聽了頓感不平，同任嬸竊竊私語：「都欺負我們夫人好性兒，幾個丫頭也想稱霸王！」

任嬸聽了直笑，「妳沒見過咱們那兩個蛋糕西施，所以才不知道夫人的手段，真是小瞧她了！」田嬸還要再問，任嬸攔她道：「背後議論夫人本就不應該，我看妳是擔心夫人才應了一句，以後莫要再提。」

田嬸是個老實人，實是心急才越了矩，聽任嬸如此說，頓時鬧了個大紅臉，起身走到竹筐邊去擇菜。

菜做齊時采蓮也剛好回來，紅著臉拉了小圓到外頭耳語道：「夫人，那藥竟是壯陽的。」聽得小圓也紅了臉，丟下一句「此事切莫再提」，拔腿躲進間空房。

她左右尋思程慕天為何要抓這幾味壯陽藥：昨夜雖有些生澀，但他未近過女色，這也屬正常，又或者他是背地裡早有了貼身侍妾了？想到那九個囂張的丫頭，小圓的心又七上八下起來。

等她琢磨完心思到廳上，租來的那個丁姨娘已是替程老爺佈過一回菜了。新婦第一回家宴就遲到，她的臉又紅了起來。

程慕天生怕父親怪罪她，忙搶在前頭訓她道：「怎麼這時候才來，竟讓爹等妳！」

程老爺同兒媳一桌吃飯本就不自在，咳嗽了兩聲道：「她在廚下忙呢，算是個賢慧的了！以後你們就在房裡吃吧，不用到前頭來立規矩！」

小圓低聲應了，問他飯菜合不合胃口，又準備接過丁姨娘的活兒來佈菜，卻見程慕天微微衝她搖頭，忙打消了主意到他身旁坐定。

她剛舉起筷子，就聽丁姨娘笑道：「夫人好心思呢，竟知道老爺愛吃家鄉菜。」

小圓剛想謙虛兩句，卻見程老爺和程慕天齊齊皺起了眉，她心裡小鼓猛敲，不知是不是菜色犯了禁忌，偏生在桌上又不好發問，只得提著一顆心胡亂扒了幾口。

吃完飯，程老爺照例要歇午覺，程慕天帶著小圓送他到院門口方才回轉，他見小圓愁眉苦臉，便問她何事，小圓問道：「可是我做的那幾道閩菜不合爹胃口？」

程慕天搖頭道：「和妳無關，是丁姨娘不守規矩。主子們說話，哪有她插嘴的份？」

妾連話都不能講嗎？果真是極講規矩的父子倆！小圓縮了縮脖子，「那我閒時去尋她說話兒可合規矩？」

程慕天面無表情，小圓便知是准了，卻氣他這副頑石模樣，一把將他拖進裡屋，揪了他耳朵問道：「聽說你得了風寒，可是好了？」

程慕天被唬得不輕，也顧不得去跟她理論妻子揪夫君的耳朵合不合規矩，紅著臉要去找程福來問話。

小圓卻是後悔不已，自己平日裡挺謹慎的一個人，怎麼到他面前就孟浪起來？這樣的事情該旁敲側擊才是，萬一是他有鬼，那豈不是打了什麼驚了什麼了？想到此處，她忙拉住程慕天道：「誰叫你昨日……那個……不小心，雖說是六月天，可……可……不穿衣裳也是會受涼的嘛……」

小圓羞羞答答講完，程慕天已是臉紅得能拧出水來。

「其實……其實……」程慕天吭哧了兩句，實在不好意思講出口，繞著圓桌子走了又走，突然下定了決心似的，衝到小圓身邊耳語了幾句。

小圓聽他講完直想笑，又怕他惱，強忍著笑意問：「那程福真的也是新婚之夜不甚中用，吃了壯陽藥的？」

程慕天別著腦袋點了點頭，悶聲道：「昨夜……讓妳失望了吧？」

小圓再也撐不住，笑倒在床上，「那程福真該打板子，沒得教壞了主子！沒經過人事的男人才這樣呢，哪裡就是毛病了？」

她笑了一陣沒聽見聲音，抬頭一看，程慕天表情奇怪，直愣愣地盯著她，「這些事情妳如何得知？」

小圓懊悔得恨不得扇自個兒幾個耳光，怎麼一到他面前就原形畢露起來？但話已經出口，少不得遮掩一二，「男女間的事，出閣前姨娘自然是教過我的，這是規矩。」

程慕天神色黯淡下來，嘆道：「自娘親逝去，爹就不大管我了，不然也不會鬧出這麼大的笑話。」嘆完，又到床邊挨著小圓坐下，小聲問：「妳說的可是真的？」

小圓眉頭一挑，「不信我？」

「那我試試。」話音未落，程慕天已是一手摟了小圓，一手扯下帳子，一同滾進架子床裡。

小圓且驚且奇，「大白天的，你不是最講規矩的嗎？」

程慕天拔掉她頭上的簪子，低聲笑道：「規矩嘛，是給女人守的。」

小圓聞言又氣悶起來，伸手狠狠捶了他幾下，終歸沒程慕天力大，被他捉住手腕壓了下去。一時間，房內春光無限。待二人事畢，程慕天臉上掩不住笑意，小圓故意問道：「官人重振了夫綱，可要為妻為你納上幾個通房，外頭那些丫頭可翹首盼著呢！」

程慕天聽了小圓的話，反應之大遠超她所料。他一把甩開小圓搭在他胸前的手，披了衣裳翻身下床，吼道：「休要跟我提這些，我這輩子最恨的就是通房和妾室！」說完，理也不理小圓，推開房門氣沖沖地出去了。

在院子裡守著門的采蓮如坐針氈，少爺夫人這樣大的祕密讓自己知曉了，如果是虛驚一場還好，若是真的，那她在夫人面前該如何自處？她正胡思亂想，忽見少爺怒氣沖沖地摔門出來，慌得她差點站不住腳。

好一會兒她才穩住心神走到房內，掀了裡屋的簾子進去，卻見小圓滿面笑容叫她：「采蓮，那九個丫頭把樣貌最不出眾的留一個，再把喜慶留下，其餘的都送出去找小廝配了吧。」

采蓮細細把小圓瞧了瞧，見她眼角眉梢都是笑意，一顆心方才放下，但還是猶豫道：「夫人，怎麼要把喜慶留下，可是少爺他中意？」

小圓想起剛才程慕天發怒的樣子，笑著搖了搖頭，「少爺最恨通房和妾室，以後休要再提，免得他又吼我。」言罷，斂了笑意，招了采蓮到近前，「我昨日細瞧過了，樣貌差的都是二嬸送來的，加上喜慶，正好是兩邊各留一個。」

采蓮還是不明白，「大小姐送來的丫頭就數喜慶最出挑，怎麼反留她？」

小圓冷笑道：「那丫頭心氣兒最高，且讓我留著借回刀，好把我自己撇乾淨。」

采蓮從未見過小圓這般行事，愣愣地發問：「那邊老夫人送來的丫頭樣貌都是一般，少爺哪裡瞧得上？」

小圓道：「妳也注意到了？既是來勾引少爺，為何不挑樣貌好的送來，怕是有別的目的吧，二叔家的兒子們可是不少呢！」

采蓮一驚，只覺得身上發冷。她雖心思玲瓏，但陳姨娘家人口簡單，哪裡見過這樣的勾心鬥角。

小圓見她如此，安慰她道：「莫怕，二叔早與我們分了家，說到底是外人，妳私下留心便是，萬事只當不曉得。通知那幾個丫頭的事妳也莫親自去辦，免得惹了一身騷。妳哄了那喜慶，讓她同管家娘子一起去說——聽阿繡說，管家娘子也是大姊送來的呢！」

采蓮點頭應了，正要轉身出去，抬頭見到一床的凌亂，就要上去收拾，慌得小圓扯住她道：

「說起來管家娘子還未來請安呢，妳還不快去。」采蓮聽這話有些沒頭沒腦，正想追問一句，突然想起今日早上進來時床上也是這般，忙紅著臉把話嚥了回去。

她雖窘迫，心裡的大石頭卻總算是放下了。到廂房跟采梅知會了一聲，就去尋那九個丫頭。那幾個丫頭正在園子裡嬉戲，采蓮站在樹後朝喜慶招了招手，把她叫過來道：「夫人見妳生得好，欲將妳留下，卻又怕他人不服，不如妳去尋了管家娘子，同她一道去辦這事如何？」

喜慶是個心思簡單的，以為夫人要抬舉她，想都不想就問：「使得，只不知還有誰留下？」

采蓮答道：「按夫人的規矩，那邊老夫人送來的丫頭也要留下一個，是知蘭。」

喜慶嗤道：「生成那樣兒，偏要叫這樣一個文縐縐的名兒。」說完，也不道個謝字，扭身就往管事娘子們的院子去了。

采蓮望著她的背影搖了搖頭，回到屋裡問小圓：「夫人，怎麼咱們家連管家娘子都是大姊送來的？」

小圓也是搖頭，「妳去把阿繡叫來問問。」

采蓮領命而去，不多時就扶了阿繡過來，小圓本以為阿繡來了先要打趣自己，卻見她神色如常，料想程福是個嘴嚴的，未把壯陽藥一事說出去，這才徹底把心放下，問道：「阿繡，妳只跟我說過管家娘子是大姊送來的，可少爺怎麼就收下了？」

阿繡回道：「哪裡是少爺收下的，那是老爺做的主。老爺賣了大姊的姨娘，轉頭來憐惜她沒了生母，所以對她嬌寵著呢！」

小圓奇道：「三娘和大姊是一樣的境遇，為何老爺不疼愛她？」

阿繡笑道：「我當初也是奇怪來著，可挑明了又再正常不過——大姊的生母當初就受寵，而三娘的生母在世時並不大得老爺的歡心呀！」

「這真是……」程老爺是長輩，小圓再有感慨也不能講出口，只得嘆了口氣，「好在大姊只是不願我一人獨大，對二郎倒沒有什麼壞心思。」

她正要叮囑采蓮好生留意三娘缺什麼用度，突然西廂傳來一陣喧嘩，阿繡豎著眉就要出去，小圓忙拉她道：「妳挺著肚子亂跑什麼，還不快坐下，外頭自有管家娘子料理！」

阿繡一聽有管家娘子在，更是不放心，雖不敢違了小圓的意走出去，卻是趴在窗前伸著頭朝外張望。

三個女人都能一場戲，何況是九個女人，管家娘子孟嫂站在那裡不知勸哪個好，喜慶倒是不慌不忙，插腰一個個指過去，「也不拿鏡子照照妳們的模樣，哪一個配得上少爺，趕緊出去配個小子是正經的。」

程二嬸送來的一個丫頭譏諷道：「妳倒是好樣貌，怎的也不見升成了妾，連個通房都未掙到！」

此話恰中喜慶痛處，一時間火上心頭，衝上去就和她扭作了一團。

孟嫂跺腳道：「罷喲，妳們有什麼苦處自去和那邊的老夫人說，在這裡爭破天夫人也不會替妳們作主！」

阿繡見她們幹架，不顧小圓的囑咐，挺著肚子就衝了出去，慌得采蓮忙推了兩個小丫頭一把，叫她們跟去扶著她。

小圓眼皮猛地一抬，這管家娘子煽的好風，還真是小瞧了她，看來不需多時，二嬸和大姊就都要找上門來了。

采蓮看看她，又看看外頭，急道：「夫人，繡姊姊這樣衝出去，萬一有個閃失怎麼是好？」

小圓無奈地撫額，「程福今日不是沒跟少爺出門嗎？快叫他來把他媳婦哄回去。」

程福此刻正在書房力勸程慕天：「少爺，你才成親就躲在書房，這叫夫人面子往哪裡放？」

程慕天早已後悔，口中卻道：「虧得她認識我這麼些年，偏要去納妾，這不是存心氣我嗎？」

程福繼續勸道：「少爺，夫人必是逗你玩呢！若她講的是真心話，我把腦袋提了來見你！」說完又暗笑不已，只差講女人都是如此，嘴上抹的是蜜，心底兒裡一罈子醋。

程慕天慢慢悟了過來，想起身回去看看，又苦於沒有臺階下，正巧這時外頭傳來采蓮的聲音，他忙三步併作兩步走出去問：「可是夫人有事找我？」

采蓮眼珠子轉了一轉，點頭稱是，等程慕天走到前頭，便偷偷遞了個眼色給程福，叫他跟上，悄聲道：「院子裡頭正鬧呢，你趕緊把繡姊姊拉回去，免得有閃失！」

程福一聽急了，忙一溜煙地去追程慕天。采蓮卻故意落後幾步，從院子後門悄悄進了屋，告訴小圓：「夫人，少爺回來了。」

小圓吃了一驚，「怎麼這時候回來？依他的性子見了這樣鬧法，必要都轟出去。」

采蓮正要問一句「都轟出去不正好嗎」，就見程慕天已板著臉掀了簾子進來，她看了小圓一眼，忙退了出去。

「外頭鬧成這樣，妳這當家主母就不管管？趕緊都給我轟出去！」程慕天強壓著怒氣，指著外頭道。

小圓一肚子怨氣，「你說得倒輕巧，這些個祖宗，不是你二嬸送來的，就是你大姊送來的，我今天把她們全轟出去，明日就休想睡個安生覺。」

程慕天頓時啞然，好一會兒才慢慢走過去坐到小圓身旁，抓住她的手道：「委屈妳了！爹一向寵著大姊，她送來的丫頭我拒了幾回都不成，反倒被爹訓過幾次！」

小圓聽出了他話中的歉意，心裡一軟，反握住他的手，「大姊那裡倒好說，橫豎送再多丫頭來你也看不上，只是二嬸送來的那幾個……」

小圓欲言又止，程慕天自然知道她在想些什麼，苦笑道：「其實二嬸送來的丫頭全轟出去也無妨，只是我不想大姊一家獨大。放心，我特意叮囑過了，咱們的吃食都有專人看著，她們近不了身的。」

小圓望著他微皺的眉，突然心痛得無以復加，還道自己在府裡時小心翼翼，沒想到二郎也過得辛苦，「傻子，你留這樣的人在身邊，夜裡可睡得安穩？還是讓我替你打發了吧。橫豎二嬸是隔了一層的，得罪了她也不大礙事，只是大姊總往你這裡送人，與她究竟有何好處？」

程慕天點頭道：「是我一時糊塗了，這樣的人早該打發了的，以後家裡的事妳做主吧，不用特意來回我。」說完，又含笑看她一眼，「大姊想把她夫家的表妹嫁進我們家呢，哪曾想被妳占了先，自然就把妳恨上了。」

小圓恍然大悟，笑道：「原來是我得罪她在先，不過這樣的怨氣我可不敢化解。」

程慕天見她臉上帶笑，眼角卻是泛紅，便伸手將她緊緊摟進懷裡，低聲道：「讓妳受委屈了。」

小圓心中陰霾煙消雲散，心道，夫妻同心，還怕什麼？

采蓮進來時，見他們夫妻相擁，忙幾步退到簾子外，「少爺、夫人，孟嫂已將那七個丫頭打發出去了，說是待會兒就來請安。」

小圓聽見采蓮的聲音，慌忙推開程慕天，「你去園子轉轉，晚飯再回來。」

程慕天知道家裡下人一團糟，正要小圓來好好整一整，便起身道：「中午的苦瓜不錯，晚上再拌些，只別再忘了放鹽。」

小圓一聽便知他是曉得中午的飯菜不是她做的了，立時窘得手腳不知往哪裡放，直到程慕天出去，臉上還燙得慌。

過了會子，孟嫂跟了采蓮進來，遞上幾本冊子，「夫人，那幾個丫頭照著妳的吩咐送出去配了小廝了，這裡是家中奴僕的名冊，等夫人過目後，明天我叫他們來磕頭。」

小圓深深看了她一眼，「我明日哪裡有空，二嬸和大姊怕是都要來呢！」她頓了頓又道：「喜慶那孩子我很喜歡，模樣生得也好，正好去了幾個丫頭，院兒裡也空敞，就給她換個大些的屋子吧，月錢也漲一等。」

孟嫂聽了小圓先前的話還有些忐忑，此時見她竟是要抬舉喜慶做姨娘的樣子，心下大定，歡歡喜喜應了，轉身出去幫喜慶收拾屋子。

阿雲跟去瞧了瞧，回來噘著嘴說喜慶的一應用度孟嫂都是按最好的給，小圓聽後也只笑了笑，問道：「知蘭可有鬧起來？」

阿雲搖頭道：「不曾，安安靜靜在她屋子裡呢！」

采蓮笑道：「果然不出夫人所料。」

小圓站起來道：「走吧，拌咱們的小苦瓜去，可得提醒我別再忘了放鹽。」

丫頭們都笑起來，簇擁著她去了廚房。

參之章　公公撒氣傷兒郎

喜慶的眼睛一直瞟著正房，見小圓出去，忙對孟嫂道：「我剛才聽了妳的話，沒在夫人面前生事，現在夫人不在，我該可以去了吧？」

孟嫂哭笑不得，只恨大姊怎麼挑了這樣一個沒頭腦的丫頭過來，「我的慶大姊，慶祖宗，妳眼見都是要做姨娘的人了，不想著去謝夫人討個好兒，卻要趕著到知蘭面前炫耀，妳刺了她到底有何益處？」

喜慶滿心只想著先前程二孀那邊的丫頭譏諷了她，一定要去找回面子來，對孟嫂的話哪裡聽得進去，便戴了滿頭滿身的首飾就衝到了隔壁，偏又不進門，靠著門框大聲道：「妳們不是說我爭不來姨娘做嗎，瞧瞧這是什麼？」

知蘭坐在桌前一手端茶，一手執書，眼角都不往門口掃一下，好似沒有看見她一般。

喜慶見她如此，越發覺得自己受了奇恥大辱，衝進去搶過知蘭的書幾下撕了個粉碎，又將她手中的茶摔在青石板地上，「也叫妳知道我的厲害，以後少來招惹我！」

知蘭心中大恨，臉上卻絲毫不露，她本就是程二孀送來的丫頭中最有心計的一個，平日裡為了藏拙才裝成張揚模樣，此刻見喜慶找上門來羞辱自己，腦子裡早已轉過了幾道彎，只等著機會要報復。

孟嫂先是躲在廊下觀望，後見喜慶鬧得過分，又怕得罪了程二孀，便奔過去好說歹說將她勸了出來，「喜慶，妳剛才鬧的這齣定瞞不過夫人去，與其等著夫人來責罰，不如妳現在主動去認錯。」

喜慶不以為然，卻又怕小圓壓著姨娘的名分不給她，只得扭著身子不情不願地到廚房去尋小圓，「理直氣壯」地將教訓知蘭的經過講了一遍。

小圓就等著她們鷸蚌相爭，自然對此事是不置可否，只親親熱熱地挽了她的手，問她可差什麼東西，又叫她揀幾個菜回去吃。

又氣了個倒仰。

喜慶受寵若驚，越發得意起來，端著小圓賞的兩盤菜，走到知蘭門前晃了一圈才回房，把知蘭

第二日一早，程家大姊就尋上門來，她本欲和小圓好好理論一番，等到管家娘子通報過最新消息，她就改了主意，驚訝道：「她果真要抬舉喜慶做妾？」

管家娘子點頭道：「屋子也搬了，月錢也漲了，就差擺酒正名分了。」

程大姊只當小圓敬畏自己，得意地道：「算她識相，今日我且放過她。」

阿雲躲在廊下把她們的話聽了個一清二楚，回來原原本本講了一遍給小圓聽。小圓聽後大笑，「真是有其僕必有其主！快些去備茶，沒有大姊來，二嬸那裡我可應付不了！」

茶剛泡好，程大姊就進了屋，逕直問道：「四娘，咱們也不是頭一次見，直接說吧，妳打算何時正式給喜慶名分？」

哪有新婚第二天大姑子就來提這個的，一屋子的丫頭都對程大姊怒目而視。小圓心中暗笑，面上卻露出為難的神情來，重重嘆了口氣，「大姊，替程家開枝散葉乃是大事，我比妳還急，但還有一個知蘭在那裡呢！」

程大姊急道：「知蘭生得那樣差，二郎哪裡看得上？」

「可不是，二郎也是這般說，死活不肯一同納了去。」小圓愁眉苦臉，「若只納喜慶一個，我又怕二嬸不樂意……」

「這有何難？」程大姊打斷她的話，站起來就朝外走，「二嬸那裡就交給我了，三日之內我要見到這院子裡多個喜姨娘。」

雖是做戲，小圓坐了好一會子也沒把氣順過來，這樣的日子還真不是常人過的，她越發打定主意，一定要早早地把跟大姑子有關係的下人全清出去。

程大姊離了娘家，到二叔府裡轉了一圈，程二嬸就有些坐不住了，但她不想親身過去招搖，只

偷偷讓人捎了個信給知蘭，讓她黃昏時分溜出府來。

幾個丫頭早得了小圓的吩咐，藏的藏躲的躲，讓知蘭順順利利打點門房出府見到了程二嬸。程二嬸坐在轎子裡不下來，隔著簾子先問道：「妳出來有無被人看見？」

知蘭搖頭道：「不曾，少夫人說要沐身，丫頭們都跟去池子了。」

程二嬸又道：「妳們幾個去二郎院兒裡的時間也不短了，怎麼就沒一個成事的，這回還讓人給遣了幾個出去？莫非妳們都忘了我的囑咐，也跟那喜慶似的一心往上爬？」

知蘭忙道：「知蘭不敢，正是要藉喜慶成事呢！她是個沒頭腦的，這幾日定想著去少爺身邊獻殷勤，我去慫恿她做幾個小菜給少爺送過去，只要她能纏著少爺飲一口酒或吃一口菜，這事就成了！」

程二嬸很滿意她的部署，提醒她道：「別忘了事先在酒菜裡下藥，下完藥還要記得把藥包偷偷扔在喜慶房裡，莫讓人抓住了把柄。」

知蘭點頭道：「是，我與夫人想得不差分毫，定會提前把藥下在酒菜裡的。」

程二嬸滿意道：「嗯，就是如此，妳小心行事，事成之後少不了妳的好處。」

知蘭點頭應了，回去取了一根簪，尋到喜慶的屋裡，央她道：「好姊姊，眼看著妳終身有靠，妹妹下半生還沒著落呢！我尋思著做幾個小菜去討少爺的歡心，卻又不知他的口味，姊姊妳教教我……」

不等她說完，喜慶就跳將起來，把簪子直戳她的面門，罵道：「作死的小娼婦，我都還沒近少爺的身呢，哪裡就輪到妳了？」罵完還覺得不解氣，又拉著知蘭下死命拍了幾下。

她轟走知蘭，心裡竟隱隱有些擔心起來，雖說夫人要給名分，但若討不了少爺的歡心，一切也是白搭。如果真讓知蘭那小賤人搶了先機，她的面子往哪裡擱？她越想越心焦，第二日一早就奔到小廚房，動手要做早飯給少爺。她發麵蒸了兩籠包子，炒了三個小菜，嫌廚房人多不好行事，端著飯菜扎進自己屋裡，把大姊給的春藥粉往菜裡撒了一瓶子。

喜慶正忙活，突然聽見知蘭在門口喚她，頓時手忙腳亂，胡亂把瓶兒塞進枕頭下，上前去開門。

知蘭進門見了那一托盤的飯食，故作驚訝道：「姊姊怎麼無故做這麼些飯菜，是要給少爺送去嗎？也不叫妹妹一起……」

她邊說邊往桌前湊去，狀似不經意地拿袖子將那托盤一掃，喜慶回過神來，忙上前去拉她，偏知蘭又不動，二人拉扯了一陣，一個揉成一團的紙包就順著知蘭的袖子輕輕滾落到桌子底下。

小圓早上起來正在收拾娘家送來的三朝禮，采蓮來報，說喜慶與知蘭二人又在屋裡鬧，「夫人，昨日知蘭偷偷出去了一趟，回來就故意去招惹喜慶，怕是不懷好意呢！」

小圓道：「我們怕是看不上好戲了，我和二郎本打算九日後再去府裡拜門，哪曉得夫人臨時改了主意，叫我們現在就回去呢！」

南宋風俗，女兒家成婚三日，或七日、九日，必要回娘家拜門，到時娘家廣設筵席，款待新婿，名曰「會郎」。

小圓帶著程慕天回到府裡時，見到的就是張燈結綵的盛宴景象，這樣的待遇和以前比真是天壤之別，她笑著拍了拍程慕天的手，「二郎，還是你面子大，我還以為夫人就在房裡悄悄擺一桌呢！」

程慕天心道，以姜夫人的為人，無事哪會獻殷勤？但姜夫人畢竟是小圓的嫡母，她自己說得，他卻說不得，於是只微微笑了笑，隨著小圓進門去。

此次程慕天卻是冤枉了姜夫人，她如今滿心只有娶兒媳，根本無暇操心會郎宴，這回的酒席，是何老二張羅的。

何老二知道小圓與李五娘不對盤，特意請了幾位小娘子作陪，自己則拉了程慕天一同去喝酒。二哥何時與二郎如此親密起來，怕是又有什麼算計。小圓看著他的背影，隱隱猜到了一二，但沒容她想太多，小娘子們剛敬過一巡酒，采蓮就把她請到一旁悄聲道：「夫人，家裡來人說喜慶死了。」

小圓大驚，但這裡卻不是說話的地方，她藉著更衣帶了采蓮出來，問道：「怎麼回事？」采蓮的聲音有些發顫：「夫人，早上喜慶做了早飯想端過去給少爺，結果少爺不在，她就把幾個包子自己吃了，結果還不到半個時辰就七竅流血死了。」

小圓想起早上知蘭的那一鬧，「必是知蘭動了手腳，我就等她下手呢，沒想到喜慶做了冤死鬼！」

采蓮卻道：「那喜慶也不是個好東西，在她枕頭底下搜出一瓶只剩了底子的春藥，全拌在了給少爺做的菜裡。我本來還疑惑她怎麼盡吃包子不動那幾盤菜呢，可惜知蘭技高一籌，不知使了什麼手段，竟將毒弄進了包子裡。」

喜慶居然想給二郎下春藥？小圓立時將那幾分同情盡數收起，「妳趕緊帶人回去搜查知蘭的屋子，若大姊去了更好，就拉著她一道搜。」

采蓮道：「夫人，包藥的紙包早在喜慶桌子底下找到了。若此事真是知蘭所為，那紙包就是她栽的贓，她自己屋子裡的證據恐怕早已沒了。」

小圓冷冷一笑，「她敢害二郎，我也不怕做惡人，沒有證據也要弄出證據來。」

采蓮何等心思，馬上明白過來，「正巧她們把紙包兒送來了呢，我這就去辦。」

才成親三天家裡就死了人，雖說程二郎定會拍手叫好，可程老爺那關該如何過？小圓越想越頭疼，但酒席還未散場，她只得重新上桌與那些小娘子們應酬一番。

過了小半個時辰，采蓮又悄悄來報，說大姊帶著人在知蘭屋裡搜到一包毒藥，跟毒死喜慶的一模一樣。小圓立馬扯了個謊出來，上轎直奔家中。家中景象完全出乎她意料之外，不但沒有鬧成一團，大姊甚至面帶喜色，至於程老爺，根本沒有露面。

「四娘不是去拜門嗎，怎麼就回來了？不過死了個丫頭而已，趕明兒姊姊再給妳挑個好的來。」程大姊見了小圓，開口道：「知蘭那丫頭也太歹毒了，喜慶不過嘴上厲害些，她竟就記恨上了，以後妳切莫再要二嬸家送來的人了。」

小圓還要靠她在程老爺面前講好話，忙上前與她見禮，順著她的話道：「大姊說的極是，這樣的人成日在院子裡待著，讓人睡覺都不踏實，我哪裡還敢再要？只是我才進門就出了這樣的事，還不知爹爹那裡怎樣責罰我呢！」

程大姊見小圓沒有拒絕她再送丫頭來的意思，喜不自禁，「不過一個丫頭，爹哪裡就會責罰妳？妳若還不放心，我替妳去說說情。」

小圓又福了下去，裝出歡喜的樣子道：「爹爹最疼大姊了，有大姊撐腰，我還怕什麼？」

程老爺本就沒把一個丫頭的生死放在心上，不過下人暴斃，到底是主母治家不嚴，他心裡多少還是有些不滿的，但小圓這個說客請得好，喜慶是程大姊送來的丫頭，大姊都不計較，程老爺還能說什麼，這事就此揭過。

送走程大姊，小圓心中還是有口氣堵得慌，一個喜慶就曉得往飯食裡撒春藥，要是再來一群喜慶那還得了？等到程慕天吃完酒席回來，小圓飛撲上去抓住他胳膊，急沖沖地道：「二郎，趕緊挑幾個丫頭給你姊夫送去，也算禮尚往來了。」

程慕天聽了這番沒頭沒腦的話，莫名其妙問道：「妳趕回來就是為了這個？叫我被長輩們一通好問。」

小圓把喜慶一事講與他聽，道：「我才知道，知蘭已是讓大姊打死扔出去了。」

程慕天喝著醒酒湯，連眉毛都不曾動一下，「殺人償命，死了就死了吧。」

小圓捶他道：「人家被嚇得半死匆匆趕回來，你卻跟聽故事似的。」

「不過一個丫頭，妳怕什麼？就算有事也還有我呢，輪不到妳來受驚嚇！」程慕天看了門口的下人一眼，躲開了小圓的拳頭。

這便是程二郎式的關心了，小圓含笑看了程慕天一眼，「你挑幾個水靈的丫頭送去給你姊夫，讓大姊無暇往你屋裡送妾，我也就不必擔驚受怕了。」

程慕天大笑，果真讓管家買了幾個人送去給姊夫，但並不是丫頭，卻是幾個樂女。據說程大姊收到這幾個伎人勃然大怒，但程姊夫卻是愛不釋手，成日裡護著不叫程大姊下手。程大姊很想上娘家鬧一番，奈何這幾個人是兄弟出面送的，她領教了小圓無聲無息的厲害，哪還敢把丫頭往娘家送？只恨不得她來把這幾個惱人的狐狸精收回去。

制服了程大姊，小圓清閒下來，突然想起拜門那天神神祕祕的二哥，便找程慕天問了一回，程慕天猶豫了半日方道：「說了妳可不許惱我。」

小圓看他一眼，「我同二哥關係如何你會不曉得，莫要把生意場上的虛招子用到我面前來。」

程慕天這才放心道：「妳二哥想同我一起做生意呢，纏了我半日，我還是未答應。」

小圓輕輕拍他一下，「你要答應我才不饒你呢！如今我又不擔心夫人將我賣掉，休要理他們！」

自程慕天送過女給姊夫，程大姊閉口再不提送丫頭的事，而程二嬸失了大臉面，本還想上門彌補一二，不料程老爺在他兄弟處抱怨了兩句他家調教的丫頭心太毒，她就再也不敢登門。

雖暫無外患，卻有內憂，程老爺長年在外，程慕天只忙著生意，家中下人竟沒幾個貼心的。程慕天心疼小圓，叫她把家中奴僕盡數散去，重新再買人進來，但小圓想了想，上頭還有程老爺，做人媳婦的到底不比做兒子的有底氣，只得折中一二，趁早上請安時略提了提：「爹，雖然大家都是雇人使喚，但管事們掌著家中大權，還是簽個死契吧，不然捲起鋪蓋跑了，我們上哪裡尋去？」

程老爺本以為小圓和程慕天一般，想駁程大姊的面子遣走管家，不曾想她要盡數留下，臉上就露了笑，「使得，這起下人也是放任慣了，還需得妳去管一管。」

程老爺親口說要小圓管，就算是根雞毛也要當做令箭使喚，小圓回房就搬來花名冊，足足看了半日，發現上頭竟有好些登記的下人卻從來未露過面，每處的管事娘子多達三人不說，連粗使的婆子都有幾十人。她略一思索就明白過來，定是有人虛報了名頭吃空餉，孟嫂也必是收了賄賂，才設了那麼些管事娘子。這一層層賄賂下去，結果連粗使婆子都多出來許多。

她重重合上冊子，叫來管事娘子們，把簽死契的意思講了一遍。簽死契可不比尋常，這些管事娘子們早就趁家中無主母摟了大把銀子，怎會將身家賣掉，於是一番爭論下來，竟是大半都自行求去。

孟嫂站在門口候了半日也不見小圓叫她，等到管事娘子們都去帳房結工錢，她就有些沉不住氣，拉了出來換茶的小丫頭問：「夫人可曾提起我的去處？」

這丫頭記著小圓的教導，看她一眼道：「妳是管家娘子，家裡離了妳不能成事，自然是要留下簽死契的。」

孟嫂聽了這話急得直冒汗，她之所以聽命於程大姊，皆是因為大姊許了給她家兒子謀個好前程，這若是簽了死契入了奴籍，只要夫人不放手，大姊有再多的許諾也是枉然。

她想起家中的獨生子，心一橫，不等叫她就自掀了簾子進去，求小圓放她家一條生路。小圓嘆了一聲：「若妳不弄出那麼些管事娘子來，我倒還真想過成全了妳，只是搜羅了旁人來敗掉主人家財產的，放到哪裡都算個惡奴。」說完，低頭繼續看冊子，不再理她。

孟嫂還要再求，采蓮笑道：「孟嫂，看妳急的，夫人又沒說要趕妳，不過簽張契紙而已。」

阿雲口快，接道：「妳又想留下，又不願簽賣身契，哪裡有那樣好的事？就算到老爺跟前妳也沒那麼大面子，何況這事還是老爺先前就准了的。」

孟嫂答不上話來，灰溜溜告退出去，她想叫程大姊來作主，偏生程大姊忙著管教家中那幾個樂女，無暇來關照她。她左思右想，要想程大姊兌現許諾，還是得繼續留在程府。她為了兒子，又把心一橫，一狀告到程老爺跟前，沒想到卻被小圓搶了先。她到程老爺那裡時，程老爺早已看過了那虛撰的花名冊子，正在拍桌子發脾氣，「大姊真是不像話，怎送這樣一個刁奴來？」

小圓怎會傻到順著公爹的話講大姑子的不是，便故意駁程老爺的話道：「爹這話可有些偏頗，大姊上回來還叮囑孟嫂要盡心盡力呢，必是她自作的主張。」

程老爺一口氣順了過來，對這兒媳又滿意了幾分，點頭道：「這樣的下人又不聽原主人教導，又要危害現主人，怎能再留？妳趕緊遣出去再挑好的來。」

小圓應下他的話回轉時，見孟嫂還在門邊站著，也不理會她，自回房料理剩下的家務。偏阿彩是個好探聽的，不一會兒就回來講笑話：「老爺正恨孟嫂子丟了大姊的臉呢，她還上去求。被老爺一頓好罵，將她一家都直接趕出去了。」

阿雲一聽，推采梅道：「老爺趕得好，既省了給他們結工錢，又免了我們夫人做惡人，姊姊趕緊去做些吃食來慶賀慶賀。」

采梅連聲稱是，真的轉身就去了廚房，惹得滿屋子人都笑了起來。

程慕天進門就聽見一屋子的歡聲笑語，他過慣了一個人的冷清日子，恍惚間竟似到了夢中，站在門口望著小圓的笑臉挪不開步子。

丫頭們俱捂嘴偷笑，小圓忙趕了她們出去，親自上前替程慕天換過家常衣裳，又端上一杯加了冰的西瓜汁。沒了外人在場，程慕天膽子大些，藉著接杯子就勢抓了小圓的手道：「咱們家那麼些管事娘子妳不會使喚嗎？非要事事親為。」

明明就是叫我多歇歇別累壞了身子的意思，好好一句窩心的話，偏要變作責備的語氣講，小圓暗罵了一聲「木頭」，在他掌心狠狠掐上一把，指著桌上堆得高高的冊子道：「咱們冊子上登記的下人比實際的足足多一倍，這樣的管事娘子們我哪裡敢使喚？已是照了你的吩咐趕出去了。」

程慕天念她打點這一團糟的家務實在辛苦，有心要謝她，卻又不知如何開口，想了半日只講出一句：「妳想吃些什麼，我叫程福買去。」

小圓忍著笑答道：「家裡什麼沒有，你若真心要謝我，就讓我忙完這陣子去瞧瞧我姨娘。」

程慕天奇道：「除了娘家常回要遭人詬病，妳去探探親戚我還能不許？」

親親的生母卻成了親戚，這話雖不中聽，但能常去探望陳姨娘卻正中小圓下懷，她便沒計較程慕天那欠揍的態度，只在心裡罵了句「老頑固」，就出去喚人來擺飯。

臨安的人牙子消息何等靈通，頭天聽說做海上生意的程家遣散了幾房管事，第二天就上門自薦來了。

小圓見人牙子獨身前來，打趣道：「上回我姨娘家要挑丫頭，你帶了一屋子的人來，這回我家要選管事，你卻獨自來了，難不成是想自己上？」

人牙子和著她笑了兩聲，自袖子裡掏出張單子來，「夫人，這回給妳帶了好東西來。」說完，就把單子遞給旁邊的小丫頭。

小圓自丫頭手中接過單子一看，原來是一整套四司六局的人馬班子，也不知是哪家富戶遣出來的，她摺了單子道：「好倒是好，但我家人口少，親戚們也都不在臨安，哪裡需要專門掌筵席排設的人？再說這些人既被原主人遣出來，定是有不妥，這樣的人我家可不收的。」

人牙子指了指單子，笑道：「城中王官人歸鄉，家中人多實在帶不走，這才遣了一部分出來。夫人細瞧瞧，這雖說是四司六局，但每司每局的人數卻並不多。」

小圓展開單子又看了一回，果然如此，她略一思慮，心中有了計較，便照老規矩付了定金，將單子上的二三十人盡數留下。

人牙子一走，小圓就遣人去打探，得知這群人確實是可靠人家出來的家人，這才將他們分作了男女兩班，分別跟著程福和采蓮先熟悉程家的規矩。

采梅幾個都未聽說過四司六局，圍著小圓問個不停，小圓被她們纏得無法，只得解釋了一番：「四司六局是宴請賓客時操辦酒席的，四司分帳設司、廚司、茶酒司、台盤司，六局乃是果子局、蜜煎局、菜蔬局、油燭局、香藥局和排辦局。每個司局都司其職，來了客人只管他該管的那幾樣。」

幾個丫頭聽了還是不懂，采梅道：「夫人給我們細說說，不然以後分派事務下去，都不曉得去找哪個局、哪個司。」

小圓見她細問，可見是有長進，誇了她幾句，笑道：「帳設司專責擺設的屏風、隔簾、圍幕；紅白筵席上迎送客、點斟茶、燙酒、請坐、揭席都是茶酒司的事；台盤司則專管托盤、接盞、勸酒、奉食；廚司不必我說妳們也知道，做的是廚下做菜燒飯的活兒。」

采梅奉上一盞茶，接話道：「照這樣說來，果子局就是擺果子的；蜜餞局是裝蜜餞的；菜蔬局是洗菜的；油燭局是管燈火的；香藥局是管熏香的，那排辦局又是做什麼的？」

小圓點頭笑道：「妳說的很是，至於排辦局，是專掌掃灑、掛畫兒、插花的。這四司六局聽起來唬人，其實也沒有三頭六臂，況且我們也無甚酒席要辦，我只不過看他們是專門訓練過的，買來方便平日裡使喚。」

丫頭們聽完直咂舌，咱們夫人真真大手筆，這樣大排場的四司六局竟被她拿來作平常下人使喚。她們那裡曉得小圓的打算，未過幾日小圓就將這四司六局全部改頭換面作了平日裡的實用派場，引得臨安城裡的娘子們紛紛效仿。

小圓將帳設司改作了專管家中大小家具的；茶酒司與台盤司合併，專管家中器皿；廚司替代了原先廚娘的活計；果子局和蜜餞局、菜蔬局都分作兩撥，一撥遣去廚房打下手，一撥手藝高的留作點心師傅；油燭局還是命他們管著燈燭，若有失火處便拿他們是問；香藥局兼領了排辦局掛畫兒、插花的差事；而排辦局只負責灑掃佈置之類的粗活。安排好四司六局，小圓還覺人手不夠，又買來幾個花匠管園子。

忙完大事，小事也馬虎不得，小圓親自挑了幾個靈巧的丫頭，設了女事房。過了幾日，她又編出個月錢制度，叫來管事娘子們道：「以後咱們家後院再無管家娘子，妳們凡事只需跟我講，月錢除了妳們，其他人都分作上中下三等，除了這些，哪個事情做得好，另外還有獎。至於誰該講誰該罰，由妳們說了算，但妳們做事如何，卻在我心裡。」

管事娘子們聽了最後一句，個個斂聲靜氣，心道這位主子講話和風細雨，細想起來卻叫人不得不提起精神。下人們聽說做得好有獎勵，且每月都得獎，俱歡欣鼓舞，做事效率提高了許多，又因小圓嚴厲打擊收受賄賂一事，各房管事、婆子、丫頭都安分起來。

小圓忙碌了幾日，終於安排妥當，只等假以時日看成效。這天她月事上身，腰酸背疼，便趁機躲在房內歇息，程三娘聽說嫂子得閒，拿著幾色針線尋上門來。小圓見了她手中的活計，心中咯噔一下，莫不是來向我求教的？廚下針線我可是一竅不通，不料程三娘卻是一見她就拜了下去，慌得小圓忙拉起她問緣故。

程三娘將針線遞上，謝她道：「我來多謝嫂嫂，別無他物，只有這幾樣針線是我親手做的，手藝不好，嫂嫂將就用吧。」

小圓想了想，這幾日忙著家務，都未曾親自去瞧過小姑子，這謝卻是從何而來？她正想細問問，程慕天的聲音就從院門口傳來，程三娘跟見了貓的老鼠似的一跳而起，直衝到門口才想起回身行禮，「嫂嫂，我明日再來看妳。」

小圓知她怕哥哥比爹爹更甚，也不留她，趕緊讓小丫頭為她打開院子後門，免得她碰見程慕天又要受訓斥。

程慕天已是瞧見了程三娘的背影，板著臉站在院子裡就開口：「未出閣的小娘子，不好好在房裡做針線，成日裡亂跑！」

小圓可憐程三娘，又聽這話氣人得很，走到門口駁道：「原來到我這裡坐坐就叫亂跑，是嫌我不會針線帶壞了她？」說完，也不理他，簾子一甩自進屋去了。

丫頭們見小倆口情形不對，又都知程慕天當著人面最是臉皮薄，忙各自找了藉口躲的躲藏的藏，一眨眼屋裡連個倒茶的人都未剩下。

程慕天進得門來，捏著空茶杯在桌上磕了磕，「為著小姑子與自家官人置氣的，妳也算頭一個了。」

小圓沒想到程慕天竟伶俐起來，紅著臉道：「傳出去我也算個賢慧的了，正好補一補我進門就趕走管家的惡名。」

程慕天把臉一沉，「當家主母趕個把下人也有人說三道四，是誰？」

小圓見他還是維護自己的，那點子氣早就消了，心道，何苦去拉攏他和三娘吃力不討好，自己私下多關照她便是了，於是，幾步上前倒了杯熱茶，端到他跟前，「知道你偏我，連我腳大都不嫌棄。」

程慕天見丫頭們都不在，大著膽子就著她的手喝了幾口，笑道：「我自己也是個瘸腿的，湊合著過吧。」說完，不等小圓掐他，先一把把她摟進懷裡。

小圓忙推他道：「我今日剛去過女事房。」

程慕天先是一愣，隨後臉紅，卻還是不鬆手，「那些生意上來往的官人，自曉得教他們家娘子設女事房的何四娘就在我家，哪一日不笑話我幾回。」

「再笑話我家官人，不把改了樣的四司六局教她們。」小圓惡狠狠地道。

二人又講了好一會子知心話，小圓把他趕去程老爺跟前盡孝道，叫來采蓮問道：「三娘子為何來謝我？」

采蓮一笑，「她那是為兩樣，一是謝夫人治家有方，那些下人服侍她時再無人向她討賞錢；二是她想見識見識藥棉包，卻又不好意思來明著討。」

小圓忙讓人給三娘子把棉花包送了幾個過去，安排好每月分到她和丁姨娘房裡的份例。丁姨娘聽聞她也能分到藥棉包，親自上門來道謝，又問小圓這個是否從她的租金裡扣。

小圓一時答不上來，她頭一回跟租來的妾打交道，不知裡頭的門道，況且丁姨娘租金一事一向是程老爺親管，走的是老爺的私帳，她哪有權力去扣？她腦中峰迴路轉，突然自嘲，不過小小藥棉包，難道還真要丁姨娘自己掏錢？真是當了管家婆，行事小氣起來！想到這裡，她忙道：「丁姨娘哪裡話，這些小東西哪能讓妳自己掏錢，再說這種小事，妳打發個丫頭來問便是，還親身跑過來。」

丁姨娘低頭道：「我不過是租來的，每月那點子租金，還要送大半回去奉養父母，哪能不來問問明白？再說我也沒丫頭使喚，自己都是個丫頭呢！」

小圓又愣住了，這話句句招人憐惜，卻又句句透著抱怨，自己到底該當哪種來聽？這是程老爺的妾，到底不比程慕天的丫頭，小圓只得將些場面話出來，打發了她回去。

晚間，她將此事問程慕天，她那嫉妾如仇的官人果然又是一樣的回答：「一個妾而已，理她作甚？」

小圓卻思慮長得多，誰能擔保這不是程老爺借了丁姨娘的口，要讓她的租金從公帳上走？說起來，家裡交到她手裡的錢只是剛剛夠用，另外大部分的錢雖也是公帳，卻都在程老爺名下，她倒是想做個人情把丁姨娘的租金結了，可錢從哪裡來？

「我可沒那樣賢慧，將自己嫁妝鋪子的錢拿來養長輩的妾。」小圓撇了撇嘴，把手朝程慕天一攤，「官人，給錢養家。」

程慕天見小圓要家用錢，十分奇怪，「難道爹未曾給妳錢用？」

小圓眨了眨眼，「你這樣大一個做生意的人，難道手頭無錢，還非要找爹要？」

程慕天正色道：「父母在，不有私財。我雖管著家中鋪子，但那些都是在爹的名下，我怎能趁機攢私房。」

小圓聽聞程慕天手中無錢，恍然大悟，程老爺還真是明擺著要兒媳出嫁妝錢來養他的妾。

程老爺不過一個兒子，他想走公帳自拿了他名下鋪子的收入出來就是，為何卻要這般算計自己的嫁妝錢？小圓百思不得其解，只得在公爹面前裝了糊塗，「爹，聽說丁姨娘連個使喚丫頭也無，都是媳婦的疏忽，趕明兒我就挑兩個好的給她。」

她沒有料錯，程老爺的確是打了算計她嫁妝錢的主意，但他沒想到小圓卻裝著只聽懂了丁姨娘話語的表面意思，一時氣急，竟將家用錢剋扣了三分之一。

幾個陪嫁丫頭聽了這消息，個個忿忿不平，小圓卻笑道：「爹只有二郎一個兒子，好心要替他攢家產，為何不成全他老人家？」

幾個丫頭跟來程府時日雖短，卻個個有長進，聽了這話頓悟過來，不待小圓吩咐，就把家中所有用度先減了一等。

程慕天忙了一天回來喝茶，見杯中只有些茶葉末子，正欲摔杯子，卻發現小圓面前也是一樣，奇道：「咱們家生意紅火著呢，娘子竟如此節儉？」

小圓謙遜一笑，「哪裡是我的主意，是爹說勤儉方能持家，所以將家中用的錢減了三分之一。」

家中才添了人就要減錢，程慕天做慣生意的人，不會傻到真以為這是老父要節約，但只要家中父翁在一日，就一日輪不到他來做主，說起來他還不如小圓，小圓尚能管一管後院這一畝二分地，他卻什麼都身不由己。

他暗嘆一口氣，「既是爹的意思，我們做子女的唯有遵從，自此我的用度也一併減了吧。」

小圓瞧見了他臉上的歉意，忙握了他的手道：「全家都要靠你養活，怎好意思減你的？我橫豎在家閒著，苦些也罷了。」就算放到千年後，有幾人能在婆媳矛盾中偏著媳婦兒些？小圓端著杯子，只覺得次等茶都是甜的。

程慕天越發內疚，便想背著老父私下接些生意來做，好貼補家用，不叫小圓喝這樣的茶水。他行走生意場多年，想接些私活是易如反掌，正巧城中有鋪子要一批南洋珠子，他就悄悄把消息瞞了下來，私下拿自家運來的珍珠去賣了，再將買珍珠的本錢用別的名目補平。

小圓才過了幾天苦日子，就見程慕天拿回一大注錢來，著實吃了一驚，忙問他來路，程慕天卻支支吾吾道：「反正不偷不搶，妳自拿去使，問那麼多作甚？」

他說得輕巧，一家子人都在望著大筆家產過窮日子，她哪敢就將錢使起來？再者她還有些私心，自家官人賺來的錢當然是正經私房錢，她可捨不得拿出去給別人用。

程慕天見她小心謹慎，越發過意不去，就叫她去親戚家逛逛，免得成日為家事煩心。小圓愣了半晌才明白過來，這是叫她回去見見陳姨娘呢！她偷笑了半日，心想，怎好推卻官人的好意，便拿他剛交來的「私房銀子」置辦了好幾樣禮，乘了轎子去看陳姨娘。

陳姨娘見著小圓，喜出望外，拉著她上上下下看了又看，突然又拭起淚來，「四娘，妳清減了，姨娘只想著他程家沒有婆母，就忘了還有個厲害的大姑子，害妳受委屈了，姨娘又幫不上忙，只能乾著急。」

小圓縱有萬般委屈，也不能講來徒增陳姨娘傷悲，只得揀了婚後的趣事來講，又道：「二郎說了，我隨時都能上姨娘這裡來，不如替妳謀劃謀劃婚事呀！」

陳姨娘的臉騰地紅了起來，卻咬牙切齒道：「招誰也不招他上門。」

小圓正要細問，卻見采蓮匆忙進來，「四娘，姑爺被打了。」

小圓同陳姨娘俱是一驚，站起來同問：「怎麼回事？被誰打了？」

采蓮急道：「也不知為什麼緣由就被老爺叫去敲了幾板子，還是程福喊人將他抬了回來，四娘還是趕緊回去看看吧。」

小圓一聽急了，忙辭了陳姨娘匆匆趕回家中，只見程慕天已是趴在榻上動彈不得了。她哭著想上去看看傷口，程慕天卻不願讓她見著自己的狼狽樣子，忍著痛抬身推她，「多大點事，叫程福來。」

「都什麼時候了還羞？」小圓跺了跺腳，卻見他是傷重模樣，生怕耽誤時間落了殘疾，顧不得同他爭辯，忙出來找程福，又親自去端清水找棒瘡藥。

她趁著進去送藥偷偷看了一眼，只見程慕天屁股被打得稀爛，背上腿上都有不少傷痕，撕開的褲子上更是血跡斑斑，她再也忍不住，衝進裡屋狠狠哭了一場。

待程福收拾完畢，又叫郎中來瞧過，小圓走進去挨到程慕天旁邊，抹著淚問道：「爹可是為著你早上給我的錢打你？」

程慕天沉默了半晌，勉力笑道：「妳就不能裝著糊塗些，偏要這般心思玲瓏！」

小圓哭倒在他身上，「你都被打成這樣了，還要我裝糊塗？萬一你有個好歹，是要我跟著你去嗎？」

程慕天死命忍住淚，扯動嘴角笑道：「妳若想讓我多活幾年，就趁早起來，不然壓都讓妳壓死了。」

小圓這才發現自己全身撲在他傷口上，慌忙爬起來，又輕輕將他的背撫了撫，問他想吃什麼。

程慕天緩緩搖了搖頭，抬眼看著她道：「是我錯在先，妳別怨恨爹。」

等小圓低聲應了，他又握了她的手，「把嫁妝錢藏好，妳鋪子的契紙送回妳姨娘家擱幾天吧。我現下成了廢人，妳處處小心些，莫讓人捉了錯處去。」

小圓大驚，本想問他出了何事，卻見他面露疲倦神色，心知他是不想說，便不忍再逼他，替他蓋上一床薄被後，悄悄退了出去。

程慕天挨打的原因，小圓叫來程福一問就明白了幾分，自古以來君君臣臣父父子子，父翁在堂兒子卻攢私財，況且程慕天居然拿了公中的珍珠去私賣，怨不得程老爺發怒，但規矩是死的，程老爺就這麼一個兒子，家裡的這些產業，到頭來還不是他的，就算有錯，教訓幾句也就罷了，犯得著打這麼狠嗎？

小圓坐在房中疑道：「打二郎尚還能找出幾分緣由，這算計我的嫁妝錢卻是為哪般？二郎泉州的海船出去一趟賺的錢，恐怕買我那樣百來個鋪子都不止。」

她正苦思冥想不得其解，突然程三娘又帶了些吃食來看她哥哥，紅著臉羞答答謝她送的藥棉包。小圓問了幾句才知她月事已是來了，忙命人給她把茶換成紅糖水。

程三娘看了看小圓面前有些渾濁的茶水，愣道：「嫂嫂，怪不得我聽她們說家中用度都減了，為何我屋裡還是老樣子？」

小圓笑道：「未出閣的小娘子乃是嬌客，理應不同些的。」

程三娘便知小圓是有意偏著她了，可憐她自出娘胎就無人疼過，一時間紅了眼眶，滴下淚來，「我知道嫂嫂的苦處，只恨幫不上忙。」

小圓本以為這話是客套，卻見程三娘竟是欲言又止的模樣，忙命采蓮帶了丫頭們下去，坐到她身旁細問。

程三娘低聲道：「嫂嫂，丁姨娘怕是有喜了。」

小圓大吃一驚，「妳不是哄我吧，這樣的事妳怎會知曉？」

程三娘忙道：「我不是有意聽見的，是那天去向爹爹請安，聽見丁姨娘向爹爹說什麼要給腹中的孩子分家產……」

指著父母的二世祖有什麼好的，小圓真心誠意道：「我同妳哥哥雙手都能掙錢，靠著家裡算什麼本事？丁姨娘替爹生兒子開枝散葉是好事，家產就算分他們一半也是該的。」

程三娘卻不以為然，「嫂嫂，雖說郎中講她懷的是男胎，爹爹就信了，但這種事哪裡說得準？或許生的是個妹妹也不定。」

小圓見她言語裡對丁姨娘那邊甚是不屑，心中一動。這位三娘子平日裡不言不語，沒想到心裡卻是門兒清。不過她為何要偏著自己，怕也不是單為了藥棉包……是了，就算丁姨娘生了兒子，自己也還是當家主母，程老爺是指望不上的，她的婚姻大事還要指著自己呢！

程家人還真是個個都不簡單，不過既然三娘子是「自家人」，再探探消息也無妨。小圓問道：「三娘，妳說的很有幾分道理。丁姨娘懷的是男是女還未可得知，爹怎麼就能狠下心來把妳哥哥打成那樣？萬一妳哥哥有個好歹，別說妳的嫁妝，我們一家子人都只能坐吃山空了。」

她這一問把程三娘愣住了，「哥哥竟是傷得很重嗎？爹爹不是說他沒下力氣打？」

小圓忍不住又落下淚來，恨道：「那還不叫重？一個不小心怕就是要落殘疾呢！」

程三娘大驚，想起她還沒著落的嫁妝，亦恨道：「定是丁姨娘教唆的！爹爹對她雖面兒上淡淡的，其實喜愛得緊！」

小圓聽她如此說，趁機問她丁姨娘究竟是怎麼個租法。

程三娘解釋了一番，原來丁姨娘是程老爺六年前找丁姨娘的母親時租下的，當初約定每月付給丁母一斗米。兩年後程老爺對丁姨娘頗為滿意，與丁母又簽新契約，要給丁姨娘把租金漲至每月兩斗米，不料丁母卻不要這多出來的一斗米，只求程老爺把原先的一斗米換做鐵錢來給，說是要給丁姨娘攢錢做嫁資，等程老爺不要她時好把她再嫁出去。程老爺為此起了憐心，越發離不開丁姨娘，最近兩年不但把她的租金漲到了每年一百貫，還不再逼著她喝避子湯。

二人正說著，裡屋的程慕天聽見小圓在抽泣，出聲問了一句，程三娘生怕程慕天又要教訓她，提起裙子就跑了。小圓把臉上的淚痕仔細抹乾淨，走進去嗔道：「瞧你把三娘子嚇的。」

程慕天把她叫到身旁坐下，「妳還沒把鋪子的契紙送回妳姨娘家？」

小圓詫異道：「你如何知道的？」

程慕天壓低聲音道：「我偷著把幾個鋪子改了我的名字，契紙連夜送到妳姨娘家藏起來了，我知道她一心只向著妳，必是可靠的。」

「你膽子也忒大了些，怪不得爹下死命打你。」小圓瞪大了眼，竟有些不相信這是最守規矩的程二郎所為。

「我為何要這樣做，妳不是都知道了嗎？三娘子平日不吭聲，心裡什麼都明白。」程慕天把頭埋進了枕頭裡，聲音有些發悶。

小圓覺得程慕天的反應過大了些，不解問道：「不就是丁姨娘有了身孕嗎？這是再正常不過的事，哪家娶姨娘不是為開枝散葉？就算把家產分給她一半又如何，咱們自己又不是掙不來。」

程慕天抬頭看著她，「那妳當初怎麼不把鋪子分給妳哥哥們一間？」

小圓脫口而出：「那不是家產，是我憑雙手辛苦掙來的！」話剛出口，她突然理解了程慕天的心情，他為程家的生意出入風雨好幾年，那些鋪子哪一間不是他辛苦掙來的，突然要將自己的心血拱手讓人，除了聖人，誰肯捨得。

她見程慕天神色黯然，便借三娘的話安慰他道：「丁姨娘懷的是男是女還不定呢，你也莫太心急。」

程慕天哽咽道：「不是我心急，是爹他太心急，才知道有了身孕就拿妳的嫁妝錢來試探我們。」

一切都明朗起來，小圓恍然大悟，程老爺藉丁姨娘的租金要算計她的嫁妝錢，原來是在試探她是否是個賢慧聽話的媳婦，「爹試探了一回，怕是失望了，所以下狠心減了我手中的家用，又見你也不和他同心，越發惱怒起來，所以將你打成這樣——說起來還要感謝爹，不然你還在外頭東奔西跑照料生意，哪能有時間和我獨處？」

小圓一邊說一邊將手探進程慕天的衣裳裡去，程慕天漲紅了臉，偏又身上疼動彈不得，急道：「咱們現在處境艱難，妳還有心思調笑？」

小圓眉頭一挑，「怕什麼，你娘子養得起你。」

程慕天最是聽得不要女人養的話，明知是玩笑，還是氣惱得別過臉去，小圓只覺得好笑：「你既要充好漢，就把私拿的幾家鋪子給爹還回去，若不想還，就等著爹日日打你。」

程慕天氣道：「不還，我辛苦掙來的產業，憑什麼拱手讓給妾生的兒子！」

小圓嘆了口氣，「我知道家中一針一線都是你掙來的，可就算丁姨娘生了兒子，又能分多少家產給他？倒是你這樣一鬧，爹本想留三分給小兒的，現在恐怕想留足一半了。」

程慕天聽了這話，隱隱有些後悔，卻還是嘴硬道：「一文錢也不分給他！」

小圓撲哧笑出聲來，「也罷，既然你要做鐵公雞，娘子我也只能夫唱婦隨了。」

程慕天正想問妳打算怎麼個隨法，就聽得小丫頭來報，說陳姨娘探望姑爺來了。他忙催小圓出去，再三囑咐不許讓陳姨娘進到裡屋來見他不能動彈的模樣。

小圓又是心疼又是好笑，連忙出去挽起正要進屋的陳姨娘到旁邊屋裡坐了。陳姨娘滿臉的憂心，緊抓住小圓的手道：「二郎的傷好些了沒，他膽子也太大了些，虧得這是他親爹，若換了旁人，都能去告官了。」

陳姨娘也是個妥，小圓怎好說是程慕天一根草也不想分給丁姨娘，只得轉了話題，問程慕天到底放了幾家鋪子到她那裡。

陳姨娘朝窗外看了看，見門口有陪嫁丫頭守著，就湊到小圓耳邊道：「鋪子足有十來間，你們家大業大，這還算不得什麼，我看那中間竟還有好幾艘海船！」

小圓著著實實吃了一驚，海上生意乃是整個程氏家族在生意場上立足的根本，他們家眾多親戚都在泉州住著，就是因為那裡有海港。程氏一族從海外運來貨品，再銷往各地的高檔鋪子，程慕天和他叔叔家就是負責在臨安城接應海貨的，至於鋪子，倒是副業了。程慕天偷了船，還是好幾艘，可算是「大盜」了。

她雖吃驚，但還是不解程老爺所為，便問道：「姨娘，就算二郎有錯，可老爺就他一個嫡親的兒子，將來這些不都是他的？」

陳姨娘搖頭道：「父翁尚在就迫不及待分家產，哪家會不忌諱？再說程老爺不過五旬，誰能斷定將來就不會再有個兒，丁姨娘還在那裡呢！」

這父父子子的臭規矩！小圓揉了揉發脹的太陽穴，突然萌生了退意。

送走陳姨娘，小圓思慮再三，便向程慕天提議道：「咱們去隱居吧。」

程慕天仰起頭瞪她一眼，「父母在不遠遊，這道理妳不懂得？」

小圓料到他要說這個，也不氣惱，笑嘻嘻地道：「要不，咱們坐了你的海船，帶著爹一同出海去？」

程慕天忙把臉埋進枕頭不理她，小圓過去摸了摸他的耳根，笑得愈發歡快，「藏著我也曉得你臉紅了，耳朵根兒都燙著呢！」

程慕天悶了半晌，道：「我也是該出去養養傷，只是現去買個小莊卻是來不及。」

程家哪裡搜不出一座莊子來，分明是他不想去程老爺能管到的地方，小圓拍了拍手，「那就去我陪嫁的小莊上住吧，我早說了，你娘子養得活你。」說完，不待程慕天反對，一溜煙跑了出去，召齊陪嫁過來的幾個下人，吩咐田二通知莊上早做準備，又把鋪子的各項事宜講與任五聽，另有四個丫頭遣去打點行李，程慕天的日常用具卻不許旁人插手，她親自一一收拾。

小圓那陪嫁莊子與臨安隔得甚遠，因此行李帶得不多，半日功夫就收拾妥當。第二天一早，她親去向陳姨娘辭別，再三謝她擔著風險替二郎收著契紙。

陳姨娘極是捨不得閨女遠去，勸道：「四娘，妳要散心去城外的別院就是，何必非要跑那麼遠？」

小圓苦笑，「姨娘，程家住得膽顫心驚，不如遠去避一避。」

陳姨娘知他們是想避程老爺，怕他又打程慕天逼問契紙的下落，不禁落下淚來，「四娘，錢財乃是身外物，妳勸二郎把契紙還回去，不又是親親熱熱一家人？」

小圓良久無語，卻不想說是程慕天不甘心將家產白分給那還在娘胎裡的庶弟，只得含糊了幾句，答應陳姨娘住個把月就回轉，這才辭了出來。

她回府後先去見了程老爺，只說山中有位好郎中，治得好棒瘡，要帶二郎去醫治，遲了恐要落下病根。程老爺氣得鬍子翹起老高，卻又有些後悔將兒子打重了。丁姨娘肚裡那個還不曉得是男是女，若二郎真有個好歹，連個送終的也無。他思前想後，又問了小圓半日，見她實是不知契紙的下落，只得允了她的要求。

小圓出了程老爺的院子，又到程三娘屋裡坐了許久，最後才使人搬著躺椅來見程慕天，招呼著小廝把他抬上躺椅送去車裡。

程慕天吃驚不小，拚命抓著榻沿子，「娘子，妳要把我搬到哪裡去？」

小圓故意把手帕子甩到他臉上，「拖出去賣掉，換脂粉使。」

程慕天帶傷之身，哪裡掙得過幾個拿了賞錢的小廝，沒掙幾下就被人抬進了車裡，好在車內鋪著厚厚的墊子，還擱了好幾個靠枕，才使他明白過來這不是慌亂出逃，而是小圓計畫好的，可這速度也太快了些，不是昨日才商量好嗎？

「娘子，何必這樣匆忙，爹也不會立時又來逼問。」程慕天聞到身後飄來熟悉的香味，問道。

「那是，怎麼也要等你傷好了再打。」小圓氣不打一處來，朝他屁股上拍了一記，「我可沒你膽子大，偷了船還不跑。」

程慕天疼得齜牙咧齒，偏又想笑，一時間臉上表情怪異莫名，惹得小圓笑撲到他身上，又是疼了一身冷汗，卻只覺得她身子香軟，實在不想讓她起來，便咬牙硬扛著。

小圓分明是故意惹他，見他就是不叫個疼字，又心疼起來，忙掏出帕子替他把汗擦了又擦。程慕天抓著她的手聞了聞，問道：「家裡可曾留了人？」

小圓一笑，「留我的人怕惹禍上身，因此幾個陪嫁的丫頭婆子還有田二我都帶上了，至於程福，阿繡大著肚子呢，怎好要他跟來？」

程慕天擔心家裡有事無人通風報信，小圓點了點他額頭，笑道：「三娘子在那裡呢，還需旁人？她雖怕你，和我可親厚著呢！」

程慕天自然明瞭這其中的道道，也笑起來，小倆口說說笑笑往臨安城外而去。

小圓的陪嫁莊子共有三個，她此番要去的是山中的那座。據田二講，那座小莊坐落在山坳裡，四周群山環繞，景色秀麗，屋旁有小溪，山上有叢林，吃水打獵都極便宜，周圍山上還有她陪嫁的五頃山林，種了些杉木竹子之類，是莊內的主要出產。

這山高峻，山路卻不窄，能容一輛牛車經過，小圓正在不解，程慕天問田二：「山上還有哪些莊子？」

田二回道：「山上除了咱們家的，還有兩處莊子，一家主人姓楊，另一家姓李，只來看過一回就使人鑿了這路。少爺夫人別看這路寬，不是這山上的人，根本不曉得有這條道，路口有大叢林子遮著呢！」

小圓探出身來看了看道邊，果然一路都有茂密樹林，這路倒像是從林中開出來的，「這樣隱蔽的地方，難為姨娘能尋了來。」她笑看程慕天一眼，「正合適某些人躲藏。」

田二又道：「我家本是開封人，爺爺輩的被打仗鬧怕了，搬到南邊就尋了這樣一個所在，恰逢陳姨娘要為夫人買隨嫁田，我就將這裡薦了去。」

戰亂？小圓正發愣，就聽見程慕天在身後感嘆：「別看我家海裡來海裡去，其實祖上也在開封。祖父在世時總感慨：一晃隨朝廷來臨安已七十多年了，不知何日才能再回家鄉。」說起來，小圓那世的祖籍也是山東，提到收復北地，她亦是一臉傷感，「二郎，朝廷近年會北上嗎？」

程慕天頗有些興奮地拍著車壁，「聽聞正在籌兵，大概明後兩年便會有動向。」說完，又是黯然，「只可惜我身有殘疾，上不得戰場。」

小圓鑽進車裡拍了拍他的背，安慰道：「不能夠上戰場的人多著呢，有這心就好，咱們多捐些錢糧是一樣的，再說咱們是去收復失地，又不是對抗金狗入侵，你該振奮才是。」

田二在車外聽見這話，連連點頭，「夫人深明大義，這話講得極是。若真有這機會，還求夫人賞小的幾個月的假，讓田二我也有機會親手收復家鄉。」

小圓想說此次北伐必是要敗的，歷史巨輪誰能阻擋，但她看到莊稼漢田二的臉上竟是豪氣迸發，那話就怎麼也講不出口去，只得輕輕點了點頭。

牛車足足走了一整日，天將黑時才到莊上。小圓跳下車看了看，半晌無語。這山坳景色幽美，空氣清新，可那座小莊，怎的是茅草搭就？

程慕天在車內等了半日也聽不見動靜，奮力抬身掀起簾子一看，笑道：「這山莊有趣味，好！」

小圓扭頭白了他一眼，「當然好，這樣的地方，爹怎麼也尋不來。」

田二尷尬地撓了撓頭，「少爺、夫人，不曉得你們會來這裡住，所以未蓋大房子，不過山中木料多，蓋起來也容易，明日我就找莊戶來動工。」

小圓點了點頭，吩咐他帶人把程慕天抬進屋去，又叫丫頭們進去看房子收拾鋪蓋。茅草莊門口已有幾個莊戶婆娘候著，小圓舟車勞頓，也不及細問，先叫田嬸帶了她們下去燒飯。

這茅草屋正面有三間房，裡頭是相通的。她走到最左邊那間，摸了摸程慕天身下的墊子，「幸虧從家裡帶了來，不然你要硌得慌了。」

程慕天卻指了指床上，「只有一條薄絮，妳怎麼睡？晚上就把我這個墊子搬到床上去，咱們一同睡。」

「你怎麼睡？只能趴著。」小圓捂嘴笑道。

茅草屋子不隔音，田二在外間聽見，道：「夫人，這山間雖艱苦些，卻勝在天氣涼爽，少爺的傷口不用擔心有膿了。」

小圓聽了這話很是歡喜，賞了田二一百錢，又親自端水來替程慕天擦身子。

不多時田嬸帶人端了飯菜上來，小圓詫異道：「才一刻鐘飯菜就得？」

田嬸端了一盤炒雞蛋放到她面前，「夫人，山間無甚好菜，明日叫他們逮兔子射鹿去。」

小圓朝小桌上看了看，一盤青菜葉子、一盤炒竹筍，外加她面前的炒雞蛋，一共也只有三個菜。

田嬸見她不言語，忙道：「夫人，我才剛也說這菜太少了些，可她們說這已是待客的好菜了。」

小圓一愣，這還是好菜，「那他們平日裡吃什麼？」

田嬸看了旁邊的莊婦一眼，那莊婦低頭答道：「平日裡吃野菜，打得的野味要拿出去換糧食。」

小圓奇道：「咱們家吃的菜都是莊上送來的，難道你們這裡連青菜都不多種些？」

莊婦又道：「山上地貧，種不來那些，倒是野菜肥厚。」

小圓半晌無語，命田嬸去拿些錢分給幫忙做飯的莊婦，又取了個乾淨大碗公，把糙米撥了半碗，各樣菜夾了些，想了想，又把炒雞蛋全倒了進去。

她端著碗餵著程慕天，嘆道：「我還真以為這裡是世外桃源呢，竟沒想到這樣苦，著實慚愧。」

程慕天費力呑下一口飯，「妳慚愧作甚，與妳有何干係？」

小圓看著他又是呑口水又是梗脖子，笑著遞了水給他，「且不說這都是我莊上的莊戶，他們吃不飽就是我這莊主無能。就看你這呑糙米的辛苦樣子，我也該想法子讓莊上多產些錢。」

「也罷，明日我上山看看林子，替妳出出主意吧。」程慕天說完，幾口將飯菜嚥下，催小圓出去吃飯。

小圓將茶泡了半碗飯勉強吃下，讓人把菜端去給只有野菜吃的丫頭們，又叫人進來把程慕天連墊子帶人搬到床上去。等各事都忙完她已疲憊不堪，爬上床倒頭便睡了過去。

第二日她一睜眼，就見程慕天在笑她，「這樣硬的床，還有股味，虧得妳睡得著。」

小圓拍了拍還算厚實的墊子，「我在府裡時睡的還不如這個，哪裡就有你這大少爺一般嬌氣了。」

事關岳母姜夫人，程慕天不好再說，只得又提起林子一事。小圓知他賺錢是把好手，忙服侍他梳洗吃過早飯，道了聲辛苦，使人將他抬到了山上林子邊。

程慕天坐在林邊望去，見滿山都是杉木，只在旁邊山頭上隱約可見插了幾叢竹子，他拍了拍樹幹，問田二道：「這些杉木看來也有些年頭，是誰人所植？」

田二答道：「少爺不知有無聽過：種杉二十年，兒女婚嫁足；杉杪以樊圃，杉皮以覆屋；豬圈及牛柵，無不用杉木。這杉木林原是一位老爺種了為女兒作嫁資的，後因閨女早夭，恐睹物思人，這才賣給了我們。」

「咱們哪有二十年可等，莊戶們都缺衣少食呢，砍了換種別的吧。」小圓在旁聽了幾句，提議道。

程慕天但笑不語，只指了對面的山頭叫田二看，「那邊多種竹子，專收竹筍去到城裡去賣。」

田二卻為難道：「少爺，咱們也不是沒想過賣這個，只是山路遙遠，一日不夠一個來回，若要在城裡歇息，又無錢住店。」

程慕天點頭稱是，回去後與小圓商討半日，決定捎信給任五，叫他備個小倉庫，專收山莊上的竹筍，至於銷路則交給程福。若是山民不得晚歸，就到鋪子夥計們住的房裡擠一夜，也由任五負責照料。

田二聽了這法子後連連點頭，「此法甚好，不用擔心竹筍一日裡賣不完，咱們可以多收些，捆好了和運木頭一般順水下去，賺的必比往常要多。」

小圓聽說可以走水路，更是高興，忙命田二儘快去辦此事，又叫莊戶們多種起一個山頭的竹子。料理完此事，她心下鬆了口氣，想起程慕天在林子邊的神祕笑容來，問道：「二郎，為何不叫他們把杉木砍了去賣，再種些別的？」

程慕天看了她一眼，正正經經道：「咱們也須得為兒女著想些。」

小圓鬧了個大紅臉，恨不得自己未問過那句話，扭身出去喊田嬸，怪她不備帖子。程慕天忍住笑，道：「那兩個莊子的主人又不在，妳上哪裡拜訪去，再說這個也不該田嬸管。」

小圓把眼一瞪，「人不在禮數要到，怎麼也得送個帖子去。」

田嬸正在燒飯，聞言把手在圍裙上擦了擦，走過來道：「夫人說的是，該備帖子送過去，那兩位老爺以前來時也送過帖子來呢！」

小圓忙命采蓮寫了帖子，叫田嬸送過去。走進來又瞪程慕天一眼，卻撐不住笑了。以前還笑話阿繡，如今自己成了親，也愈發害羞起來。二人對望笑了一氣，親親熱熱商討起往後要生幾個娃娃才花得完這三四頃杉木林。過了一會兒，采梅進來叫開飯，小圓卻讓把桌子擺到裡屋來，方便餵飯給程慕天。

今日的午飯比昨晚豐富了許多，竹筍裡加了野豬肉，雞蛋裡擱了韭菜，還有一條肥厚的大魚。小圓見中間還有大碗的帶骨肉，卻辨不出來。采蓮指了窗戶叫她看，「這是院裡那小子孫大郎一早送來的狸子肉。夫人別看他小，許多大人逮狸子都不如他呢！」

采梅不輕易評價別人，此番對他讚賞有佳必是有緣故。小圓微微一笑，也罷，就賣她個面子，「說來也是莊上的小莊戶了，叫進來瞧瞧吧。」

采梅知道程慕天不願讓人瞧見，便命孫大郎只站在外間回話。小圓把一塊去了骨頭的狸子肉餵到程慕天嘴裡，向外問道：「聽說狸性至靈，你是如何逮到的？」

孫大郎不過八、九歲，言行卻極為沉穩，先向小圓行了個禮，方才答道：「夫人，捉狸其實極容易，先在牠家洞口拿煙熏，再在別處開洞，置個網兜。那狸子受不了煙熏，必要尋洞口外逃，一頭就撞進我地網兜裡，一點都不費力氣。」

小圓讚道：「難為你小小年紀就有智慧，又懂規矩，是你家大人教的？」

孫大郎的回答卻出乎小圓意料，原來他父親本是個讀書人，好不容易從北邊金人的範圍逃到這裡，卻不幸染了風寒，沒拖幾年就病逝了，他母親帶著他和一個妹妹無法謀生，只好將全家賣到了莊上。

自金人入侵，此等事情不在少數，小圓嘆了一口氣，叫采梅拿些錢來與他，不料孫大郎卻道：「夫人，我不要錢，只求夫人少爺賞些藥給我，不然我家妹妹也要病死了。」

小圓很是奇怪，「藥材都是出自深山，你要什麼採不來？」

程慕天終於逮到了小圓犯傻的機會，忙道：「再有藥材他不會開方子又有何用？」

小圓一聽暗自臉紅，忙讓采梅去叫他們帶來的郎中，又見孫大郎衣不遮體，腳上只一雙爛草鞋，心疼道：「看樣子你們在這裡的日子也好不到哪裡去，為何非要往南邊來？」

孫大郎一聽淚如雨下，哭道：「我爺爺叫金狗捉去做了『饒把火』了，我爹生怕我們一家都變成『兩腳羊』，這才拚了命往南邊來。」

所謂兩腳羊，小圓也有耳聞，乃是金兵南侵，官兵百姓無糧可食，便把死人用鹽醃起來曬成肉乾，其中年輕女子叫「不羨羊」，小兒叫做「和骨爛」，老而瘦的男子便稱作「饒把火」，意思是這種人肉老，須得多加把火。

程慕天所想和小圓一樣，紅著眼眶咬牙道：「我大宋官兵食人肉乃是被金狗所逼無可奈何之舉，沒想到金狗既占了我們的城池，還要生吃我們的百姓。」

孫大郎雖年小，卻有些見識，流著淚道：「我們不過是無奈吃死人，那些金狗卻是生吃活人。」

他二人正說著，采梅帶了郎中來，小圓忙讓孫大郎帶了郎中去給他妹妹瞧病，又讓采梅收拾了一大包吃食衣物帶去。送走孫大郎，程慕天長嘆道：「我恨不得自練一隊人馬殺到北邊去。」

小圓慌忙捂住他的嘴：「這樣的話也是說得的，小心掉腦袋。」

程慕天自知失言，沉悶了好一會兒，又道：「臨安城裡的平頭百姓，只要不是家中無米吃的，都要送孩子們去私塾學兩個字，我看那孩子是個極好的，卻要上山抓狸子為妹妹換藥錢。」

小圓很好奇程慕天居然也有發善心的時候，便提議在這山莊辦個私塾，不料程慕天卻跟看怪物似的把她打量一番，道：「我不過想教孫大郎幾個字罷了，妳竟就要大張旗鼓！這些奴僕家的孩子，本就是上山打獵的命，學了字又能如何？」

程慕天的話雖不好聽，卻也是事實，當下莊中的孩子們，恐怕連他們自己都只想著填飽肚子，哪有心思來上私塾？小圓自嘲地笑了笑，把此事按下不提。

過了兩天，田二帶人看過地形風水，在谷中枕山面水之地選了個所在，特來請示小圓：「夫人，風水先生說那處山環水繞，不僅風水好，而且是個天然庭院，倒省了許多功夫。若夫人往後要另建庭園，可以西引溪水，也極為方便。」

天然庭院，小圓將這四個字細細咀嚼了一番，滿意地笑了，又問田二建房的習俗禁忌。田二見主人相問，哪有不盡數說的，當即將動工上梁等俗一一道來，又請小圓挑個吉日好破土動工。

小圓笑道：「你趕了一天的牛車特特請來風水先生，哪裡還需我來挑吉日？你們說哪日便是哪日吧。」

田二領命而去，按風水先生說的挑了個日子，自帶人去砍樹蓋房。田二剛走，采蓮又來問如何打發幫忙蓋房的莊戶，小圓可憐他們成日吃野菜，便吩咐道：「叫人多運些糧食進山，凡來幫忙的飯菜管飽。」說完又悄悄叮囑采蓮，家裡有老人孩子的格外多給些，好讓他們「偷偷」捎回家去。

采蓮前腳出門采梅又來了，問小圓晚飯想吃些什麼，小圓起身到裡屋問過程慕天，吩咐她道：「拿野菜加些肉，包個冬至節吃的那種餛飩來。」

程慕天笑道：「妳竟比在家時還忙些。」

小圓替他掀開衣裳擦藥，道：「那是，家中自有調教好的四司六局，哪需我費心？說起來在家千般好，出門萬事難，我們這還是在自己莊上呢，就覺得要什麼差什麼起來。」

程慕天聞言更是後悔自己行事莽撞，害得小圓要隨自己躲到深山中來受苦，便猶豫著要搬回去。

小圓細細地將藥膏抹到他傷口上，想起若不是搬到涼爽的深山中來，以外頭那樣炎熱的天氣，這些傷一旦化起膿，後果不堪設想，她想到此處，牙一咬，「咱們要錢有錢，要人有人，什麼掙不來，且在此處修個世外桃源。」

程慕天見她如此說，心裡一寬，「待我傷好，陪妳四下轉轉，看看還能瞧出什麼生財的門道來。」

二人正說著，阿雲送了封信進來，笑道：「陳姨娘真是牽掛夫人，咱們才來了幾天，信就追了來。」

小圓見她是讀過封皮兒的樣子，心中一動，對程慕天道：「你說要教孫大郎那孩子，這不是現成的先生？我這四個丫頭，就連嫁了出去的阿繡和遣走的采菊，個個都能認好幾千字，教他該是有餘的。」

程慕天點頭，小圓就叫阿雲每日去教孫大郎認幾個字，自接過信來讀了一遍，又挑出些來念給程慕天聽，無非是叫他不必擔心鋪子和海船，安心養傷之類。程慕天聽了幾句，笑道：「一封家書還要挑好的念，有什麼是我聽不得的？」

小圓聽他口稱「家書」，心中欣慰，忙解釋道：「不過是些姨娘的煩惱，說與你聽也無用，你別多了心。」

程慕天本不是個愛管是非的人，卻因在榻上躺了好幾日不能動彈，就閒得發慌起來，他撐著腦袋想了想，「妳姨娘如今堂堂正正做人，又有屋又有錢，還能有什麼煩惱？必是那八字還沒一撇的沈長春鬧的。」

程二郎真是料事如神，小圓呆了會子方道：「可不就是那沈長春，不知他哪裡惹惱了我姨娘，讓姨娘賭咒說招誰入贅也不要他進門。」

程慕天卻道：「妳姨娘如今也算得是個富足人家，不知多少人搶著想上門，不招沈長春一點也不錯，那窮漢哪裡配得上她？」

就算是自個兒生母，這感情一事旁人也幫不得忙，須得她自己說好才行。小圓細細把信紙疊起，又提筆寫了幾張回信，親自拿出去找田二，叫他挑最好最嫩的竹筍裝了，同信一道送去陳府。田二接過信揣到懷裡，笑道：「正巧今日有筍要順著水放下去，不過這信要緊，不能同筍裝在一起，我下山再跑一趟吧。」

小圓點頭道過辛苦，順著小溪流朝前隨意走了幾步，只見莊戶們的茅草屋都建在離谷底不遠的山腰上，恰是同群山一道環著山谷。此時田嬸已在備晚飯，但莊戶們卻還勞作未歸，那些小茅草房上一絲炊煙也無，她正尋思等程慕天傷好，一起去上頭田埂上瞧瞧，就聽得背後有人喚她，回頭一看，卻是他們帶來的那個趙郎中。

趙郎中藥箱都不及放下，便氣喘吁吁道：「我才從孫大郎家來，剛剛確診她妹妹患的乃是肺癆，我看莊戶們的茅草房都是緊挨著，夫人最好讓孫家搬到別處去住，不然整個莊子都不能倖免。」

小圓大驚，肺癆即肺結核，在這時候鐵定是不治之症，且輕輕一個咳嗽就會傳染，她不及細想，忙鄭重託付趙郎中：「咱們整莊人的性命可就交給你了，你是郎中，該當如何只管去辦，只別太虧待了他們。」

趙郎中把藥箱往肩上一扛，飛快跑到孫大郎家將情形講了一遍，建議讓病人另搬個住處，孫母每日去照料即可。他原以為孫母要又哭又鬧，不料她極識大體，主動提出：「女兒尚小，就算是死我也是要跟去的，但害了莊裡人性命就是損我們陰德，反正此處又無虎狼，不如幫我們母女尋個山坳住吧，叫大郎每日把吃食用繩子吊下來就是。」

趙郎中對孫母此舉很是佩服，親自帶人在一處平整的坳中搭了幾間茅草屋，叫她們母女搬了進去。他一刻不停忙完，回來向小圓稟報，道：「夫人，孫大郎及莊中諸人我都已仔細瞧過，並無他人染上此病，請夫人安心。」

小圓鬆了口氣，再三道謝，叮囑他要按時送藥給她們，「你記得教孫大娘把病人咳出的痰掩起來埋掉，還要與病人分碗而食，且病人用過的食具定要用沸水煮過後再用，莫要讓她自己也染上了病。」

送走趙郎中，她又吩咐采蓮：「記得每日裡送柴米去，再把孫大郎喚來。」

程慕天在裡屋聽了個一清二楚，喚了小圓道：「妳處置得很好，莊戶們住得近，確實是該防範些。」其實小圓很不忍讓她們母女搬走獨居，但她明白，雖然自己懂得防範，卻無法保證那些莊戶也能做到，莊裡的小孩子白日裡沒大人看管，尤其怕他們去尋病人玩耍，萬一讓肺癆傳染開來，她心中只怕更有愧。

孫大郎到了小圓跟前時，不待她開口就跪了下去，謝她救了全莊人性命。小圓冷眼看去，這孩子的表情誠心實意倒不似作偽，不由得暗暗稱奇，叫起他問道：「這些是你母親教你的？」

孫大郎搖頭，「我們一家逃到這裡，要不是莊裡的好心人收留，恐怕早就餓死了，咱們沒法報恩也就罷了，怎能再去害他們。」

不足十歲的孩子能有這番見識，小圓又是稱許，便許了他每日跟著采梅去送飯給母親妹妹，又問他和阿雲可相處得來。孫大郎極願跟著阿雲認字的，當即重重點了點頭，小圓便叫來阿雲，讓她去照料孫大郎。

山中氣候宜人，程慕天的傷勢也好得快些，到房屋上梁時，他已能勉強靠著墊子坐起來。小圓使人把他抬到正在蓋的新屋門口，聽莊戶們念唱完上梁文，又取了餅錢親手拋上房梁。

程慕天見不久就可離了茅草房，興致頗高，對小圓道：「上梁馬虎不得，命人擺上幾桌酒，叫全莊人都來吃。」小圓應了一聲，忙叫來田嬸吩咐下去，就在屋前擺了十來張大圓桌，將大碗的肉大碗的酒擠得滿滿當當，山裡人也不管什麼男女不同席的規矩，全莊老少一擁而上，個個吃得滿面紅光。

小圓和程慕天站在旁邊笑看了一回，只覺得看著他們吃自己都覺得香，二人正要回去也喝上一盞，采梅卻道：「趙郎中怎的沒來？」

小圓朝席上看過去，莊上的莊戶和他們從城裡帶來的人都在，連孫大郎都捧著碗，只不見了趙郎中。她想了想，吩咐采梅：「趙郎中許是不願和他們同桌，妳且請他來同少爺一起吃。」程慕天和趙郎中早就熟識，不然也不會單帶了他上山，因此聽小圓如此安排並無異議，倒是小圓回屋坐下又笑起來，「我說要請趙郎中過來吃，采梅那丫頭竟是一臉的笑呢！」

程慕天默算了一會兒，道：「說起來趙郎中來我們家藥鋪已有兩三年了，今年他怕是三十出頭了吧。」

小圓見丫頭們都不在跟前，問道：「他三十有餘還未曾娶親？」

程慕天搖頭道：「娶過，還有個兒呢，聽說就是得了肺癆，母子都把命送了。」

小圓恍然，怪不得趙郎中在肺癆一事上如此上心，原來是傷心舊例在前，「若采梅真對他有意，倒也是樁美事，只是這二人的年齡差大了些，采梅今年才十六呢！」

程慕天把自己一指，「我還比妳大六七歲呢，臨安的男子都愛遲些成親，何況他還是續弦，我看就很好，只是妳又得送個丫頭出去了。」

小圓笑道：「她們的賣身契本就是要還給她們的，我不是那刻薄的人家，再買個人來又花得了幾個錢？」

程慕天很不以為然，在他手下還未有哪個下人重得自由身的，但那是娘子的陪嫁丫頭，他不願和她爭辯這些，便叫人來搬他到外頭去和趙郎中吃酒。

小圓隔著簾兒勸程慕天少吃幾口，采梅端菜進來，笑道：「還是夫人心軟些，趙郎中說少爺身上有傷，竟是一口也不讓他吃呢！」小圓見她手腳麻利地擺著菜，臉上卻是兩抹紅霞，就把打趣她的話按了下去，只問她在哪裡尋了趙郎中來。采梅有心要在主子面前為趙郎中表功，忙道：「他是去送藥給孫氏母女了，說是那藥得現熬現喝才有效。」

小圓是過來人，聞言心中咯噔一下，趙郎中又不是沒使喚的人，一碗藥還要親自送去，莫不是對那孫氏有意吧？但孫氏恐怕比趙郎中還大上一兩歲，又是死了丈夫拖著兩個娃的，哪裡比得上青春正茂的小采梅？想到此處，她臉上露出笑來，接過采梅手中的菜，把她趕了出去斟酒。

小圓這裡顧及女孩兒面皮薄，不好貿然相問，程慕天他們男人間卻沒那麼多顧慮，直截了當問來：「你孤身也有些年頭，可曾想過再尋一個？續繼香火可是大事。」

趙郎中比起程慕天當年可是膽大多了，竟站起來施了一禮，「承蒙少爺關照，只是此事八字沒一撇，且要等一等，但過些時日怕還得求少爺夫人替我做主。」

此話一出，桌邊執著酒壺的采梅便站不住了，漲紅著臉又不好就出去，只得說要替夫人添菜，風一般奔了進去，雙手緊握著酒壺，低頭站到小圓跟前。

小圓見她一副欲笑還羞的模樣，故意把面前的杯子指了一指，「我這酒還滿著，妳且出去伺候。」

采梅有些實心腸，把話當了真，挪著腳朝簾子邊走走停停，臉上紅得能滴下水來。小圓撐不住大笑，朝外道：「趙郎中放心，我們還想討杯喜酒喝，自然要與你們做主的。」說完見采梅羞得厲害，不忍再逗她，忙叫她出去看看湯。

過了會子采蓮進來，奇道：「夫人，采梅滿臉通紅，可是病了？趙郎中就在外頭，叫他瞧瞧去。」

小圓連連擺手，笑道：「可不能叫他去，不然她病得更厲害。」

采蓮是幾個丫頭中最玲瓏的一個，眼珠一轉就明白過來，「夫人已知道了？我本想早些來說，但又怕采梅害臊。」

小圓見她是知情的樣子，忙問她詳細事體。原來采梅帶著趙郎中去給孫大郎妹妹瞧病回來就對他上了心，等到趙郎中乾脆俐落處理完這檔子事，救了全莊老少，她更是對他佩服有加，一顆芳心全許了去。

采梅含笑道：「趙郎中雖說年紀大了些，但也算一表人才，又在少爺手下歷練了幾年，必是個有前途的，采梅那妮子有眼光呢！」

小圓把她打量了幾眼，「妳比采梅還大一歲多，我本想著先把妳送出門再替采梅操心，沒曾想讓她占了先。」

采蓮說起別人來大大方方，見小圓把話挪到她身上就害羞起來，抓了個碗說要去盛飯，跑得飛快。

等到外頭二人飯畢，小圓使人把程慕天抬進來，準備替他擦今日的第二道藥，就聽得外頭田二來報，說下山賣竹筍的人回轉，還捎了陳姨娘的一封信來。

肆之章　爭回財權親上崗

上回說到田二來送陳姨娘的信，小圓接過信還未拆封，程慕天就笑她姨娘的信來得最勤，不料信紙展開，卻是程三娘的筆跡。小圓不動聲色先將信從頭看到尾，這才丟給他，「是三娘子寫的，因不知我們住在哪裡，所以託了我姨娘送來。她說河上碼頭的海貨因沒了你照料，亂成一團糟，爹在家急得直跳腳。」

程慕天匆匆將信看完，亦道：「後院情形也好不到哪裡去，那些妳調教出來的四司六局不太服丁姨娘管教呢！」

小圓嘴角含著笑，心裡直道亂得好，不讓老爺子吃點苦頭，他還以為家裡的錢是從天上掉下來的，還要把挑大梁的大兒不當回事。程慕天心裡有一半同小圓想的一樣，另一半卻是捨不得那些澆注了他大宗心血的海運生意就此敗落下去。

小圓哪裡不知他正處在兩難境地，只是一來他身上的傷還未利索，不能冒了大日頭回去，二來此時回轉還嫌太早，須得讓程老爺吃椿大虧才好。勸兒子讓老子吃虧的話她如何講得出口，只得留他自己慢慢想，正好田二還在外頭等著回報賣竹筍一事，她便輕輕掩上門走了出去。

田二一手拿著帳本，一手拎著一貫錢，笑呵呵地立著。小圓接過帳本，看了看那錢，「只有這些？」

田二回道：「夫人，一斤竹筍只賣得兩文錢，這已不少了。緊接著的兩個月還能收筍，每個月都能賺回這些來。」

在臨安城，要使一人餓不死，一日至少得開銷二十文，一個月下來也要六百文，小圓拍著帳本，皺起了眉頭，「這一貫錢還不夠一戶人家用一個月的。」

田二卻搖頭：「夫人，山裡人哪有城裡人那樣金貴，不用頓頓吃糧食的，山上的野菜多得很。」小圓聞言只覺得心中堵得慌，揮手叫他出去把錢交給采蓮。

程慕天剛想通了心思，就見小圓皺著眉頭進來，方才外間的話他也都聽見，便勸她道：「田二講的不無道理，就算在臨安城，沒錢的人家也只得有米吃，菜鹽全無，至少山裡人還能時常獵個野味嘗一嘗。」

小圓橫了他一眼，「你真是有錢人家出來的少爺，他們就算獵了野味，也要拿去集上換鹽吃，沒見他們桌上頓頓只有野菜團子嗎？我雖自認不是什麼大善人，但也見不得自家奴僕在我眼皮子底下啃野菜，誓要讓他們每餐都能吃飽肚子。」

程慕天見她講得咬牙切齒，便把手裡的信隨手一扔，輕飄飄丟來一句話：「要賺錢也極容易，這山中谷底草多又有水，多多養些肥羊去賣。臨安除了野味，就屬羊肉最貴。」

小圓大喜，謝他道：「我本指望竹筍能大賺一筆，卻沒想到真正賺錢的法子上來。」

程慕天身子一探，將她抓進懷裡，上下其手道：「賺錢的主意是我想出來的，還說我是有錢人家出來的少爺，我究竟是不是少爺，是不是少爺？」

小圓癢得直躲閃，又怕動作大了害他牽扯到傷口，正鬧到笑出眼淚之際，門口有聲傳來：「少爺，你不是少爺哪個能是少爺？」程慕天臉一紅，手上一滯，小圓趁機掙脫出來，理了理頭髮衣裳，從簾子縫朝外一看，原來是采梅站在外間門口，便出來問她何事。

采蓮抱著個大竹籃子，笑道：「夫人，田二帶了好些新鮮肉上來，咱們晚上拿嫩嫩的竹筍炒個菜呀！」

小圓看她一眼，這樣的小事也需來問？突然瞧見她一雙腳在裙子底下不住挪來挪去，這才恍然，「炒得了記得端一盤去給趙郎中。」話音剛落，果然就見采蓮紅著臉低低應了一聲，扭身就往廚下跑。小圓忍住笑進來，「采梅竟是要親自下廚，咱們得謝趙郎中，今晚有好口福。」

晚飯時采蓮端上竹筍炒肉來，果然鮮嫩無比，小圓讓她也送一碗去給孫大郎，不料采蓮卻道：「趙郎中已是讓人把他那盤端過去了。」

小圓和程慕天對望一眼，後者道：「他兒子是肺癆死的，見孫大郎妹妹亦是如此，所以多心疼他些也屬平常。」

小圓卻不言語，親自伺候程慕天吃完飯後，出來尋采蓮，「妳是個聰明人，想必都看在眼裡，得閒提點提點采梅，就算無事，多留個心眼兒也是好的。」

程慕天對她此番舉動頗不以為然，嗔怪她是無事忙，連給個孩子送盤肉都要大驚小怪。小圓也不分辯，在采梅面前更是隻字不提，只等找機會親眼瞧一瞧趙郎中的態度。

第二日她將所有莊戶都召齊，當面把那一貫錢按人頭發了下去。莊戶們頭一回手裡摸到實打實的鐵錢，個個驚喜不已。田二得過小圓的吩咐，趁機大聲道：「你們手裡拿到的錢，是咱們上回賣竹筍得的。夫人憐惜你們吃不飽，自己一個錢也未留，全分給了你們，不知你們想不想賺更多的錢？」

莊上的人家都不是自由身，從未想過身為奴僕還能分到錢，紛紛上來向小圓磕頭。小圓見他們嘴裡雖不敢說還想賺錢，臉上卻都露了出來，便笑著把想養羊的事講了一遍。

田二在莊戶中間轉了一圈，到小圓跟前回道：「夫人，山裡人沒見過世面，不敢來與夫人講，其實他們個個都能放羊，巴望著替夫人多養幾隻呢！」

小圓點頭道：「明日你下山去買羊，莊戶分幾個出來輪班照管，養得越好，他們能分到的錢就越多。」

田二領命而去，第二天起了個大早，去集上買了幾百隻羊，找任五幫忙借了一溜大車拖回來，分五群放養到有水有草的谷中，又把放羊的莊戶分了五組，每組兩班，讓他們就在谷中修上羊圈和茅草屋，當班的人晚上就宿在那裡。莊戶們聽小圓說過，養好羊他們也能分到錢，個個拿出了十分精力來照看，不消田二多囑咐。

這樣一番下來，加上分去照管竹林賣竹筍的，莊上大半莊戶有了指望，剩下沒收益的那些，眼饞到不行，天天求田二去找夫人，也替他們尋個差事，不料田二卻道：「夫人已有了安排，你們且等著好消息。」

田二安排好諸項事宜，來請小圓示下，小圓吩咐道：「你去問問李老爺、楊老爺家可想賣地，咱們再買一個山頭種竹子，免得剩下的幾戶眼紅。」

田二又問：「夫人，還有好些婦人沒活兒做，總不能白養著她們。」

小圓苦想了一回，道：「我記得小時吃過高粱飯，只不知這裡種不種得？」

田二祖上是北邊來的，自然知道高粱，當即歡喜道：「種得，種得，這東西耐旱好活，是正經糧食呢！」

高粱又不是什麼稀奇作物，這些人寧願餓肚子也想不到去弄些來種嗎？小圓搖頭又嘆氣，忙催田二使人下山採買種子。

且說田二打發了人下山，又親自去李、楊二莊問買地的事，那兩家的的老爺本就只打著躲避戰亂的主意，根本沒指望那些地，幾封信來回，沒幾天就各賣了幾頃地給小圓，等到小圓的莊子賺了大錢他們卻後悔莫及，這是後話。

忙活了幾天，小圓親自到養羊的谷中看了一回，卻發現有個草少的谷，角上已禿了一小片，田二見她疑惑，回道：「夫人，羊愛卷草根吃，這谷中草少些，所以才禿了，我正準備讓他們再尋個牧草豐盛些的地方。」

小圓暗暗自責，到底未做過農婦，居然犯這樣的錯誤，要是讓羊啃得遍草不生，往後上哪裡賺錢去。幸虧那世的記憶還殘存些，稍一思索有了法子，吩咐田二將羊白日裡也圈起來養，本來的放羊人負責割草餵羊。田二莊稼漢出身，想了一想就明白過來，喜道：「夫人這法子好，羊少了走動，恐怕還要肥些，且人動羊不動，也不用過幾天就要將羊換個地方了。」

小圓親眼看著他們把羊趕進圈裡，又派了人去割草，這才放下心來，回去窩在房裡，陪程慕天下了好幾天的棋。這天她悔棋到第五回，程慕天惱火丟了棋子不願再同她耍，她便攀著他的胳膊撒嬌兒，「你的傷也好得差不多，不如我們到坡上去走走，老悶在屋裡也不好。」程慕天正有此意，兩口兒便都換了粗布衣裳，攜手爬上山坡，看那些莊婦種高粱。

程慕天在田埂上慢慢走了幾個來回，道：「妳種一山的高粱，還不如我船上的一槳。」小圓便知他是又想回去了，就問他：「若爹還找你要契紙該當如何？」程慕天默然，朝遠山望了半晌，不再將下山的事提起。小圓見他如此，心中也不好受，但此事暫時沒有解決之道，她只得轉了話題，拿胳膊肘撞了撞程慕天，問他趙郎中中意的到底是不是采梅。

程慕天聞言怪她多事，「哪家的丫頭配人不是主子說了就算，「阿繡的婚事我就奇怪，一個丫頭還非要我遣媒人去。」

小圓白他一眼，「那你怎的就准了？來我家的媒婆可是穿黃背子的。」南宋穿黃背子的可是中等媒婆。

程慕天憶起往事，嘴角朝上勾起來，「我不過是謝她替妳傳了那方春江水暖的帕子罷了。」

小圓不解，問他何謂春江水暖的帕子？程慕天先走到田埂另一頭，離她遠遠兒的，方道：「昔日東坡居士有詩云：春江水暖『鴨』先知。」

小圓這才明白過來，他是笑話自己繡的那對兒鴛鴦像鴨子呢！她又羞又惱，舉拳衝過去欲打，卻因隔了一條田埂追不上他，地裡勞作的莊婦又多，她不好多跑，只得忿忿地坐到地上扯那可憐的野草。

程慕天盯著她瞧了半天，覺得自家娘子紅著小臉著惱扯草的模樣實在可愛，就把那海運的生意拋到了腦後，上前拉她一把，板著臉道：「妳一個夫人坐在這裡成何體統？還不跟我回家去。」

小圓還真以為他講究規矩生了氣，老老實實跟在他後頭回到茅草屋，不料一進門便被程慕天緊摟到懷裡。她怔了一會兒，正要罵他假正經，就覺得他有地方變化起來。這可是大白天，鑑於程慕天以往的「不良表現」，她忙縮手縮腳，又提采梅和趙郎中轉移他注意力。

程慕天喘了好一會子粗氣才平息下來，拉著小圓坐到榻上，道：「妳也叫采梅學妳繡個鴨子送與趙郎中，探一探不就知曉了？」

小圓把他瞪了又瞪，但也覺得這是個好主意，就等吃飯時裝了愁眉苦臉的模樣，對著幾個丫頭唉聲嘆氣：「二郎說趙郎中差雙爬山的鞋子，偏我又把針線上的婆子留在了家裡。」

采蓮偷偷瞧了采梅一眼，尋了個差事將她支出去，這才捂嘴笑道：「夫人可以將此心放下了，我同采梅住一個屋，早見她悄悄做了鞋送去給趙郎中了呢！」

小圓就是想起前些天看見趙郎中穿了雙新鞋，但卻不知到底是誰的手藝，所以才有此一探。此時見采蓮給了她這樣的答覆，自然十分替自個兒丫頭歡喜，開始盤算起她的嫁妝來。

不料正不聲不響擺筷子的阿彩聞言卻道：「趙郎中不是好人，穿了采梅姊姊的鞋子，還偷偷跑去谷頂上瞧孫大郎的娘，兩人一個在山上一個在谷底喊話玩兒呢。」

阿彩一向是個悶葫蘆，不輕易開口說話，連她都這樣講，那趙郎中去看孫氏必不是一次兩次了。小圓揉了揉額角，先前不過擔心采梅表錯情罷了，可現在究竟是什麼狀況？

程慕天到底更瞭解男人些，勸她放寬心，「趙郎中不是那浪蕩子，必會給采梅一個交代，再說孫氏是嫁過一遭人的，怎能作正妻？」小圓一聽就急了，「聽你的意思，作妾便無問題？你不是最記恨妾室的？」

程慕天莫名其妙看她一眼，「我記恨自家妾室也就罷了，難不成還記恨到別人家去？」小圓氣得直捶桌子，發狠道：「若趙郎中真是存了這樣的心思，我必不把丫頭給他。」

程慕天無法理解小圓為何對個丫頭如此上心，小圓卻想的是：我自家的丫頭，自己的人，豈能容人欺負了去？

她正尋思要找機會問一問采梅的意思，就見田嬸滿臉急色進來，「夫人，天黑了還有人送信上來，說阿繡不好了。」小圓一怔，田嬸湊到她耳邊講了幾句，她驚得猛站起身來，「難產死了？妳莫不是哄我吧？」

小圓驚聞阿繡難產而死的噩耗，怎麼也不肯相信，田嬸哭道：「孩子太大了，頭怎麼也下不來，這才……可憐阿繡……」

小圓眼睛一酸，也要落下淚來，突然想起，阿繡上回過年時才有的身孕，忙問：「阿繡的孩子並未足月，怎的就早產了？」

程慕天聽她這一說也疑惑起來，程福他們這胎還不足八個月，就算難產，多半也不會是這樣的情形。田嬸睜大了眼睛，「我進陳姨娘家門時阿繡已是嫁了，原來她懷的娃娃還未足月，難不成是騙人的？」

阿繡自五歲上就跟著小圓，二人名為主僕，實則為姊妹，程慕天知小圓焦急，忙讓人去叫送信人，不料那小廝早已摸黑下山去了，田嬸見狀安慰小圓：「夫人，必是誆人的，不然為何這樣急？」小圓緩緩點頭，一顆心卻始終懸著，整夜輾轉反側。

第二日天還未亮，她正要使人下山去探消息，程三娘的口信就到了，那小廝卻是陳姨娘家的，累得腿直發顫，「夫人，程三娘說來不及寫信了，遣我連夜送口信來，讓少爺夫人千萬莫回去，說是家中海船失竊一事已被泉州的大房知曉，使了人來正在家住著呢！」

小圓不放心，問道：「三娘可曾提起阿繡？她可還安好？」

小廝搖頭道：「不曾提起，繡姊姊怎麼了，我昨日還見著她來尋陳姨娘呢！」

小圓氣得直咬牙，「想騙我們回去自投羅網也就罷了，偏要咒人死！」程慕天把小廝叫到一旁細問了幾句，卻連聲叫好，笑著讓田二帶他下去歇息吃酒。小圓猶自生氣，程慕天勸慰她道：「不過虛驚一場，這樣的餿主意，定是丁姨娘出的。」小圓見他竟是春風滿面的樣子，奇道：「大房都從泉州趕來抓你這隻賊了，你還笑得出來？」

程慕天走到裡屋坐下，方道：「他們哪裡是為失竊來的，其實是因泉州的海貨運來臨安無人接應，興師問罪來了。」

小圓問道：「不是還有叔叔家嗎？」

程慕天露出一臉的不屑，小圓心下明瞭，必是叔叔家的幾個兒子都不成器，便又問他是否要回去。前些時候程慕天日夜掛念著家中生意，此刻卻不著急起來，摟了小圓道：「等著人來請咱們吧，且先睡個回籠覺。」

小圓見他志在必得的樣子，心知離他們下山的日子不遠了，又因即將入秋，天氣漸冷，便忙著安排莊中諸項事宜，加派人手收竹筍，餵肥山羊，叫田二在尚未竣工的別院裡修上取暖煙道，又讓采梅按著家中下人的份例分發了秋冬的衣裳給莊戶們。

這日她正在房內捏針線，想給程慕天再繡個帕子，采梅紅著臉進來道：「夫人，趙郎中來了。」小圓抬起頭，只見趙郎中一身新夾襖，正是采梅前些日子縫的那件。她笑看采梅一眼，羞得采梅扭身就跑。

趙郎中上前施禮道：「夫人，山中天氣涼，我想求夫人多給幾個火桶子。」小圓詫異道：「采梅送去沒給你？」趙郎中點頭道：「送了兩個，但我怕冷，因此厚著臉皮來找夫人再要幾個。」

過冬物資就是采梅管著，火桶子又不是什麼緊要物件，為何不直接找她去拿？小圓冷著面將趙郎中上下打量，突然發問：「你是要送去給谷中的孫氏？」

趙郎中愣了一愣，倒也大方承認。

小圓愈發不悅，「趙郎中，所有莊戶我都是一視同仁，難不成偏漏了她們母女？」

趙郎中忙道：「夫人，我並無此意，我只是……」

「只是要趕著去表心意？」小圓打斷他的話，她以為趙郎中會矢口否認，不料他卻朗聲道：「不瞞夫人說，我的確憐惜她們母女，她們孤苦無依，女兒又患了肺癆，著實可憐。」

小圓放緩了語氣，「我知道她們可憐，早讓人送了過冬的衣物和火桶子去了。」說完，故意把他身上的夾襖一指，「這是孫氏替你做的？」

趙郎中馬上搖頭：「不是，這是采梅的手藝。」

他竟如此理直氣壯！小圓強壓下怒氣，道：「采梅雖然跟我的時間不長，但也是極受看重的，既識得字，又有一手好針線，一手好廚藝，等她出閣，我是要將賣身契還她的。」

趙郎中鄭重道：「夫人盡可放心，我絕不會委屈采梅。」

「怎麼個不委屈法？」小圓問。

趙郎中道：「稟報雙親，使黃背子媒人來，聘為正妻。」

「那孫氏呢？」小圓緊緊追問。

趙郎中竟嘆了口氣，「只能委屈她做個妾室了。」

采梅躲在外頭站了半日，只聽得屋內啪的一聲響，慌忙跑進來看，原來是小圓將繡綳子摔在了地上，正橫眉冷對趙郎中。她不知緣由，卻擔心情郎，忙推他道：「怎麼惹夫人生氣了？趕緊陪個不是。」

小圓拿不定主意采梅是否知曉孫氏一事，只得揮手叫他們下去，另叫了采蓮進來問。采蓮在門口碰見那二人，進來又見了地上的繡綳子，忙問小圓出了何事。小圓長嘆一口氣，「趙郎中打的好主意，想娶采梅，又想納孫氏，不知采梅知道會作何感想？」

采蓮撿起綳子拍了拍灰，道：「趙郎中是臨安本地人，家中有薄產，在少爺面前又得意，我們不過是丫頭，能嫁給他這樣的人作正妻，已是上輩子修來的福氣了，哪裡還顧得了他納不納妾？」

小圓愣道：「妳們竟是……竟是這樣想的，那采梅也是如此？」

采蓮低頭不語，只將綳子上的帕子擰來擰去。小圓望著她，眼裡漸漸浮上些哀意來。

程慕天進來見她這副模樣，忙問是不是哪裡不舒服，小圓苦笑，「不管是哪個人家，妻和妾一同抬進門，也是樁丟臉的事吧。」程慕天聽她講了原委，頭一回沒怪她替丫頭操心，道：「是趙郎中行事不妥當，這樣待采梅，是打了妳的臉面，看我明日說他去。」

第二日程慕天和小圓分頭行動，前者去訓責趙郎中，後者去耐心提點采梅。

先說程慕天在谷口尋到趙郎中，他正忙著用繩子吊火桶子下去給孫氏，程慕天當場就黑了臉，丟下一句「你下山去吧，藥鋪也離不開人」，然後轉身就走。

趙郎中的前途都繫在程慕天身上，聞言就慌了，幾步追上去連聲問他自己到底做錯了何事。程慕天看也不看他一眼，背著手道：「你不把正妻當回事，我還是要敬重的。」

趙郎中明白過來，原來是夫人惱他同娶兩個，忙道：「我先娶采梅，過段時日再提納妾。」程慕天一巴掌差點打在他臉上，怒道：「看你就是寵妾滅妻的胚子，休想娶我家的丫頭！」

他氣沖沖地回到茅草屋，當著采梅的面對小圓道：「不准把采梅許給趙郎中，我手下怎能有寵妾滅妻的人？改日就遣了他回家去，再尋好的來！」

小圓明白是「寵妾滅妻」觸動了他心中往事，讓他想起枉死的母親來，忙柔聲細語安慰了他好一會兒，直到田二說山下來信把他叫出去，她才又出來尋采梅。

采梅已是漲紅著臉哭了好一會子，見小圓出來，馬上跪倒在她面前，「夫人不讓我嫁，我就不嫁。」

小圓見她如此說，氣道：「原來是我逼妳的，這麼說來，妳是不在意和一個妾一同被抬進門了？」

采梅低頭不言語，小圓氣極，發狠道：「那妳就不嫁吧，我千辛萬苦調教出來的丫頭，不願給那樣一個人，這點子主我還做得！」

采梅回屋撲到被子上嚶嚶哭個不停，采蓮趕過來勸她，問道：「既然妳是想嫁的，就該好言好語求夫人，怎麼還講出不嫁的話來，莫非是在激將夫人？」

采梅忙發誓賭咒表明自己絕無此意，「夫人對我有大恩，我怎會想到去激將她，我是真心不想違了她的意！」

采蓮見她模樣不似作偽，想了想又問：「妳是感念夫人當初將妳從人牙子手中買下？」

采梅點頭又搖頭，「將我買下自然是恩情，但夫人不買也自然有別人來買，我只記得夫人還未買下我們時，就先送了雙鞋與我穿。」

采蓮想起來，那時天氣涼，夫人見那群小姑娘光著腳，確實是叫她拿了幾雙鞋與她們的，「難為妳還記得夫人的好，實話與妳講，我初聽夫人說那些也頗不以為然，這男人哪個不是三妻四妾的，但今日聽了少爺的話才頓悟過來，所謂妻妾有別，就算納妾，正妻也是更當尊重的，趙郎中這樣做，顯然是不把妳放在眼裡了。」

她見采梅怔怔地望著她，也不知聽沒聽明白，只得又勸了她幾句，起身出去伺候夫人吃中飯。

采蓮進屋時程慕天還不見蹤影，便問小圓是不是遲些開飯，小圓點了點頭，問她采梅情形如何，采蓮搖頭道：「怕是還沒想通呢！」

小圓苦笑：「在別人看來，我這是仗著主子的身分阻攔丫頭的好事吧？說起來這畢竟是他們的私事，我不該管的。」采蓮卻正色道：「若我到時也犯這樣的糊塗，還是要求夫人當頭一棒的。」

采蓮先前和采梅是一個想法，現在能講出這樣的話，可見是轉變了，小圓稍感欣慰，拍了拍她的手，叫她去喚少爺來吃飯。

程慕天眉眼含笑地進來，先問采梅一事如何，小圓便知那封信講的是好事，笑道：「真是旁觀者清當局者迷，我想點醒采梅，沒想到先明白的是采蓮。」程慕天道：「莫理這些須末小事，妳自己的丫頭妳作主便是，哪個也不用理！妳猜今日三娘的信上說了些什麼？」

小圓早已猜著了幾分，但為了使他高興，故意裝作不知，撒著嬌兒央他快些講來聽。程慕天笑著將她摟住，把程三娘信中所述一一道來。

原來自程慕天離開，碼頭上初亂時，他的幾個堂弟就想伸手，但大凡世間俗人，就算兒子再不如意，也不肯將家財讓給侄兒，程老爺亦不能免俗，為此事鬧了個精疲力竭，眼看碼頭上的貨越積越多，大房親上臨安興師問罪，幾個侄兒見機會難得，又蠢蠢欲動，程老爺在家急得如同熱鍋上的螞蟻，哪裡還有心思計較大兒拿走的那些契紙，只盼著他早些回來主持大局。

小圓聽完暗笑，怪不得那日他說要等人來請才下山，原來是在算計他爹，虧得他整日裡把孝道掛在嘴上。沒想到程慕天竟跟鑽進了她心裡似的，道：「我敢打賭，若真把家產拱手讓給丁姨娘，不出半年她就能把家敗光，所以我寧願背負罵名讓爹吃些苦頭，也不願做那愚孝子。」

小圓為他這番言論暗暗喝彩，下定決心要設法讓程老爺也明白他的這番苦心。

既然程老爺已不追究那些契紙，小倆口便商量著要下山，但山上的各項事務才開了個頭，小圓實在放心不下，便叫來田二細細叮囑：「竹筍還可收一個月，記得使人去賣，賣完之後要育林。羊都趕到暖和些的谷中去，爭取過年前出欄，那時能賣好價錢。高粱要在霜凍前就收，修好糧倉貯了過冬。還有那房子，也要加緊蓋好，屋前的屋後的樹都要種，院子裡莫栽芭蕉……」她嘮嘮叨叨竟有了陳姨娘的風範，最後還是程慕天聽不下去，才作主遣了田二下去，勸她放寬心。

小圓哀嘆：「家裡事多，不知何日才能再上山來過些逍遙日子，我自然是放不下。」

程慕天道：「山上也不消停，趙郎中求我將他留下呢！」

小圓早已下決心要做一回強硬的主子，滿不在乎道：「留吧，反正采梅我是要帶回去的。」

程慕天道：「我同娘子想的一樣，已是答應他了。」

兩口兒對視一笑，坐到一處頭碰著頭商量起要給家裡捎帶些什麼禮去，嫩筍、野味，就這兩樣太單薄，程慕天正皺眉苦想，小圓撲哧一笑，「把杉木拖幾根回去，替我姨娘和三娘子添妝。」

此番在山上，多虧三娘子頻傳消息，所以程慕天雖不以為然，也並未出言反駁。小圓便真的命人將杉木砍了裝上木筏，先順水漂下送回家去。

過了幾日，程老爺的親筆信至，小倆口歡歡喜喜把家還，他們到家時天色已晚，拜見了程老爺及大房的幾位親戚後便回房歇息。第二日一大早，程慕天就被人請去了碼頭，小圓獨自去向程老爺請安，隻字不提重新管家的話，程老爺自己撐不過去，道：「丁姨娘到底是個妾，管家不像樣子，還是妳接過去吧。」

小圓欠身應下，恭恭敬敬回道：「媳婦才回來，萬事不曉得，就先把帳理一理吧。」程老爺一口茶嗆在嗓子裡，就是小圓以前管家，也只是從他手裡拿錢，如今他又要添小兒，哪裡捨得把帳交出去？

小圓低眉順眼站著，謹守做兒媳的規矩，公爹不開口她就不吭聲。程老爺瞪了她半日，想起碼頭還需程慕天主持大局，只得重重嘆了口氣，叫人去取帳本和鑰匙來。

小圓讓人抱了帳本回房，阿雲見了她額上的汗，心疼不已，打抱不平道：「主母管家天經地義，偏我們家要個帳這樣的難。」小圓苦澀一笑，叫來采梅阿彩，讓她們取了算盤來對帳，又叫采蓮去把山貨清一清，分送到親戚家去。

丫頭們的帳本才攤開，丁姨娘就拿著幾個冊子上門來，見到滿桌子的帳本算盤直發愣，「少夫人好本事，我要是手中有錢，也不至於這幾天把家裡亂成這樣。」小圓見她肚子已顯懷，忙請她坐下，又叫人拿軟靠墊來，「都怪我偷了懶，才害得丁姨娘懷著身孕還要為家事操心，從今往後我一定盡心盡力，不再讓妳勞神。」

丁姨娘又愣住了，這話裡話外是說我今後再也無管家的機會了？她手裡抓著的那幾個冊子就有些不想遞出去，陪著笑道：「少夫人才回來，很多事情都還不清楚，不如我陪妳理幾日吧。」

小圓本想尋個理由回絕，但看到她的肚子又變了主意，「我怎麼忍心看著丁姨娘懷著孩子還為全家人操心，不如就管妳自己的小院子，我按月給妳撥錢過去，具體怎樣安排全由妳自己作主，如何？」她見丁姨娘有些猶豫，又道：「這錢不從妳的租金裡扣，而且我還替妳砌個小廚房，至於廚娘，我出錢，妳自己雇個稱心的。」丁姨娘聽說不扣她的租金，一顆心踏實下來，臉上堆笑，對小圓謝了又謝，竟忘了自己是來做什麼的，丟下冊子就走。

阿雲見丁姨娘就這樣走了，急道：「夫人，她恐怕就是打了這個主意來的，妳怎能輕易就讓她如意？」小圓此舉自然有深意，但不好講與她聽，只得叮囑她無事莫要往丁姨娘院子裡去。

兩個丫頭沒費多大功夫就算完帳，來回小圓道：「夫人，老爺這帳倒是清楚，筆筆都是對的。」小圓笑道：「老爺比咱們更心疼家業呢，豈有不仔細的？」

正說著，小丫頭來報，說程大姊來了，小圓忙讓她們把帳本收起，整了整衣裳出去見客。

「上回二郎給姊夫送去的那兩個丫頭可還好使？」小圓生怕程大姊又是來送人的，忙先發制人道。

不料程大姊卻把手一揮，「四娘，我是個直性子，實話與妳講吧，我先前想把夫家表妹嫁給二郎，又想往他院子裡多塞幾個丫頭，皆是因為我家的生意要靠二郎照應，所以想讓他與我們走得近些。其實說起來我們也是同一條船上的人，如今大敵當前，還是要拋開嫌隙，一同商討些對策。」

大敵當前？小圓拚命忍住笑，拿茶杯擋住不由自主勾起的嘴角，道：「恕四娘愚鈍，大姊講的我怎麼聽不懂？」

程大姊有些恨鐵不成鋼，急道：「丁姨娘都懷上了，爹要分家產，妳就不急？妳別因為二郎偷了幾艘海船就偷樂，那點子船根本不成事！」

小圓垂了眼簾，慢慢吹著茶，「大姊說的事我們還操心不來，如今爹爹把二郎恨著呢！說不追究那些海船，也只是因為大房來了！」

程大姊急得直跳腳，「親父子有什麼是說不開的？你們面皮薄不好意思，我去說！」

小圓掏出帕子抹著淚道：「可不是這樣說，我們二郎是好心，怕丁姨娘不會做生意，敗了家產以後小兄弟也討不了好……」

程大姊見她落淚，直罵她扶不起來，提起裙子就朝程老爺跟前去了。她見著程老爺，先把丁姨娘罵了個狗血噴頭，又氣程老爺：「爹，若丁姨娘把家產都敗光了，你不怕無顏去見祖宗？」也虧得她受寵才敢講出這樣的話來，程老爺氣得臉色發白，氣過之後又覺得閨女講得極有道理，若家產真讓丁姨娘敗掉，自己的小兒子亦要吃虧。

程大姊見自己勸動了程老爺，得意洋洋又來尋小圓，「四娘，我說的如何，父子本就沒有隔夜仇，我們只需對付丁姨娘即可！」

小圓聽得說程老爺真的想通，對程大姊倒有了一二分佩服，但她那餿提議，她不論如何是不會附和的，「大姊說笑了，丁姨娘替程家開枝散葉乃是好事，我為何要去對付她？就是二郎，嘴上說得難聽，其實也偏疼未出世的小兄弟呢！」

程大姊還要再說，小圓見窗外有人影，忙大聲道：「我也是個妾生的呢，豈有不疼庶出的小兄弟之理？」話音剛落，外頭有人道：「夫人，是丁姨娘房裡的小丫頭，說來領這個月的錢。」

程大姊不知那丫頭聽到了多少，嚇出一身冷汗，連道別的話也未說就匆匆走了。

小圓叫阿彩拿了錢出去，等那丫頭走後才問：「方才是誰守院子的？」采蓮忙道：「夫人，我故意讓阿彩放她進來的，大姊今日和夫人在房內長談，往後若丁姨娘真出了什麼事，夫人怕也脫不了干係。虧得丁姨娘房裡的小丫頭來了，叫她傳與丁姨娘聽見，夫人可就脫了嫌疑了。」

小圓對她這番機智暗暗稱讚，卻又故意問：「萬一丁姨娘就是要拉我呢。」

采蓮不慌不忙回道：「那丫頭是調教過才派到丁姨娘房裡的，自然不會只讓丁姨娘一人知曉這件事，只要大家都曉得夫人是清白的，她想污蔑也無法。」

程慕天累了一天回來，身上還帶著酒味，小圓忙命人去做醒酒湯，又親自端水來替他擦臉。程慕天雖說疲倦，臉上卻是帶笑的，硬拉著小圓把今日在外的力挽狂瀾添油加醋講了一遍，引得幾個丫頭都捂嘴偷笑。小圓趕了丫頭們下去，自己也撐不住笑了，「都說話是酒趕出來的，一點不假，你清醒時哪會自吹自擂？不過我今日在家也得意，已是從爹手裡把帳接過來了呢！」

程慕天聞言很是歡喜，顧不得頭疼爬起來，推小圓去拿帳本來給他瞧。小圓爭不過他，只得從床頭帶鎖的箱子裡取了帳本來，程慕天接過去三兩下翻完，道：「帳有問題。」小圓唬了一跳，「丫頭們算完我又對了一遍的，並未發現哪裡有問題，每筆帳都是清楚的。」程慕天哼了一聲，「自然是清楚的，因為直接瞞下了兩個莊子五個鋪子。」

小圓見他眉頭皺起，便將手撫了上去，笑道：「我的陪嫁莊子還比這多一個呢，你就不許爹偷偷攢點私房？」

程慕天臉一板，「我不過是怕那些產業姓丁罷了。」

小圓把帳本子拍了拍，「爹沒你想得那樣糊塗，這一個多月丁姨娘管家，連帳本子都沒摸著呢！」

程慕天這才重新露出笑容，「當真？那我替爹把那幾個莊子鋪子都管起來，妳這些帳也需時常拿去給爹過目才是。」說話間醒酒湯端上來，程慕天看著碗中的湯水，突然道：「丁姨娘的飲食妳該上心些，莫讓人鑽了空子反來誣衊妳。」

小圓奇道：「你怎麼同我想到了一處？我已給錢讓她單過了，連廚娘都讓她自個兒請。」

程慕天將醒酒湯一口飲下，「我娘就是因為沒防著這樣的事，被人冤枉了幾回，爹才由得妾們欺負她。」

小圓聞言更覺奇怪，「這些妾使出的招數怎麼都是一樣的？我爹的一群妾還不是就這樣鬥來鬥去，最後只剩下了周姨娘和我姨娘。」

程慕天啞然失笑，原來咱們都是這樣過來的。

小倆口溫存了一夜，第二日一同起床去向程老爺請安。剛踏進門檻，小圓就差點被一地的碎瓷渣子扎了腳，虧得程慕天手快，才將她一把拉了出來。他倆站在門口一看，程老爺氣呼呼地背著手轉來轉去，丁姨娘伏在椅背上低聲抽泣，屋裡服侍的下人卻一個未見。小圓心裡頓時明瞭，生怕程慕天不曉得狀況被誤傷，忙把他拉到一旁，將昨日程大姊到訪的情景講了一遍。

程慕天聽後一點也不吃驚，「大姊就是那樣的人，同她生母一個模樣，妳不摻合進去是對的。」

小圓不甚清楚程大姊在程老爺心裡究竟有多重，便問他道：「咱們看戲？」

程慕天搖頭道：「我雖不喜大姊，但她沒有害我的心思。」

小圓明白過來，所謂血濃於水，他自己不待見程大姊，不等於願意看著外人來作踐她。她略一思慮，心中有了計較，推著程慕天幾步走到門口，大聲驚呼：「屋裡怎的都是碎瓷，丁姨娘也不知叫人來掃掃，要是扎著了爹爹可怎麼辦？」

程老爺正要開口，程慕天皺著眉也訓丁姨娘：「我在外頭賣命，不過是想替小兄弟多掙些家業來，妳怎的一點都不顧及他，還在這裡哭？要是傷著了我小兄弟，我第一個不饒妳！」

程老爺本想護著丁姨娘些，見程慕天把小兒抬了出來，講的話又無比中聽，就把關愛她的心拋到了腦後，上前也把她說了幾句，又叫小丫頭來扶她進屋歇息。

丁姨娘卻抓著椅子扶手不肯走，向程慕天哭道：「少爺，我就是為了你小兄弟來的，有人要害他！」

小圓正看著丁姨娘房裡的小丫頭掃碎瓷渣子，扭頭道：「丁姨娘講的可是昨日那件事，妳不會真信了吧？」

丁姨娘愣了楞，「少夫人，那話可是從妳房裡傳出來的。」

小圓不慌不忙地繞過碎瓷片走到程老爺面前，笑道：「我擔心丁姨娘懷著身孕口味變了，就想著給她單設個小廚房，結果大姊說我太過小心，開玩笑說：妳這樣費神替她安排，難不成是怕我要害她？」

程慕天介面道：「大姊什麼性子爹不知道？十句話裡頭有九句半是不好聽的。」程老爺暗想，二郎兩口子向來與大姊不和，此番竟為她講話，莫非大姊真是被冤枉的？

小圓見程老爺有鬆動，便不再言語，拉著程慕天行過禮，悄悄退了出去。程慕天還在擔心：「這便就好了？」小圓看他一眼，「你以為是好事，爹要巴不得自己最寵的閨女成惡人？」程慕天點頭，「說的是，爹不是相信了妳的言辭，而是他不願去相信閨女要害人，正好咱們給了他臺階下。」

小圓見四周無人，悄悄在他臉上親了一口，「咱們今日好一個婦唱夫隨呢！」

程慕天正要惱她在外頭不守婦道，突然聽見一個「婦唱夫隨」，氣得他也忘了規矩，伸手就去捏小圓的臉。兩口兒一路鬧回院子，卻發現程大姊端坐在他們房內，二人俱是吃了一大驚。程慕天皺著眉問也不問就開口請她回去，小圓委婉些，拉了大姊道：「爹正在氣頭上，我同二郎替妳講盡了好話方才好些，妳切莫這時候衝上去觸霉頭。」

程大姊也不說話，站起來就朝他們福下身子去，慌得小圓忙扯著程慕天躲開，「大姊，長幼有序，我們怎能受妳的禮？」程大姊眼圈泛紅，道：「我本是要去找爹的，走到窗下就聽見你們的話了，我先前那般想讓妳難堪，妳還護著我，姊姊這裡給妳賠不是。」

這大姊雖渾些，卻是個直爽人，想什麼說什麼，小圓便也直爽了一回，「大姊，不是我們要趕妳走，實是為妳著想。爹已是將妳疑上了，若妳還往我們這裡來，他老人家還以為我們同流合污呢！」

程大姊還在犯著糊塗，猶道：「我就是不想讓那女人好過，怎的？」

小圓又急又氣，不知如何開導她好，還是程慕天明白她心意，道：「咱們家只有姊妹三個，妳做了這檔子事，連個背黑鍋的都無，難不成妳要害三娘？」

程大姊這才恍然大悟，一時間又羞又愧，小圓趁機又勸了她幾句，使人送她回去。

程大姊的事就這樣過去了，丁姨娘隨後鬧了幾回無果，又怕有人來害她，便把自己關在房裡無事不出門，小圓因此得了清閒日子，便抽空去探望了一回陳姨娘。

陳姨娘見了她，除了一個勁兒的噓寒問暖，就是問她肚子有無消息。程慕天在床上躺了個把月，她哪裡來的消息？於是在陳姨娘的嘮叨聲中落荒而逃，直到回家坐定才想起，自己此番去是要問一問沈長春的，怎的還未達成目標就被嚇了回來？

采蓮捂嘴偷笑：「夫人，陳姨娘就是想叫妳別問吧。」小圓道：「換了別人我便就此丟下，可那是我生母。」說完叫過采梅：「妳去問陳姨娘想要什麼樣式的妝奩，就說我拖了好杉木回來。」又吩咐采蓮：「妳使人去沈長春家打探，看他到底什麼想法，若是他對不起我姨娘，直接叫人打一頓再回報。」

此事卻沒小圓想得那般複雜，不到半個時辰采蓮就來回話，原來是沈長春唯一的弟弟死了，他家要留了他繼香火，因此不許他入贅。小圓奇道：「這是人之常情，也沒什麼，那姨娘為何說招誰也不招沈長春？」采蓮道：「他家想讓陳姨娘嫁過去，卻又沒有屋，便想住陳姨娘的，又嫌住女家的房子不好看，就想把那宅子過到沈長春名下。」

小圓桌子一拍，「那宅子還是二郎送與我的呢，他們好厚的臉皮，這樣的人家的確招不得！以前采菊上門來鬧時，沈長春還曉得來把他們拉回去，怎麼如今變了模樣？」

采蓮嘆道：「那不過是遠方親戚，這乃是至親父母，自然是不一樣的。」

小圓氣得摔了個杯子，采蓮忙勸她莫要為個小人氣壞了身子，小圓道：「我不是氣他，想入贅我姨娘家的人多的是，不少他一個，我不過是感慨這世上的人怎麼都是兩眼銅錢，府裡的嫡母哥哥們是這樣，沈家是這樣，就連……」她頓了頓，沒把話講完，采蓮知她指的是程老爺和丁姨娘，不好再介面，只得收拾了碎瓷出去，又叫阿雲來換茶。

阿雲端著茶盤子進來，正想開口講話，見小圓面色不善，忙又把嘴緊緊閉了。小圓被她逗得笑起來，「小猴兒，有事就說，妳何時變得會察言觀色起來？」

阿雲吐了吐舌頭，「我是怕這事兒一說更惹夫人生氣——孫大郎的妹妹死了，他娘下山來尋夫人，我不敢讓她進來，叫她在大門口候著呢！」

小圓先為那小姑娘惋惜了一陣，突然一驚，「不敢叫她進來？妳是說她也得了肺癆？」阿雲忙搖頭：「這倒沒有，我叫咱們藥鋪的郎中給她瞧過了，不然連門口也不敢讓她站。我聽說就是她搶了采梅姊姊的意中人，夫人很氣她，所以不敢叫她進來。」

小圓很無奈，這種事為何都要先怪女人？其實多半都是男人的錯。她生怕阿雲長大也成采梅那樣的糊塗人，忙先把她好生教導了一番，才叫人去引孫氏進來。

孫氏一進門就撲通一聲跪下，任阿雲怎麼拉都不起來，小圓問她何事，她只垂淚不語。阿雲知趣，悄悄退了出去，只在門口守著。孫氏見房中再無他人，才磕頭道：「非是奴婢不知禮，只是此事牽扯到他人，因此不好叫旁人曉得。」

小圓這還是頭一回見到孫氏，見她身上衣裙補丁歸補丁，卻刷洗得極乾淨，一雙手的指甲也是修剪得整整齊齊，便對她先有了幾分好感，命她起來說話。

孫氏謝過小圓，起身後又道：「趙郎中對我們家有大恩，但奴婢卻不願與人做妾，這叫我兒子以後如何在人前抬起頭。」

這孫氏倒比采梅有骨氣多了，小圓心生佩服，道：「此事不難，妳既是我莊上的人，我不點頭，趙郎中又能如何？」說完叫人帶了她下去歇息。

阿雲進來問她，是否明日一早就打發孫氏回去，小圓笑道：「不急，明日還有人來呢！」

果然第二日一早，趙郎中就匆匆下山求見夫人。阿雲讚了聲夫人神機妙算，把他帶進廳中，又照著小圓的吩咐，把采梅和孫氏一同拉到了屏風後。

趙郎中倒還曉得先問少爺夫人可安好，見小圓和顏悅色，才道：「夫人，我來求夫人把孫氏許給我。」

小圓露出歡喜地神色來，「孫氏一人拉扯孩子實屬不易，有個依靠當然好，你且去找媒人來吧，這事兒我准了。」

趙郎中忙道：「夫人，我是先來求個准信兒，采梅是正室，理當先進門，再說孫氏是納為妾室，無需媒人來說。」

小圓把茶杯蓋子敲了敲，皺眉道：「孫氏我是准了，采梅我何時答應過？你別壞了我家丫頭的名聲。」

趙郎中見小圓和程慕天講得相差無幾，心裡一急，竟不知再說什麼好。這時孫氏從屏風後出來，跪倒在小圓面前，把頭天的話重複了一遍，又對趙郎中道：「趙官人，我不過守寡之身，何須你費神？再說沒得還未娶妻就先來要妾的，你還是求夫人把采梅姑娘嫁給你是正經。」

昨日孫氏就已當面拒絕過趙郎中，所以趙郎中一發現她下山就跟了來，此時見她當著夫人的面再次講出絕情的話，面子上有些掛不住，便朝小圓施了一禮就告辭。

偏小圓把他眼裡的不甘心瞧了個一清二楚，等他一走就叫過采蓮，低聲耳語了幾句。此時阿雲推了采梅出來，指著孫氏道：「采梅姊姊，趙郎中一心一意對她好，人家還曉得他把妾放在妻的前頭不應該，那趙郎中收了妳那麼多針線，何時送過妳什麼？虧妳還把他當個寶，連他還未娶妳就先要納妾都不在意。」

采蓮見阿雲的話太重，忙出聲斥她，小圓卻道：「糊塗人就該一棒子打醒，不然她還要錯到底。」

采梅已伏在地上泣不成聲，孫氏見狀對小圓道：「夫人，不如讓奴婢去勸勸采梅姑娘吧。」

孫氏明事理又有骨氣，小圓正有此意，便讓阿雲送了她們倆回房去。

孫氏去勸采梅，在她房裡坐了半日，出來回小圓：「采梅姑娘見如今只剩得她一個進趙家門，更是高興呢！」小圓長嘆一聲：「那人眾人都瞧不上，偏她對上了眼，我好勸歹勸，也算仁至義盡了，既然她堅持要嫁，我也不好強攔著，叫人去替她備嫁妝吧。」

上回趙郎中離去時是心不甘情不願的，小圓就料到他會再來尋孫氏，所以偷偷叫采蓮看好門戶，所謂寡婦門前是非多，莫要玷污了她的名聲。到天黑時，果然有人見趙郎中在門口晃了幾圈，見孫氏那裡他不能上手，就想起采梅來，第二日便遣了黃背子的媒婆來說親。

頭天晚上采梅已得知夫人鬆了口，喜得一夜未睡著，聽得夫人在前頭喚她，不等人來叫就往正房裡跑，帶著笑含著羞低頭站到小圓面前。小圓也不看她，道：「媒人已來說過了，等著換草帖下定聘禮吧。我也無甚好說，到了別人家莫給程家丟臉。」

采梅喜孜孜應了一聲，磕過頭出去被采蓮拉到一旁，「夫人面兒上淡，其實疼妳呢，已是叫人給妳備嫁妝去了，賣身契也要還妳。」采梅心下感激，就把先前的一點子怨丟到了腦後，又想到自己違了夫人的意，倒是回房狠狠哭了一場。

孫氏見趙郎中對自己死了心思，便來向小圓辭行，小圓道：「妳是讀書人的娘子，哪裡會做農活？不如就留下，妳的兒子少爺很是喜歡，要教他認字呢，也叫人接下來吧。」

孫氏早就聽說少爺夫人派了人去教兒子認字，此時見小圓還要接他下山，大喜過望，跪下連磕了好幾個頭，自跟著阿雲去領衣裳看屋子學規矩。

阿繡聽說小圓又要嫁丫頭，挺著肚子過來瞧。小圓見了她，想起在山上時，有人假傳的那個噩耗來，便問她是否同家中人鬧過矛盾，阿繡道：「夫人，妳是如何得知的？其實也無大事，不過是我見丁姨娘想用她家親戚換下妳挑的管事娘子，便說了她幾句。」

小圓暗暗吃驚，「妳好大的膽子，敢說老爺的妾，妳不怕老爺把妳趕出去？」阿繡把腰一插，頗為豪氣，「我乃是自由身，要趕便趕，怕什麼？就算把我趕出去也不能叫她如意！再說三娘子提點過我，此事她萬不敢跟老爺講的，老爺再寵她，也不會叫一個妾的親戚來管家。」

阿繡性子潑辣，小圓就未把假傳噩耗的事講出來，只感激道：「我不在時多虧了你們，等妳孩子出世，我不但給他良人身分，還送他去私塾念書。」阿繡笑著謝過，又拉她問些山上情形，二人越講越開心，直到中飯時阿繡才辭了去。

小圓還惦記著阿繡剛才的話，命人去請程三娘過來一同用中飯。程三娘進門，見飯桌子上擺得滿滿當當，笑問：「今兒是什麼日子，嫂嫂竟要請我吃酒？」

小圓見她比起先前開朗了些，逗她道：「山裡拖了好些杉木來，嫂子卻不知妳愛什麼樣式的妝奩，所以叫妳來問一問。」程三娘立時羞紅了臉，想拔腿就跑，卻又捨不得小圓話裡的杉木，小圓忙拉她坐下，「這有什麼好羞的，哪個女孩兒不經這一遭？家具物什將來是妳自己使，自然要合妳的心意才好。」

程三娘本來就覺得全家人裡只有嫂嫂好，此時心裡同她又親近了幾分，端上米酒要敬她，小圓笑道：「該我敬妳才是，多謝妳提點阿繡，不然我此番回家又要好一通忙。」

程三娘道：「這是我該做的，嫂嫂如此待我，我總不能讓別人欺負了妳去，就是大姊那樣的脾氣，如今都說嫂嫂好呢！」小圓聞言更喜，同她一起吃過飯，又叫人拿畫了各式妝奩樣子的冊子來瞧。

程三娘看過了冊子，又親耳聽見嫂子命人去請匠人，自覺終身有望，回到房中臉上還帶著笑，她的丫頭翠竹卻道：「三娘，夫人再好，也只能幫妳到這一步，至於挑誰人作夫婿，還是老爺說了算。」此話恰如一盆子冷水迎面潑下，程老爺最不待見的就是她，能給挑什麼好的來？程三娘越想越怕，起身欲去找小圓討主意，翠竹攔她道：「夫人是兒媳，到底隔了一層，大姊卻是一向深得老爺的心，又同妳親厚，還是去找她幫忙的好。」程三娘覺得她言之有理，便命人去請程大姊。

程大姊上回得了小圓開導，無事再不回娘家，此次卻是最疼愛的小妹來請，就收拾了好些禮品來瞧她。待程三娘把心中愁事講了一遍，程大姊拍著桌子大笑，「三娘，妳才十二歲，臨安女子

十七、十八出嫁都不算晚，妳這樣早就急作什麼？」

程三娘疑惑道：「那嫂嫂怎的十五歲就嫁了過來？」程大姊笑道：「那是因著二郎的年紀眼看著大了，他又憐惜妳嫂嫂在家吃苦，所以才早早娶了過來。」

程三娘明白了緣由，這才知道是自己操心過早，一時羞極，趴在桌上不敢抬頭。程大姊見她羞了，笑著把禮留下，自去尋小圓說話。

小圓早得了消息，知她是從三娘處來，便又將妝奩冊子拿出來，笑著朝她招手道：「妳來瞧瞧我替三娘挑的家具。」程大姊接過冊子大略掃了一眼，笑道：「四娘做事我有什麼不放心的，樣樣都是好的。妳瞧瞧咱們這個妹妹，離出嫁的年歲還差著一大截呢，就操心起婚事來。」

小圓嘆道：「三娘是個可憐人，無人知寒知暖，萬事只有自己費神，也真是難為她。嫁妝的事我還能幫上忙，說到挑夫婿，卻只能靠老爺費心了。」

程大姊亦嘆氣，「爹向來不喜她，到時還得咱們幫她一把。」小圓點頭道：「這是自然，不過她畢竟是爹的親閨女，爹還能委屈她？」

二人正說著，小丫頭來報，說程老爺有請程大姊。

程大姊聽得程老爺使人來叫她，還以為是要和她說那日的事，就躊躇著不敢去，小圓推她道：「爹曉得那日妳是玩笑話，妳何事都沒做過，怕什麼？」程大姊叫過通報的小丫頭一問，果然只是程老爺想念閨女了，她這才放心下來往程老爺院子去了。

晚飯時分程慕天回來，小圓將采梅一事跟他講了，程慕天雖也覺得她糊塗，但畢竟只是個丫頭，聽完也就過了，又道：「我回來去給爹請安，聽他說給三娘說了門泉州的親，大姊卻萬般不肯。」

小圓奇道：「有這樣巧的事？大姊下午才笑話三娘小小年紀就自操心婚事，咱們未講完她就被爹叫了去，原來還是為這個。爹給三娘說的是個什麼樣的人家，為何要千里迢迢把她嫁到泉州去？」

程慕天看她一眼，「妳怎和大姊一個心思，泉州遠嗎？那是咱們的根基所在，程家族親都在那裡呢！那戶人家聽說是爹的老友，具體情形我卻沒問，好歹有爹呢，三娘的婚事輪不到咱們操心。」小圓點頭稱是，小姑子可比不得自己丫頭，萬事她還是少言的好。

兩口子吃過飯，還未打水來擦身子，程慕天就動手動腳起來，突然外頭傳來一聲「嫂嫂」，唬得他直接跳進床裡躲起來。小圓強忍著笑重新繫好裙子出來，見程三娘一臉焦急候在屋當中，她猜著了幾分，卻裝作不知道，只問她何事。

程三娘拉了她坐下，紅著臉低聲道：「嫂嫂，事出緊急，我也顧不得羞人了，還望嫂嫂幫我一幫。爹給我說了門泉州的世婚，乃是他好友的兒子，但今日下午已是叫大姊駁回去了。」

小圓笑道：「必是大姊怕泉州遠，妳嫁過去咱們照應不到，這是好心。」

程三娘的臉更紅了，「爹那世交的兒子今年十六歲，聽說性情是極好的，又肯上進，怕是來年就要中舉。」

程三娘話只講一半，盼著小圓能主動接過去，但小圓卻只低頭吹茶，過了會子抬頭，「三娘怎麼不說了？」

程三娘太極推手比不過小圓，只得又開口：「我知大姊是好心，但我向來不受爹待見，好不容易有這樣的機會，若是錯過，怕再也不會有了。」

這話還是未講全，小圓等得心焦，但還是按捺不動，小姑子不比自個兒丫頭，一個不慎就落得兩頭不是人。

程三娘見小圓還是低頭不語，心一急，挨著她的腿跪下，哭道：「嫂嫂向來最疼惜我的，就去爹跟前幫我說說吧。」

這一跪一哭叫小圓好生為難，欲拒絕，又念著三娘幫過她兩口兒的忙；若答應，那戶人家是好是歹她全然不知，如果三娘嫁過去與夫家不和，到時都是她這個當說客的嫂子的不是。她左右為難，正恨不得跟三娘一同哭起來，程慕天出來救場，斥程三娘道：「都什麼時辰還來煩妳嫂子，當她跟妳一樣整日無事呢！妳再有事也自有爹給妳做主，輪不到妳嫂子！」這番話實在是講得透徹，一點情面不留。程三娘哪裡還待得下去，捂著臉就跑了。程慕天又對小圓道：「還好妳是個曉事的，就算在山上時她給咱們傳遞過消息幫過忙，這事妳也不能摻合進去。」

小圓將這話聽出了些味道，拍了他一下，「閒話爹你可別惱——是不是這事有隱情？」程慕天不肯講父親的不是，裝模作樣咳了幾聲，摟過她就朝床上去，只道春宵苦短，莫要錯失。小圓笑得頭上的簪兒都掉了一根，「二郎，早入秋了。」

身為當家主母，家中若有事她不知曉，那便是失職了。第二日小圓舒舒服服地躺在軟榻上聽著小道消息：「老爺要給三娘說泉州的親，是想省筆嫁妝呢！如今臨安嫁女，不陪幾個莊子幾個鋪子，那嫁妝單子就拿不出手，但泉州甚遠，咱們家地產業又在臨安，老爺就想藉機只裝一船家具過去。」

小圓聽後良久無語，這樣的藉口能拿得出手嗎？別說程家族親都在泉州，就算無親戚在那裡，拿著錢還怕在當地置辦不下隨嫁田？

「怪不得二郎叫我別答應三娘，她嫁過去是要受苦的呢！晛下家底不厚實的人家嫁女，都是傾家蕩產，她只帶著一船的家具過去，人家能還能不往死裡踩？」

采蓮替她搭上一條薄毯，笑道：「反正老爺礙著大姊，還未將此事應下，咱們就當不知，夫人且再睡個回籠覺是正經的。」

「應下了又如何，有了采梅在前，我再也不理別人婚嫁的事。各人自有各人的緣法，隨她們去吧。」她掀了毯子坐起來道：「哪裡有空睡回籠覺，管事娘子們就要來回事兒了。」

說話間管事娘子們已到了門外，數十人進屋行禮，卻一絲咳嗽聲也不見。如今她們行事都有套路，不多時就回完事去了大半，只剩下帳設司和園子裡的管事娘子。

帳設司管事娘子問小圓：「夫人，聽說三娘子就要許人了，她的妝奩可要加緊打造？」

小圓皺眉道：「誰人傳的？」

帳設司管事娘子見小圓面色不善，忙道：「夫人，這事就是三娘子房裡的翠竹講的，所以我就當了准信兒。」

小圓又是嘆氣又是好笑，三娘子這樣聰明的一個人，難道就猜不出爹的心思，「此話老爺不講出來，咱們都要當不曉得，事關三娘的名節呢！」

帳設司管事娘子是懂事的人，馬上點頭應了，自去交代手下人。

園子裡的管事娘子來報的卻是喜事，「夫人，咱們園子裡出產不少，蓮藕、茉莉、各樣的新鮮果子和花朵都還有好些用不完，這些東西放不了多少時日，特來請夫人示下。」

小圓喜道：「這是妳的功勞，叫人把東西都賣了，得的錢妳們管園子的幾人分兩成，其餘的入帳。」

那管事娘子聽說有錢得，出去把夫人的好念了又念，自此更加盡心盡力，把園子裡的一草一木都管了個仔仔細細。

自管園子的人得了出產的兩成股份，個個打起了十二分精神，就是吃個飯也要輪班，生怕有人偷摘了果子去。這日她們竟在大池塘裡撈起了幾十斤螃蟹，不敢就賣，特特送到小圓跟前來。秋天正是吃螃蟹賞菊花的時候，小圓見那螃蟹個子大圓臍的又多，很是歡喜，忙命人拿到廚房裡去收拾，準備晚上一家人來賞個月亮。

她正準備打發人去問吃螃蟹的十八件是否齊全，就見采蓮腳步匆匆地進來，「夫人，老爺請妳過去。」說完湊到她耳邊道：「聽說老爺大發脾氣，又是摔了一屋的瓷器。」

小圓見采蓮一臉的擔憂，笑道：「若我沒猜錯，老爺是要把我叫過去罵給別人聽，妳急什麼，趕緊叫管器皿的把新瓷器準備好。」

果然她才邁過程老爺堂上的門檻，就被他一頓好罵：「妳這當家主母是如何當的，那些個下人都在議論，說我已將三娘許到了泉州，這件事根本就還沒定，怎麼就有人亂嚼起舌根來？」

小圓斂聲靜氣，垂首站在下邊，等程老爺罵完了，才親手從小丫頭手中接過茶來端去，細聲細語道：「是媳婦治家不嚴，回去定要細細查問。」

程老爺早知道那些話是從程三娘房裡傳出來的，怎能由得小圓去查？忙咳了幾聲，道：「那些話在後院都傳遍了，查出來又能怎樣，不如就將此事議定，坐定了事實也就無礙三娘名聲了，妳認為此舉如何？」

小圓更顯惶恐，「爹還在堂上，哪裡有媳婦講話的份？」

程老爺很滿意小圓伏低做小，不但不再追究她「治家不嚴」之過，反而誇了她幾句。正當小圓要退下，丁姨娘衝殺了進來，挺著肚子撲通一聲跪倒在她面前，唬得她連退了好幾步才想起叫人去扶。程老爺擔心她肚子裡的兒，心疼道：「妳大著肚子要當心，有什麼話叫小丫頭來說一聲就成，何必親自跑來？」

小圓見程老爺話裡並沒有責備自己的意思，這才知道自己是受得起丁姨娘一跪的，但在程老爺跟前面子還是要給足，當即朝丁姨娘福身道：「我是小輩，哪裡受得起姨娘一拜，真是折殺我了！」

程老爺又咳起來，「妳是當家主母，有什麼跪不得？妳這禮以後也莫要行了，她受不起。」

丁姨娘跪小圓就是想讓程老爺先惱她，沒想到幾個來回反是小圓占了上乘，她很是不甘，雙膝一曲又跪下了，這回跪的卻是程老爺，「老爺，少夫人待我是極好的，只是那園子裡的管事娘子欺人太甚，連個果子也不許我吃！我曉得我一個租來的妾，沒得在主人家園子裡摘果子的道理，可我肚子裡這塊肉饞起來，我也無法呀！」

管事娘子是小圓挑的，她欺負丁姨娘不就等於小圓欺負丁姨娘？但丁姨娘的如意算盤又落了空，程老爺方才才誇了小圓，這時再罵她豈不是自扇耳光？因此只能輕描淡寫地開口：「不過一個下人，叫人牙子來賣了就是。」

小圓半個不字也無，欠身道：「是我管教不嚴，害姨娘受委屈，先叫她來給姨娘陪個不是，再拖出去賣了。」

丁姨娘不過一個租來的妾，就算小圓要欺負又如何？難得她如此恭順給公爹面子，程老爺反倒有些過意不去，就指了個座兒叫她坐下。

丁姨娘見小圓坐了，她還是站著，心裡是真委屈起來，哭得愈發傷心。小圓有心要把好人做到底，對程老爺提議道：「雖說這裡沒有姨娘坐的理，但她懷的是程家的後，不如就叫人搬個凳兒來吧。」

這裡還空著好幾張太師椅，為何只給我坐凳子？丁姨娘不曉得規矩，有些目瞪口呆，但程老爺卻是又誇了小圓幾句，歡歡喜喜叫人去取凳子，她就只得擠了副笑臉出來，謝過程老爺還要謝小圓。

不多時管園子的管家娘子就被帶了來，小圓把程老爺的意思講給她聽，道：「還不趕緊去給丁姨娘陪個不是，她是個心善的，妳好生求一求，說不準就饒了妳這回了。」

管事娘子跪下卻只給程老爺磕頭，「老爺，不是我要刁難丁姨娘，我實是因為對老爺一片忠心才冒死得罪了主子。」

丁姨娘尖聲叫起來：「好個伶牙俐齒的奴婢，明明是故意欺負人，偏還要將老爺抬出來！」

小圓狀似不經意地瞟了程老爺一眼，程老爺就有些坐不住，「她也跟妳一樣是個奴婢，哪裡是什麼主子，莫要渾叫。」

管事娘子道：「丁姨娘是奴婢是主子我不知道，但她肚子裡懷的可是我的主子，我怎能由得她去殘害？」

丁姨娘若不是肚子裡有塊肉，程老爺哪裡將她放在眼裡，所以她聞言就慌了，「胡說，這是我親生的孩兒，我會去害他？」

管事娘子死死盯著她，賭氣道：「是個人都曉得螃蟹吃了要小產，姨娘會不曉得？我好心維護小主子，不叫人給妳，妳反倒誣陷我欺負人！既然老爺要賣我，那我這就讓人給姨娘抬幾筐子去！」

程老爺瞪著丁姨娘道：「不是說摘果子嗎，怎的變成了螃蟹，那也是妳吃得的？」

丁姨娘猶自嘴硬：「就是果子。」

管事娘子生怕程老爺信了她，忙道：「姨娘，妳要吃果子，自拿錢買去，園子裡的果子早就收完賣掉了，哪裡還有得摘？老爺若不信，使人去園子走一走便知。」

小圓坐在一旁吃了半盞子茶，總算將事情理了個大概，丁姨娘還知道用摘果子打掩護，看來竟是故意去討螃蟹吃的，若只是為了參管事娘子一筆，未免也太興師動眾了，此等小事她在枕邊悄悄和程老爺一說，程老爺難道會為個下人不依她？

如此看來她真正想對付的人是我了，小圓揉了揉發脹的太陽穴，有些想不通丁姨娘針對自己作什麼，難道扳倒了當家主母她就能上位？這未免也太可笑了！還有那管事娘子也真是個人精，若真大意將螃蟹給了她，她稍稍裝一裝小產的樣子，再對程老爺講一句「我明明是去摘果子，少夫人卻給了我螃蟹」，那自己就是跳進黃河也洗不清了。

管事娘子句句是理，襯得丁姨娘氣弱，程老爺摔掉桌上僅剩的一件瓷器，指著丁姨娘罵道：「分明是妳嘴饞，明知不能吃螃蟹還要去討，被人拒絕又拿果子作掩飾倒打一耙！」

管事娘子把臉上的喜色掩起，趴在地上衝程老爺又磕了幾個頭，「老爺，丁姨娘也是一時糊塗，她年紀輕，嘴饞也是有的，只要小少爺無事我就放心了。」

程老爺順了順氣，誇了她幾句忠心為主，又叱丁姨娘：「下人都曉得把妳肚子裡的孩兒放在前頭，妳怎麼就不知這個理？還不滾回房去，無事莫要出來，若孩子有事，我定不饒妳！」

丁姨娘實在是小看了這位管事娘子，所以偷雞不成反蝕把米，她委委屈屈地扶了小丫頭從程老爺面前經過，故意扶著腰把肚子挺得老高，小圓就瞧見程老爺的面色緩了一緩，有了要跟過去的意思，她心中冷笑，卻不想討公爹不喜，忙起身告辭，搶先幾步走到丁姨娘的前頭去。

小圓帶著滿腹疑惑回到自己屋裡，故意責怪園子裡的管事娘子道：「秦嫂，分了妳們兩成股份就得意起來，連果子都不讓人吃？」

秦嫂直叫冤枉：「夫人，那些果子是收完了不假，但都是留足了家裡吃的才拿去賣的，丁姨娘來找我要螃蟹時壓根兒就未提果子，我估摸著她是沒要到螃蟹心有不甘，所以才編出果子的假話來害我。」

小圓把茶杯蓋子往桌上一丟，「妳是說丁姨娘是直奔著螃蟹去的？難道她不知那東西孕婦吃不得？」

秦嫂急道：「她哪裡不曉得，來要螃蟹不過是做做樣子，想叫別個都曉得螃蟹是咱們給的，然後回去就裝小產！她才不捨得真吃，肚裡的肉是她的命哩！」

小圓見她發急，不忍再激，叫采蓮拿了幾百錢來，遞給她道：「非是我不信妳，而是丁姨娘行事太過古怪，她一個上不得檯面的妾，還是租來的，把我扳倒有何益處？」

這個卻把秦嫂問倒了，她連賞錢都不好意思接，直說她守著螃蟹是分內之事。

孫氏在一旁聽了許久，開口道：「夫人，奴婢拙見，不知當講不當講？」小圓把身子往前探了探：「願聞其詳。」孫氏道：「丁姨娘升作老爺填房自然是無絲毫可能，但外頭都傳三娘子就要遠嫁，若再扳倒夫人，她即便是妾也能重新管家。」

「這樣簡單的道理我居然未想到。」小圓一字一句道，臉上浮起冷笑。

孫氏笑道：「夫人何須操心這些？咱們做下人的就該替夫人分憂。」

秦嫂聽得連連點頭，「往後我自當替夫人把園子管得滴水不漏。」采蓮趁機把那錢塞進她手裡，道：「秦嫂，妳也算個機警的，換了我就不曉得懷孕的婦人不能吃螃蟹。」秦嫂笑道：「妳還未成親，哪裡曉得這些？」

采蓮聞言紅了臉，小圓卻若有所思。她兩世都未生產過，其實這些也不甚懂，何不叫她們生育過的婦人寫個「孕婦禁忌食品手冊」來。她把這想法一說，秦嫂、孫氏都叫好，她便把這差事交給了會寫字的孫氏，又叫秦嫂趁這機會跟著學幾個字。

采蓮聽說孫氏也會寫字，奇道：「孫大娘也識文墨，為何卻要阿雲去教孫大郎？」

孫氏道了聲慚愧：「我那兒子絲毫不像他爹，只愛舞槍弄刀，阿雲是夫人派去的，才能讓他坐幾個鐘頭，我是拿他一點也沒轍。」

小圓想起孫大郎講過的「兩腳羊」，勸慰她道：「人各有志，習武也不是什麼壞事，改日請個武師來教他。」

孫氏忙福身謝過，帶了秦嫂下去編寫冊子。

晚飯時程慕天回來，見小圓無精打采趴在榻上，忙過來把脈摸額頭，小圓拍掉他的手，「你說好好一個家，怎麼就不能消停些呢？又不少了誰的銀子使。」

程慕天一愣，「誰惹妳了，三娘還是丁姨娘？」

小圓枕著他的腿道：「三娘如意了，這會兒正躲在房裡偷樂呢！爹已准了泉州的親事，說等那位姑爺中了舉就將人嫁過去。是你那位姨娘，藉了幾隻橫著走的東西想要扳倒你娘子。」她把今日下午的事講給程慕天聽，氣得他直捶榻板，「可惡，就算她生個兒子，我也要勸爹把她趕回去！」

小圓嘆氣道：「我倒不介意她生兒還是生女，去還是留，說到底她是爹的妾，又不是你房裡的，我何苦去做惡人討人嫌？但這樣算計來算計去，成日裡提心吊膽的日子，我實在是不願過。二郎，不如我們還搬回山上去吧。」

程慕天又是心疼又是好笑，捧著她的臉道：「那還叫爹把我打一回，好有藉口上山去。」小圓被逗得笑起來，又想起他亦是過得艱難，苦苦守著家業還不知是為誰辛苦為誰忙，心中一疼，「二郎，我也不過是發發牢騷，就憑我沒被嫡母餓死的本事，丁姨娘也不是我的對手，如今爹對我的印象又一日好過一日，你辛苦掙來的家業，到時必都是你的。」

程慕天將她拉起摟進懷裡，沉默了許久，啞著嗓子道了聲：「辛苦妳了。」小圓聽這聲兒知他是紅了眼眶，怕他著羞，忙推開他幾步走了出去，吩咐丫頭們在園子裡擺酒，又叫人去請程老爺。

八月菊花黃，桂花兒亦飄香，程老爺很滿意自家這園子，對著月亮先飲了一杯，讚道：「好香的酒。」小圓執壺滿上：「爹，這是菊花酒。」又指著另一壺道：「那是桂花酒，都是媳婦閒時親手釀的，爹覺得可還能入口？」

程老爺滿意地點頭，小圓趁著他高興，又道：「爹，今日咱們賞月，吃的是螃蟹，因此不好請丁姨娘來，等過幾日中秋團圓，再請她來吃月餅。」程老爺想起下午的事，猶自為丁姨娘的莽撞懊惱，「我已吩咐過她，無事莫要出來，靜坐房內安胎是正經，就是中秋也不必出來，她又不是我們家的人。」

小圓聞言暗喜，看來下午丁姨娘把程老爺引到她房裡去也未討得什麼好。

丁姨娘被禁足，程慕天比小圓還要高興幾分，親手掰了個滿黃的螃蟹捧到程老爺面前，又即興念了幾句詞來應景。良辰美景，天倫之樂，程老爺心情大好，喝了個爛醉，程慕天就命人把他扶到書房歇下。

丁姨娘不能同去賞花賞月亮本就不快，在房內左等右等又不見程老爺回來，心急之下抓了個小丫頭一問，才知程老爺已是宿在了書房。她氣得將一方帕子撕了個稀爛，想起以前跟老爺在任上時，後院她一人獨大，就是回了臨安，也只得一個老實又不招老爺待見的程三娘，後院還是她說了算。可自從小圓進門，她就事事不順心，雖說在旁人看來，她一個妾能管著自己小院子是何等榮耀，但比起以前橫行整個後院的威風，卻是差得遠了。

丁姨娘越想越不甘心，謀劃著還是要將小圓打壓一番，她如今被程老爺禁著足，近不得小圓身旁，就想著還是從吃食上下手，但她這番計畫還未成形，就收到了小圓分發的《孕婦禁忌食物手冊》，她瞪著冊子咬牙切齒，「妳以為不吃這些東西就不能中毒了？多的是相剋相沖的……」她話還未完，小丫頭又遞上一本，「姨娘，這本上印的是相剋相沖，不能混著吃的食物。」丁姨娘氣了個倒仰，卻又無計可施，只得裝了樣子，每日捧著冊子苦讀。

程老爺見了此景甚樂，連帶著把小圓也誇讚了好幾回。

丁姨娘不出門鬧事，大家都得了安靜日子過，程慕天雖不知她為何突然變了性子，但也暗自替小圓開心。這天他帶著程福在碼頭上卸貨，偶聽他提起《孕婦禁忌食物手冊》，心中狂喜，連貨也顧不得，直奔回房問小圓：「妳可是有了？」

小圓拍他一把，「個把月前你還趴在床上，就算有了，現在也還未滿一月，哪裡就能得知？」程慕天摸了摸頭，「那妳編《孕婦禁忌食物手冊》作什麼？」

小圓把另一本《不能混吃的食物》拿出來，「都是給丁姨娘備的，我懶得成天跟她拉扯不清，叫她在入口的吃食上打消歪主意，別又整出個螃蟹事故來。說起來，自有了這兩本冊子，我的日子便好過起來，丁姨娘安分守己，三娘只顧繡嫁衣，就是爹見了我，無事也要誇幾句。」

「怪不得她這些日子如此安分。」程慕天一個勁兒地盯她的肚子看，「等妳懷上了，這些冊子才是派大用場，先便宜她了。」

他說著說著，朝小圓越湊越近，把嘴貼上她的脖子就要「讓那冊子早派用場」。小圓被他親得渾身上火，無力推他，又見通向外間的門是關著的，便由著他扯了裙子，就在榻上做了些個事體。

二人事畢，程慕天還捨不得起身，說要留家吃過午飯再去碼頭，小圓便出來吩咐廚下多備幾個菜，抬頭忽見阿繡跟前的一個丫頭面帶喜色匆匆奔來，還在院子裡就喊：「夫人，繡姊姊得了個兒子。」

小圓大喜，忙命人按著臨安的習俗準備粟米炭醋送去，又叫廚下多燉雞湯。程慕天在裡間聽見，吩咐道：「去知會程福，叫他在家歇幾天再上工。」來報信的小丫頭應了一聲，拔腿就跑。

小圓想起曾對阿繡的許諾，把程慕天拉回房內，道：「我答應過阿繡，要替她兒子謀個良人身分，你看可行不可行？」程慕天笑道：「阿繡沒告訴過妳，我跟程福也講過同樣的話？別忘了程福也是自小跟著我，我同他的情誼，不比妳和阿繡差。若不是他手握咱們家海運的門道，我也早將賣身契還他了。」

既然程慕天同自己是一樣的心思，此事再無難度，小圓高高興興同他商討起要給阿繡的兒子取個響亮的名字。吃過午飯，小圓送程慕天到二門前，偶遇程老爺，程老爺滿臉笑容，「程福得了兒子，正好與你們小兄弟做個書僮。」

一席話講得兩口子俱暗攥拳頭，小圓見程慕天是要開口反駁的樣子，生怕他惹怒程老爺反倒不好行事，忙一把將他推出二門，轉身對程老爺道：「大些再看吧，萬一那孩子頑劣，豈不是誤了小兄弟中舉？」

程老爺見小圓又替他么兒著想，覺得兒子的眼光著實不錯，娶了個這樣貼心的兒媳，「那此事就交給妳，待那孩子大些，定要細細調教，務必替妳小兄弟養個好書僮。」說罷，就捋著鬍子朝丁姨娘房裡去了。

程慕天垂頭喪氣從照壁後轉出來，「百事孝為先，再說家生子做書僮也是常理，就照爹的意思辦吧。」小圓聽他口氣心不甘情不願，笑道：「丁姨娘還好幾個月才生呢，誰曉得是兒是女？你也擔心得過早了些。再說阿繡的兒子是不是『頑劣』，還不是由著我說。」

她安慰程慕天句句是理，自個兒心裡的那口氣卻沒那麼容易消散，回房悶坐了好一會子也沒順過來，也不知是氣程老爺太偏疼小兒，還是氣他連剛出世的孩子都要惦記。采蓮方才在她身後也聽得真切，上前問她道：「夫人，這消息是瞞著，還是提前給繡姊姊透個信兒？」

小圓按著桌子站起來，「我不過白生氣罷了，阿繡的兒子必是『頑劣不堪』，不愛認字的，怎能給老爺那還沒影子的么兒做書僮？」

夫人從不在人前講刻薄話的，此番一定是真氣著了，采蓮忙拿話岔開，說起給孫大郎新請的武師來，「夫人，到底是習武之人膽子大，中秋節那天趙郎中來送節禮，又強拉孫大娘講話，那薛武師聽孫大郎說了幾句，上前就朝趙郎中的眼搗了幾拳，怕是下定聘禮時都不得好呢！」

小圓知采蓮是要寬慰她，勉強一笑，問采梅是否心疼趙郎中，惱了薛武師。采蓮道：「采梅哪有不維護的，但夫人決計猜不著薛武師是如何作答的。」

小圓被勾起了興趣，忙催她快快講來，采蓮繼續道：「薛武師說：『妳嫁過去後最好管著他，若再拉扯大郎的娘，我連妳一起打。』夫人，妳瞧瞧，這人真直爽得有些魯莽了，采梅不過是心疼未來夫婿，他竟連她一起罵了。」

小圓笑道：「我記得薛武師娘子早逝，自今未續弦，他這種性格，又有武藝在身，幫我姨娘支撐門戶倒是一絕，就算他有志氣不願入贅，姨娘嫁給這種人想必也不會受委屈。」

采蓮一想也是，「陳姨娘心思細膩，再加個薛武師仗義又有一身本事，他們湊一家子可無人敢欺負了去。夫人，薛武師比先前那個沈長春可強多了，何不使個人去問問？」小圓也有此意，但又猶豫，「他別也是中意孫大娘吧，拆人姻緣可不是好事。」采蓮點頭道：「夫人說的是，咱們先別聲張，暗地裡留神便是了。」

自這回二人商討，小圓就有意留心薛武師，但她畢竟是女眷，無事不好見他，便逮了個程慕天得閒的時候求他道：「二郎，你也曉得，上回那個沈長春已是不成事，我有心把咱們家的薛武師說給我姨娘，又不知他心中可有了人，不如你去幫我打探打探？」

程慕天自陳姨娘替他擔風險收著契紙，待她就和以往不同，當即點頭道：「使得，正好我今日有空，晚上邀他吃酒，假意要替他說親，問一問便知。」

晚上程慕天真的備了一桌酒，邀薛武師來吃，又叫了新做父親的程福作陪。程福跟隨程慕天多年，向來就知道要替主子分憂，端了酒敬薛武師，「薛師傅，我們少爺一天下來要念叨你幾回，說咱們家無竊賊來擾，全仗薛師傅，只可惜未能替你尋得一房好親，讓你如今還是單身。」

薛武師謙虛了幾句，道：「多謝少爺費心，我還未想過續弦。」程福見程慕天眉頭微皺，忙又道：「薛武師，我當初和你一樣想法，不願娶親，直到新近得了兒子才曉得，當爹的滋味實在是妙不可言。你與我又有不同，乃是自由身，生兒子繼承香火乃是頭等大事，豈能輕言不娶？」

薛武師被他說得心動，吐露了實言：「自我娘子去世，我還未遇到意中人，又不願草草了事，便拖到了現在。」

程慕天聽得這一句，眉頭舒開，等到席散，迫不及待回房向小圓道喜，小圓卻道：「八字還沒一撇呢，我們在這裡瞎忙活，他兩人連面都還未見過。」程慕天笑道：「我的寶貝契紙還在妳姨娘那裡呢，萬一被賊人偷了去怎生是好？薛武師武藝高強，不如就讓他去替我守著，至於孫大郎習武，再請個武師便是。」

小圓笑他狡猾，出得如此好主意，於是第二日就叫了薛武師來，把程慕天的這番話轉給他聽。主人家有使喚，薛武師哪會不從，當天就收拾了衣物行李，搬到了陳宅去。

陳姨娘冰雪聰明的一個人，府裡摸爬滾打出來的，哪裡會相信程慕天的那番胡言亂語，便親自上門來，把裝契紙的小匣兒往小圓面前一擱，故意道：「我家裡不安全，怕竊賊，這寶貝你們收了去吧。」小圓偷偷抬頭看，陳姨娘口中責怪，眼角卻並無怒意，就笑嘻嘻挽她坐下，命人倒了蜜糖水來，把薛武師的家庭概況、品行武藝講了個通透，卻對桌上的那匣子提都不提。

陳姨娘自己心思縝密，恰是喜愛直爽性子的人，臉上就不知不覺浮上了笑，小圓卻話鋒一轉，

「薛武師是自由身，家中高堂俱在，又有些薄產，怕是不肯入贅呢！」

陳姨娘正想著武藝人有安全感，隨口道：「若真是妳講得那樣好，嫁過去也沒什麼，侍奉公婆又不是什麼難事！」小圓望著她一個勁兒地笑，她猛地醒悟過來，抬手捂住了嘴，天，怎的這樣容易就吐露了心思，自家閨女太壞了！

小圓見陳姨娘要羞了，忙命人擺飯，留她吃了午飯，又講了好一會子知心話才送她出去。

晚上程慕天回來，小圓湊過去聞了聞，「喝酒了，又去應酬了？」程慕天搖頭道：「我對不起程福，說好要給他兒子良人身分，卻食了言。昨日咱們吃酒時他言語裡對薛武師很是羨慕，肯定還是盼著讓兒子歸宗的。」

小圓親自端了水來替他擦手腳，勸他道：「你莫太心急，好歹也要等丁姨娘生了再作打算。你若為著程福喝壞了我官人的身子，可別怪我撚酸呷醋。」程慕天被她逗得笑起來，「妳官人可沒有養男寵的愛好。」

兩口子笑了一陣，小圓突然道：「如今我最羨慕的就是我姨娘，可以同自己中意的人先處一處，不好咱再換。」

程慕天瞪大了眼望著她，「當年我瘸著一條腿爬妳家院牆的時候，妳不會也是打著『不好咱再換』的主意吧？」小圓笑趴到床上，「其實我嫡母極喜愛你的，是你怕羞不肯走大門，偏要翻牆來看我。」

程慕天聽她說這個，悔道：「我要是早知道姜夫人不嫌我，就早早去妳家把親事定下來了，累妳吃了那麼些苦，還差點被賣掉。」

小圓鑽進他懷裡，笑道：「若不經那些個歷練，我又怎能在你家遊刃有餘？」

那些苦，她說是歷練？丁姨娘三番五次叫她生氣，她還說是遊刃有餘？程慕天的眼眶不由得又紅了起來，忙把臉埋進她的脖子裡。

兩口兒第二日起來，采蓮來報，說趙郎中過幾日就要擔聘禮來，想下個月初就成親。程慕天聽得趙郎中三個字，哼了一聲轉身就走。小圓如今也不甚理采梅的親事，但還是覺得這樣安排太急了些，便問是什麼緣故。采蓮搖頭說不知，阿雲嘴快就要開口，被她一個眼神止住，偏小圓一個轉頭正好瞧見，問：「是不是趙郎中又沒安好心？我本來就沒覺得他有多好，妳們只管說來。」

阿雲等得這一聲，再不顧采蓮朝她拋眼色，快言快語道：「趙郎中看上勾欄的一個伎人，想要買回家去，又怕在娶妻前納妾不好看，所以趕著要成親。」采蓮責怪她道：「夫人本來就成日為家裡操心，妳還講來給她添堵。」

小圓心道，這是她自己選的路，我再不為這個煩心的，可她想是這樣想，嘴上卻還是問道：「此事采梅可知道？」

阿雲撇嘴道：「知道了又如何？遲了。」

小圓同采蓮俱是嘆氣搖頭，只望著采梅嫁過去能早些站穩腳跟，莫要叫一個妾欺負了去。過了幾日，趙家果然送了定帖來，小圓比照他們的單子列出嫁妝單回過去，因為趕時間，趙家將三次定聘禮一次送完，月底就開始催妝。

轉瞬九月初，小圓遣幾個年長的婆子去替采梅鋪床，第二日趙家就使了媒人帶著花轎來接新婦，采梅不知是心有悔意還是為自己違了夫人的意而內疚，竟撲到小圓懷裡哭了一場方才出門登轎。

攔門、撒穀豆、跨鞍、參拜、入新房，所有正妻該有的儀式采梅都經歷了一遍，她正心滿意足地坐在床沿，趙郎中進來看到她臉上的妝有些花，嫌惡道：「瞧妳那張臉，方才掀蓋頭我還沒注意，想必已傳為親戚間的笑話了。」

采梅忙取過照臺上的鏡兒照了照，原來是在小圓跟前哭時，眼下留了兩道淚痕，其實也不甚明顯，但她還是心中一驚，生怕趙郎中就此轉身而去，忙端了水來洗臉。

采梅不過十六歲，花兒一般的年紀，此時去了濃妝，反更顯少女的清麗，趙郎中見了生出幾分喜愛，就不再說她，摟了朝床上去。第二日采梅醒來，卻不見了枕邊的新婚官人，她滿腹委屈獨自去公婆跟前請安，又被一通好說，二老怪她才進門就留不住男人，害得他們兒子一早又去了勾欄院。

采梅又羞又急，忍著氣下到廚房，替公婆準備早上吃的點心。這些她本就拿手，又得過蛋糕鋪子廚娘的真傳，便使出十八般武藝，一門心思要在公婆前扳回一局。哪曾想趙家的兩個廚娘見她如此能幹，反倒在一旁嘀咕：「到底是丫頭出身，做起事來就是利索。」采梅只當沒聽見，含著淚揉完麵又去生火，花心思做了兩盤子蛋糕端上去，公婆嘗完笑容滿面，誇她的話卻跟廚娘們講的一模一樣，「到底是丫頭出身，做起事來就是利索。」

采梅回到房裡，再也忍不住，淚珠子直往下掉。趙郎中回來問她為何哭泣，她張了張口卻講不出，公婆那是誇她的話，若說自己為這個哭，豈不是找罵？趙郎中見她支支吾吾，不耐煩起來，甩手到前頭給爹娘請安。采梅不想叫人說她不賢慧，忙跟了過去，不料趙郎中請安是假，要說服爹娘納妾是真。

他站在堂上看也不看采梅，將他相好的美妓誇得天上有地下無，他爹娘向來不大管他納妾的事，但卻堅決反對他將一個伎人領回家，趙婆子道：「大郎，你要納妾我們不管，但樂女伎人絕不許進我們家的門。」

趙郎中說不動爹娘，就朝采梅打眼色。原來官人還是將我當自己人的，采梅一顆心撲通跳個不停，想也不想就開口：「爹、娘，伎人有伎人的好，會伺候人呢！再說就算在外浪蕩些，進了咱家門還不是得守咱們家的規矩！」趙老爹年輕時也是勾欄院裡的常客，對伎人會伺候人深有同感，就不由自主把頭點了點。趙婆子見狀氣不打一處來，想了想乾脆應下了此事，只等著往後看熱鬧。

趙郎中感念今日采梅幫了大忙，一整天都待在房內刻意奉承。采梅見識了官人柔情蜜意的一面，愈發覺得自己做對了，不等趙郎中吩咐，就籌備起納妾的事宜來。

納妾不比娶妻，能有什麼好準備，偏采梅又想討官人歡心，又想博個好名聲，便坐了轎子到程府去借四司六局。她自個兒不覺得，程家上下聽了她的話卻都氣悶，管事娘子們俱到小圓面前道：「夫人，可別把咱們派到趙家去丟人現眼，納妾的咱看得多了，這還未回娘家拜門就替男人買新人的可是頭一回見。」

小圓只道：「我再也不管她的事，隨妳們怎麼去說。」采蓮到底和采梅同屋住了一年多，不忍將管事娘子們的話搬給她聽，只道家中事務繁多，抽調不出人手，又指點她道：「街上有專門替人辦紅白喜事的店鋪，妳且去瞧瞧。」

采梅真的去街上請了操辦喜事的班子，把個納妾宴辦得比她的娶妻宴不差分毫，來道賀的親戚面兒上都讚她賢良，背了人就笑她傻。新妾納進門，趙郎中一頭扎進溫柔鄉，叫采梅獨守了好幾天空房。

到第九天頭上，眼看再不去拜門就錯了日子了，趙郎中這才過來見采梅，叮囑她道：「見了少爺夫人妳可得替我多講好話，若幫我謀個更好的職位，我就日日到妳房裡睡。」采梅見奪回官人有望，脆生應了，打點好轎子禮品，攜著趙郎中往程家去。

也當怪他們運氣不好，在大門口偏遇上了程慕天，聽說他們來拜門，奇道：「夫人早將賣身契還了她，她就該去尋正經娘家血親，怎麼倒跑到我家來拜門？她可不是姓程。」

二人好意兒來拜門，卻連門檻都沒邁就被幾個小廝轟了出去。趙郎中憋了一肚子氣，回家就將采梅劈頭蓋臉打了幾下，罵道：「早知妳不得少爺夫人歡心，我還娶妳作什麼？」采梅不敢躲，忍著痛哭道：「程家上下得了自由身的奴婢連我就只得兩人，夫人還賞了陪嫁，這還不叫得他們歡心？」

趙郎中上前又是幾腳，「妳這樣的歡心與我有何益處？我趙家又不缺妳那點子嫁妝！妳若有本事讓我當上藥鋪管事，我就正經拿妳當個妻供著，若沒那能耐，就趁早滾回去，尋妳那娘家的血親去吧！」

采梅挨了打，正獨坐在房裡垂淚，那美妓小妾站在門口看了一眼，驚呼：「姊姊做錯什麼了，竟被打成這樣？正好我來要錢去買藥，就替姊姊帶些棒瘡藥回來吧。」

那小妾進門沒幾天，卻隔一日就要來討一回藥錢，采梅抬頭問道：「前兒不是才給了妳錢，怎的又沒了？」小妾帕子一甩，差點掃到采梅臉上，「哎喲，我的姊姊，如今藥貴著呢，官人藥鋪裡不許他賒藥，我說叫他偷偷拿些回來，他又怕妳的舊主子責罰，我這還不是沒法子才來求妳。」

就算丁姨娘那般能鬧，在小圓面前的禮數一樣都不敢少，白家的這個妾怎就這樣不懂規矩？采梅心裡有氣，把正房那邊一指，「咱們家是娘當家呢，妳自找她要去。」

小妾又哎喲了一聲，「姊姊，我不過一個妾，哪裡有資格在老夫人面前說話？妳是正房夫人，自然找妳要。」采梅被她這一句正房夫人叫得又歡喜起來，就打開陪嫁過來的小箱子，取了百來文給她。那小妾在勾欄院找主顧要錢要慣了的，一眼瞧見箱子裡還有一吊錢，飛快伸手撈了出來，笑嘻嘻朝采梅一福身：「多謝姊姊賞錢。」

采梅無可奈何地看著她拿著那吊錢，快活得像小狗兒般穿過天井回房去了。她還未將目光收回，就聽見趙婆子在喚她，忙將臉上的傷痕用粉遮了遮，一路小跑趕到上房。趙婆子是瞧見那小妾從窗子前過去才叫采梅來的，一見她就責問：「一個伎人出身的妾，妳給她這麼多錢作什麼？有陪嫁錢不說拿出來貼補家用，好歹也要花在自家官人身上吧？妳倒好，家中柴米油鹽都不關心，倒去幫襯一個伎人。」

采梅委屈道：「不給的話，官人要責問。」趙老爹跺了跺腳，「男人都是偏寵小的，妳在一旁就要勸，還有，大郎的前程妳可有幫他謀劃，我說妳怎麼不去替他通路子，原來錢都拿出來給了小妾。」

采梅站在下首，想哭又不敢，死命咬著下唇，還是趙婆子為趙老爹那一句「男人都是偏寵小的」鬧起來，她才得以脫身，回房狠狠哭了一場，把枕頭浸濕了半面。

趙郎中回來見她還在哭，奇道：「不就是打了妳幾下嗎，哭到現在？」采梅滿臉是淚地搖頭，將小妾要錢、公婆責罵的事講給他聽，趙郎中同趙老爹一般跺腳道：「蠢人，妳給錢不能悄悄兒地給？偏要讓爹娘瞧見，活該被罵。」他罵完采梅又念叨：「小梅兒身子又不爽利？我得瞧瞧去。」

采梅眼睜睜看著他取了幾件衣裳往小妾房裡去了，想再哭卻連淚都乾了。她尋思，全家人話裡話外都怪她沒替官人謀前程，若自己真在這上頭出把力，不就能在家立足了？

第二日一早，她下廚細細做了幾道糕點，動身去看小圓，又怕被程慕天瞧見，躲在門口親眼看到他出了門，這才朝裡頭去。小圓見她來探望自己，以為她在家立穩了腳跟，倒也有幾分歡喜，誰料采梅進房掀起肩上的衣裳，叫一屋子丫頭媳婦子都看傻了眼，那肩頭青一塊紫一塊，有一處顯然是開了口子還未結疤，紅森森看得見肉。

采蓮倒吸一口氣，「你們成親才幾天，他就這樣下死手打妳？我先去翻些棒瘡藥來。」

孫氏上前輕輕替她掩上衣裳，「正妻比不妾，成親再久也不能隨便打呀！」

采梅見大家言語中還是維護她的，就跪下朝小圓哭道：「夫人，念在主僕一場的分上，救我一救吧。」

小圓看她的眼神亦是憐惜，卻又有些無奈，「他為著什麼打妳？」

采梅吞吞吐吐把拜門時程慕天不許他們進門的話講了一遍，這回連阿雲阿彩都道：「奴婢能得個自由身，別人想都不敢想，妳既得了，還巴巴地要回這裡來拜門，真不知你們怎樣想的？少爺趕妳，那是為妳好。」

采梅見這番話連小丫頭都哄不過去，只好把趙郎中想當藥鋪管事的念頭講了出來。這話又聽得眾人俱皺眉，采蓮道：「咱們跟著夫人一起進程家門的，妳何時見她議論過夫家的生意？妳怕被官人打，就不怕夫人被老爺少爺責罵嗎？」

采梅聽了此話心中有些愧疚，哭著不敢再提。小圓雖認為她如今下場是自討的，但卻是真憐她被人打。想她做丫頭時自己都捨不得彈一指甲，便開口道：「妳要我救妳，我還真有辦法，但俗話說的好：寧拆十座廟，不毀一樁婚。」采梅一聽小圓願幫她，喜出望外，連話都沒聽明白就連連點頭。

小圓繼續道：「妳若想和離，我倒可以助妳脫苦海，但妳想謀私，恕我幫不了妳，妳且回吧。」

采梅甚是稀罕正房夫人的名號，一聽說和離，頭搖得好似撥浪鼓。小圓見她這副沒骨頭的模樣，再也無話可說，走到裡屋唉聲嘆氣起來。采蓮跟進來見她這樣子，忙問是不是趙郎中把她給氣著了。

小圓狠狠捶了下桌子，「我氣他作什麼？蠢人一個而已！若不是看在采梅的面上，早讓二郎趕出鋪子了！我是氣我自己，怎麼養出這樣一個笨丫頭來？如果今後妳們都跟她學，可千萬要嫁得遠遠兒的，別讓我見了鬧心！」

晚上小圓向程慕天說起這事，程慕天道：「他一個郎中，不想著如何去治病救人，反倒傷起人來，傷人的緣由還是因為惦記著咱們家藥鋪的管事位子，此人品行不端，不能再留。」

小圓也覺得趙郎中貪念太盛，手段又狠毒，的確不能再留，卻又心疼采梅，「趙郎中現在好歹還有些顧忌，若以後不在咱們手下討飯吃，恐怕采梅還要吃苦。」

程慕天道：「妳勸也勸過，罵也罵過，還能如何？再說男人打媳婦，官老爺都管不了，咱們外人怎麼好說？從今往後，妳就當沒買過這個丫頭吧。」

伍之章　洗兒餘波猶盪漾

轉眼一個多月過去，陳府那邊的「線報」頻頻傳消息給小圓，說陳姨娘每每去相熟的娘子家抹牌，不論多晚，薛武師都要立在門口看見她平安下了轎方才去睡，次數多了，二人都生出了感情來。

小圓聽得這番話，當即就質疑：「從未有人這般待我姨娘，她因此生情倒也正常，但薛武師去本就是保她平安的，等她乃是分內之事，你們哪裡就看出他對我姨娘生感情了？」

報信兒的那小廝嘿嘿笑了兩聲，「夫人，我們都聽見薛武師不止一次勸陳姨娘少打牌，保重身子，老一輩兒的都說，這便是他瞧上咱姨娘了。」

小圓笑罵：「猴精兒，若你說的不實，少不了板子。」

待小廝去外頭領賞錢，她暗自思忖，南宋可比不得現代，還由得妳談戀愛，日子久了，流言蜚語可就滿天飛了。想到此處，她馬上吩咐采蓮備禮去看陳姨娘，「咱們悄悄地去，先冷眼瞧一瞧，若真是那回事，就問問姨娘，將此事早些定下來。」

采蓮依言去備禮，將海上來的油膏和珍珠各拿了一匣子，茉莉花取了幾罐，又裝了幾籠子鷓鴣，跟著小圓往陳府而去。

轎子行至陳府大門前，小圓還未下地，就聽見外頭吵嚷一片，采蓮在外小聲道：「夫人，門口好多人圍著，妳還是莫要下來。」小圓將轎簾掀開一角瞧了瞧，門口果然圍著一圈人，好些陳家的奴僕也在其中，她忙命人去打聽，又吩咐轎子直接抬進二門。

她在二門照壁前看到陳姨娘，拉著她上上下下打量好幾遍，見她確是無恙才放下心來，問道：「姨娘，門口怎的圍著那些人，薛武師不管管？」陳姨娘臉上一紅，「他們就是圍著在看薛武師打人呢！沈長春前些日子又想來家裡做工，我連大門都沒讓他進，他就說我是來了新人忘了舊人了，一連幾日都在門首吵嚷著指桑罵槐，薛武師趕了他好幾回不得法，只好揮拳頭了……」

「打得好。」小圓一拍桌子，「去告訴薛武師，下手莫要怕重了，打死打殘算我的，這種人不一次把他打怕，往後還要來鬧。」

陳姨娘有些黯然，「他這般一鬧，怕是閒言碎語早傳開了，我妾室出身的人，倒不怕什麼，只是連累薛武師了。」

小圓挨著她坐下，悄悄問她有無想過嫁給薛武師，陳姨娘只低頭不語，那眉梢眼角卻都寫著「願意」兩字，小圓笑問：「那是咱們去提親，還是等著他來？」

陳姨娘對此自有一番見識，紅著臉道：「若他真有擔當，明日自會使媒婆來。上趕著的親事，就算成了也沒甚好日子過。」小圓深有同感，想起采梅的下場，同陳姨娘一起唏噓了一陣。

二人正說著，薛武師在簾子外頭回道：「陳姨娘，沈長春已叫我打了一頓，被人抬回去了。」陳姨娘有些吃驚，「抬回去？不能動了？他們若因此去告官，咱們還得早做準備，不如使人拿錢先去衙門打點打點。」

薛武師笑道：「他那是內傷，外頭看不出端倪，就算去告也贏不了。」陳姨娘搖頭，輕聲道：「不管贏不贏，他這一去更要鬧得沸沸揚揚，往後我哪裡還有臉面出門。」薛武師方才在外頭忙著打人，又有裡三層外三層的人擋著，未看見小圓的轎子進來，他以為此時簾子裡只有陳姨娘一個，便道：「妳放心，我回頭就使媒人來把咱倆的事兒定了，任他再鬧也不怕。」

小圓在內撫掌而笑，嚇得薛武師丟下一句「我去找媒人來」，拔腿就跑。她本還想打趣他幾句，沒曾想這習武之人遇到情事，竟比尋常人還怕羞。陳姨娘拉了拉小圓的袖子，憂道：「他家高堂俱在，還不知允不允這樁親事，畢竟我是做過妾的人。」

小圓拍了拍她的手，安慰道：「他家也不是什麼高門大戶，哪有那樣難進？再說他又是死過一位娘子的。」陳姨娘道：「我被沈家鬧怕了，未曾告訴薛師傅我有些嫁妝，因此才擔心。如今臨安嫁女，沒有大宗陪嫁，哪裡有人肯要？」自家姨娘真的是動了心了，竟患得患失起來。小圓忍著笑，搜尋了些話出來慢慢勸解她。

二人聊了不到一個時辰，就有小丫頭來報，說薛家遣媒人來了。小圓笑道：「薛武師真是個急性子，虧得媒人都是大腳。」

因沒有讓陳姨娘自己出去見媒人的理，她就到廳上聽那黃背子念叨了一大篇，再將陳姨娘的草帖交給她，又命人拿上等的封兒來。

上等封兒向來是穿紫背子的頂尖媒人才得的，那黃背子捧著賞錢喜出望外，感激之餘就向小圓吐露實情：「夫人，那薛家世代習武，家中諸人的品行都沒得挑，又爽利又仗義，但家裡卻不甚富裕。雖也有幾畝薄田，但臨安寸土寸金，他們家十來口人都擠在一座兩進小宅院裡。」

臨安江南水鄉，宅子大都小巧，兩進的小宅院的確是小了些，陳姨娘如今可是一人就住著三進院子呢！小圓見這黃背子媒人言語裡隻字不提陳姨娘現住的這座宅子，對她很有好感，便叫人給她上茶，道：「我姨娘現住的這宅子，本是我們借給她的，既然他家地方小，少不得再借她幾年，卻又怕薛家有想法。」

媒人都是走萬家門的，一聽就明白她地意思，「我曉得，如今把手伸到女家陪嫁裡去，還打親戚家主意的人多著呢！薛家雖不是那樣的人，但我還是替夫人先防著，夫人儘管放心，薛家那頭該如何講，我心裡有數了。」

送走媒人，小圓尋到在簾子後偷聽的陳姨娘，問道：「姨娘，可嫌我太小人之心了？」陳姨娘搖頭笑道：「妳要是不提防些，我倒要說妳不像我閨女了。世間人心百種，薛師傅人再好，咱們也料不全他家其他的人。」

且說沈長春，真叫人抬著去了衙門，先是狀告薛武師奪妻，官老爺問他要定帖、要婚書，他全拿不出來，就改告陳姨娘同薛武師有姦情，被他識破就動手打人。官老爺驚堂木一拍，「自咱們大宋南遷，助寡婦再嫁就被稱為『義舉』，別人兩情相悅，你去搗的什麼亂？且你渾身上下並無一處有傷，難不成是誆本官的？來人，拖下去三十大板！」

小圓聽到沈長春告狀不成反被官老爺打板子的回報，向陳姨娘笑道：「這也是個蠢的，要婦人守節的朱氏言論，到現在還是『偽學』呢！」陳姨娘手握薛武師的草帖，靠在椅背上心滿意足，「他大字不識一個的粗人，哪裡曉得什麼偽學？」小圓道：「那助人再嫁是義舉他也不曉得？幸虧姨娘沒有嫁他這樣一個糊塗人。」

陳姨娘想著自己即將嫁人，往後見閨女更是不便，就留她宿了一晚，第二日天剛放亮，程慕天就敲開了陳家大門，說是海上新來了幾株珊瑚，送來給陳姨娘玩。哪有人大清早特地送大盆珊瑚來的？陳姨娘望著他笑了又笑，衝房內喊道：「四娘，二郎接妳歸家來了。」

小圓紅著臉辭了陳姨娘，坐上轎子還在抱怨，「才一個晚上，又是我親娘，你這樣早就跑來接我，不怕人笑話？」程慕天奇道：「我是來送珊瑚給陳姨娘的，誰叫妳跟在我身後出來了？」小圓聞言又羞又急，欲揮拳打，偏他在轎外，好不容易挨到家，正想施手，程慕天附在她耳邊道：「昨晚妳不在，我哪裡睡得著？」她一腔羞惱頓化作蜜意，收了拳頭鑽進他懷裡。

兩口子溫存了一陣，程慕天戀戀不捨地出門去碼頭，小圓則去給陳姨娘備嫁妝。兩個鋪子各六成的股份，昨日已是商議好，留作壓箱底，除了薛武師，不叫他人知曉。陳姨娘現住的宅子，對外稱是程家所借，待成完親還是回那裡去住。金銀首飾等物，陳姨娘自個兒已有準備，小圓就拿自己的私房錢替她另置了個小莊。

因薛武師年歲不小，家中父母不想久拖，下過定聘禮便就近挑了個吉日來迎娶。小圓為給陳姨娘撐門面，成親那日請了好幾位臨安府有頭有臉的夫人來充作女家親眷，熱熱鬧鬧把陳姨娘送出了門。

陳姨娘到了夫家，因接親的人都道她家有好親戚，那些原本低看她的男家親戚就緊緊閉了嘴。她抬來的嫁妝足有幾十擔，還有個陪嫁莊子，說起來竟是薛家最有錢的人。陳姨娘手裡捏著錢，既不拿喬，出手又大方，幾天下來別說公婆喜愛，就是兩個嫂子都捨不得叫她下廚房。

陳姨娘本是說好在家侍奉公婆一個月，就同薛武師搬回她的宅子裡住，但自成親那日起，薛家上下就待她極好，全家人又和睦，下人們也是拿她當正經夫人伺候，她住著住著竟有些不想搬回去。

這天小圓來探望陳姨娘，陳府卻是大門緊閉，看門的小廝說陳姨娘還在夫家未歸，她大吃一驚，以為薛家為難陳姨娘，連忙帶了好幾個身強力壯的管事，又叫上家裡的兩個武師，一群人浩浩蕩蕩直奔薛家。

不料她到了薛家門首，薛武師的兩個嫂子竟親自出來迎接，直說他們家貧，委屈了她姨娘，等到陳姨娘出來，小圓見她臉色極好，人也似胖了些，一顆心這才放了下來。

那兩個嫂子見陳姨娘來了，忙帶著下人們走了出去，還順手掩上了門，好讓她們母女講知心話。小圓見薛武師的兩個嫂子極會做人，笑問陳姨娘：「姨娘不會是住著不想走了吧？虧得我見咱家大門緊閉，還以為妳出了事，帶著十幾個打手往這裡趕。」

陳姨娘道：「我的兒，妳是曉得妳姨娘的，除了有個親閨女，連自個兒老子娘是哪個都不曉得，更別提什麼親眷？如今有了這樣一大家子親人，和和睦睦過日子，姨娘還真是有些捨不得離了他們獨自搬回去了。」

小圓拉了她的手問：「那薛武師待妳可還好？」陳姨娘紅著臉輕輕把頭點了點，小圓就道：「姨娘看人比我更準，妳說他們好，那便是真的好了。既然如此，一家子都搬過去又如何，這間院子租出去還能得幾個錢。」

陳姨娘有些激動地反握住她的手，「真的可行？那可是二郎送與妳的宅子。」

小圓拍了拍她的手道：「姨娘，我們親母女講這個就生分了，只是我今日帶了那麼些人氣勢洶洶地來，還望姨娘替我多講幾句好話去。」

一家人能同住大宅當然好，但薛家二老都是自尊心極強的人，一個不好反要得罪他們。陳姨娘想了想，帶著小圓走到他們面前道：「爹、娘，我這個閨女不懂事，今日帶了好些人來，怕是把兩位嫂嫂都嚇著了。她心裡過意不去，就想著借咱們一個大些的宅子住，還望爹娘嫂嫂看在她年紀小，莫要同她計較。」

這話講得極是妥貼動聽，連小圓都暗自佩服。果然薛家二老向她再三謝過後，感激萬分地應了下來。

小圓被薛家人熱情留下吃過飯方才辭去，臨走前薛家嫂子還叮囑她要常來玩，她到家後大發感慨：「我還道這世上的人都是一個模樣呢，原來還是有好的。」采蓮端上茶，道：「那也是陳姨娘會做人。」小圓亦是為自個兒姨娘得意，又趁機把幾個丫頭教育了一番，叫她們尋婆家也得找個這樣的。

人逢喜事精神爽，小圓晚上早早備了酒，同程慕天喝了幾盅，又把薛家要搬入陳宅的事講給他聽，道：「雖說那宅子已歸在我姨娘名下，但到底是你的心意，若你不願意薛家人來住，我就讓姨娘另買宅子去。」程慕天擺手道：「只要妳姨娘過得好，隨她叫哪個去住。」

小圓見他如今對陳姨娘比先前好了許多，著實感激他，程慕天則是娘子高興他便高興，於是兩口子你敬我來我敬你，俱吃醉了才去睡。

他們深醉一覺睡到日上三竿，起床才發現家中發生了一件驚天動地，叫他們左右為難避之不及的大事。

話說小圓和程慕天兩口子昨夜裡喝醉了酒，一覺睡到日上三竿，還未起床就被采蓮拍門的聲音吵醒：「少爺，夫人，丁姨娘天不亮時就生了個女娃。」

女娃？那先前我挨打，娘子和丁姨娘鬥法，咱們為著程福兒子不得良人身分而生氣……一切的苦都煙消雲散了？一切的煩惱都迎刃而解了？程慕天提著鞋子忘了往腳上套，還是小圓推了他一把才醒過神來。他三兩下把鞋套上，抓起小圓的手道：「走，咱們恭喜丁姨娘去。」小圓拍了他一把，起身穿衣，輕聲嗔道：「你這個幸災樂禍的傢伙。」

女人家穿衣慢，采蓮在門外久候不得回音，更是著急：「少爺、夫人，老爺發話，要你們洗兒呢！」

裡屋的門板甚是隔音，小圓和程慕天只聽得「洗兒」二字，兩人面面相覷。他們都曉得，所謂洗兒，又稱生子不舉，或不舉子，乃是一些窮人由於生活艱辛或重男輕女，將才出生不久的嬰孩按到水缸裡溺死，又或不忍心，便扔到大街上。

程慕天雖厭惡她們，卻也覺得程老爺太過狠心，不管怎說這都是親骨肉，說殺便殺，說扔就扔？況且他們又不是那養不起孩子的人家。他雖如此想，卻不肯說父親的不是，便對小圓道：「洗兒是窮人家才做的事，采蓮定是聽錯了。」

小圓苦笑道：「你只知窮人家洗兒，卻不曉得富貴人家棄起孩子來更厲害呢！那些兄長已大的人家，不想多個兄弟來分家產；那些生了女兒的人家，不願多備一份嫁妝。你若不信，我便是活生生的例子，我還在襁褓便被嫡母丟到大街上，要不是我姨娘機靈跟著去把我又抱回來，我早就餓死凍死了。」

程慕天疼惜小圓，連帶著對那剛出世的庶出妹妹也多了些憐憫，摟她到懷裡道：「就算先前以為那是個弟弟，我也未想過這樣狠心的事。妳放心，我不會叫爹把妹妹扔掉的。」

采蓮在外聽到這話，跺著腳大聲道：「我的少爺，老爺是叫你們洗兒呢，不是他洗，他老人家早就出門避寒去了。」

叫我們洗？程慕天和小圓大驚失色，爭相上前把門拉開問采蓮：「只聽說過出門避暑，哪有避寒的，老爺到底躲到哪裡去了？」

采蓮搖頭道：「老爺天不亮就出門了，誰也不曉得往哪裡去了。」

程慕天和小圓再次面面相覷。他老人家自己狠心洗兒也就罷了，怎好意思把此事推給小輩，這叫他們做兄嫂的，是把親妹妹溺死還是扔掉？不管如何做，良心不安不說，還落得滿街的罵名。倘若程老爺哪日又想起這個么女來，就算不找他們討要，也要尋藉口不叫他們好過。

程慕天到底是男人，先回過神來，問：「丁姨娘呢？」

采蓮回道：「老爺嫌她生了女兒，連租金都未給她結，就將她趕回去了。」

「這天寒地凍的，她又才生了孩子，就趕出去了？」小圓驚呼出聲，完全出於同為女人的同情，吩咐采蓮道：「叫老爺院子裡的人去丁姨娘家看看，順路把未結的租金帶去給她。」

采蓮點頭應了，又小心翼翼地問程慕天：「少爺，要把孩子也帶去給她嗎？」

程慕天正想說這也不失為一個好主意，卻被小圓搶先道：「什麼孩子？我們在山上避寒呢，根本不曉得丁姨娘生了孩子！就是去看丁姨娘的人，也是老爺派去的！」說著把程慕天一挽，「官人，咱們也學爹，進山避寒去。」

幾個丫頭聽得一聲，手腳麻利地收拾起行李來，但他們一行還未出院子門，采蓮又趕了來，「夫人，丁姨娘跪在大門口不肯走，已是有人來看熱鬧了。」小圓頗為無奈地撫額，丁姨娘這一鬧，程家臉面往哪裡擱？說到底還是程老爺的不是，這心狠手辣的名聲傳出去，怕是連程慕天的生意都不好做。

正巧園子裡的管事娘子秦嫂來回事兒，見小圓愁眉不展，出主意道：「夫人可是為著外頭跪著的那個？我倒有個好主意，或能挽回些名譽！咱們叫人去外頭罵丁姨娘，就說她是咱們家租來的妾，因生完孩子租期已到，便給了她錢，叫她回家去做月子，不曾想她貪心不足，又來索要錢財。」

程慕天連聲道好，就要喚人來，小圓卻不忍，「明明是咱們有錯在先，就算她先前可惡，咱們也不能牆倒眾人推，把她往死裡踩。」

孫氏道：「夫人說的是，這件事本就與少爺夫人不相干，惡人輪不到你們來做，不如咱們悄悄從後門出去，叫人對外稱我們是天不亮就上山看莊稼去了。」因她不願講主人家的不是，這話就只講了一半，未盡的意思是，程老爺在家中是有耳目的，他若知曉家中無主事的人，定不會任由丁姨娘在門前敗壞程家名譽，必要趕回來處理。

小圓和程慕天都是聰明人，一猜便知她的全意，當即點頭稱好，叫丫頭們帶上幾個包袱，還是上回進山的原班人馬，悄悄從後門上轎，出了城門方才換大車，一行人快馬加鞭朝山裡奔去。

花開兩朵，各表一枝。

程老爺說要出去避寒，本就是藉口，其實是在城東頭的別院貓著呢！他正坐在廳上烤火喝茶咒丁姨娘，突然收到兒子兒媳去了山裡的消息，氣得大發雷霆，「天不亮就去了山裡，哄外頭人罷了，早上還在床上醉著呢，難不成是夢裡去的？」他將手中茶杯摔了個稀爛，叫來貼身老僕吩咐道：「丁姨娘不能由得她在門口敗壞程家名聲，但她要跪，咱也不能攔著，就說她是偷了咱家的錢，在門口罰跪的吧，若是她胡言亂語，就把她的嘴堵上。」

老僕點頭應了，又猶豫問道：「老爺，那剛生的四娘子誰去洗？」此話一提，程老爺又怒上心頭，「我天天恨不得把她供起，連兒子的書僮都找好了，她卻不爭氣生了個閨女，真是氣煞我也！二郎他們不願去洗，我親自去！」

老僕聽命，忙叫人先去家中堵丁姨娘的口，瞞街坊鄰居的眼，等到回報說圍觀的人散了，這才請程老爺出門上轎。

程老爺趕著回到家中，第一句就問：「新生的娃娃呢？」下人回說在丁姨娘房裡，老僕忙叫她去抱來，誰料那下人去丁姨娘房裡看了一看，驚慌失措，踉踉蹌蹌奔回來叫道：「剛生的四娘子不見了！」

剛生的嬰孩又不會走路，定是被人抱走了，到底是誰？為何要抱走？一群下人著急得團團轉，老僕要派人手去找，他卻攔道：「丟了更好，誰抱去誰養吧。」

一屋子的下人聽了此話，個個覺得心寒，他們不敢質問程老爺，出了門就圍著老僕問個不停：「郭管事，咱們家又不是養不起人，怎麼老爺連親生閨女都不要？」

那郭管事是跟著程老爺從泉州來的，替他分辯道：「咱們閩人習俗，生子多者，至第四子則不舉，若是女兒，則不待三，老爺已有了兩個閨女，這個恰巧是第三，又是庶出，怎麼洗不得？再說如今臨安嫁女有多費資財，你們又不是不曉得，嫁個閨女得分走一小半家產，留著四娘子，不是給少爺夫人添堵嗎？」

秦嫂本站在周邊看熱鬧，聽了這話立時不依，擠進人群裡道：「休要胡說，少爺夫人最是心善的，四娘子還在娘胎時就處處為她設想，老爺人前人後還誇他們哩！再者，三娘子不也是庶出，才十二歲就給她把打妝奩的杉木拖了來，難不成就偏偏嫌棄一個四娘子？」

圍著的下人們先聽了郭管事的話，本都拿著頭在搖，待得秦嫂這番話講完，就都變成了點頭。郭管事有心將她駁一駁，見眾人都向著她，她話裡又將老爺抬了出來，就不知怎麼開口，氣得直哼哼。

屋裡頭的程老爺見外頭亂哄哄，依著他平日的性子，早就全拖下去一頓板子了結了，但他今日得了閨女，很是頹然，聽見他們吵嚷，竟起身關上了門，獨坐在桌前唉聲嘆氣起來。

眾人都認為是個兒子，怎的卻是閨女？程老爺百思不得其解，他卻不知，除卻丁姨娘，全家只他一個一廂情願相信丁姨娘肚子裡的是個兒子，其他的人不過是假意附和他罷了。

么兒成了泡影，往後還是得靠大兒，這點程老爺倒是很快就想通，馬上起身走到外頭，斥那群還在吵嚷的下人們道：「都給我閉嘴，若再有人講少爺少夫人的不是，直接拖下去打板子！」

郭管事一片忠心為主卻反被責罵，委屈得臉上的皺紋擠成了一團，正想為自己辯白兩句，就聽得程老爺吩咐：「備車，我要親自山上接二郎歸家。」

程家風向變了？郭管事趕忙把已到嘴邊的話又嚥了下去，大聲應了一句，麻溜地出門套車去了。程老爺走到門口準備上車，卻被丁姨娘攔住了去路，他抬眼一看，丁姨娘披頭散髮，臉色慘白，嘴裡被人塞著破布，頭上還有未乾的血跡，跟以前施粉抹脂的光鮮模樣比，簡直判若兩人。他厭惡地別過臉去，問旁邊看守的人：「她頭上怎的有血，要是叫旁人看見，豈不說我們家不仁慈？」

流血怕別人說他不仁慈，大冬天的讓早上剛生完孩子的女人跪在外頭，就叫仁慈了？看守的小廝暗自撇了撇嘴，委屈道：「老爺，我也是為了咱們家的名聲著想，因此只悄悄給她嘴裡塞了布，沒有綁她的手，但如此一來，她逮著機會就要將口中的布弄出來，我被她折騰得不行，只得拿磚頭輕輕敲了她一下，好叫她規矩些。」

「蠢貨！」程老爺使勁兒跺了跺地，罵道：「你打完就不知道拿布給她擦乾淨，偏要露在外頭落人口實？」那小廝醒悟過來，連聲道：「還是老爺聰明，我這就去取布。」

「蠢貨！」程老爺又罵道：「她嘴裡的不是布？你摳出來把血擦掉再塞進去不就是了？」

小廝看了看丁姨娘口中那塊已被取出塞進，折騰了無數次的浸滿了口水髒兮兮的破布，實在不願動手。他猶豫了半晌，還是敵不過程老爺要殺人的目光，伸了兩根指頭去夾那塊破布。

他心不甘情不願，手下得就慢慢吞吞，被丁姨娘逮住了好機會，一口咬了上去。

「啊——」

程老爺只聽得一聲足以穿破耳膜的慘叫，小廝已是捧著右手疼得眼淚鼻涕橫流。郭管事上前看了看，倒吸一口氣，「好狠的嘴，怕是咬斷了！」程老爺吃了一驚，不由自主將自個兒的手往袖子裡縮了縮。這個狠女人，怕已是瘋了！他看了看低垂著頭，彷彿剛才根本沒動過的丁姨娘，仔細想了想，還是決定不去惹她，小心翼翼地抬起腳，想要繞過去。

他的左腳剛提起，丁姨娘突然竄得老高，像頭紅了眼的母狼似的猛撲上來，兩條胳膊死死箍住他的身子，張嘴朝他的脖子狠狠咬了下去。

穿得破耳膜的慘叫聲又在程府門口響起，幾個下人都驚呆在原地，直到程老爺的脖子鮮血淌下來，方才回過神，七手八腳去拉丁姨娘。

丁姨娘未被父母出租前，是在鄉下老家做慣了農活的人，一雙手有些力氣，又是下了死命的，那幾個下人一時間哪裡拉得開，眼看程老爺已在翻白眼，郭管事心急之下喊了一聲：「四娘子。」丁姨娘馬上鬆開口，扭頭朝大門口看去，幾個人這才得了機會，將半死的程老爺從她手中解救了出來。

郭管事剛鬆了一小口氣，抬頭擦汗時卻發現，程家大門口已經圍滿了一圈兒人，個個都朝程老爺和丁姨娘指指點點。糟了，程家的名聲！他心一急，又出了一腦門的汗，忙不迭地使人將程老爺抬進去，叫人把滿口鮮血的丁姨娘綁起來投進柴房，又親自去轟那些圍觀的人群。

他正忙活著，斷了手指頭的小廝舉著手跑出來道：「郭管事，老爺暈過去了，你快使人去叫咱們藥鋪的郎中來！」郭管事不信，「是你自個兒想藉機醫手指吧？」等他趕到房裡一看，程老爺已雙眼緊閉，只有出的氣沒有進的氣，他這才慌了神，大喊一聲「救命」，拔腿就朝程家藥鋪裡跑。

小圓兩口子在山上才逍遙快活了不到一天的時間，正在田埂上看莊戶們收莊稼，商量著要蒸個高粱飯來吃，就見有人來報信，說老爺重病在床。程老爺再有什麼不是，也是程慕天的親爹，兩口子一聽，連行李都顧不得收拾，套上車飛奔回家。

到了門口車還未停穩，心急如焚的程慕天就一躍而下，直奔程老爺房中，正巧郎中在替昏睡著的程老爺把脈，他忙斂聲靜氣立在一旁，等郎中診完，才將他請出去問道：「我爹病情如何，為何脖子上有傷？」

郎中心想這是程家醜事，還是留著他們自己人來說的好，就走到書桌前提筆寫方子，顧左右而言他：「程老爺是失血過多才導致昏迷，所幸醫治還算及時，因此並無大礙，但我在診脈時發現他還患有消渴症，得了這種病的人，傷口一般都癒合得慢，因此他須得在床上多躺一段時日。治傷的方子和治消渴症的方子，我一併開下，兩病同治吧。」說完，又嘆氣，「程少爺，你是藥鋪東家，我也不瞞你，程老爺這傷倒是小事，消渴症更折磨人。」

程慕天緩緩點頭道：「岐黃之術我雖不懂，但開了這麼些年的藥鋪，也略曉得些皮毛，患此病者多飲多食消瘦無力，偏偏多吃飯更會加重病情。」

消渴症不就是糖尿病嗎？雖難治癒，但也不是什麼大病，平日裡控制飲食多保養更勝過吃藥。小圓跟在程慕天後頭進來，站在門邊聽了半日，開口道：「這病還是少吃多餐吧，飲食清淡，多吃菜，少進些主食，帶糖的東西也得少吃。」她本想說糖尿病人還是吃粗糧的好，但卻未講出口，免得別人以為她趁著公爹病重虐待於他。

郎中聽了她的話，點頭稱是：「夫人頗懂養生之道，就算沒病的人，這樣調養身子也會更康健。」

程慕天忙命人去廚房傳話，調整程老爺的一日三餐，減掉每日的點心，又帶了小圓進屋去探望程老爺。郭管事見他們進來，記起程府要變的風向，忙垂首侍立在床前回道：「少爺、少夫人，老爺本已醒來，因為疼痛，郎中給開了安神定氣的藥，服完藥後又睡著了。少爺、少夫人一路也辛苦了，不如先回房歇息，這裡有老奴呢，等老爺醒來我再去喚你們。」

小圓和程慕天都暗自驚訝，這郭管事平日裡仗著自己是程老爺身邊的老人兒，在小輩主子面前向來只應個景兒，今日怎的如此恭敬起來？小圓轉念一想就明白過來，必是程老爺見么兒無望，以後只能靠大兒，因此變了態度，而主子變了方向，下人自然也就跟著變了。往後程老爺該疼惜些大兒了，小圓暗暗替程慕天高興，卻不敢表露出來，只低頭跟在程慕天身後往床邊走。

程慕天走到床邊，只見程老爺面無半點血色，纏著脖子的布上還有斑斑血跡，父子連心，任程老爺如何薄待過他，他的心還是猛地揪緊，回過頭咬牙切齒地問郭管事：「誰人所為？」

想起丁姨娘咬住程老爺脖子地那一幕，郭管事地額上冒出了一層冷汗，不由自主打了個哆嗦，回道：「少爺，是丁姨娘瘋了，一口將老爺咬……」他話還沒講完。程慕天一把揪住他的領子，手上青筋暴起，「丁姨娘人呢？」

「在柴、柴房……」郭管事哆嗦道。

程慕天拔腿就朝外跑，小圓忙提裙跟了過去。他倆還未進柴房，就聽見裡頭傳來淒厲的慘叫：

「四娘！四娘！」二人對望一眼，心中俱是一驚：難道四娘子已遭不測？爹還真下得去手，那可是親閨女啊！

看門的小廝正是被丁姨娘咬斷手指的那個，見少爺夫人並肩過來，忙上前攔住他們，把斷指朝上一舉，「少爺、少夫人，莫要進去，那瘋女人很能咬，瞧我這手……」小圓卻問：「四娘子呢？」斷指小廝回道：「不知被誰抱走了，老爺發話，誰抱走誰養。」

程老爺比起姜夫人來，真是不逞多讓！小圓礙著程慕天在側，只抿了抿嘴，默默走到柴房門口，冷冷地吩咐：「開門。」

這屋子名為柴房，其實並無一根柴火，裡頭只有一張條凳、一塊板子，條凳是打人時用來趴著地，板子是用來往屁股上敲的，此刻丁姨娘就被人緊按在條凳上挨著板子。她才生完孩子，身子還未乾淨，又被板子一敲，身下的血水混著惡露就流成了河。

小圓站在門口掃了一眼便不忍再看，回身將還在高聲喊打的程慕天重重一推，「你們程家人也太狠心了些，若她該死，儘管端杯毒酒去，折磨一個才生了孩子的女人算什麼本事！」說完，不待程慕天開口，高聲喚來采蓮，把柴房一指，「前院的人本不該我管，但我實在容不下這樣『懂事』的下人。妳且叫人牙子來領了去，若老爺問起就說是我的主意。」采蓮應了一聲，「我馬上去跟前院管事交代。」

「交代什麼？」小圓毫不掩飾言語中的怒氣，「前院管事不開口，這幫小廝敢動手？妳什麼也不用交代，直接將他也交到人牙子手裡去，還有，老爺一直昏睡著，是誰命人打她的？給我找出來，命他來見我。」

采蓮從未見過小圓這般嚴厲的模樣，愣了愣神才出聲應下，轉身去前頭查問。

程慕天也憋了一肚子的火，但還曉得在人前給當家的小圓留面子，等采蓮走後才責問道：「丁姨娘將爹咬成那樣，不該打？妳別心軟反被蛇咬！」

自成親以來，程慕天何時對小圓講過這樣重的話，她聞言氣上心頭又添委屈，死命忍著淚道：「你要打她，等她坐完月子儘管打，何苦為難一個身下都還未乾淨的女人？若是我的親閨女被她老子洗兒，我也一樣咬！」她生怕眼裡的淚不爭氣流下來，說完話，捂著臉就往房裡跑，趴在床上狠哭了一場。

采蓮辦完事來尋小圓回話，見她在房中痛哭，慌忙進來勸道：「夫人，剛才的事我都聽他們說了，少爺也不過是心疼親爹，此乃人之常情，再說，少爺說的也有理，丁姨娘當初還想陷害夫人呢，也是該讓她吃些苦頭！」

小圓本不想講話，聽她的語氣卻是和程慕天無二，就坐起來正色道：「我今日救下丁姨娘，妳當我是憐惜她？錯了，我不過是憐惜『女人』罷了！采蓮，妳是我跟前最得意的一個丫頭，莫要跟他們男人學，有什麼錯都推到女人頭上！丁姨娘不是什麼好人不假，但此回她哪裡有錯？她才生了孩子便被趕回去也就罷了，捨了半條命生下的閨女還要被親爹溺死，這樣還不許人家咬一口？要說當挨板子的人，該是……」

她話未講完，就發現程慕天站在門口，面色複雜地望著她。

小圓此刻見了他就來氣，故意重重把最後一句話重複了一遍：「要說當挨板子的人，該是老爺才是！」

程慕天向來信奉的是天下無不是的父母，聞言大怒，「妳就是這樣做人兒媳的？竟向著外人也不向著公爹？」

小圓的淚又流了下來，哽咽道：「我不過是兔死狐悲罷了，看到丁姨娘的下場，就想到他日若是我也生個閨女，爹是不是還要親手來洗兒？如果真是那樣，我該當如何？不如你立時就休了我，免得到時讓我也才生了孩子就被打板子。」

她越想越傷心，又伏到床上哭起來。采蓮聽了她方才的話，很是受震動，故意不去勸她，站起來走到門外高聲叫另外兩個陪嫁丫頭：「阿雲、阿彩，這裡不是女人住的地方，要吃人哩，咱們趕緊收拾了衣裳回山裡去！」

程慕天這才明白過來小圓真正的傷心所在，想到剛才自己沒頭沒腦對她講了重話，恨不得將時間倒回去把句子拆了重新說，但他再後悔也學不會甜言蜜語來哄人，只走到小圓跟前輕輕把她拍了拍，笑道：「瞧妳調教出來的丫頭，伶牙俐齒，連我都不怕。」

他說完見小圓沒有反應，又去抓她的手，小圓掙了幾下沒掙脫，抬頭道：「我笨言笨語被人欺負，還不許丫頭替我出個頭？」

程慕天笑著把她抱起來，「原來只是出頭，我還以為妳來真的，嚇得我出了一身冷汗，不信妳摸！」說著抓起她的手就往自己頭上按，小圓掙不過，只好摸了一把，沒想到還真摸了一手冷冰冰的汗，她心中的氣竟因這一手的汗消了大半，卻故意道：「那是因為你替爹擔心才流的吧……」

程慕天見她不信，急著要反駁，但張了張口卻不知怎麼說。說自己沒替親爹擔心？還是說自己擔心了但沒到流汗的程度？

小圓見他急得撓腮抓耳，噗哧笑出聲來：「又不是屬猴子的，抓來抓去捉蝨子呢？」

程慕天聽她笑了，緊提著的一顆心方才落地，緊緊把她擁進懷裡，「嚇死我了，還真以為妳向我要休書呢，以後可不許這樣！」

小圓掙脫他的懷抱，瞪著眼道：「誰說是假的？」

程慕天這回卻不再信她，伸手重新把她拽進懷裡，悄聲道：「你們都道爹是重男輕女才要將四娘子扔掉，其實根本不是那麼回事。大姊也是女兒，他可是偏疼得緊，出嫁時恨不得把全部家產都給她帶過去。爹是因為失了面子，嚥不下這口氣，這十個月他人前人後都說丁姨娘懷的是兒子，親戚朋友家全都傳遍了，如今兒子成了閨女，他怕別人笑話他，這才起了要洗兒的心思。若是妳生個閨女，他不定有多歡喜呢！」

小圓還是不依，道：「別盡撿好聽的講，你只要告訴我，若真出現那樣的境況，你當如何？」

程慕天不願將自己的親爹往最壞處想，無奈小圓不依不饒，只得吐露實言：「妳也太小看我程二郎，若連自個兒妻女都護不住，我不如直接去跳西湖。」

小圓吃了定心丸，就住了口，只望著他微微笑。程慕天卻認為自己講了大逆不道的言論，臉上一紅，拉了門就朝外走，「我去看看爹醒了沒。」

幾個丫頭見程慕天是紅著臉出來的，都長出了一口氣，「夫人贏了，無事了。」

小圓在裡頭聽見，笑罵：「妳們倒是把少爺夫人琢磨得透徹，小心惹惱了我，給妳們板子吃。」

丫頭們果然把夫人琢磨得透徹，都曉得她這是玩笑話，嘻嘻哈哈一哄而散，只留了采蓮進來回話。采蓮卻是皺著眉頭進來的，對小圓道：「夫人，妳吩咐的事我已打聽到了，使人打丁姨娘的乃是郭管事。」

小圓道：「原來是他，他是老爺身邊的人，有此舉動倒不足為奇。」

采蓮卻又道：「夫人不覺得奇怪嗎？老爺要洗兒自洗便是，為何要把少爺和夫人拉進來？我聽說就是這郭管事搗的鬼。他勸老爺說，讓少爺夫人來洗兒，一來可以不影響老爺地聲譽，二來也可以以此向少爺和夫人示好。」

向我們示好？小圓冷哼了一聲，「這樣的人我們可不敢收。」

采蓮眼簾一抬，「夫人，此人不能留！」

小圓敲了敲桌子，「他的賣身契老爺親自收著呢，再說他又是老爺身邊最得意的人，若老爺醒來看不到他，還不得找我要人？」

采蓮到底是陪嫁丫頭，心中的謀劃對小圓毫無保留，「若他是自個兒想走呢？秦嫂說，今兒他替老爺講話，卻反被責罵，他跟隨老爺多年，雖不至於有氣，怨還是那麼一點兩點的，而且我還聽說這幾年他偷偷背著老爺在泉州置了好些私產，想著等老爺百年時把賣身契還他呢！」

大戶人家老一輩的死後，若身邊服侍過的下人要走，小輩多半都會念在他們替自己盡過孝的分上，將賣身契還給他們，因此郭管事私置產業早做打算小圓不但不吃驚，反而笑起來，「去悄悄和郭管事說，咱們有意提前讓他回泉州去享福，偏老爺昏睡著，不知他的賣身契藏在何處。」

采蓮會心一笑，「郭管事背著老爺置私產本就是死罪，這下又偷了自己的賣身契，夫人替老爺打他幾下再賣掉也是應該的。」

小圓將拳頭緊緊攥起，指甲直陷進肉裡去，「主子要洗兒，他不勸也就罷了，竟然還挑撥離間，意圖陷我們於不義！這樣的惡奴，下板子時記得重些！還有，動作要快，老爺醒來前就得把他賣出去！」

采蓮會意，轉身出去尋郭管事，將小圓的那番話講給他聽。郭管事聞言，腦中轉過了幾道彎，看來少爺、夫人想趁此良機奪權，嫌我礙事了，也罷，反正泉州的產業也置辦得差不多了，不如就此脫身。他心中如此想，嘴上卻連聲道不敢：「老爺許過要把賣身契還我的，我何必去冒這個風險？」采蓮知他口是心非，也不多勸，轉身就走，果然不到半個時辰，郭管事就袖了賣身契來尋她，不料小丫頭卻說采蓮姊姊去了柴房。

郭管事本欲改日再來，突然一拍腦門，糊塗，這等事體自然是要尋個僻靜的所在。他袖著賣身契裝作若無其事踱到柴房，一隻腳還在門外就被幾個年輕力壯的小廝一把按住，搜出他袖中的賣身契來。郭管事一時間又驚又怒，大喝：「瞎了你們的狗眼了，我是老爺跟前的郭管事！」

小廝們一聽，都哄笑起來，「還以為抓錯了人呢，原來就是你！老爺在榻上聽說你膽大包天，私置產業，又偷了賣身契，一怒之下叫我們將你打死哩！」

「胡說，我才從老爺那裡來，他根本就還未醒。」郭管事明白過來這是采蓮的圈套，拚命掙扎起來，恨不得也學丁姨娘去咬人。

那幾個小廝都是采蓮精挑細選的，哪裡會聽他爭辯？拿過繩子三兩下綁起，丟到條凳上舉起板子就打。采蓮在隔壁房裡聽著他的慘叫一聲低過一聲，直到悄無聲息，才出來吩咐道：「送給人牙子，不要他的錢。」

她看著郭管事被抬上人牙子的車，去尋小圓回話：「夫人，郭管事、前院管事，還有昨日打丁姨娘的幾個小廝已經全都賣了。」

小圓的嘴角朝上勾了勾，「一下子少了這麼些人，老爺少了人服侍怎麼辦？趕緊叫人牙子再來，妳幫著挑幾個穩妥的，至於前院管事，叫秦嫂的男人去。」

夫人就要真正當家作主了，采蓮心中暗喜，一刻不停地出去辦事。

小圓剛靠在椅背上歇了會兒，就有小丫頭來報，說老爺醒了，她忙去廚房端了親手熬的藥，送到程老爺房中。程老爺仰躺在床上，醒來第一眼就見大兒陪在身旁，此刻又見兒媳親自端了藥來，想起以前自身所為，心中泛起不少悔意。

但他自己常作小人，不免還以小人之心猜度：么兒無望，郎中又說自己身患消渴症，往後少不得要依靠大兒一家子，若此時還不示好，怕是往後沒有好日子過。

他越想越怕，顧不得脖子疼痛，開口道：「叫郭管事把我那黃銅小匣兒取來。」

小圓忙上前道：「爹，郭管事扭了腰，我叫他歇著去了。」

郭管事方才還來過，哪裡是扭了腰的模樣，程慕天疑惑地望了小圓一眼，卻未出聲。

程老爺是想把他私藏的那幾個莊子鋪子取來向兒子兒媳示好，見郭管事不在，只得暫且擱下，又見他們還侍立在床前，忙趕他們回去歇著。程慕天本是想守在床頭寸步不離作孝子的，但又好奇郭管事，便告了聲罪，帶著小圓出來。

小圓亦是急著和程慕天通通氣兒，不待他開口相問，就把郭管事私置產業，被她打了板子賣出去的事一五一十講了一遍，「郭管事想害咱們呢，爹為什麼叫我們洗兒，就是他出的主意！」

她才講完，就見程慕天的臉色如同大晴天裡突然飄來一團烏雲，瞬間陰晴不定，她忙把目光挪開了去，心想，這事兒怨不得二郎生氣，確實是自己太魯莽了。郭管事是爹跟前的人，趁爹病重就動他，那是不孝，若爹被此事氣得愈發病重，那自己可就是犯下大錯了。她越想越忐忑不安，偷偷把程慕天又看了兩眼，小心翼翼地道：「我不是故意想氣爹，實在是覺得，如果他醒來，必要護著郭管事的，那時再辦此事可就難了。你想想，若爹跟前有個挑撥他與咱們關係的惡僕，那我們今後的日子還是不好過。」

一向綿花裡還要藏根針的小圓會介意公爹跟前有個挑撥離間的惡僕？恐怕就算程老爺生龍活虎，她也有千百種手段來將此人除去！她之所以這樣急，是怕錯失了這樣大好的奪權時機，畢竟程老爺終有痊癒的一日，難保不會再娶個管家的女人回來，這叫先下手為強，先剪了他的左右手，再換了整個前院的下人，等到他氣惱時，程家已是變了天了！

程慕天的拳頭在袖子裡攥了鬆，鬆了又攥，很想罵小圓一句不孝，但想起自她進門，除了受委屈，就沒跟著自己過一天舒心日子，那話就有些罵不出口。

小圓見程慕天始終虎著臉不言不語，心中愈發惶恐，生怕因此影響了夫妻之間的關係，忙去拉他的袖子道：「二郎，是我錯了，我這就去向爹認錯，若是他不原諒我，我就跪在他床前不起來！」

程慕天一把甩開她的手，「一個婦道人家，什麼事都愛衝在前頭！妳再有錯也有男人擋著，輪不到妳出頭！」說完，見小圓的眼圈紅了，還以為她是委屈的，忙緩了口氣又道：「回去歇著吧，記著，此事妳一概不知，都是我所為，若爹要打我，妳別攔著，也莫要說漏了嘴。」

小圓有些驚詫地望著他的背影，二郎不責怪我不孝，反而要一力承擔？采蓮輕輕走到她身旁，「夫人，少爺比那些好手好腳的還可靠些。」小圓再也忍不住，站在院子裡就哭起來，「傻官人，你是男人就非要出頭嗎？要是再讓爹打個稀爛可怎麼辦？」

采蓮笑著安慰她道：「夫人，妳是關心則亂，妳忘了老爺如今的處境了？他再生氣也不會責怪少爺半分。」

小圓聞言稍稍放心，扶著她的手一步一回頭地走到自己房中，托腮想起和程慕天的點點滴滴，彷彿每次自己捅了簍子，他都是一邊講著不中聽的話，一邊忙著把事情往自己肩上扛，叫人又氣又暖。

且說程慕天打算將郭管事一事暫且瞞下，等程老爺病癒後再去請罪，可當他打定主意重回房中時，程老爺正睜著一雙眼睛直盯著牆角的一只箱子，見兒子進來，忙喚他道：「二郎，你回來得正好，替爹瞧瞧，那個箱子是否被人動過？」

程慕天想起郭管事先前進來是開過那個箱子的，生怕程老爺得知真相，生氣牽動傷口，忙道：「一直是我守在房裡，並無他人來過。」

他的意思是既然房中無第三人來，那箱子自然就沒有誰動過，不料程老爺目光閃爍，竟是對兒子起了疑心，執意要他取箱子來看。

程慕天見老父不相信自己，心中的失望一層一層翻滾上來，全堵上了胸口。他也不取箱子，直挺挺跪倒在床前，「爹，那箱子是郭管事動的，他背著你在泉州置辦了私產，又偷了賣身契，兒子不孝，一時氣急，沒等你醒來就將他賣掉了。」

程老爺的一雙眼立時瞪得有銅鈴大，若放在平時，程慕天早就自請了藤條來，但今日他實在是有些傷心，就學了小圓避重就輕的戰術，道：「郭管事固然可惡，但爹若為個下人氣壞了身子，可就不值當了。」

程老爺哪裡是為這個生氣，他是惱火程慕天趁他未醒，藉了他跟前的人來立威，「請家法來，莫以為我動彈不得就教訓不了你！」

屋裡的人都是小圓換過的，竟無人敢上前應聲，程慕天忙自己起身取來藤條，強命個小廝抽了他幾下。他身上疼痛，心中卻暗自慶幸，虧得沒叫娘子來認錯，不然就疼在她身上了。

程老爺勉力抬頭朝下看去，程慕天雖挨著藤條，卻未和往常一樣倔強地抬著頭，而是將臉隱在頭髮裡，叫人看不清神色。他心中的膽怯突然就壓過了惱怒，忙命小廝住手。

程慕天身上的綢子棉襖早已讓帶刺的藤條抽成了條子，程老爺大悔，明明想好往後要巴結著兒子的，怎的又動起怒來，這下可好，手裡的莊子少不得要多拿一個出去討他歡心了。

程慕天若是知曉他與程老爺的父子親情要以莊子多寡來計算，定當大哭一場，但他此時只看見老父被氣得氣息不穩，脖子上的白布隱隱又滲出血來，便大罵自己忤逆不道，撲上去替程老爺撫胸順氣，又高聲叫郎中。

程老爺一心想要修復關係，忙撫慰他道：「二郎，是爹的不是，不該為了個下人打你，再說郭管事是自作自受，換了我也要叫人牙子來。」

程慕天何時聽他講過如此窩心的話，就算明白這話中水分甚多，還是不免更加悔恨自己在言語裡氣他。

小圓帶著郎中趕到時，一眼望見的就是程慕天身上破爛的衣裳和紅著的眼眶，她的心猛地揪起，偏生在公爹面前又不好顯露，只得躲到一旁默默拭淚。

程老爺不過是生氣時把傷口牽動了些，因此滲了血出來，郎中瞧過說並無大礙，重新包紮傷口敷些藥便是。程慕天鬆了口氣，轉頭見小圓躲在角落裡抹淚，知她是被嚇著了，立時心疼不已，想要上前好生安慰，偏這又是父親房裡，好不容易挨到程老爺重新服過藥睡過去，他頭一件事就是把小圓拉出去道：「天冷穿得厚，不疼。」

就是在二十一世紀，能在親爹面前替媳婦擔待的男人又有幾個，小圓又是感動又是心疼，哽咽道：「是我連累你了。」

「胡說，妳是為了爹好，不過行事急些罷了！難不成下人犯了錯，當家主母竟要當沒看見？」程慕天最是見不得娘子哭，一見她那雙紅腫的眼，就算有錯兒，也被他自動忽視了。

小圓見他在此事上對自己確無芥蒂，激動得一把將他抱住，這下程慕天可慌了神，外頭還有好些下人在呢！忙一把推開她，說要回房換衣裳，跑得飛快。小圓含著淚忍著笑跟回房中，脫了他的衣裳一處處看過，見確是沒什麼傷痕，這才放下心來，「往後到爹跟前，記得要多加件衣裳。」

程慕天瞪了她一眼，「我今日已是講了好些忤逆之言，豈可再有不孝的念頭？老子打兒子，乃是天經地義，我給臉色看都是不應該。」

小圓聞言暗嘆了口氣，父父子子的觀念，程慕天這輩子怕是脫不了了，自己今後行事還是謹慎些，莫要讓他在父親面前為難。

她取了件新棉襖來服侍他穿好，聽見采蓮在外頭叩門道：「夫人，郭管事藏的屋業田產的契紙搜出來了。」她心中一喜，拉開門接過個小匣兒，遞給程慕天道：「這個入爹的私帳吧，好叫他高興高興，多心疼你些。」

程慕天苦澀一笑，接過匣子道：「理他呢！我自做到問心無愧，爹要實在是不喜我，我也無法！」

小圓送他出門，轉身問采蓮：「四娘子可曾尋到？」采蓮搖頭道：「不曾，今日全在忙前院兒的事，只叫阿雲阿彩去各院子瞧了瞧。」

家中只有這幾個人，除卻程老爺、程慕天兩口子，就只剩下程三娘，小圓便問道：「三娘子院子裡尋了沒？」

采蓮答道：「頭一個就是尋那裡，院兒裡的屋子都悄悄看過了，並無孩子。」

莫非是府外的人抱走了？小圓感到疑惑。無奈天色已暗，只得明日再作打算。她收拾了程慕天的鋪蓋衣裳，親自送到程老爺房中在地上鋪了，這才回房歇息。

第二日大一早，她到前頭去請安，見侍立在床前的程慕天滿頭都是冷汗，忙找了個藉口拉他出來相問。原來程家未鋪煙道，房中生的火暖不到地上的青磚，程慕天在地上睡了一夜，雖有鋪蓋隔著，短一截的那條腿還是舊傷復發，疼了起來。

「二郎，酸疼得緊吧，都怪我不仔細，竟忘了家裡是沒鋪煙道的。」小圓看著程慕天皺眉的樣子自責不已，忙命人請工匠來。程老爺病著不能動，就把隔壁屋子的地翻了先鋪上煙道，待竣工後再把程老爺挪過去。她交代完煙道的事體，又去程老爺的藥箱裡尋活血的膏藥，翻來翻去卻一塊也無，只得叫采蓮回去取來。

程慕天見她忙前忙後又是找人又是找藥，攔她道：「爹還在屋裡躺著呢，我哪裡就這樣嬌氣起來？妳回去尋四娘是正經。」小圓喜道：「爹鬆口了？」程慕天微微皺眉，「沒有，妳且去尋吧，此事我做主了，我們程家的血脈豈能流落在外。」

小圓得了程慕天撐腰，心中大定，正要回去分派人手，就見程二叔兩口子一前一後自院門處走來。

程老爺的傷不光彩，因此家裡並未給親戚們去信，但程二叔乃是程老爺的親弟弟，又同住在臨安府，定是昨日的事傳得沸沸揚揚，被他聽到小道消息這才趕了來。

小圓扶著程慕天迎上去行禮，將他們請進程老爺房中。程二叔見到程老爺脖子上纏的白布，驚道：「外頭的傳言竟是真的，大哥果然被那瘋女人咬了？」程老爺極是滿意他把丁姨娘稱作瘋女人，道：「可不就是她，虧我以前拿她當個妾待。」

程二叔點頭：「租來的妾就是不頂用，不然怎麼只小戶人家去租呢？等大哥傷好，還是買一個來的好。」

程二嬸在一旁聽得心動，想起她以前給程慕天安插的幾個丫頭，都因鬥不過小圓，才無人能爬上主子的床，若是給程老爺送個妾，兒媳總不大好管吧？想到此處，她又記起方才進來時，程慕天瘸得愈發厲害，定是舊傷復發，不如就拿這個來挑頭說事兒。她打定主意，便朝程二叔打了個眼色。

程二叔亦是惦記大哥的這份家產已久，瞧見程二嬸的眼色立時會意，問程老爺道：「二郎可是舊傷復發？這地上冰涼冰涼的，難為他日夜服侍在大哥床前。」

昨日程慕天端茶送藥，服侍得比小廝還好，程老爺心中有幾分感激，聞言憐惜地看了兒子一眼，「可不是，這孩子心眼實，我叫他回去睡，他就是不肯。」

程二嬸故意嘆了口氣，接過話來：「大嫂去得早，大哥身邊無人，二郎不伺候誰伺候，只苦了這孩子了，腿上定是疼得很吧？」

程二叔見程老爺有些動容，知他開始心疼兒子了，忙扭頭責備程二嬸：「這家裡只有小輩，自然不曉得操心這個，妳既曉得緣由，怎的不給大哥送個人來？」

小圓聽著他們一唱一和，心中暗自冷笑，這話換個人來說，或許程老爺樂得應下，但程二嬸以前送來的知蘭害了喜慶在前，程老爺必不會由得她再朝家中伸手。

果然程老爺在床上哼了一聲，「你有人自留著使喚吧，咱們家就不勞你們操心了，上回你們送來的人毒死了大姊的丫頭，害她找我哭鬧了好幾日才甘休呢，我一把老骨頭，可經不起再折騰了。」

程二叔兩口子見程老爺如此直白，再也坐不住，灰溜溜地告辭。小圓陪著程慕天送到門口，望著他們的背影道：「二叔倒提醒我了，爹才過四旬，保不准往後還要納妾，就是娶個繼母回來也不定。」

程慕天笑道：「怎麼，妳怕爹娶個繼母回來給妳立規矩？」小圓紅著臉拍了他幾下，又好奇他怎麼不擔心程老爺再起納妾的心思，程慕天見她問這個，臉紅得比她還厲害，怎麼也不肯講緣由，支吾了幾句，丟下她就往程老爺房裡跑。

小圓百思不得其解，只得將疑惑擱下，回房分派人手，四處尋找程四娘，不料他們將整個宅子明裡暗裡翻了個遍，還是不見孩子的蹤影。采蓮奇道：「咱們連下人房裡都翻過了，難不成四娘子是被府外的人抱走的？」小圓道：「那時門口紛亂，有人趁機進來抱了孩子也不一定，妳趕緊去問守門的小廝。」

采蓮依言使人到前頭盤問，但守門的諸人都道，當時因圍觀的人多，怕出事，大門是特意關上了的，除非有人能生翅膀，不然絕無外人抱走四娘子的可能。

小圓聽得回報，坐在窗前托腮皺眉望著天邊。冬天黑得早，吃過午飯沒過會子天色就暗下來，遠處的烏雲一層壓著一層，隱約還能聽見雷聲，她擔心道：「入冬已久，只怕馬上就要下雨下雪，天寒地凍的，那孩子才生了沒幾天就離了娘，可莫要出事才好。」

院子裡的丫頭婆子忙著收拾晾曬在外頭的衣物，程大姊穿過忙亂的人群，看見小圓坐在窗前眉頭緊鎖，心裡愈發急了起來，幾步上前等不得進屋，隔著窗子便問：「四娘，我聽說爹傷得厲害，妹妹也被人抱走了，可是真的？」

小圓點頭道：「大姊既知道爹傷了，還不去看看？我也不請妳進來了，趕緊去瞧瞧再來吧。」

程大姊自從上回得小圓搭救，就把她當作了良師益友，趴著窗子問道：「我本是想去了再來的，又怕自己魯莽衝撞了什麼？聽說爹是被丁姨娘咬的？」她說著說著提起裙子自己進了屋，坐到小圓對面，「我特特地先來找妳問問清楚，免得不曉得情況又犯上回那樣的錯。妳是咱家最明白不過的人兒，快跟我講講到底怎麼一回事。」

小圓嘆了口氣，將事情從頭說起，講到程老爺執意要洗兒，孩子至今下落不明，程大姊憤慨不已：「那是咱們的親妹妹，又不是親弟弟，怎的能說扔就扔？爹爹太糊塗，我去說他！」小圓望著她半晌無語，若是弟弟，要分二郎的家產，影響她家的生意，所以得扔，如今生的是妹妹，不妨事，就講起了親情來了。這位大姊的打算和程老爺可真是「異曲同工」，不愧是他最疼愛的人兒！

程大姊的念頭雖讓人不齒，但她好歹是心向著程慕天，因此小圓也不好說什麼，只勸她道：「爹還在床上躺著，妳要說也得等到他傷好，切莫惹他生氣。」

程大姊風風火火到得程老爺房中，見到他脖子上的傷，一聲爹爹還未喊全淚就先下來了，哭道：「那個作死的瘋女人，等我見到，非一頓板子打死不可！」

程老爺心道，還是這個閨女最貼心，便招手喚她近前，道：「妳道人人都和妳一樣心疼爹呢！我聽人說，丁姨娘本來就快被郭管事打死了，半路卻被妳弟媳婦攔下來，倒把郭管事打了一頓賣出去了，妳瞧瞧，她這胳膊肘朝外拐得厲害呢！」

程大姊眨著淚眼，「這個我也聽說了，不是二郎做出的事體嗎？」程老爺朝外努了努嘴，「院子裡、屋裡全換成了她的人，當我糊塗呢！二郎能有這個膽子？定是他媳婦的主意！別看我打了他，其實我心裡跟明鏡兒似的。」

程大姊如今不肯講小圓的不是，就道：「許是她懷疑原先的人中有誰偷走了妹妹，叫去盤問了，又怕爹屋裡少了人使，這才送了新的來吧。」

不提這個孩子還好，一提程老爺更是火大，又怕牽動了傷口，忍得十分辛苦，噴著粗氣道：「那個女娃讓我顏面盡失，有什麼好盤查，真是多事。」

就曉得你的顏面、你的權、你的錢，那可是我的親妹妹你的親閨女，弟媳婦好心找尋，你不感激也就罷了，還怪她多事？程大姊滿心要找妹妹，就忘了她自己先前還想毒害丁姨娘肚子裡的「弟弟」，一意只怪起程老爺來。

她向來又是個只揪別人的錯不問自個兒的人，坐在床頭越想越氣憤，若不是來時小圓再三叮囑，當場就要大發雷霆，指著程老爺的鼻子開罵，不過現下她的臉色也好不了哪裡去，黑得能擠下墨汁來。

程老爺最是怕程大姊發脾氣，她鬧起來能把這屋頂給掀了，因此一見她沉了臉，就忙哄她道：「爹也就是一說，妳弟媳既要找，那就找找吧，反正如今是她當家。其實爹也是疼她的，妳不曉得，今兒妳二叔二嬸過來，說要給我送個妾，我當場就給推了，就是怕給妳弟媳找麻煩呀！」

程大姊一想起被程二嬸送來的丫頭害死的喜慶，咬牙又切齒，「爹沒收是對的，要真收下，還指不定下一個害的是誰呢！」

程老爺摸了摸脖子，「爹如今多病之身，恐怕在床上要躺好幾個月，妳且先去吧，往後再來是一樣的。過會子二郎就要來，叫他看見妳，又沒好臉色。」

程大姊同程三娘一樣，都很怕程慕天，聞言也不敢久留，辭了程老爺，匆匆朝小圓房裡去。坐下先喝了兩盞子茶，方憤憤不平開口道：「爹太不像話，心裡全然沒有小妹妹，還怪妳多事！」

小圓暗嘆，妳心裡還沒有小兄弟呢！

程大姊見小圓無甚反應，又問：「四娘，聽說妳把爹屋裡的人全換了，還賣了郭管事？我在爹跟前給妳打馬虎眼，說是為了盤查偷妹妹的人，果真是這樣？」

小圓也不瞞她，將郭管事挑撥離間，唆使程老爺叫程慕天洗兒的事講了一遍，「大姊，若二郎真上了當洗了兒，落個心狠手辣的名聲，往後在生意場上如何行走？至於爹屋裡的人，都是郭管事調教出來的，我怕以後再出這樣的事，所以才全都換了。反正我一心為了二郎好，就算在爹面前落個不賢慧的名聲也認了。」

程大姊家的生意也繫在程慕天身上，因此她深以為然，「二郎的名聲重要，是爹太護短。妳也莫急，他總有想轉過來知道妳好的那天。不過，四娘，妳還是太心軟。換了我，這樣的惡僕還賣什麼，直接打死了事。還有那丁姨娘，她挨打妳攔什麼，留著後患無窮。」

小圓笑道：「她租期已滿，已不是咱家的人，還能後患什麼？大姊，妳這時說得暢快，萬一打死了小妹妹的生母，她長大後把妳恨上，妳悔是不悔？」

程大姊悟了過來，一把抓住小圓的手，「我就說，萬事還是得妳提點我，不然又要犯大錯。」說著將小圓拉起身來，「走，咱們找妹妹去。」

小圓拽住她道：「莫急，咱先琢磨琢磨。四娘子被抱走只有三種可能，要麼是主子，要麼是下人，再就是府外的人。先說外人，那天大門是緊閉的，我們家的後門又常年不開，因此四娘子定是家中人抱走的，至於下人……」

程大姊介面道：「下人無事抱四娘子去作甚，自家孩子還養不活呢！」

小圓笑道：「大姊聰慧，正是這個理。」

程大姊得了小圓稱讚，很是自得，接著分析道：「外人下人都不得手，那便是三娘抱走的。」說完不待小圓發問，自顧自疑惑：「可我已去過她那裡了，屋中並無孩子。」

小圓隨手從書架上取下個空白的封筒，喚來孫大郎，叫他在上頭寫上「手啟程丈——泉州甘遠謹封」。孫大郎只習武不愛文，幾個字寫得歪歪扭扭，程大姊看了直皺眉，「甘遠不就是三娘的未婚夫婿嗎？四娘，妳假冒他給爹寫信作什麼？再說這字也忒難看了些，甘遠可是進了學要考舉人的。」小圓正吹著墨跡，聞言笑得氣息不穩，一口氣把封筒吹落在地，「大姊準是沒見過他先前來的信，寫得太端正才不像他呢！」

程大姊撿起封筒又細看了看，嘆道：「我早說這門親不好，偏爹就是不聽。」小圓道：「咱先不提這個，還要請大姊合著我誆三娘一回，咱們拿著這封筒去尋她，只說泉州來了信，要提早娶她過門，冬至節前就上船。」

「然後呢？」程大姊問。

小圓賣了個關子，「然後咱們就只等著四娘子現身。」說完，又怕她瞞不過精明的程三娘，就將如何誆人細細教導了她一番。

程大姊半信半疑地應了，隨著她到程三娘房裡，三娘子正拿著個竹繃子繡個不停，見她們進來，忙丟了繃子上前行禮。程大姊取過活計一看，上頭繡著鮮亮的鴛鴦，活靈活現，讚道：「三娘的手藝愈發進益了，到了婆家必要受稱讚。」

程三娘正疑惑今日怎麼連大姊也打趣起她來，小圓把那封筒兒舉到她眼前晃了晃，笑道：「三娘怎麼急急地繡起嫁妝來，可是知道泉州來信了？」

「泉州來信了？」程三娘眼巴巴地盯著小圓手中的封筒，那上頭的幾個雞爪子字，果然像是甘遠的筆跡。

小圓暗自偷笑，若換了別人，單靠一個封筒肯定是騙不過去的，但程三娘一向以老實性子示人，斷不會開口要信，更不會伸手來搶。

程大姊見程三娘急得眼中淚光隱現，心想火候已到，故意推了小圓一把，嗔道：「信中到底說什麼了，給我們三娘講講，看把她急的。」

小圓笑道：「是喜事，甘家要提前來娶親，叫咱們冬至節前就把船備好呢！」

程大姊謹記小圓的教導，臉上也裝出了笑來，「虧得咱們嫁妝備得早，不然這時節匆匆忙忙的，哪裡買妝奩去？」

小圓點頭稱是，二人妳說一句我遞一句，竟把個程三娘晾在了一邊。突然窗外響起驚雷，嚇了程三娘一跳，她有些慌神地站起身來，「打雷了，怕是要下雨。」

小圓拉了程大姊一把，道：「眼瞅著雨就要下來了，妳也趕緊回家去吧，別耽擱在路上。」程大姊點頭，二人回到房中，小圓馬上命人去跟著程三娘，看她要朝哪裡去。

程大姊猶自質疑：「我看三娘很正常，哪裡有要出門的意思？」小圓但笑不語，不到一個時辰，果然接到回報，說程三娘帶著好幾個丫頭出了大門，往慈善堂去了。

南宋洗兒盛行，臨安街上亦多棄嬰，朝廷特設慈善堂，專作收養，程大姊此時真正信服，「既然孩子在妥當地方，誰能想到三娘要雨夜出去看？四娘，妳真是料事如神。」

小圓看她一眼，「妳以為她是心急？真是小瞧三娘子，她是擔心自己馬上遠嫁，再也顧不到小妹妹，因此給咱們引路，好叫我們接著照料呢！」

「她曉得咱們派了人跟著她，因此故意為之？」程大姊瞠目結舌，「真不曉得妳們這些人的心是怎麼長的，都說七竅玲瓏，我看倒比七個孔還多一個似的。」

小圓樂不可支，心道妳還錯料了一樣，程三娘並不知有人刻意跟著她，只是她故意從大門口招搖著出去，存的就是叫人看見報與我知曉的意思。二人正說笑，突然程慕天的咳嗽聲從院門口傳來，程大姊就如同程三娘一般直跳起來朝後門跑，「四娘，我改日再來看妳。」

小圓忙叫人來開小院的後門，站在滴水的屋簷下哭笑不得，這姊妹倆見了程慕天，怎的都跟老鼠見了貓似的。程慕天在廊下脫去淋濕的鞋襪，光著腳走到房門口瞧了瞧，「走了？」小圓輕輕踩了他一腳，「原來你是故意的，人家好心來救妹妹，你嚇她作什麼？」

「說得好，她確是因為丁姨娘生的是妹妹，所以才來救的，若生的是弟弟，妳看她來不來。」程慕天自己光著腳，反倒責怪小圓：「外頭冷風吹著，妳站在外頭作什麼，還不進去。」

小圓又踩了他一腳，飛快閃進屋，喚丫頭們打熱水，開箱子找棉襪，把他收拾暖和了方道：「四娘子找著了。」

程慕天忙問是誰抱去，又是在哪裡尋得的，小圓伸出三根指頭，道：「孩子被三娘養在慈善堂，料是無事，咱們明日再去抱回來。為了尋著這個妹妹，我今日同大姊一起誆了三娘子，還不知如何收尾呢！」

程慕天聽她講了拿甘遠作幌子編的話，從腳踏上撿起個封筒，看了看上頭的字，大笑道：「虧得咱們家還有個孫大郎，就是妳的字，都比這個強些。」

小圓白他一眼，「圓謊的事兒就交給你了，橫豎三娘最怕你，你到她跟前把眼瞪一瞪就能了結。」

程慕天望著給他臉子瞧的娘子，好生後悔，什麼不好講，偏要提她的字難看。這下可好，懷裡被塞了個剛烤熟的山芋，燙得慌，又不好就扔，他左右為難，便開始怪起程三娘：「三娘為何要瞞著大家，直接說孩子是她抱走的不就得了，害妳繞著圈子去套話。」

小圓見他口中說著程三娘，眼神卻往自己這邊飄，撐不住笑道：「你這個妹妹精明著呢，怕爹遷怒於她，所以只躲著叫我們出頭，不過咱們身為哥嫂，替她擋著些也是應該的。」

程慕天卻想不開，怒道：「她怕爹遷怒於她，就不怕爹遷怒於妳？看我明日怎麼罵她。」

小圓對程三娘是同情遠大過責怪，勸道：「她自小沒了娘，又不討爹的喜歡，若不會明哲保身，恐怕都死了好幾回了。我也是個庶出的，曉得她的難處，你就莫怪她了。」說完，又給他指點迷津：「你也不用為難怎麼圓謊，現成的藉口擺在這裡，爹在床上病著，哪有這時候送閨女出門子的道理？」

「好藉口！看妳面子，這次不同她計較！」還是娘子心疼人，程慕天露了笑臉，湊到她臉上香了一口，將那封筒拿到燈上燒了。

第二天四娘子被抱回來，粉粉嫩嫩一團，一屋子的人看了都喜歡，小圓卻犯起了愁，交給誰來管教好呢？趕來看妹妹的程大姊甚是奇怪，「不是有奶媽子嗎？還需怎麼管教？」

若不好生教導，萬一長成她生母那樣的人，不是給自個兒找麻煩？小圓輕輕搖頭，「養兒不教，不如不養。」

秦嫂聽見這話，把正在逗弄孩子的孫氏一指，「交給她帶，認字兒、繡花兒全能包下，教書先生和繡娘都省了。」這話逗得滿屋子的人都笑起來。小圓就依她所言叫過孫氏，問她肯不肯教四娘子。孫氏自己失了個女兒，極是願意再帶一個，當即點頭應下。

孫氏知書達禮，教出來的孩子必是好的，小圓一顆心放下來，命人去帶奶媽子來瞧。挑了兩個樣貌一般，品行老實的，再按著程三娘的份例，選了兩大兩小四個丫頭去四娘子的院子。分派完人手，又叫人去報與程老爺知曉。

程老爺正在聽程慕天念郭管事的田產契紙，滿面堆笑：「東西既是你們翻出來的，自留下便是，拿來給我作什麼？」程慕天據實回道：「是媳婦的主意。剛搜出時，她便要我拿來入爹的私帳，但爹一直昏睡，就被我混忘了，今日才想起來。」

程老爺捏了捏手裡的契紙，結結實實的一疊，跟郭管事和前院被換了的小廝相比，還是這些來得實在，臉上的笑容愈盛，「你媳婦是個好的，她管著家，我放心。」程慕天正要回話，小丫頭在門口道：「老爺，四娘子接回來了，少夫人選了奶媽子和丫頭，問老爺要不要叫過來瞧瞧。」

程老爺立時覺得自己的好心情全被破壞掉了，待要轟走丫頭，又想到這也是媳婦的面子，忙道：「兒媳賢慧，她辦事我有什麼不放心的？叫她自作主便是。二郎，你去幫著點，別勞累了她，順便看看你妹妹。」

程慕天聽了這話，高興中卻又泛上些無名的醋意來，便帶著酸味兒回房裡問小圓：「我自認無哪裡不孝，怎的爹就是不喜我？他都已知曉郭管事的事兒其實是妳所為，可還是滿口地誇妳。」

小圓哭笑不得地瞟了他一眼，不信他就真的不知是那匣子契紙的功勞，再說哪有同自家娘子吃這種飛醋的，因此她也不搭話，只叫人抱了程四娘來給他看。程慕天隔了奶媽子老遠，探著個頭瞧了瞧，撇嘴道：「皺巴巴的，有什麼好看？」

明明已長開，哪裡難看了？小圓接過孩子遞到他面前，「小奶娃都是這副模樣，往後你自己得了閨女，也這般厭惡？」

程慕天推開襁褓，斜了她一眼，「我自個兒的閨女自然是好看的，快些把她抱下去，別哭鬧起來。」這話叫奶媽子都笑起來，小圓無可奈何地搖頭，讓人把孩子帶了下去。

另一邊，陳姨娘聽說程府新添了人口，備了賀禮上門來，卻見滿宅子冷清得很，孩子也不是跟在生母身邊，忙悄悄問小圓：「外頭傳言竟是真的？」小圓淡淡一笑，「理他呢，反正不缺奶媽子。」

陳姨娘心疼閨女，自懷裡掏出張紙塞到她手裡，小聲道：「這是妳薛大叔託人弄到的祖傳祕方，包生兒子。只要有了長子嫡孫，打主意的人就少了。」

提起孩子，小圓又是期待又是擔心，「姨娘，我才十五歲，生產豈不是要去半條命？」

陳姨娘道：「瞎說，我生妳時也才十六歲，什麼事都無，如今又懷上了。妳長得隨我，骨架子大，生產定是順順當當的。」

「姨娘，妳已懷上了？」小圓又驚又喜，伸手將她的肚子摸了又摸，想起在這家裡，不早些有身孕，再得寵愛也終是虛無，且還要叫程慕天為難，就又把那方子接了過來。

她自是不信什麼生子祕方，但卻擔心自己遲遲懷不上，就拿了方子偷偷問略曉岐黃之術的程慕天：「二郎，你來瞧瞧這方子，可有讓人早些有喜的功效？」

程慕天接過那張紙，看也不看就丟到一旁，「咱們成親還不足半年，急什麼？」

小圓苦笑，「我哪裡是急，是怕不早些有喜，爹就要給你納妾。」

程慕天撫平她皺起的眉頭，道：「我納不納妾妳不曉得？至於爹那裡，妳三哥才升了官，他怎麼也要給幾分薄面，不會早早催我收人的，且放一百個心。」

雖說程慕天不急著要孩子，但小圓卻放不下，心想著自己今年才初潮，開幾副中藥來調理調理氣血也是好的，就命人去自家鋪喚郎中。哪知郎中來請過脈，搖頭晃腦道：「夫人想要調理氣血，還需多等些時日，我先與妳開幾副上好的安胎藥吃。」

小圓嚇了一跳，自家鋪子何時來了江湖郎中，上個月才來過月事，這個月的還未到，怎的就要吃安胎藥？那郎中見她一副要趕人的模樣，忙站起來彎腰抱拳，「恭喜夫人，這是有喜了，因還未滿一月，所以先吃些安胎藥。」

小圓按捺住心中驚喜，疑道：「不是要一個多月才能診出喜脈嗎？」

郎中笑道：「血氣旺盛，脈象清晰，未滿一月就能診出也是常事。若我把脈有誤，夫人儘管來打我板子。」

這可真是想什麼來什麼，小圓喜得忘了接話，還是采蓮拿來賞錢將郎中送出去，又叫了跑得最快的小丫頭去程老爺屋裡報喜訊。

程老爺聽小丫頭喘著氣講完，覺得傷好了大半，不要人扶，就從床上坐起來催程慕天：「你媳婦有了，我就要得孫子，還不趕緊回去看看，真是不孝！」

程慕天也是又驚又喜，就不去理會這怎麼也成了不孝，拔腿跑得飛快，一陣風似的衝進房裡，等見著了小圓，卻又不曉得手腳往哪裡放。

小圓見了他這副模樣直發笑，指著自己肚子叫他來摸。程慕天挨著她坐下，小心翼翼地拿手碰了碰，「妳還記不記得上回？」

「哪回？」沒頭沒腦的問題，她哪裡答得上來。

程慕天把耳朵輕輕貼上她肚子，「定是那回我們吃醉了酒懷上的。」

「啊呀！」小圓害羞，伸手就揪他耳朵。放在平時，程慕天定要瞪眼說她不敬郎君，可這會兒他的頭擱在有孩兒的肚子上不敢亂動，只得乖乖認栽。可小圓哪裡捨得用力，只輕輕意思了下就心疼起來，忙不迭又是吹又是揉。

程慕天突然跳了起來，叫道：「忘了正事兒！」說著，奔進裡屋一通亂翻，沾了滿身灰地拿著兩本冊子出來，得意洋洋地道：「幸虧我藏得好，要派大用場了！」

小圓接過去一看，原來是《孕婦禁忌食品手冊》和《不能混吃的食物》。她一邊替他拍灰一邊笑道：「這些自有廚娘們操心，哪裡輪得到你？」

程慕天很不服氣，明明是我自個兒的兒，怎麼不該我操心？從此就和這兩本冊子較上了勁，日夜帶在身邊，不論小圓吃飯吃點心，他都要對著冊子一一查看後方才許用，不知惹來多少笑料。

陸之章　確診喜脈意氣揚

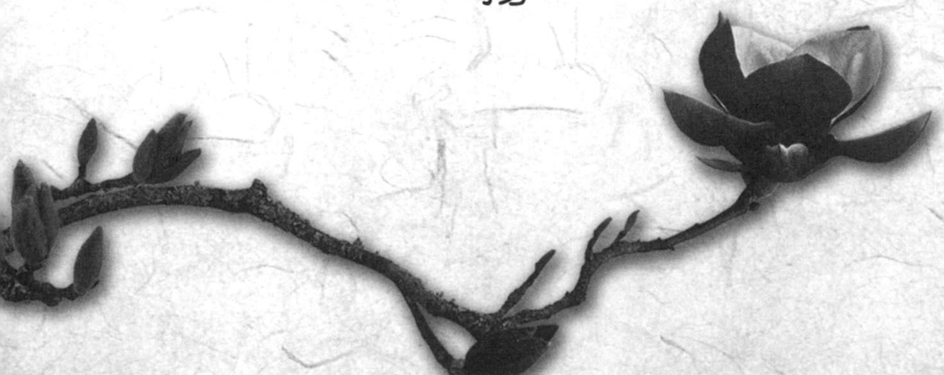

自得知孫子有望，程老爺的傷一日好過一日，不出半個月便能下地。正巧這日程大姊來瞧老父弟媳，一家人就聚到一處吃個飯。菜上齊，正要動筷子，只聽得程慕天一聲大喝：「慢著！」眾人嚇了一跳，連襁褓中的四娘子都莫名其妙看他。他這才反應過來，這裡是飯廳不是自個兒的小院子，立時大窘，但還是堅持著吩咐采蓮：「把冊子拿來對照對照再吃。」

等到他手捧冊子細細查看桌上菜色，一桌子人再也忍不住，連小圓都笑得直不起腰。程慕天面不改色對完菜，也不顧老父姊妹在場，第一筷子就夾給了小圓，惹得程大姊咂舌，程老爺側目。他一本正經地解釋：「為了子嗣。」

小圓如此這般享受了好幾天的特殊待遇，再也忍不住，嗔道：「雖說爹看在孫兒的分上不同你計較，可這也太過了些，我日日只覺得在刀尖浪口過日子。」

程慕天翻看著新編寫的《孕婦營養手冊》，頭也不抬，「妳多慮了，如今人人都恨不得把妳供起，還怪我沒多哄著妳些哩！」

小圓撫著還未顯形的肚子，微微笑道：「這孩子會挑日子呢，知道咱們家如今沒有妾，得了安穩日子，這才跑到我肚子裡來。」程慕天扶她坐下，道：「把心再放寬些，爹不會納妾了。」

「為何？」小圓很是奇怪。

程慕天心中藏著老父的祕密，卻不願說與她知曉，只一個勁兒地叫她放心。小圓根本不信他這套，只當他是寬慰自己，問了幾句見他不肯說，也就丟開不提。

而陳姨娘得了小圓有喜的信兒，忙收拾了幾包小衣服小鞋兒來看她，再三叮囑，懷胎未滿三個月，除了至親，誰也莫要告訴。小圓捧著陳姨娘的活計愛不釋手，笑道：「姨娘肚子裡的弟弟在前頭呢，這些衣裳怎不給他先留著？」

陳姨娘看她一眼，故意嘆氣：「誰叫我養了個不會針線的閨女，不早早替她把這些備著，豈不讓人笑話了去？」

小圓聽了這話自然不依，和小時一樣滾到陳姨娘懷裡，嚇得陳姨娘抱住她叫：「我的兒，別閃了腰，妳現下是雙身子呢！」

母女二人同有孕，話匣子打開就聊不完，小圓偎著陳姨娘，把程慕天吃飯翻冊子的事兒講給她聽，陳姨娘笑個不停，「妳薛大叔也差不多，成日裡比我還緊張。」說完，見房中無旁人，又悄聲叮囑閨女：「頭幾個月可千萬莫同房，這時候最是容易小產。」小圓也略知道些這樣的道理，紅著臉點頭應了。

陳姨娘細細給閨女講解完孕期注意事項，又去瞧了一回四娘子，這才起身告辭。小圓本想留她多住幾日，無奈她也是有孕在身的人，只得送到門口，依依不捨地看著她去了。

陳姨娘走後，小圓仔細琢磨她的那句話：「懷胎未滿三個月，除了至親，誰也莫要告訴。」想來想去不知府裡到底算不算至親，就拉了程慕天相問。程慕天知她不愛和府裡打交道，心疼她有孕的人辛苦，就道：「生產前一個月女家才送催生禮呢，急什麼？」

小圓掐指一算，還有好幾個月可以混過去，滿意地笑了，施施然往桌前一坐，「官人，取你的冊子來，瞧瞧新鮮小菜吃不吃得。」

娘子說要吃小菜，本是輕輕巧巧一件小事，程慕天卻犯了難。大冬天的，家裡除了幾根竹筍，再就是韭黃，後者娘子她不愛，前者上頓才吃過。小圓見他犯愁，極是不解，「就算冷天無甚可吃，拿豆子用熱水澆著，泡個豆芽菜總成吧？」

「什麼是豆芽？」程慕天出言相問，廚娘也是一臉茫然。小圓見他們不知，連忙把發豆芽的法子講了一遍，道：「其實極簡單的，黃豆、綠豆都使得，拿熱水泡出芽，用篩子裝了瀝乾水再用布蓋上，免得見了光，還要記得每日裡拿溫水澆幾遍。咱們家都是鋪了煙道的，暖和得很，定能泡出來。」

就是拿熱水泡出芽後再反覆澆嘛，果然很簡單！廚娘一聽就明白，忙忙趕到廚下裝豆子燒水，不出幾日就端了一盤脆嫩的豆芽菜上來，一家人吃了都說好，小圓便命人多多泡製，分送給陳姨娘和親戚好友。

這日她飽食了一餐豆芽菜，心滿意足地躺在榻上翻看一本據稱是名醫所編的《衛生家寶產科備要》，只見上頭記著：「食兔肉令子缺唇，食雀肉令子盲，食羊肝令子多患，食鴨子令子倒行，食鱉肉令子項短，食驢肉令子過月，食乾薑蒜令胎不安。」

她拍著書頁大笑，叫程慕天過來看笑話，「二郎，我倒想曉得倒行是怎麼個行法，不如你抓隻鴨子來與我吃？」

程慕天瞪了她一眼，「那可是名醫朱瑞章所編，句句珠璣。妳懷著我的兒，要處處小心。」說著又拿了本朱熹編的《小學》來給她瞧，「妳看這個，首章即是『胎孕之教』，『古者婦人妊子，寢不側，坐不邊，立不蹕，不食邪味。割不正不食，席不正不坐，目不視邪色，耳不聽淫聲，夜則令瞽誦詩道正事。如此，則生子形容端正，才過人矣』……」

他念得起勁，小圓聽得昏昏欲睡，忙打岔道：「不知我泡的那豆芽菜犯不犯禁忌？」她一句玩笑話，程慕天卻直跳起來朝廚房跑，「我得去瞧瞧。」引得一屋子丫頭婆子都捂嘴偷笑。

小圓終於得了清靜，摸了摸有些發麻的耳朵，「我頭一回曉得二郎原來如此嘮叨。」

冬至節才過，豆芽菜就風靡了臨安東西南北，相熟的不相熟的全來討要。小圓懷著身孕的人，哪裡經得住這個折騰？忙叫了陪嫁鋪子的大管事任五來，叫他拿個主意打發那些要菜的人。

任五猴精兒的人，眼珠子直打轉，夫人哪裡是叫我拿主意，分明就是問我如何能摟錢。不過，賺錢本就是他的專長，便自懷裡掏出個訂好的單子遞過去，請小圓先瞧瞧。

小圓接過去一看，原來是蛋糕鋪子和棉花包鋪子的帳單。說是帳單，更像是「年終總結」。上頭不僅列了毛利收益開銷，還分月分年分季度將各種貨品賣出的數量記得清清楚楚，最後一頁還有他對來年產品的建議——哪些該多銷？哪些該停產？講得頭頭是道。

她邊看邊點頭，指著最後的「產品建議」問任五：「那你說說，這個豆芽菜是該銷，還是該停產？」

任五笑道：「夫人說笑了，停產作什麼，有錢還能不賺？不過，單賣豆芽利太薄，再說這東西做起來簡單，人人都能學了去。倒是咱們山上的莊子藏著大買賣，等過幾日田二下山，我同他一道來與夫人說。」

山上莊子出產哪幾樣事物小圓都知曉，除了高粱、竹筍、羊肉和野味，再無其他，可這些東西早就運下山開始賣了，哪裡還有什麼大商機？她的好奇心被勾了起來，偏任五是個嘴嚴的，就是不肯提早告訴她，急得她在家上火，日日拿著程慕天出氣。

程慕天起先是摸不著頭腦，待得知曉了原委，只覺得好笑。這日他忍著笑，陪她罵完任五，摸著她肚子道：「人人都道做了娘就沉穩起來，偏妳沒懷前比誰都穩，有了孕反倒像個小兒……」他一席話未講完，眼見得娘子的眉毛豎了起來，忙轉口道：「莫氣，莫氣，講個喜事與妳聽，妳還記不記得前幾日采梅來咱家借郎中？」

小圓懷著孕，記性有些不大好，偏著頭想了半日，隱約記起采梅好像是來過的，因只是借郎中，她就沒大在意。程慕天輕輕敲了敲她的頭，嘲笑道：「果然變笨了。趙家世代行醫，妳就不奇怪她為何還要到咱們家來借郎中？」

小圓不以為然，「所謂醫者不自醫，這有什麼奇怪？」

程慕天搖頭，「趙郎中得了病，卻死活不讓人把脈，她無法，才來我們家借人呢！」小圓興致寡然，「與我講這些作甚？我再不管他們的事，任他得什麼病都與我無關。」

「妳不是最在意幾個陪嫁丫頭的嗎？如今她守了寡，妳不想著給她再尋人家？」程慕天左右看看無人，將她抱進懷裡。

小圓這才動容，「趙郎中死了？到底是什麼病？」程慕天突然想起趙郎中的那種病是不好啟口的，立時紅了臉，抓起手邊的《小學》，「妳懷著孕，耳不能聽淫聲……」小圓氣極，抓起書丟得老遠，「你比任五還壞！」忽見程慕天一臉尷尬，立時明白過來，湊到他耳邊：「可是得了髒病？他納的美妓是勾欄裡出來的，得那種病來也不足為奇，不過那種病雖厲害，但也不至於送命吧？」

程慕天忙用手遮住她肚子，方道：「怕人知曉，一直拖著不敢醫治，不送命才怪。我不過見妳煩悶，講來叫妳高興高興，快些莫再提了，別污了我兒子的耳朵。」

小圓推開他的手站起身來，「別人家的事，我有什麼好高興的。」她嘴上不在意，心裡還是十分慶幸采梅終於脫了苦海，就命人拿些豆芽去給她吃。

采蓮一向與她親厚，親自去送豆芽，回來卻唉聲嘆氣：「采梅說要守節呢，就是我送去的豆芽菜，轉眼就供到了靈前。」小圓如今早已換了心境，聞言也不過淡淡地道：「各人自有各人緣法，隨她去吧。」

霜凍前，田二終於趕著忙活完，收了高粱又宰了羊，獵了野味又拔了筍，又是木筏又是大車，水陸兩路並舉，帶著厚厚的帳本下山見主人。

小圓見著滿滿當當的幾車山貨，極是歡喜，倒不是為著能賺錢，而是想著山上的莊戶能過個好年了。田二笑呵呵地搓手，「夫人，上回妳和少爺在山上沒吃上高粱飯，今兒我特意拖了兩車下來，讓你們嘗個鮮。」

小圓手捧著帳本，眼睛卻朝門口瞟，「任五說有大買賣，就是這高粱飯？」正說著，任五帶人扛著個大筐子出現在院門口，遠遠兒地就笑道：「夫人又說笑，高粱飯不過圖個新鮮，到底是粗糧，哪裡賣得起價？」

小圓不搭話，只盯著那筐子看，田二老實，上前就把遮著的棉布掀了起來，一樣樣拿出來給她瞧：山藥、萵苣、菠菜、菌蕈……筐子裡竟裝了數十種新鮮小菜！

小圓挨個揀起來瞧了瞧，驚喜道：「這個菌蕈倒還罷了，山中想必到處都是，但萵苣、菠菜你們是如何弄來的？」菌蕈便是蘑菇。

田二笑道：「上回夫人說莊裡無新鮮菜蔬吃，我便讓人在谷中種了些，沒想到谷裡氣候與外頭不同，現下還暖得很，因此這些菜都長得極好。我想著快過年了，就拖了些出來，看看能不能換幾個錢。」

任五拍著筐子道：「豈是換『幾個』錢，換『幾貫』都能行。」

這不就是反季節蔬菜？小圓微笑起來，一面命人把筐子扛到廚房，晚上每樣菜都燒一個，一面在心裡打著小算盤，想著這些新鮮蔬菜能賺幾多錢。程慕天從這裡路過，一盆冷水潑下來，「過不了幾日大雪封山，妳有再多的菜蔬也運不出來。」

任五哈哈一笑，「少爺講得極是，所以咱們要趕在封山前先運些下來，賣給預備過年的採辦們，等來年春天化凍，城裡東門菜園子的菜蔬才冒芽，山裡的菜又能運出來賺大錢。」說完朝小圓拱拱手，「至於封山後開凍前，就要靠夫人的豆芽菜了。」

程慕天聽得直點頭，「不曾想娘子還藏著這樣的人才，光賣菜實在大材小用，不如到我的碼頭來？」

小圓笑罵著把他趕出去：「有你這般明目張膽挖人的嗎？」

她主僕三人商量了半日，都認為零賣不是他們的專長，因此議定，就在東門菜市門口租幾個月的倉庫，專門批發反季節蔬菜。啃厭了凍蘿蔔的臨安人，突見天降新鮮小菜，立時引發瘋搶狂潮，那些個有錢人家的採辦，成日裡萬事不理，只蹲在程何氏倉庫門口守貨。

等到大雪封山，採辦們正哀嘆拿著錢買不到菜，何氏菜鋪的豆芽菜又上市了。雖說跟風泡豆芽的鋪子也不少，但耐不住何氏的豆芽都是綠豆泡的，根根肥嫩不泛紅，因此還是她家生意最好。

小圓賣什麼火什麼，心中自得，孕中又無事，就叫人給打了個金算盤，盤坐在鋪了煙道的地上，劈里啪啦撥個不停，旁邊還有阿彩磨墨，采蓮捧帳本，兼著阿雲講笑話，小日子過得極是愜意。

這日程慕天捧著一匣子犀角從碼頭來回來，見她又在算帳，笑話她道：「娘子，妳若缺錢使，這犀角送妳，轉眼萬貫到手，何苦日日在算盤上磨手指？」

小圓頭也不抬地道：「嘲諷我的豆芽生意，有本事你別吃飯。」

程慕天初聽這話還不解意，到了午飯時才傻眼，清炒豆芽、醋溜豆芽、豆芽豬血湯，就連中間擺的羊肉火鍋，都是她莊上的出產。小圓也不叫人給他擺筷子，側頭只望著他笑，程慕天哪裡是個嘴裡肯服軟的人，指著桌上的湯挑刺道：「豬肉都只窮人才吃，弄這些豬血來作甚？」

小圓還是一臉壞笑，摸著肚子道：「你的兒要吃呀！」

程慕天對著她的肚子沒脾氣，湊過去也摸了摸，「今兒拿回來的犀角就是給他備的，如今的人都愛掛在腰間作裝飾。」小圓剛夾的一筷子豆芽兒笑落到地上，「我才懷了兩個月，你且慢慢盼他長大掛犀角吧。」

到了臘月裡，小圓的豆芽菜愈發出盡了風頭，為她的陪嫁產業又添了幾分光彩。三哥何耀弘新近又升了官，過完年就要回京，根據女人需要娘家人撐腰這萬年顛撲不破的真理，她的身價漲了不少，連程老爺都不敢小覷，把想趁她懷孕給程慕天塞幾個小妾的念頭悄悄地藏起。

臘月二十四，家家戶戶都祭灶，小圓袖著手看下人們準備魚肉糕點，想起同陳姨娘相依為命的日子，家裡連個祭灶的男人也無，好在如今都有了好歸宿，也不枉當初拚了命出府。

程慕天親自搬了椅子來叫她坐，「勞累妳了，我定記得在灶門上塗抹些酒糟，好叫灶王爺上天多講好話。」小圓攀著他的胳膊笑道：「我不過看著，有什麼好勞累？倒是你，今日爹請了僧人看經，定是要忙碌一番了。」

程慕天道：「過節是歡喜事，不怕忙碌，妳記得『照虛耗』，夜裡莫要等我，早些睡吧。」

小圓看著他往前頭去了，吩咐采蓮取燈來，看著她點燃擱到床底照虛耗。

祭過了灶王爺，日子跑得格外飛快，轉眼月窮歲盡新年到，程家上上下下都發了新衣新帽，連小四娘都換了新襁褓。下人們早早起床，打掃門戶，去塵除穢，辭舊迎新。程老爺想著來年家中要添人口，心情大好，親自到大門口看著他們換門神，掛鍾馗像，又領著程慕天貼春聯、祭祖宗。一家子人都忙過年，只有小圓被勒令坐在房中養胎，萬事不許動手。無所事事好不煩惱，好不容易挨到吃年飯，又害喜吐了個一塌糊塗，好在程老爺認為孕吐得厲害是生兒子的前兆，並不計較她失禮。

進了正月，她的喜害得愈發不可收拾，偏偏程家又只她一個女主人，拜年吃酒都少不得，程慕天無法，只好把娘子有孕的消息散了出去。他程家是單傳，子嗣大如天，人人都知趣，不來擾她，這才讓小圓安安靜靜養了半個月的胎。

待得春暖花開時，小圓的孕吐漸漸少了，恰逢何耀弘進京上任，她愈發覺得神清氣爽，就要收拾賀禮回娘家。她肚子已有些顯形，程慕天哪裡放心得下，少不得擱下手中事務，陪她往何府走一遭。

這世間多是踩低就高之輩，何府人人都曉得小圓與新升了官的何耀弘親厚，因此待她格外殷勤。她正與程慕天感慨，就見三嫂子李五娘親自迎了出來，親親熱熱喚道：「四娘，妳三哥正念叨妳，我說咱就這一個妹妹，怎會不來，妳看這不就來了。」說完，見小圓要福身，忙一把挽住她，「四娘，妳有孕的人，講究這些個虛禮作什麼？」

小圓見她今日性情大變，心中雖疑惑，嘴上還是客氣，「不過懷孕而已，哪有那樣嬌氣？禮還是要行的。」

李五娘一面把她二人往屋裡引，一面嘆氣：「妳是有了孕，自然不覺得，妳看看我，妳三哥一直在任上，我這個正室至今不得一兒半女，倒是叫那個……」一句話未完，何耀弘已是迎了出來，她忙閉嘴低頭，竟是有些怕他的樣子。

小圓又好生疑惑了一回，待得進到屋裡，一個肚子挺得比她還高的年輕娘子來行禮，這才明白過來，敢情是三哥在任上納了妾，挺著肚子回來，李五娘慌了陣腳，才轉了性子。

想當初何耀弘獲差遣，還是李五娘拿錢出來通的路子呢，男人怎的都這般模樣，稍微有點出息就要納妾？小圓雖有些兒恨李五娘曾經染指她的鋪子，但還是為她抱不平。她在親三哥面前無甚顧忌，心裡想著就說了出來：「三哥，三嫂為你打點著家裡，你不感激也就罷了，還帶個人回來氣她？」

何耀弘只低頭喝茶，半天方道：「納再多的妾，她也是正妻，誰還能越過她去？」說完，又扭頭喚那個妾，叫她去李五娘旁邊伺候。李五娘方才見小圓替她講話，心裡已寬慰不少，此時又見何耀弘在人前還是給她做臉面的，愈發放寬了心，就帶了那個妾，親自出去備飯。

何耀弘見他一妻一妾都出了門，這才吐了實言：「你們當我願意納妾呢，實在是妳這個三嫂霸道得不成樣子，連剛進門的大嫂都要讓著她三分，我實在無法，才買了個妾來叫她警醒警醒。」

李五娘是個剛嫁過來就敢算計小姑子產業的人，的確是該時常敲打敲打。小圓雖覺得納妾的法子不大好，但想起方才李五娘對自己的殷勤，又忍不住地笑：「三哥這個法子十分見效呢！」

程慕天見何耀弘身上穿的還是官服，不由得笑道：「三哥是把為官之道用到了家裡，這一招就叫作制衡吧？」

何耀弘不知他是三分玩笑七分譏諷，正色道：「我是正妻不賢慧，方才出此下策，我妹妹可是連你爹都誇讚的好媳婦，你莫要納個妾來叫她煩惱。」

小圓見程慕天又犯了嫉妾如仇的毛病，忙把話岔開，問起何耀弘任上的趣事來。

何耀弘深嘆了一口氣，「能有什麼趣事，就是我此番升遷，也不過是借了朝廷北伐的光。」

「朝廷要北伐？」程慕天對此話題比小圓更感興趣，搶先問道。

何耀弘苦笑道：「是，朝廷前年追封岳飛相公為鄂王，就是因為有了北伐的打算，今年更是將反戰的官員盡數罷黜，我因為沒參合反戰的事，所以才被提了上來。」

程慕天見他嘴上說著沒參與，臉上卻是不情不願的樣子，心裡對他的瞧不起又多了幾分，道：「金狗占我河山，朝廷英明，要去討回來，有何不妥？」

何耀弘起身取了幅大宋版圖來指與他看，「金狗當然該除，但卻不是現在，如今他們內外交困，蒙古韃子卻兵強馬壯，所謂唇亡齒寒，若真北上滅了金狗，少了這道屏障，怕是韃子們就要蠢蠢欲動了。」

南宋可不就是幾十年後聯蒙滅金，才早早地把江山推到了蒙古人的嘴邊？何耀弘竟有如此遠見，小圓頓生佩服之心，但這樣的道理，就算大家都明白又如何，他無法勸服朝廷，她也沒有改變歷史的能力。

程慕天不是笨人，道理一點就通，心裡卻還是放不下，猶豫道：「難不成就由著金狗占著咱們的京都？」

小圓推了他一把，笑道：「三哥講的大謀劃，是朝廷該操心的事，咱們小百姓，頂多曉得個『國家興亡，匹夫有責』，依我看，朝廷若真個兒要北伐，咱們還是捐些戰衣糧食盡一份心，理它結果如何呢！」

「極是。」程慕天露了笑臉，實在是覺得只有這個娘子才是自己的知心人。

何耀弘卻對妹妹的這番言論很不以為然，助力朝廷北伐，等於加速大宋亡國，就算憎恨金狗，也要為子孫們打算打算，但他轉念一想，她只是個婦道人家，妹夫也不過是個生意人，有此念頭實屬正常，若都和他想得一樣，那還要朝廷官員作什麼？他雖想轉過來，到底還是操心這個唯一的妹妹，勸道：「看樣子這場仗是非打不可了，誰曉得會不會殃及臨安，你們還是早作打算的好。」說完，又自暗櫃裡取出一張契紙，遞給她道：「我在隱祕的山中買了幾畝地，搭了兩個小莊，分妳一個，備作退路吧。」

小圓接過來，兩口子一看，笑作一團，程慕天抖著契紙笑道：「你們真真是兄妹，買的莊子都在一處。」何耀弘這才知道小圓的陪嫁莊子亦在那裡，也笑起來，「正好，咱們把那幾座山都包了去，以後就算有什麼意外，還是在一處。」

小圓把契紙推回去，道：「三哥定是沒親身去山裡瞧過，好幾家都在那裡買地蓋屋了呢，想必和咱們是一樣的打算。我那個莊子比三哥的大上許多，這契紙你還是收回去，你這一大家子……還有夫人他們呢！」

高堂尚在，沒有分家的道理，何耀弘很明白，若真要避往山中，少不得要把全家人都帶上的，當即也只能苦笑一聲，將話題轉開去。

程慕天方才聽了何耀弘對北伐的言論，也有些佩服，又見他著實替自家娘子打算，就將他的「制衡歪論」丟到了一邊，真心把他當個哥哥敬起來。

回家的路上，他猶自念叨著何耀弘，在轎子裡握了小圓的手，笑道：「三哥還真是偏著妳，自己往屋裡拉人，卻不許我納妾。」小圓故作大方，「你納去呀，我不是那拈酸吃醋之輩。」

可憐程慕天在生意場上滑溜得似條泥鰍，又成了親這麼些日子，還是聽不懂女人的玩笑話，當即板了臉就想發火，卻礙著她的肚子，只得別了頭道：「朝廷就要北伐，妳不想著多做戰衣，倒操心起這些有的沒的來。」

小圓笑得抱著肚子直叫岔了氣，他這才明白過來娘子是故意逗他，一張俊臉立時透紅，想要呵癢報復，怕她躲閃中動了胎氣。想要出言罵幾句，又擔心她當了真。左想右想無法，只得摟過她，在她唇上狠狠香了幾記才作罷。

程慕天自打從何耀弘那裡回來，就把為兒孫備後路的事放在了心上，這日終於忙完生意得了閒，就來尋小圓商量：「娘子，咱們把山裡的莊子整一整吧，院牆修高些，若臨安真要打仗，妳就帶著孩子們搬到山裡去。海船是不是也要備幾條，如果孩子們不願去山裡，你們坐了船去海外也方便……」

小圓奇道：「你不是一心抗金的嗎，怎麼想起這個來？」

程慕天不好意思起來，「我自然是要打金狗的，可誰知道孩子們怎麼想？若他們不願上戰場，難不成就不管了？」

小圓啞然失笑，她肚子裡的頭生子都還沒落地，他就一口一個孩子「們」起來，再說她心裡很清楚，金人是打不到臨安來的，就是蒙古韃子，也二三十年後才會南下，攻破臨安至少是六七十年後的事了，他們自己自然是要全力打韃子的，可就算要為兒孫準備後路，也不用急於這一時。

但程慕天能不將自個兒的想法強加到未來的孩子們身上，可見還不迂腐，小圓執了他的手放到自己微微隆起的肚子上，道：「你說得是，兒孫自有兒孫福，反正咱們把該準備的都準備好，至於往後他們是要上戰場，還是要避世，就由他們自個兒做主吧。」

程慕天得了娘子的支持，辦起事來格外起勁兒，丟了大注的錢叫田二多多種糧，高高砌牆，又把好幾艘常跑外國的海船整治得舒舒服服。小圓看著他大把的錢往外扔，很想跟他講幾十年後的事不用這樣早就準備，又怕被人當作怪物，只得兩眼一閉，當他在做長遠投資。

如今天氣暖和，東門菜園子的菜蔬大量上市，她的反季菜生意暫停下來，山中就空出了不少的地，田二特意下山來討主意：「夫人，本來空地就多，又照著少爺的吩咐新買了不少，這些地要種點什麼才好，總不能荒在那裡。」

小圓在孕中過得糊裡糊塗，不願動腦筋，就叫始作俑者的程二郎來想辦法。程慕天興致甚高，道：「多多養家畜家禽，多多種菜蔬，新買的地全部栽杉木。」小圓知道他打的是杉木能給閨女做妝奩的主意，也不說破，忍著笑走到門邊，讓采蓮叫做戰衣的幾個媳婦子來領針線。

田二聽得「戰衣」二字，顧不得程慕天還在指點江山，連忙問道：「可是朝廷要北上？夫人莫忘了許過我的假。」

小圓回身望著他，依稀又看見那個站在車轅邊，說要北上親手收復失地的意氣風發的莊稼漢。程慕天未等她開口，便回答田二：「你有此等抱負，自然是要成全你的。家裡的媳婦孩子儘管放心，有夫人呢。只可惜我是個瘸子，想上戰場去卻無人要我……」

田二得了主人許諾，喜不自禁，深拜下去，「謝少爺夫人成全。」又對程慕天道：「少爺何須自責，我上戰場不過憑一人之力，可少爺夫人要捐戰衣，才真真是叫人佩服呢！」

還有好些糧食呢！小圓在心裡默默念叨。不知後世若曉得我這番舉動，會不會笑話我明明知道結局，卻還要做這些無用功？她想著想著又釋然：難不成因為家中一定會被盜，就敞開門放強盜進來？

田二走後，他媳婦也尋了來，自找采蓮領了份縫戰衣的差事，說要親手縫個衣裳給他男人帶去穿。

小圓很受感動，站在門邊看了好一會兒，叫來采蓮吩咐：「告訴廚房，做戰衣的媳婦子頓頓不能少了肉，再跟咱們的帳房知會一聲，田二不在的時候，他的月錢照發。」

采蓮猶豫道：「夫人，田二倒好說，他是陪嫁過來的，月錢照常走夫人私帳，只是這做戰衣買糧食，是走公帳還是私帳？」

小圓愣了愣，緩緩道：「這是大數目，且等我先去問問老爺。」

她說是去問程老爺，其實未抱多大希望，想著不過知會一聲，若他不答應，就動用她的陪嫁，不料程老爺的反應卻出人意料，他一聽說捐衣捐糧是要北伐，激動得話都說不全，反覆只一句：「咱們程家的祖墳是在開封呢！」小圓揣度他的意思，試探問道：「爹的意思是咱們家要多多捐獻？」

程老爺連連點頭，「捐，自然要捐！不但公中出錢，我還自拿一萬貫出來！若是有生之年能去開封看一看，我死了到地下，也好去見祖宗了！」

這是家族觀念還是民族大義，小圓懶得去分辨，只覺著公爹從未如此可親過。她滿臉掛著笑意，回到房中，頭一回把程老爺讚了又讚。

程家的戰衣糧食很快就備齊，田二準備就隨著這批物資一起到戰場去。小圓為了安他的心，特意任他的大兒子作山莊副管事，代管山中事務。家中上上下下聽說田二要去親手殺金狗，個個欽佩不已，全放下手中活計來送他，一群人在門口依依惜別了許久，散去時才發現少了一個人。

「夫人，我那兒子孫大郎不見了。」孫氏焦急萬分地來尋小圓。

小圓心想孫大郎不過十歲，小孩子貪玩跑丟了也是常事，便開玩笑道：「他不會是跟著田二北邊去了吧？」

阿雲急道：「可不就是擔心他往北邊去了，夫人還記不記得他講過的『兩腳羊』？」

小圓這才記起，孫大郎本就是北邊的人，因爺爺被金人殺害才逃到南邊來，「莫非他想回去報仇雪恨？但他不過一個孩子，沒有大人帶著怎麼好行路？」

孫氏是心急則亂，聽了這話醒悟過來，忙同阿雲又去找，果然發現教孫大郎習武的兩個武師也不見了。

「胡鬧！」小圓拍著椅子扶手發脾氣，「他們兩個習武之人要殺敵自去便是，把個孩子帶著作什麼？萬一有個三長兩短，叫孫大娘下半輩子怎麼活？」

孫氏被她道明心思，痛哭道：「還是夫人體貼人，我自認不是膽怯之輩，但大郎才十歲，要殺敵也得等他成年啊！」

自發現兩個武師帶著孫大郎去了北邊，小圓三番兩次加派人手城裡城外尋了整整兩天兩夜，還是不見他們的蹤影，她欲繼續朝北找尋，孫氏卻道：「如今那邊亂作一團，若連累了去找他的人，我這輩子都不會心安，再說他此去本就莽撞，就算有什麼事，也是他該得的。」

她深明大義，阿雲卻急得直跳腳，「他才多大，怎麼就是該得的，我看他就是被呂十六和鄧十五那兩個作死的武師拐走的，咱們去報官！」

「這倒不失為好主意。」小圓略點了點頭，命人去官衙備案，但朝廷分兵三路北上，一片兵荒馬亂，哪裡有人理會這些個小事？轉眼一個多月過去，孫大郎三人還是杳無音信。

孫氏向來情感不外露，再擔心兒子，外頭也瞧不出來，照常盡心盡力照料小四娘，阿雲卻是個憋不住的性子，每日裡要把孫大郎念叨個上百遍，這日阿彩實在忍不過，冒出一句：「阿雲，妳是不是瞧上孫大郎了？」

這個阿彩，平日悶聲不語，一開口就嚇人一跳，采蓮怕阿雲害臊，忙拉她道：「休要胡說，孫大郎才多大，再說阿雲比他還大上兩、三歲呢！」

不料阿雲卻不領情，道：「我就是看上他了，怎的？大三歲怕什麼，女大三抱金磚呢！」

采蓮慌得直捂她的嘴，「姑奶奶，妳是個女孩兒家呢，還要不要名聲了？」

小圓在一旁看得目瞪口呆，枉她自詡是受過自由戀愛薰陶的人士，也不敢講出這樣大膽的話來。她望著阿雲，彷彿看到深藏心底的另一個自己，便上前細細詢問。原來阿雲自去年就教孫大郎認字，時日久了，生出感情來，再加上孫大郎北上抗金，她佩服至極，愈發將一顆芳心暗許了去。

阿雲比程三娘還大些，情竇初開實屬正常，可孫大郎怎麼看都還是個孩子，有沒有領這份情很難說。小圓一想到「芳心暗許」那個「暗」字，心就突突地跳，猶豫再三，還是開口：「阿雲，孫大郎對妳可有意思？妳莫要表錯了情，采梅的下場妳可是看到了的。」

阿雲毫不猶豫，「他知不知道的，等他回來一問便知。」

采蓮聽了半日，急道：「八字沒一撇，妳就先嚷嚷開去，萬一他對妳無意，眾人都要把妳看輕。」

小圓心中輕嘆一聲，這要是在千年後，她必要為阿雲的真性情撫掌叫好，但是當下，她還是站在采蓮一邊，「阿雲，妳采蓮姊姊講得有理，剛才那些話莫要再出口。」

阿雲梗著脖子道：「我哪裡講錯了？」

小圓笑道：「一句都不曾錯，但我問妳，妳喜歡便喜歡，就非要將心思講與他人知曉？妳且放寬心，等孫大郎回來，我親自替妳去問。」

阿雲雖性子直口無遮攔，但勝在機靈，稍稍一想就明白過來，當下跪下磕頭道：「當我方才一句話都不曾講過，先在這裡謝謝夫人。」

小圓見她不似采梅那般糊塗，放心之餘又忍不住嘆息，孫大郎貿然跑去戰場，還不知能不能活著回來呢！

采蓮瞧她神色有些黯然，忙將話題岔開：「夫人，陳姨娘下個月就要生了，她沒有娘家，哪個來送催生禮？」

小圓把自己一指，「怎麼沒有娘家？咱們這就動手備禮。」

采蓮見成功轉移了她的注意力，鬆了口氣，喚來幾個丫頭齊動手，拿銀盆盛上粟稈，用錦繡帕子蓋上後再插上通草，貼上五男二女的花樣兒，取個喜慶的意思。小圓又親自取了圓盤，裝上饅頭，讓人添上一百二十枚鴨蛋，謂之「分痛」。

生產向來是女人的鬼門關，雖說每月都有郎中去給陳姨娘把脈看胎位，小圓還是放心不下，摸了摸自己六個月的肚子，還不算太大，就帶了幾個產婆親自去送催生禮。

陳姨娘見了她，又是歡喜又是擔心，「挺著肚子還亂跑什麼？也不怕二郎說妳。」

小圓摸了摸她的肚子，道：「我帶了幾個好產婆來，據說胎位不正她們都有法子。」

陳姨娘笑道：「昨兒才瞧過了，說是正得很，再說我不是初產，想來是容易的，倒是妳，都六個月了，肚子怎的還是不顯？」

小圓不好說是自己擔心胎兒過大不好生，故意沒吃那些多油多脂的東西，便學了采蓮的乾坤挪移，變換話題道：「姨娘，阿雲那丫頭竟瞧上孫大郎了。」

「孫大郎？」陳姨娘想了想，「不就是那個去了戰場的孩子？阿雲這丫頭，怎的……萬一他要是回不來呢？」

小圓笑道：「姨娘不想想，他們還是兩個孩子呢，誰知道是真是假？」陳姨娘捂嘴也笑：「想當初妳和程二郎在後園子裡悄悄遞手帕子的時候，還沒阿雲大呢！」小圓立時大窘，想要撒嬌撲過去，無奈腰身粗了扭不動，惹得陳姨娘又是一通大笑。

薛武師聽說小圓送了催生禮來給陳姨娘做臉，親自來謝她，走到門邊恰巧聽見她們議論孫大郎，推門進來道：「妳家孫大郎年小志大，叫人好生佩服，可惜我放心不下妳姨娘，不然也上北邊去了。」

小圓忙起身行禮，道：「我姨娘就要生產，薛大叔是該陪著，不過為國效力不一定要親身上戰場，你們家世代習武，開個武館教人武藝不也一樣？」

薛武師苦笑道：「咱們大宋一向重文輕武，哪裡會有人來學？」

小圓腦子裡閃過五禽戲、太極拳，道：「不知薛大叔可有簡單易學的拳法，動作不要太多。」

薛武師點頭：「這個自然是有的。」

小圓本想直接說助他開個「健身館」，但又不知效果，便站起來施了一禮，「我家老爺近來多病，正想學個簡單的拳法強身健體呢，不知薛大叔肯不肯來教教他？」

薛武師不知她想做大生意的心思，還以為是憐他在家無事幹，不過他是在程家做過活兒的，無甚顧忌，當即謝過小圓，應了下來。

小圓便將薛武師請到家中，教程老爺打那改良過的薛家拳。養尊處優的老人家本就缺乏鍛煉，早晚一次拳，堅持了不到半個月，效果就顯現出來。

臨安人向來愛趕時髦，聽聞程家老爺練了個什麼什麼拳，身子骨強健了不說，消渴症都有減輕，紛紛前來打聽，一時間程家門庭若市，廚房備的茶水點心都翻了好幾倍。

小圓有心要助薛武師開個健身館，就趁程老爺成日裡出風頭心情大好，故意拍著帳本埋怨道：

「爹，自你習了這個拳，家裡待客的開銷見天兒地往上漲。」

程老爺還以為她是不想走公帳，大急：「這才幾個錢，妳也太小氣了！」

小圓不慌不忙地道：「跟爹比我自然是小氣的，你老人家放著大注的錢不往家裡拿，倒還往外貼錢，真真是大方得很。」

程老爺聽出了點門道來，忙問：「哪裡有錢？媳婦，妳莫瞎說！」

小圓把薛武師一指，「既有那麼些人都想學拳，爹何不開個『健身強體館』，有薛師傅坐鎮，你就是分他幾股，也有大頭賺。」

程老爺將信將疑，「媳婦，妳把這錢送與我賺？妳嫁妝如今不少，又不是沒本錢。」

小圓笑道：「什麼你呀我的，咱們不是一家人嗎？爹賺了錢，還不是花到我們身上。」

程老爺聽了這話，就如同大冷天裡喝了碗熱湯，只覺得五臟六腑都暖得服服貼貼，樂呵呵地將薛武師請進書房，「薛師傅，說來咱們還是親戚，且好生商量商量開館的事體。」

健身館是個無甚本錢的行當，除去租場地的費用和雇工的工錢，餘下的都是賺的，再加上那些來學拳的老爺們又都是有錢不知往哪裡使的，交起學費來連價都不還一個，因此程老爺頭一個月就嘗了甜頭，喜得他逢人就誇兒媳孝順。

小圓的好名聲愈傳愈廣，連成日裡焦頭爛額的李五娘都聽說了好幾回。這天，她在堂上受了婆母的氣，回房又一眼瞧見妾的大肚子，就頗有些不服氣，「我哪裡比何四娘差了，憑什麼她處處得意，我卻處處受委屈？」

何老大新娶的媳婦柳七娘磕著瓜子兒從門口路過，譏諷道：「有本事妳也拿個生錢的路子出來獻給老夫人，保准妳不再受氣。」

李五娘知她是沒搶到管家大權心中不滿，聞言也不生氣，笑道：「我傻才學呢！自個兒有本錢不拿出來，倒讓老頭子賺私房！」

幾個曬太陽的媳婦子聽見她們妯娌拌嘴，偷偷的都笑道：「兩個傻大姊，怨不得一個搶不到管家權，一個不得老夫人歡心！四娘那是要給生母家送錢，不好明目張膽，所以叫公爹來入股。生母落了實惠，她自個兒得了賢慧名聲，真真是好手段！」

何家向來家風不嚴，這話經由無數張嘴，最後傳到了李五娘耳朵裡。這要放在以前，她必定是由妒生恨，進而再朝小姑子的產業伸伸手，但今日不同往昔，眼看著妾懷的孩子要落地，她又一如既往地婆婆不愛官人不疼，就把對小圓的羨慕放到了嫉妒的前頭來。

「想當初我是讓老夫人給氣糊塗了，竟得罪了四娘，不然現在向她討教一二，說不準在家就要好過些。」她想著想著，竟生出一絲悔意來。

她的陪嫁丫頭勸道：「夫人，是該去見見四娘，現下妳還有周姨娘幫著，等二少爺娶了親，那也是她的親兒，妳指望誰去？再說四娘就數和咱們三少爺最親厚，她不幫著妳還能幫著誰，以前的事，妳放下身段陪個不是，也就過去了。」

李五娘復又高興起來，「妳說的是，到底是至親，她能將我恨到哪裡去？我們這房好起來，對她只有助益沒有壞的。」

她想通了關節，忙備了禮，又把以前從小圓那裡搶來的幾個空鋪子折成錢帶上，這才坐了轎子到程家去。

程老爺如今滿心只有兒媳好，見小圓娘家來了人，特意叫人過來叮囑，要她留客吃飯。李五娘見小圓在家的地位果然不同一般，咂舌道：「妳果然將公爹哄得好，怪不得三郎叫我過來向妳請教。」

小圓心中發笑，她自個兒的親三哥什麼性子她會不知道，何耀弘斷不會讓他媳婦來請教如何哄公婆，必是李五娘自己的主意。說她一絲兒都不恨李五娘那是假的，因此連眼簾都不抬，吹著茶道：「三嫂說笑，論生意，妳鋪子比我的大，論管家，大嫂進了門都沒能爭過妳去，妳哪樣都比我強，倒是我要向妳討教才是。」

李五娘見她話裡帶刺，忙命人把錢抬上來，「四娘，以前是我不懂事，那幾個空鋪子我折成了錢，都還給妳，只望妳不計前嫌，看在妳三哥的分上，教教我該如何處世。我再有什麼不是，也是一心向著妳三哥的，若是家裡的權叫上頭那幾個搶了去，我們三房可就沒好日子過了。」

小圓知她講的是實情，她對何耀弘一心一意，就連娘家都不曾幫襯，但所謂清官難斷家務事，何況自己只是個已嫁的女兒，便含混道：「三嫂只瞧見了我的風光，沒看見我的苦處，其實家家都有本難念的經呢，我也好不了妳多少。」

李五娘見小圓耍太極，雖惱火卻無法，只恨自己得罪她在前，可惜世間沒有後悔藥吃，再悔也只能嘆幾口氣告辭。

她一走，程慕天就從裡屋溜出來，望著小圓的肚子無奈道：「娘子莫非真個兒變笨了？那可是妳三哥家，妳娘家就剩這一個能給妳撐腰的人了，若叫妳嫡母當了家，妳連個送催生禮的人都無。」

小圓見他替自己打算，心裡一暖，笑道：「那你倒說說看，我該如何給她出主意？叫她也學些狐媚子拴住三哥的心，然後早些生個兒子？還是繼續打壓嫡母和大嫂，不給她們可趁之機？」

程慕天聽她講得不著邊際，愈發無可奈何，摸著她圓滾滾的肚皮道：「我看妳還是專心養胎等著生兒子吧，盡出些餿主意，還好我這裡已有妙計。」

小圓不信自己有了孕腦子就不如他好使，可想了半日還是掏不出錦囊來，只得甘願服輸，纏著程慕天講他那絕妙的好計。程慕天把她的背輕輕拍了拍，「去叫妳三嫂把管家權放心大膽地主動交出去，我包管不出半個月，妳嫡母就要將這權雙手奉還。」

姜夫人豈是那般良善的人，小圓自然不信，待要問個詳細，程慕天卻再不肯開口。她頭一回見自家官人這般神神祕祕，好奇心盛，等不得第二日就把李五娘請了來，將他所謂的「錦囊妙計」細細傳授了一番。

李五娘聽了她的計策又喜又憂，喜的是小姑子到底念親情，要幫她一把；憂的是，這計要是不靈，再想將管家權要回來可就難了。她心中憂喜參半，且不大相信小圓的話，但到底還是想搏一搏，回家便忐忑不安地將帳本盡數交了出去。姜夫人接了帳本，喜出望外，帶著親兒媳柳七娘關在屋裡對了整整三天的帳，不料第四天頭上家中收入就開始銳減，叫人來一問，才曉得程家海上的船遇了風浪，接連好幾個月都將無進帳。

「好在咱們還有鋪子，不至於斷炊。」姜夫人正在慶幸，轉眼瞧見柳七娘笨笨拙拙地撥著算盤，就有些氣悶起來，抱怨道：「還想著把這份家業交給你們，卻連個帳也算不全！去叫李五娘來打算盤，順路把鋪子裡的帳說道說道！」

李五娘帳都交出去了，哪裡還理會這個？接了消息就躺到床上開始裝病，除了「哎喲」外一句話也不往外吐。姜夫人氣極，又不好將她從床上拖起來，只能坐在屋裡罵人。柳七娘頗有些李五娘當年的風範，撇著嘴，安慰婆母道：「不就是管個鋪子，有什麼難的？娘，妳且讓我來，不出半年，保管賺個盆滿缽溢！」

姜夫人當了好些年頭的家，不似她這般糊塗，喚來管家問哪裡有好牙郎，管家倒是忠心，回道：「夫人，要是開新鋪子，請個懂行的人來指點指點倒不妨，可咱們的店是老鋪子了，一時間哪裡去尋個門兒清的人來？」姜夫人見他講得有理，只得將牙一咬，招呼柳七娘：「媳婦，咱們自己把鋪子管起來。」

她們平日裡冷眼看著李五娘打點鋪子覺得平常，真自個兒動起手來卻處處是難，管了鋪子沒幾天，就有管事來抱怨道：「老夫人、少夫人，咱們鋪子裡的外國貨比別家的都貴，哪裡有人來買？」

柳七娘眉毛高挑，斥道：「無用的東西，你就不知把價標少些？這樣的小事還來煩我們！」

管事被罵得一愣一愣，「少夫人，本錢高高地在那裡，貿然標少了，豈不是要虧錢？」

姜夫人恨不得尋個地縫鑽進去，當初真是瞎了眼，千挑萬選娶了個這樣傻愣的兒媳回來。她心頭的火壓不住，就先把丟人地柳七娘趕出去才問管事：「以前不是說咱們鋪子的外國貨全臨安最便宜，怎的突然就成了最貴的？」

管事愁眉苦臉道：「以前在李家進貨，都是按最便宜的價，如今……如今……」他畏畏縮縮不敢說，姜夫人卻已明白過來，定是李家見李五娘不再管家，就不給那幾分進貨的優惠。她越想越氣，不由得罵道：「不愧是利字當頭的商人家，報復得竟這樣快！」

她凶也不濟事，轉眼半個月過去，帳上的錢一日少過一日，小些的店已是入不敷出，瀕臨倒閉。眼看著家裡就要斷炊，姜夫人捨不得動用私房，只得將帳又交還給三房。李五娘重掌了家中大權，志得意滿，就公然取了個小鋪子地契紙送給小圓作謝禮。

小圓見了這份厚禮嚇了一跳，這個李五娘生意上一把好手，別的事還真是平常，把公中的鋪子拿來送人，是謝我還是害我？她忙不迭地把燙手的契紙推了回去，道：「三嫂能當家是自己的能耐，與我這個出了嫁的小姑子何干？」李五娘還要往她手裡塞，她忙推說陳姨娘得了閨女，要去備三朝禮，挺著肚子幾步快走出去，躲進東廂

過了會子，采蓮勸走李五娘，來請小圓回房，笑道：「天下有禮不收的，大概也沒幾個。」小圓朝外望了望，拍著胸口道：「若不是為了三哥，我才不與這樣的人打交道，沒得惹一身騷。」說完又笑道：「快去把妳少爺喚回來，就說海上的那個風浪可以停了。」

采蓮也忍不住地笑道：「夫人少說了一樣，為了哄姜夫人，瞞下的那半個月的分紅還得悄悄送去。」

小圓得了穩穩的娘家撐腰人，只等著再過兩個月收催生禮，她自家萬事不愁，卻替陳姨娘擔心，「姨娘已然三十有二，卻生的是個女兒，不知薛家人可有給她臉色瞧？」

采蓮見左右無旁人，輕輕一笑，「夫人是關心則亂，大戶人家的夫人們懷孕，有幾個沒趁機納妾的，就是自家不願意，父母親戚也要塞幾個，為何咱們家卻沒有？」

小圓笑道：「怨不得二郎說我懷了胎腦子就不好使，我有娘家撐腰，姨娘自然也是有的，就算再生幾個女兒，薛家又怎敢小瞧她？」

她想轉過來，一心要為陳姨娘做好娘家人，顧不得七個月的大肚子，帶了粟米炭醋，親自去送三朝禮。

她坐著軟轎到了薛家，卻因自身懷著身孕進不得產婦房中，便由薛武師的兩個嫂子陪著在湯餅會上用湯餅。薛大嫂見她面有憂色，安她的心道：「妳薛大叔頭一回當爹，樂呵著呢，哪裡計較是兒是女？」薛二嫂也道：「我和大嫂生的都是兒子，爹娘頭一回抱上孫女，歡喜得很，直道妳姨娘是大功臣呢！」

且不論這些話是真心還是假意，能講出來安慰人就已是難得，小圓回家的路上還在感慨，世間居然還有如此不刁難媳婦的人家，姨娘真算是苦盡甘來了。

一路的轎子晃著，她有孕的人經不起勞累，靠在轎壁上昏昏欲睡，忽然聽見有人在外驚呼了一聲，她迷迷糊糊掀開簾子一角，只見阿雲伸手指著間金碧輝煌的閣樓，采蓮正忙著捂她的嘴。

這兩個丫頭這般舉動必有緣故，小圓也不開口相問，揉了揉眼自朝前一看，原來是程慕天坐在那二樓的窗前，不知在陪何人飲酒。

生意人應酬多了去了，吃個酒有什麼稀奇，她有些嗔怪丫頭們大驚小怪，又怕被程慕天瞧見她在街上，正忙要將簾子放下來，卻瞥見招牌上的幾個大字——花月樓。

見到這金光閃閃的招牌，饒是她沉靜過人，也忍不住同阿雲一般驚呼出聲：「這不是蓄男妓招客的地方嗎？」

小圓在養男妓的花月樓瞧見自家官人，一時呆愣，回到家中，一顆心還是砰砰直跳，腹中的孩兒都似緊張起來。她忙撫了撫肚子，不知是安慰孩子還是安慰自己，「乖，你爹舉止端正，斷不會作出狎妓的事來。」采蓮在一旁聽見，先把阿雲狠狠瞪了一眼，又開解小圓道：「夫人想是記差了，好幾年前咱們大宋就不許酒樓裡有男寵了，怎還會有蓄男妓的地方？」

小圓道：「明面兒上是不許養，私下裡的多著呢！那些有後臺的花茶樓，哪有不在女妓裡摻上幾個行頭的？」

阿雲聞言急起來，「那咱們趕緊去把少爺尋回來呀！」

小圓低頭不語，心中很掙扎，若要圖個放心，立時便可使人去找，但相知相守一場，難道這點信任都不與他？阿雲見她不講話，以為是默許，轉身就跑出去叫人，小圓身子沉重攔不住她，忙叫采蓮跟了去。

采蓮幾步追上阿雲，教訓她道：「夫人懷著身孕，就算少爺有事，妳也該瞞著，怎能冒冒失失喊出來，惹夫人著急？」

阿雲有了幾分悔意，卻還要嘴硬，見前頭走來個眼生的婦人，就隨手一指，「妳還瞞，看那裡，少爺相好的都上咱家來了。」采蓮待要罵她，抬眼一看，卻真是個生人，跟在程老爺房裡的丫頭槐花身後，正朝這邊過來。她見那婦人打扮得妖氣妖氣，不似良家女子，心中忐忑起來，忙把阿雲推了一把。

阿雲這丫頭雖莽撞，卻是一心向著小圓，被采蓮推了一把，馬上反應過來，幾步搶先上前攔她們道：「夫人正歇覺呢，這是老爺新納的姨娘吧？妳去回老爺，就說夫人已知道了，回頭就發份例錢。」

槐花笑起來，「這不是夫人給少爺新買的人嗎？妳竟不知道？」

阿雲吃了一驚，「我們夫人何時給少爺買過人，妳休要瞎說！」

采蓮見這事兒不似那般簡單，忙把那丫頭拉到一旁，從頭上拔下根玉簪子塞給她，低聲細問：

「槐花，妳素來是個明事理的，且跟我講實話，這女人是不是老爺買來給少爺的？」

槐花把簪子遞還回去，笑道：「姊姊忘了，我還是妳挑出來放到老爺院子裡去的，怎會睜著眼講瞎話？那婦人確實是方才被花月樓的夥計送來的，說是少爺喜歡，夫人就替他買下來了。」

「胡說，花月樓不是蓄男妓的地方嗎，怎麼會有伎女？」采蓮出言斥道。

槐花把聲音壓低：「姊姊，妳打小就進了深宅大院自然不曉得。那樣的地方哪有只養一樣的，伎女伎男都有呢！那伎女說是夫人買下來的，其實咱們都心知肚明，必是少爺動了心，又怕夫人責罵，這才打了她的名頭。」

采蓮聞言大驚，下意識先朝正房看了一眼，見屋裡沒動靜，才悄悄叮囑槐花，莫把這事傳出去，尤其別讓夫人知曉。

阿雲方才還嚷著不能瞞著小圓，如今曉得那確實是少爺買的妾，變得比采蓮還謹慎，一把揪住那伎女就要往偏僻的小院子帶，但她做事到底還是差一著，只顧著拉人，卻忘了捂嘴，教那個妾大聲地叫嚷起來：「夫人，何夫人，我可是程少爺最中意的頭牌行頭，妳怎能如此對我？」

她嗓子尖利，又在院子門口，小圓哪有聽不見的？當即命人帶她進去。阿雲幾步先衝進屋，叫道：「夫人，妳竟要替少爺養妾？依我說，一頓打死拖出去了事。」

小圓心中隱隱作痛，強笑道：「是不是，帶進來問問再說。」

說話間那婦人已到了門口，見眾人看她亦不在意，不慌不忙地理了理頭上的釵環，扭著細腰，上前萬福，道：「奴家綠娘見過夫人。」

小圓抬眼看去，只見她上著織金短衫兒，下穿前後開胯的旋裙，腰間還繫著一條鄉花裹肚兒，臉上塗著厚厚的脂粉，耳邊的琉璃墜子晃蕩個不停，果真是個賣笑的伎女。

綠娘見小圓許久不出聲，嘟著一張血紅的小嘴道：「哎喲，站了半日腿都酸了，夫人就不給我安排個住處？」說完，伸出一雙粉拳，彎腰把腿捶了一捶，嬌滴滴地叫道：「少爺回來看見，可是要心疼的。」

小圓藏在袖子裡的手將一條巾子絞了又絞，面兒上卻是分毫未動，問道：「哪個將妳買下來的？」

綠娘將她指了一指，反問道：「不是夫人花了一千貫從花月樓將我買來的嗎？怎的倒問起我來？」

采蓮見小圓詫異，忙上前附耳，將槐花的話講給她聽。

「打著我的名頭去買伎人，可不像二郎所為。」小圓疑道。

阿雲「啊」了一聲：「莫不是有人設了『美人局』要害少爺吧？聽說有些賊人，專門養娼婦送與有錢的少爺作姬妾，榨乾他們的錢財後再溜之大吉。」

那綠娘捂著嘴笑道：「小丫頭還真會想，妳若不信我，等程少爺回來一問便知。」

「講得好，就等少爺回來再說！來啊，先拖到柴房關起來，記得敲幾板子！」小圓扶著腰站起身來朝裡屋走，身子沉重，坐久了腰酸背疼。

綠娘見小圓通共沒講幾句話，還道她是泥菩薩，卻沒想到她出口就要打人，慌道：「程少爺可是許了我名分的，妳不能打我。」

小圓嫣然一笑，「就是叫妳進門呢，這是咱們家的規矩。」

綠娘哭天搶地被拖了出去，采蓮憂心道：「拿布堵了她的嘴吧？」小圓面色一沉，「萬事我都能忍，唯獨這個不能忍。就是要叫人曉得，我屋裡容不下妾。若是程二郎真負了我，我立時就搬出去，連生了孩兒都不跟他姓。」

采蓮很是不解，「夫人，咱們剛進程家門時，九個丫頭妳都能不動聲色，怎麼這一個妳卻著急起來？」

小圓聞言苦笑，她如今拿不準官人的心，自然沉不住氣來，若程二郎已有貳心，她萬般計算又有何用，不如鬧將一場各自撒手。

小圓不顧身子沉重，立在窗前，不住地踮腳朝院門處看。采蓮生怕她動了胎氣，上前勸道：「夫人，少爺平日裡如何待妳？前兒還怕妳沒了娘家撐腰，特特地助三房奪權呢。我看此事必有蹊蹺，莫要聽阿雲那丫頭渾說。」小圓一怔，莫非真是當局者迷，怎的一見那個伎女就疑神疑鬼起來，倒把二郎的好全忘了

阿雲進來見她臉色稍霽，吐了口氣，道：「夫人，老爺請妳過去。」

采蓮看了小圓一眼，斥道：「沒見夫人累著了嗎？妳就回說她在養胎，莫非老爺會罵妳？」

阿雲委屈道：「老爺臉上是帶笑的，想必是好事。」

「罷了，橫豎在這裡也是空等。」小圓揉了揉有些酸痛的腰，扶著她的手慢慢朝程老爺院子去。

程老爺果然是帶著笑在等她，見面就誇她賢慧。小圓略抬眼將屋內掃視一遍，未見有旁人在，心中立時透亮，公爹必是在誇她主動給程慕天納了妾，幸而她還沒明說，不然落實了名分，再辦可就棘手了。她孕中許久不曾動過的腦子飛快轉了起來，搶過話道：「爹謬讚了，媳婦不賢慧，那個伎女我已是讓人打了板子丟進柴房了。」

程老爺的鬍子抖了一抖，手裡捧著的茶杯子眼看就要往下摔，小圓緊接道：「非是媳婦不願給官人納妾，只是外頭良家女子哪裡尋不著，爹非要給他買個伎女回來，壞了門風如何是好？」

程老爺馬上將已脫手一半的茶杯收了回來，急急地辯解：「瞎說，瞎說，這是哪個在嚼舌根，他們明明說是妳買來的，再說我要買也買好的，弄個伎女來作什麼？呸、呸、呸，我可沒有要給二郎買妾的意思！」

公爹為何如此忌諱別個說他要給兒子納妾，別是反話吧？小圓為穩妥起見，低眉微欠身，「爹這是哪裡話，婚姻大事都得父母做主，給兒子納個妾算得了什麼？」

程老爺猛咳幾聲，連忙拿茶盞子遮住發紅的臉，幾點茶水濺到了衣襟上都沒發現，「外頭都在

瘋傳，說妳三嫂穩掌了家中大權，頭一件事就是給妳三哥謀了個泉州市舶司的差事，怎麼妳竟不曉得？」

泉州市舶司？那不是直接管海運的地方嗎？饒是小圓對政事一竅不通，也曉得這個所在。原來是自家三哥把著程家命脈，怪不得公爹生怕別人誤會他給二郎納了妾，必是擔心護妹子的何耀弘知曉，背地裡給程家小鞋穿。

小圓心中欣喜又自得，但畢竟是一家人，總不能讓公爹一直舉著茶杯遮著臉，便開口道：「恭喜爹，往後就是大房他們，都得看你的臉色行事了。」

這話講得程老爺一掃尷尬之色，他正要假意謙虛兩句，突然「啊呀」一聲，「那伎女莫不是奸人使來害我的？拿這個女人引得妳夫妻反目，好叫何家不助力咱們家的海運生意，說不準還想鬧得你們和離，再趁機把妳娶回去……」

這話雖有些道理，但他講得卻十分不堪入耳，和離再嫁這種事，豈是做長輩的能提的？小圓的眉頭越皺越深，生怕他還要講出什麼不好聽的話來，連忙把肚子一捂，呼了聲疼。幾個丫頭都是機靈的，不消人打眼色，一個去跟程老爺告罪，另幾個扶了她就走。

小圓挺著肚子走回自個兒房內，自嘲道：「連爹都沒往二郎變心上頭想，我卻自亂了陣腳。」

程老爺的一番話竟誤打誤撞寬了夫人的心，叫采蓮驚喜不已，親自帶人去廚房拿了飯，勸她多吃了半碗。飯畢收過桌子，阿雲又把多寶格上的玉船取來湊趣，纏著小圓叫她講少爺夜半送船的故事，引得她笑個不停。

天色偏黑時，程慕天終於歸家，卻是醉成一團泥讓程福扶回來的。一屋子服侍的丫頭婆子俱愣了愣神，才上前去接人。

小圓本想親自去扶他，還未近身就聞到一股濃濃的酒氣，熏得她扶著牆乾嘔了好幾回。她一心急著去瞧程慕天，卻拿肚子沒辦法，只得在外間候著問程福：「少爺在哪裡吃醉的？」

程福替程慕天陪著笑臉，道：「少爺是身不由己，生意上的應酬夫人也是曉得的，今日那個官人酒量大了些，他才醉狠了。」

小圓叫人搬了個凳兒來給他坐，笑道：「你成日裡跟著少爺到處跑，雖是辛苦，卻叫人羨慕得緊，哪像我們婦道人家，大門不許出，二門不許邁。」

事關主子婦道，程福不知如何接，也不敢再坐，起身低頭直盯著腳。

小圓也不急，慢慢地吹著給程慕天備的醒酒湯，直到他額上冒出汗來，方道：「怎麼，我進不得酒樓，連聽聽故事都不成？」

程福大鬆一口氣，原來夫人是要聽故事，他嬉皮笑臉地又摸到凳兒上坐下，將程慕天如何講著外國話和客商們周旋的豐功偉業吹得天花亂墜。他正講得興起，冷不防小圓插進一句：「你光講吃酒，那樓名兒叫什麼？」

程福聞言冷汗淋漓，後背的衫子濕了一半，但他常在外頭行走的人，慌亂中還曉得分寸，聽得裡間有動靜，忙把手一指，「少爺醒了。」

「猴兒。」小圓狠瞪了他一眼，端著碗起身去裡屋。

程慕天躺在床上正抓著胸口的衣裳叫口渴，她忙讓婆子把他扶起，將醒酒湯捧到他嘴邊。程慕天就著她的手喝了兩口，迷糊間見是個俊俏女子，竟是一驚，叫道：「綠娘。」

小圓手一軟，一碗醒酒湯盡數潑到床上，緊咬著牙關講不出話來。采蓮見她面白如紙，大急，一面使人去煮安神湯安胎藥，一面苦勸：「夫人，少爺現下醉著，講的話做不得數的，咱們等他醒了再問。」小圓知她講得有理，可就是挪不開步子，寧願坐在床頭垂淚，也不願出去躺著。

她今日本就折騰了好幾趟，又哭得脫了力，便漸漸覺得肚子裡的孩子動得厲害起來，扶著床柱子竟起不了身。幾個丫頭婆子大驚失色，慌忙將她扶到外間榻上躺下，采蓮待要去叫產婆，一個婆子一把拉住她，「八個月都未到，叫什麼產婆？必是動了胎氣了，快去請郎中來。」

阿雲見少爺風流，惹得夫人傷心，實在氣不過，跑到廚房提了一滿桶的冷水，劈頭蓋臉潑到程慕天頭上。程慕天一個激靈猛醒過來，只見床上一片汪洋，小丫頭提著空桶橫眉相對，他一時間又驚又怒，「妳想害主子？夫人怎麼教妳的？」

「虧我敬你是個少爺，外頭偷人不說，還買到家裡來氣得夫人肚痛！我沒有你這樣沒良心的主子，要害的就是你！」阿雲插著腰，指著他的鼻子破口大罵。

程慕天聽說小圓肚子痛，顧不得計較她以下犯上，濕漉漉地跳下床，鞋都不穿就朝外跑。阿雲生怕小圓見了他更生氣，忙攔住門不讓他走。程慕天剛醉過的人，頭痛欲裂，勉力推開她，一個踉蹌跌到外頭，正好摔在小圓榻前。

小圓雖氣惱又傷心，但見了他這副模樣還是忍不住的心疼，便微微抬了抬手，示意丫頭們扶他起來。程慕天不待丫頭們上前，自趴著榻沿坐起來，緊握了小圓的手，「怎麼突然就動了胎氣，出什麼事了，要不要緊？」

小圓扭過頭不看他，丫頭婆子們也都不出聲，郎中見一屋子人都不言語，只得履行醫者職責，解釋道：「少爺，夫人是急火攻心，兼著傷心過度，這才動了胎氣。我已開了安胎藥，夫人只要按時服用，臥床靜養幾日便無事。」

「又是吃藥又是臥床，這還叫無事？」程慕天衝郎中吼了幾句，突然想起小圓需靜養，忙壓了火氣，輕言細語問她道：「娘子，到底何人惹了妳？」

「不知悔改，厚顏無恥！」阿雲氣得直跳腳，一面罵一面將他偷人的話又講了一遍。采蓮深知，小圓心結不解終是好不了，因此也不攔她，只忙忙地把郎中送了出去。

程慕天被罵得莫名其妙，動怒道：「滿口胡謅的婢子，我見了妾就恨的人，怎會去買一個回家來？」

小圓見他伸手要打人的樣子，輕輕地問了一句：「綠娘是誰？」

程慕天的手立時頓在了半空中，吭哧了半晌，「妳如何得知？」這般猶豫，定是有鬼，小圓再也忍不住，捂著肚子又哭起來。程慕天慌了神，撲過去一手替她拭淚，一手撫她的肚子，「娘子，郎中才說要妳靜養，切莫又動了胎氣。」

「醉成那樣還不忘念叨綠娘，你既有了新歡，還要孩子作什麼？」小圓咬牙推他道：「不要拿你摸過別的女人的髒手來碰我！」

程慕天辯解道：「妳怎變得這般不講理，我為人如何妳不清楚嗎，怎會去碰別的女人？」

采蓮見小圓推攘的動作大起來，慌忙上前抱住她，急道：「少爺，你若是沒做對不起夫人的事，何不把事情挑開了講清楚？夫人放了心，自然就不會動胎氣。」

事情挑開？說得輕巧！若真道明綠娘的來歷，只怕小圓惱！程慕天坐在軟榻邊上，看看小圓的肚子，又瞅瞅她的臉色，極是為難地開口：「娘子，我指天發誓沒有碰過別的女人，妳就莫要再問了。」

「沒碰過？人都尋到家裡來了你還嘴硬！」小圓氣得將個枕頭砸到他身上，扭頭吩咐采蓮：「去給程少爺把相好的請過來。」

程慕天大驚失色，「什麼相好，妳說的不是那個綠娘吧？」

小圓冷笑道：「這下曉得慌了？方才不是還抵死不認的嗎？」

程慕天還要再辯解，阿雲已把綠娘帶了上來，「夫人，我就怕少爺不認，早就把人拖到院子裡備著了。」說完，一腳將那披頭散髮的伎女踢跪在地，「快些說，妳是不是少爺在外頭相好的女人？」

那綠娘細皮嫩肉的禁不起打，又餓了半天，本似顆霜打的蔫茄子伏在地上，聽了這話卻猛地抬頭，語出驚人：「哪個說我是女人？」

小圓嗤笑道：「不用胡扯，救妳的人在這裡呢！」說罷，將程慕天一推，「快些去拉你相好的起來呀！」

程慕天一言不發，站起身來走到綠娘跟前，直接一腳踹了過去，回身問小圓：「這下信了？」

他這一腳可不比阿雲，乃是下了死力氣的，綠娘疼得差點暈厥過去，強撐著爬過去摟住他的腿道：「程少爺，你就一點不念著舊日情分？」

程慕天慌忙要再踢，卻被她死命黏著使不出力，只得伸了雙手去拉。那綠娘身上的衫子本就鬆鬆垮垮，這一拉扯，半邊衣裳滑了下來，露出大半個身子。幾個丫頭尖叫一聲，全都捂著臉背過身去，小圓則是望著他平坦的胸和脖子間的喉結目瞪口呆。

程慕天亦是瞠目結舌，「你──你怎的是個男人？不是行頭嗎？」

綠娘比他還吃驚，將自己敞著的胸一指，「你連行頭行首都分不清？」

程慕天面紅耳赤，「你扮得和女人無異，又取個名字叫什麼綠娘，我哪裡分得清？我可沒有龍陽之好，你莫要辱沒了我的名聲，還不趕緊滾出去？」

綠娘見他根本不曉得自己是男是女，料想那編出來的假話再哄不了人，便鬆了程慕天的腿，譏笑道：「一屋子蠢人，行頭本來就是作女人打扮，用女人呼謂，虧你還是日日生意場上應酬的人，竟連這個都不曉得！」

程慕天臉上紅暈更盛，一掌扇到他臉上，罵了聲「滾」，提起來就扔了出去。丫頭們雖背著身子，卻都是豎著耳朵。現下曉得了少爺是被冤枉的，個個腳底抹油。溜得飛快，眨眼就只剩了個低頭扭手指的小圓。

程慕天喘著氣重重坐回榻上，這回小圓不敢再推他，結結巴巴解釋：「誰叫你醉了還喊綠娘，不然我也不會傷心。」

程慕天苦笑道：「被他纏怕了，準是見了妳，以為是他又來糾纏，這才叫了出來！」小圓怕他秋後要算帳，絞盡腦汁想了想，又揪出一個點來，「你既然跟他並無首尾，早先為何吞吞吐吐不承認？」程慕天氣結：「我本無事，承認什麼？我不過是真的認得那伎男，所以便應了，難不成講實話也是錯？」

「那、那我方才要把綠娘帶上來，你為何大驚失色？」小圓見他臉色不善，偷偷往後挪了挪。程慕天頗有些無奈，「我是怕了他，所以才吃驚，妳以為是什麼？」

小圓再也搜不出話來問他，一時氣短，縮手縮腳扯著被子往角落裡躲。程慕天哪裡由得她躲閃，連人帶被子抱了過來，伸手就去捏她的臉。小圓慌忙求饒：「官人，奴家錯了，不該冤枉你。」

程慕天捏完左臉捏右臉，「還是不知錯。」小圓一愣，「我還有哪裡錯了？」程慕天狠狠地在她嘴上啃了一口，「非禮勿視妳不曉得，竟敢瞪著一雙眼看別的男人。」

小圓暗道，方才你自個兒都沒反應過來，還好意思怪我沒背過身去？但她如今是理虧的人，哪敢將這話講出口，只能抱著官人的胳膊耍賴道：「婆子們見我們吵架，早就躲出去了，丫頭們是背著身子的，無人看見，就算不得數。你還說我，先前一屋子的丫頭婆子，連郎中都在，你還不是撲上來就抓我的手。」

程慕天將手伸進她衣裳裡捏了一把，「我不是人？抓妳的手那是急著了，哪裡還顧得了那些？」小圓見他動手動腳起來，忙道：「我可是才動了胎氣的人，要耍，自找你的綠娘去。」

程慕天緊緊摟她在懷，把頭埋進她脖子裡，悶聲道：「連個伎男都笑話我分不清行頭行首，就為著我不解風情，不知被多少人嘲諷，偏妳還不信我。」

小圓聽他語氣甚是失落，忽然了悟，他所謂嫉妾如仇，並不全是為了枉死的娘親，還有幾分是不願讓自家娘子傷心難過。她心中湧上七分感動三分慚愧，緊緊回擁著他，喃喃道：「二郎，從今往後，在你身邊一天，我就信你一天。」

他二人和好如初，親親熱熱說著貼心話兒，正講到晚飯叫個什麼新鮮菜來吃，就聽見小丫頭在外頭回話，說是程老爺親自尋了來。

程慕天多少有些怕父親的，忙理過衣衫就要出去，小圓笑著攔住他道：「莫慌，爹定是為了綠娘來的，他老人家擔心綠娘是奸人故意送來要害我們和離的。」

「爹真是如此說的？」程慕天的臉色有些不自然起來。

小圓將他神色瞧在眼裡，眉頭微微一皺，「莫非爹料中了？方才就忘了問你，那綠娘又不是自由身，怎能自個兒上咱們家來，到底是誰指使的？還有，你若是談正經生意，又怎會摸到花月樓那樣的地方去？」

程慕天重新坐下，握了她的手道：「妳不是才說要信我的，若真信我，就莫要再問，妳只記得養胎就成，外頭有我呢！」

小圓點頭，放了他出去，可心裡又是疑惑又是好奇，若不是郎中囑咐她要臥床靜養，早就起身聽牆角去了。她揣著一肚子的問號過了幾天，好不容易熬到郎中宣佈靜養期過，馬上藉著耽誤了幾天沒請安，走到前頭去見程老爺。

程老爺見了她，慌得直擺手，「媳婦，妳快些回去安胎，亂走什麼？」小圓笑著行過禮，道：「因被那個伎男氣著了，耽誤了這些日子沒來給爹請安已是罪過，如今已大好，哪裡還敢倦怠？」

程老爺嘆氣道：「妳是個好的，只可惜……」小圓見程老爺自己挑起話頭，心中一喜，緊緊追問。程老爺卻搖著頭道：「媳婦，這事妳若知曉又得動胎氣，還是好生養著。」

小圓腦中轉眼閃過好幾個念頭，故意急問：「可是我三哥有事？」程老爺捋著鬍子一笑，「直言不諱」道：「若是何三郎有事，我還能安坐在這裡？」小圓暗笑，公爹口稱什麼都不說，其實都說了。

她一臉輕鬆地自程老爺房中出來，哼著小調扶著采蓮的手逛到園子裡看梔子花，跟丫頭們念叨這臨安城最貴重的花兒能換得幾多錢。饒是采蓮心思玲瓏，也沒能明白她為何跟程老爺講了幾句不鹹不淡的話，就將心中惑全解開了。

中午程慕天回來，見飯菜擺在園子裡，笑道：「在房裡悶了幾天，才得了允許就出來逛了？」小圓正忙著挑揀梔子花，頭也不抬，「那個綠娘可還在臨安府？」

程慕天剛拿起的筷子頓了頓，皺著眉頭問：「妳問這個作什麼？」

小圓將一朵花簪到髮間，望著他似笑非笑，「也沒什麼，我看那伎男生得還不錯，想給大哥二哥送過去，可惜哥哥有兩個，伎男只有一個，你說送給誰好呢？」

程慕天將一雙筷子狠狠摔到地上，怒問幾個丫頭：「誰講出去的？」小圓見不慣他遷怒，故意道：「除了爹還有誰曉得這事兒，我竟是不知。」一提程老爺，程慕天的氣焰就黯了下去，猶豫豫地問：「真是爹講的？」

小圓白了他一眼，「不妨礙你做孝子，是我自個兒從爹的話裡猜出來的。你也是太多慮，我那兩個哥哥是什麼德性我會不曉得，若是跟他們置氣，早就生生氣死了。」

采蓮見她不生氣，忙把心中惑問了出來：「夫人，方才老爺也沒講什麼，妳怎的就曉得了綠娘的事兒不是大少爺就是二少爺？」

小圓笑道：「這有什麼難猜的，除了我那不爭氣的娘家哥哥，再想不出還有誰能讓我動胎氣。」說著，把一筷子蓮藕塞進程慕天口裡，努嘴道：「可惜這位少爺太不明白他娘子，竟不曉得這世間除了他一個，其他人都是不值得我動怒的。」

程慕天嚼著蓮藕，嘴裡甜蜜，聽了娘子的話，心裡也甜絲絲起來，就自個兒把筷子揀起來丟給一旁的丫頭，又偷偷看了她一眼，「我不是為著這個才瞞妳。」

小圓咬著筷頭，偏了偏腦袋，「那你為什麼瞞我？且讓我猜猜，難道是我二哥又纏著你要做生意，你不想答應，卻又覺得拂了我的面子？」程慕天將頭埋進飯碗裡，支吾著點了點頭。小圓見他如此，料想是她哪個哥哥有什麼不能叫人聽見的齷齪事，便暫且按下，直到吃罷飯回房，遣走下人，這才悄悄地拉他的袖子，「二郎，你再不與我說，覺都睡不著。」

程慕天先將她緊緊箍在懷裡，再三叮囑她不許動怒，方開口道：「你大哥這段日子，隔三差五請我到花月樓，想再要咱們海上生意的三份股。」

小圓在他懷裡猛地一扭，「三份？當初你去提親，嫡母已是趁機要了三份，再拿三份去，他們想占大頭？」程慕天忙使了點力按住她，悔道：「就說不該跟妳講，還不如讓妳誤會著我和綠娘呢！」

小圓氣道：「為著這三份股，我在程家已是抬不起頭，若他們厚著臉皮再要去三份，我還做人呢？」程慕天忙安慰她道：「什麼抬不起頭，哪個小瞧妳，我去罵他！」

小圓前後慢慢想了一想，突然笑起來，「讓我再來猜一猜，大哥定是沒要到股份，所以弄了個綠娘來鬧咱們？只是那綠娘說買他花了一千貫呢，好大的手筆！」

程慕天在她肉乎乎的腰上輕輕摸了一把，「妳又在打什麼鬼主意？」小圓笑著摸回去，「也沒什麼妙招，不過是以其人之道還治其人之身罷了。」說著，就要推開他喚人來佈置。

程慕天卻還是不肯撒手，道：「既然妳已想開，我就全告訴妳，免得妳不曉得實情吃了虧。妳大哥叫綠娘上門，不止是想鬧呢，他已給妳另尋了戶人家，想著把咱們離間成功，就要將妳嫁過去……聽說連給妳墮胎的藥都備好了。」

「他要將我另嫁？還要給我墮胎？」小圓不自覺雙手護上肚子，渾身止不住地顫慄。程慕天見她情形不對，摸了摸她的手，一片冰涼，悔得自扇了個耳光，高聲叫采蓮，小圓忙攔他道：「我無事，莫叫她們又跟著擔驚受怕一回。所謂出嫁從夫，我再嫁不嫁的，與他何大少爺什麼相干？不過是乍聽到這消息，有些心涼罷了。」說完又自嘲：「虧我還自詡瞭解他的品行，卻不知他更勝一籌，總能出人意料。」

程慕天慢慢搓著她的手，待得暖起來，問道：「妳方才說要『以其人之道還治其人之身』，可是要把綠娘送還給妳大哥？」

小圓拍了他一下，道：「你真當我懷了孩子就變傻了？給大哥送男伎是好名聲嗎？不是人人都似他那般不要臉皮。」

程慕天深恨何老大要拆散他和他的親親娘子，道：「妳有什麼妙計儘管使來，出了漏子我來補。」小圓衝他一笑，「衙門裡都是青天大老爺，怎會出漏子？」

程慕天記了起來，有官職在身的人，狎妓是要打板子的，雖說這條規矩早就形同虛設，但若他們真要計較，官老爺是不介意收點外快，替他們出這口氣的。他臉上帶了笑，卻又猶豫道：「會不會礙著妳三哥？畢竟他如今是有差遣的人。」

小圓點頭道：「是該聽聽他們如何說。」說著，走到窗邊喚采蓮：「使人去請三嫂，就說咱們園子開了好花，請她來賞。」

李五娘上回求教小姑子得了甜頭，正想著要再尋機會親近親近，突然見她主動來邀，歡喜得飯都顧不得吃，抬上早就備好的禮，匆匆往程家趕。

小圓聽說她是餓著肚子來的，連忙叫人就在園子的梔子花下擺了一桌酒，只命幾個陪嫁丫頭服侍。李五娘走到桌邊瞧了瞧，見幾株花已是盛開，惋惜道：「可惜了。梔子花鬚還是得在花苞時就採下來，不然運到花市上都爛了，哪裡還賣得起價？」

總共才三株梔子花，她就想著要賣錢，真是個走到哪裡都打算盤的人！小圓見幾個丫頭苦忍著，生怕她們笑出聲來叫李五娘難堪，忙道：「又不是什麼好東西，早上起來簪幾朵圖個香氣罷了。」李五娘猶自搖頭：「梔子花比茉莉還貴呢，真真是可惜。」

小圓自己也待要忍不住笑，只得道：「三嫂掌著家，怎還把這樣的小錢放在眼裡？」李五娘嘆氣道：「咱們那個大哥在帳上支了一千貫，我要不多想些法子掙錢，到年底家裡又是虧。」

小圓替她斟上一杯西瓜榨的汁，奇道：「原來妳是知道的，那怎還由著他去買男寵？」李五娘卻是頭一回聽見這個說法，呼地起身，「怪不得死活也不肯講那筆錢的去處，原來是拿去買男寵了。」小圓忙勸她消氣，道：「錢是小事，只不知與三哥做官有無妨礙，畢竟朝廷是不許官吏狎妓的，何況還是明令禁止的男伎。」

李五娘大樂，「我怎忘了這條規矩，這就上衙門告他去！至於妳三哥，那差遣本就是拿錢買來的，能有什麼妨礙？」小圓聽說牽連不到何耀弘，放下心來，笑著替她出主意：「我本來是要自己去告地，但畢竟和他不是一家人了，沒得讓人說我多管閒事。三嫂，妳也莫要大張旗鼓地去，到底辱沒門風呢！妳使人給官老爺塞個紅包，讓衙門把他拖去悄悄地打幾板子也就罷了！」

李五娘笑道：「這等事哪消妳去做，替我出出主意就很好，若是這幾板子能叫那個禍害老實些，我再來謝妳。」

她性子急，等不得吃完酒就告辭，坐了轎子也不回家，先到娘家借了個面生的下人，命他去衙門塞錢。衙門的官老爺見慣了這檔子事，緣由都不問，點了幾個熊背虎腰的衙門，叫他們換了便裝，到煙花地尋著正摟著行頭樂的何老大，架回衙門一頓好打。

何老大在家跋扈慣了的人，疼得齜牙咧齒還不忘破口大罵：「少爺我可是有官職在身的人，瞎了你們的狗眼，竟然敢打我！」官老爺是只管收錢的，面兒都不肯露，師爺出來笑道：「不是個官咱們還打不起呢！」

幾個掄板子的衙役起哄：「是呀，是呀，朝廷只打狎妓的官員，不打狎妓的白丁，不如把你身上的官職換與我們做，免了你這頓板子。」

等到板子打完，何老大已是被氣得七竅生煙，想要罵回去，無奈身上火辣辣地疼，只得忍了氣，許了衙役一吊錢，央他們抬個門板送自己回去。

此等丟人地事，他不敢叫姜夫人曉得，只讓衙役們自後門進去，逕直到他一個最受寵的妾房裡。這個妾名喚俏姊，是在勾欄院裡住過幾天的。雖是沒開苞就讓何老大買了回來，但到底學過的技藝還在，見了那幾個衙役不但不慌張，還能在安頓何老大的間隙裡忙裡偷閒拋幾個媚眼。

那幾個衙役平日裡無錢逛窯子，此刻見有這等不要錢的秋波，就不急著討錢，都站在門口看得津津有味。他們不急，何老大卻急了，奮力在俏姊的腰間狠搗了一拳，叫她去取錢來打發幾個衙役。

俏姊腰間吃痛，見他在幾個得趣的人面前給自己沒臉，氣道：「我無錢，你自找正頭娘子拿去。」何老大罵道：「那錢又不是妳的私房，乃是我賣了綠娘的錢，虧得我寵妳，盡數藏到妳房裡。早知道伎女都是這般無情無義，我還不如給我娘子。」

俏姊最恨別人道明她出路，咬牙道：「綠娘是你一千貫買來的，轉手賣掉也該一千貫，為何只拿了八百來我這裡，還有兩百怕是在你娘子那裡吧。」說完，走到衙役們跟前，把柳七娘的正房一指，「你們只要一吊錢夠作什麼，那邊的正房夫人手裡有兩百貫呢！」

衙役們都笑起來，領頭的一個大鬍子在她臉上掐了一把，也學她拋媚眼兒道：「小姐出的主意，咱們去要一半兒。」伎女才被喚作「小姐」呢，正經人家的女兒那都是小娘子。俏姊聽得他們如此稱呼，又是氣得吐血，將身上稀爛的何老大丟在床上不管，自取了錢出門耍。

且說那幾個衙役，大搖大擺走到正房門首，到底敬柳七娘是個正經娘子，就不進去，只叫個丫頭通傳，說是何老大在外欠了他們一百貫。柳七娘是姜夫人娘家拐了彎的遠房親戚，向來只顧著兩件事，一是把婆母哄好，二是給李五娘找碴。她聽得何老大欠錢一百貫，居然不嫌多只嫌少，叫人請了幾位衙役大人進去，隔著簾兒同他們商量：「幾位官人，一百貫夠作什麼？不如你們一口咬定是三百貫，待得我要來了錢，二一添作五。」

幾個衙役大樂，這一家子有趣得很，個個都嫌他們將錢要少了。這年頭人人精似猴兒，好不容易掉下個傻子要送錢，何樂而不為？大鬍子當即代表衙役們和她討價還價，最後商定，他們二百貫，柳七娘只拿一百。

柳七娘還曉得讓幾個大男人站在房裡不好看，便要他們去後門口等。那幾個衙役怕她賴帳，哪裡肯挪窩？幾人爭執一番，大鬍子提議道：「不如打個欠條吧。」

柳七娘不肯，推說不會寫字，大宋人都好文，連大戶人家的丫頭都會畫個名兒呢，大鬍子自是不信，想了想道：「的確不是妳欠的錢，叫妳畫押不公平，咱們還是去找妳官人。」說著，招呼幾個衙役重回俏姊房裡，卻翻來翻去尋不到寫欠條的傢伙，只得又回轉，問柳七娘借了筆墨，寫了一張足有四五個別字的欠條，再去強壓著何老大按了手印，這才得意洋洋地去後門口守著。

大好的找李五娘要錢的機會，柳七娘一刻也不願耽擱，提了裙兒挪著小腳就朝三房的院子裡跑，可惜卻撲了個空，下人們說三夫人出去走親戚還未回轉，叫她過幾個時辰再來。

那幾個衙役還在後門口候著，她哪裡有那麼些時候來等，便賴在房裡不肯走。李五娘的一個陪嫁丫頭見不是事兒，便道：「大夫人若是急用，我這裡有三夫人壓箱底兒的幾個錢，先借與妳使吧，不過到底不是公帳，須得寫個條兒才好。」一家裡人的借條柳七娘才不放在心上，反正有何老大外頭的借條在那裡，到時候推給他，把自己撇乾淨便是，於是高高興興地簽了名，兩百貫抬去後門口，一百貫藏進自家房裡。

她雖領到了錢，卻沒找著李五娘的碴，心裡有些不滿足，就嘟著嘴走到姜夫人面前抱怨：「三弟妹也太不像話，成日裡只曉得躲懶。」

她這話可是冤枉了李五娘，她這會兒可沒偷懶，正忙著尋人哩。要說這李五娘，雖說處事不夠圓滑，但論起整人來，誰也比不過她。

她自離了程家，便使人去官衙塞過錢，又命人去打聽何老大買的男寵的下落。臨安府有名號的男伎本就不多，尋起來極是容易，不多時就有人來回：「夫人，那男寵名喚綠娘，現下在花茶樓接客。」李五娘疑道：「不是大少爺買下了嗎？怎的還在外頭？」那人又道：「就是大少爺將他買下，又轉手賣出去的呢，不過聽說沒賺到錢，還是一千貫的原價賣出去的。」

李五娘聞言將何老大又恨上了幾分，「錢既已回籠，居然不報帳，起的是藏私房的心呢！」

她本只想將綠娘帶到姜夫人面前叫何老大難堪，此刻卻改了主意，叫人去街上尋到常混飯吃的萬三兒，如此這般教導了他一番，臨走還塞給他一把錢，又許他事成後再給一百文。

那萬三兒是有一頓沒一頓的人，聽說只要去尋個人，引個路，就能憑空賺百來文錢，歡喜得一路狂奔到那花茶樓，找到綠娘問：「想不想賺一注錢？」

綠娘前些日子被程慕天踹了一腳，身上正疼呢，病蔫蔫地擺手道：「客都接不動，哪裡也不去。」萬三兒說不動他就沒得錢拿，自是不肯放棄，但苦勸了幾回都不得法，只得嘆自己與何家沒緣分，賺不到他們的錢。

不料綠娘聽得是何家，忽地來了精神，叫住他問是哪個何家。萬三兒見他起了興趣，忙道：「何大少爺何耀齊家，你可肯去？」綠娘冷笑道：「若是別個家也就罷了，何耀齊說好許我那張賣身契，轉頭卻反悔，就是沒錢得，我也願去耍耍他。」

萬三兒大喜，連忙把良策講出來。綠娘聽後二話不說，起身就到照臺前塗粉抹脂，笑道：「若是得了錢，分你幾個。」

他風月場混跡久了，曉得大戶人家都好鬥狠，若隻身前去，怕是要被人打出來，便待上好妝，走到老鴇房裡求道：「昨日有位客人睡了我卻不給錢，媽媽且借我幾個好打手，上門去催帳。」無良的嫖客白吃白喝是常事，老鴇也不多問，當即就指了幾個兇神惡煞的打手給她。

萬三兒把他們帶到何府門首，指著看門的小廝道：「你們只管去，老夫人在正房呢。」綠娘一笑，看來何老大得罪的人還不止他一個。

他幾個一路暢通無阻到得堂上，將姜夫人和柳七娘嚇了個結結實實。姜夫人見為首是個伎女打扮的婦人，後頭跟的卻有幾個男人，忙叫柳七娘躲起來，又高聲問是哪個作死的下人放了他們進來。

綠娘自尋了張椅子坐下，笑道：「老夫人莫急，等把欠我的錢還了再罵下人也不遲。」

何耀齊被勾欄院的人追帳是常事，姜夫人恨這個兒子不爭氣，奈何卻只有這個是親生的，便問：「欠了妳幾多錢？」綠娘實在沒料到姜夫人竟如此爽快，愣了愣才回答：「一千貫。」

「什麼？」姜夫人只覺得血氣朝上直翻，眼一黑差點昏過去，「休要獅子大開口，何家可是官戶！」

綠娘把胸前的衣襟一拉，露了他那白花花平坦坦的胸來，笑道：「可沒有訛妳家，實是因著城裡的行頭漲了價。」

姜夫人見他是男人，又是一陣頭暈目眩，疊聲叫人去找何老大。何老大此刻正趴在俏姊的床上，水也沒得一口，見幾個姜夫人房裡的下人來尋他，魂兒先飛了一半，待得被抬到堂上見了那綠娘，更是嚇得閉眼裝死。

姜夫人見他滿身是傷，又是心疼又是惱怒，還道是眼前這幾個打手打的，就對綠娘的話信了一半，怒道：「你跟這個行頭到底有什麼首尾，為何他上門來討一千貫？」

何老大聽說綠娘是來討錢的，也生起氣來，睜眼罵綠娘道：「那一千貫是我賣了你，老鴇給我的，與你有何相干？」

柳七娘一直以為他只將綠娘賣了兩百貫，此刻躲在屏風後聽得足有一千貫，那心頭的火就蹭蹭蹭地直往上竄，再顧不得婆母外人在場，衝出去揪住何老大就打，「叫你瞞我，叫你瞞我，那錢是不是你送給那作死的小娼婦了？」

姜夫人再恨這個兒，也見不得別人打他，忙不迭地衝上去扯住柳七娘的頭髮往外拽。柳七娘不敢還手，只將捶到何老大身上的拳頭掄得更圓。一時間何老大的慘叫聲和姜夫人的怒罵聲混作一團，引得站在門口看了半日戲的李五娘樂得合不攏嘴。

她在門外站了好些時候，待得兩個女人都沒了力氣，才走進去將綠娘一指，「娘，大哥有官職在身，狎妓的名頭傳出去不好聽呢！還是給這個行頭幾個錢，叫他們把嘴閉嚴些吧！」

姜夫人眉頭一豎，「一千貫呢，妳出？」李五娘走到綠娘跟前罵道：「臨安城最有名的行頭，睡一夜也沒那麼貴，你這裡自抬身價，不要臉呢！」說著，悄悄自袖子裡伸出三根指頭去。

綠娘常作戲的人，一瞧就明白，當即掩了衣裳，委委屈屈地哭道：「非是我要訛人，實在是何少爺錢欠得狠了，累得我日日被嬤嬤責罵。」

李五娘和小圓打了幾回交道，學了些本事，待問過了價錢，就故作大方道：「娘，這錢我替大哥出吧，沒得為幾個錢壞了大哥的名聲。」說著，就叫人去她房裡抬錢。

姜夫人頭一回見李五娘如此大方，忙喚了幾個貼身的人跟了去，不料他們卻是空著手回來，回道：「三夫人房裡的丫頭說，錢全被大夫人借走了。」

李五娘剛回來已從丫頭那裡知道柳七娘借了錢，卻是不曉得她借錢去做了什麼，因此將驚訝的模樣裝了個十足，「這個月的月錢才發過，大嫂借錢作什麼？」

姜夫人又覺得太陽穴突突地疼，強忍著問：「為什麼借錢？借了多少？」柳七娘忙把衙役們的借條遞過去，「娘，可不關我事，是官人在外欠了別個的錢，我好心替他補漏呢！」

姜夫人接過去一看，足有三百貫，她眼前一黑，幾欲倒下。柳七娘到底是親兒媳，忙上前扶住她出主意，「娘，不用急，不是還有八百貫在俏姊那裡嗎？取來還了三弟妹的錢，還有多的。」

姜夫人見不用在庶子媳婦面前失體面，心下一寬，稍稍緩過氣來，吩咐人去俏姊房裡翻錢。

李五娘笑吟吟地站在那裡，等收了那三百貫，又大大方方地當著眾人的面數了兩貫錢替大伯打發走行頭。

她既破費，何老大少不得要裝了樣兒謝她兩句，李五娘便笑道：「一家人謝什麼？只是既然大哥的一千貫已取了回來，就趁早把公帳上的虧空補齊吧。」

何老大方才就想問柳七娘，為何一吊錢變作了三百貫，此刻見李五娘要帳，更是忍不住，朝柳七娘罵道：「賤婦，我明明只許了官差們一吊錢，為何經了妳的手就變作了三百貫？」

柳七娘才不怕他，將借條自姜夫人手中接過來遞到他面前，「自己瞧瞧，上頭還有你的手印哩。」

姜夫人聽得「官差」兩個字，頓時覺得腦子裡混亂起來，扶著個小丫頭揉了半晌太陽穴，罵何老大道：「你狎妓也就罷了，怎的還欠了官差的錢？」

何老大心想綠娘的事已人盡皆知，就死豬不怕開水燙，道：「我狎妓的事不知怎的被官府曉得了，將我拖去打了板子。我吃痛走不動，才出錢央幾個衙役抬了回來，不過我只許了他們一吊錢，多出來的，妳找那個賤婦要去。」

柳七娘好歹是姜夫人的遠房親戚，親手挑的兒媳，他當著李五娘這個「外人」的面一口一個賤婦，姜夫人面兒上就有些掛不住，沉著臉不說話。

李五娘心知只要自己在場，他們就不會敞開了講話，便識趣地先告辭：「大哥既損失了三百貫，我也不做惡人，就先將剩的七百貫抬回去。」

柳七娘自然不肯把自己的那兩百貫拿出來，還要再辯，卻被姜夫人一眼瞪回，逼著她去取了錢，湊足七百貫，交由李五娘抬了去。柳七娘猶自抱怨不該把錢交出來，姜夫人一盞子茶摔到她身上，罵道：「蠢貨，這些錢將來都是你們的，有李五娘幫你們守著不好嗎？非要猴急地取出來亂花掉！」

柳七娘聽說這錢都是他們的，突然想起衙役們抬走的那兩百貫，肉疼道：「早知道娘是要把家產盡數留給我們的，就多給衙役們一百貫了。」

何老大聽得分明，馬上問她為何要多給一百貫，柳七娘一面心疼，一面把衙役來要錢的事講了出來：「他們本只要一百貫，我想從李五娘那裡多掏些錢出來，便許了他們一百貫，叫他們寫了這個三百貫的條子。」

姜夫人聽了詳細，只覺得胸中一口氣吐不出來，取了笤帚追著她就打。那頭雞飛狗跳，何老大卻琢磨，明明是一吊錢，怎的到了柳七娘那裡就成了一百貫，定是俏姊那個娼婦使的鬼。他有心爬起來去尋她，無奈動不了身，又見柳七娘已被姜夫人打了好幾下為他出了氣，待得回房就轉頭哄她道：「今兒的事怨不得妳，都是俏姊那個小娼婦起的頭，不如妳去尋她打幾下，替我出口氣。」

何老大平日裡對幾個妾都護得緊，柳七娘早恨下不了手，如今見他主動要打，哪有不肯出力的，還怕自己手勁小扇不疼她，特意挑了幾個膀大腰圓的媳婦子，一群人浩浩蕩蕩衝到西廂，把剛從外頭回來的俏姊逮個正著，不分由說先將她打作了個豬頭。

俏姊最是在意自己的一張臉，此刻眼也腫臉也腫，恨不得一頭將柳七娘撞死在地，罵道：「自己哄不住男人，只曉得打我。」

柳七娘洋洋得意，「此話差矣，我多給了衙役一百貫，自己還瞞下一百，官人反倒誇我。妳也是許了他們一百貫，官人卻叫我來打妳，到底是誰哄不住男人？」

俏姊自然是不信，譏笑道：「長得似個倭瓜，官人會偏著妳？」柳七娘衝上去親自扇了她一掌，罵道：「老夫人開了口，將來這家業都是我的，趁早把眼睛放亮，不然提出去就賣！」她打完罵完猶覺得不解氣，又帶著幾個媳婦子將俏姊房裡的箱籠櫃屜全翻了個遍，把稍值錢的物件盡數摟走，連照盒裡的幾個琉璃簪子都沒放過。

俏姊哪裡是個肯忍氣的，趕著跑到三房院裡尋李五娘，「三夫人，虧得妳成日裡勤勤儉儉只想著如何替大夫人補虧空，卻不知是替他人作嫁衣裳。老夫人都發了話，說這份家產只留給大房呢，妳連口湯都喝不著！」

何耀弘到底是做著官的人，老夫人會不平分家產？李五娘不信，使人去一打聽，卻居然是真的，立時氣得直磨牙，回房就叫貼身丫頭小桃紅把當年的嫁妝單子翻出來，小桃紅奇道：「夫人，妳的嫁妝早被老夫人搶去給大少爺買官使了，尋個空單子出來還有何用？」

李五娘冷笑道：「正是成了空，才要討回來呢！」小桃紅跟了她多年，一聽就明白，「夫人要挪公帳補嫁妝？這筆帳咱們早該討回來的，只是帳上有了虧空，終究是說不過去。」李五娘笑看她一眼，「太小看我的手段了，鋪子裡都是我們的人，妳且去把管事請來。」

何家公中的鋪子共有大小七個，小桃紅依言把七個管事全都請了來，這些都是自己人，李五娘直截了當地問：「可會做假帳？」做生意的管事哪有不會這個的，當即全都直點頭，李五娘便吩咐他們各做一本，合力湊齊十萬貫，又拿著這些　著嫁妝單子將當年的陪嫁一一補足。

她做了這樣一筆「大生意」，心中正自得，卻聽見隔壁那個大肚子的妾生孩子，叫得她心煩意亂，便收拾了銀盆和鴨蛋，躲出去給小圓送催生禮。

雖說這催生禮送得也太早了些，但娘家嫂子能親自來，小圓臉上還是有光，就歡歡喜喜把她接到正廳上看茶。李五娘見她如此鄭重，嘆道：「只有妳把我當個人呢！」小圓嗔道：「三嫂這是什麼話，妳是正房夫人，又不是妾，哪個敢不敬重妳！」李五娘聽了這話更覺得窩心，就將她作假帳補嫁妝的事講了出來。

小圓先是一驚，想了一想，卻生了幾分佩服，「三嫂果真好手段，我自嘆不如，十萬貫不是小數目，假帳一事遲早要敗露，但那些錢妳是用來補嫁妝的，他們就算知道有虧空，也不敢鬧將起來，不然妳把當年嫡母霸占兒媳嫁妝的事拿出來抖一抖，就夠他們喝一壺！」

李五娘苦笑一聲，嘆道：「都道我李五娘霸道跋扈，就是這樣我又討到了什麼好處？一進門嫁妝就被占，辛辛苦苦管家，婆母一絲謝意都無，還不願分家產。」

小圓見她難過，忙將何老大挨打丟臉的事拿來問她，逗得她笑了幾聲。二人閒話一陣，李五娘有些心神不定起來，小圓看在眼裡，遣退了下人一問，原來是家裡那個妾正在生產，不知是男是女。

自家這個三嫂還真是外頭風光，內裡苦似黃連，小圓在心裡狠狠替她嘆了幾口氣，勸道：「三嫂，我雖是三哥的親妹妹，也替妳抱不平，沒奈何日子還要往下過，那個妾再怎麼礙眼，懷的也是三哥的親骨肉，妳正房夫人不回去照看著，等三哥從泉州回來，怕就要給妳臉子瞧。」

這番話恰中李五娘心事，她人前人後都要強，這回卻再也忍不住，伏在小姑子身上哭得似個淚人兒。可憐她千般傷心萬般難過，哭過之後還得將痕跡細細掩飾，扮作一副喜氣洋洋的模樣回去替那個妾忙前忙後。

小圓送走李五娘，嘆道：「三嫂那時候要搶我的鋪子，怕也是被嫡母氣急了，她實在是個可憐人呢！」采蓮如今大了，對這樣的事情很是關心，問道：「三夫人有娘家撐腰，連老夫人都不怕的人，怎的卻要委屈自己去給一個妾張羅，她就算不理睬又如何？」

小圓更是嘆氣，「她心裡只有一個三哥，一顰一笑都是為他呢！」程慕天今兒回來的早，走到門口正巧聽見這話，笑道：「妳三哥是她官人，不為他還能為誰？」小圓才見了李五娘哭得肝腸寸斷，這會子見了男人就來氣，「你們這些男人沒一個好東西，都是吃著碗裡望著鍋裡，家裡娘子辛苦持家，貼錢買官，沒討到好兒不說，還要替妾接生，替妾養兒子。」

程慕天不知她講的是何耀弘，還以為又來了個綠娘，唬了一跳，「莫要瞎說，不然阿雲那妮子又要拿涼水潑我！」小圓被這話逗笑，忙拉過阿雲，叫她給少爺陪不是。

傍晚時分，何府派人來報喜信，說是何耀弘的那個妾給他添了兒子。小圓接到消息，飯也不吃，坐在那裡發呆。程慕天笑話她道：「叫別人看見妳這模樣，還以為是我的妾生了兒子。妳三嫂正房位子坐得穩穩當當的，就算妾生再多的兒子又如何，等她自己有了兒，還是嫡子為大。」

小圓愁道：「可不就是擔心這個，三哥回京還沒幾天，又去了泉州，這夫妻倆隔著這麼遠，何時才能有兒？只怕是三哥再回京時，又帶個大肚子的妾回家。」

程慕天也擱了筷子，道：「如今好不容易妳三嫂同妳親近，妳在娘家才有了個說上話兒的人，照說她不如意，咱們是該幫著些，可自古以來男子納妾天經地義，妳又能如何，頂多勸她捨了家裡去泉州任上陪著，早些生個兒子出來。」

小圓也正有此意，但聽了這話卻很不快活，非逼著他解釋那個「男子納妾天經地義」，問他是不是也有意納上一個。自她懷孕，這樣的胡攪蠻纏就沒少過，程慕天輕車熟路指天發誓賭咒，忙了個不亦樂乎。

第二日小圓使人去請了李五娘來，勸她放下管家大權去泉州尋何耀弘。李五娘已挪齊了十萬貫嫁妝，還有什麼捨不下的，當即謝過小圓，回家就收拾行李，過了幾日，果真坐船上泉州去了。

柒之章　麒麟送子留依傍

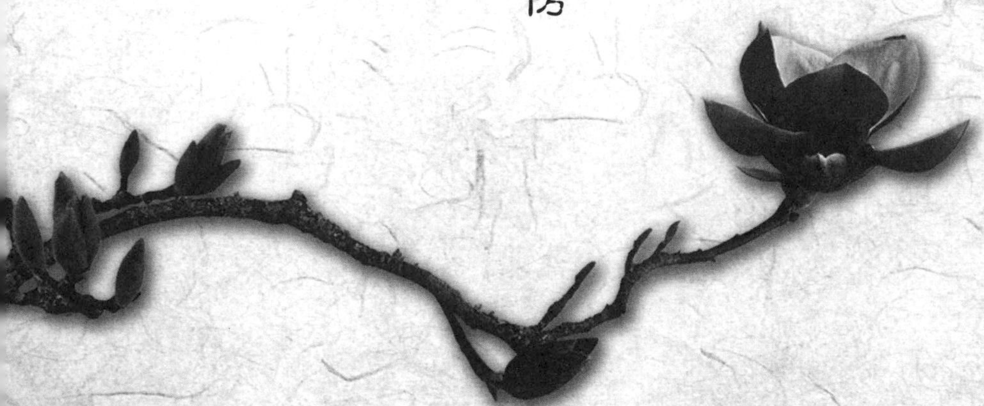

李五娘去泉州前交出了管家權，何府的當家人易了主，李家又開始不買帳，姜夫人成日裡為生意忙得焦頭爛額，無暇旁顧其他，何老大則是上回拆散妹子與妹夫不成，反挨了打又破財，乖乖收斂著在家養傷。娘家幾個愛鬧事的都不冒頭，小圓的日子就舒心起來，每日裡在家翻書閒逛逗官人，好不自在。

這日吃過午飯睡罷午覺，她正躺在榻上叫程慕天聽她肚子裡的動靜，突然聽見外頭有人喚，便要起身出去看，程慕天攔她道：「還有十來天就生了，亂動什麼，我去瞧瞧便是。」她正覺得身子沉重不願動彈，便依了他的話重新躺好，叫小丫頭進來打扇。

程慕天推門出去一看，卻是任五的兒子任青松。

這任青松半年前就開始幫著大管事任五打理小圓的兩個陪嫁鋪子，如今也算作個小管事，但此時不是月末亦非年尾，他來作什麼？程慕天也是生意人，料想十有八九是鋪子裡出了事，他怕小圓知道了費神，忙先把他帶到隔壁方問緣故。

任青松說是有事，卻支支吾吾不肯講一句全話，程慕天沉了臉道：「我知你忠心，只認夫人一個主子，可此刻她懷著身孕，難道要她挺著肚子來操心？」

原來外頭傳言說少爺萬事以夫人為先竟是真的，任青松縮了縮頭，道：「少爺，非是我不說，只是這事兒咱們男人不好管，不如你叫采蓮姑娘來？」程慕天奇道：「你找一個丫頭作什麼，難道不是鋪子有事？」任青松道：「少爺沒料錯，正是棉花包鋪子出了事。」

棉花包不就是家裡女事房月月要做的物件嗎？程慕天聞言立時紅了臉，連鋪子具體出了什麼事都不敢問，匆忙去尋采蓮，「小任管事找妳有事。」

采蓮正帶著幾個產婆準備小圓生產要用的事物，一時丟不開手，就先問了一句：「少爺，小任管事是管鋪子的，尋我能有何事？」程慕天紅著臉，偏還要裝作若無其事，「誰曉得，那是夫人的陪嫁，我也不好多問。」

采蓮只得擱下手頭的事情，一臉莫名其妙地去問任青松。任青松雖還不到二十歲，卻管了這個鋪子足有半年多，早練就得講起各種棉花包來面不改色心不跳，「采蓮姑娘，咱們棉花包鋪子出了點子事，本不想來勞煩妳，無奈這女人的事體我們大男人鬧不清楚，所以來向妳請教請教。」

采蓮聽得「棉花包」一詞從個男子口中輕飄飄地講出來，臉頓時漲紅得不比程慕天差多少，但她一向曉得事分輕重緩急，因此雖害臊得不敢抬頭，腳下卻沒挪動半步。

任青松見她很是曉事，暗讚了一聲，繼續道：「咱們的棉花包鋪子開張兩年多，向來口碑極好。臨安府跟風賣這個的店少說也有上百家，可只有咱們家有藥棉，且只有咱們家的棉花是用沸水煮過的。」

采蓮輕輕點頭，說來這棉花包問世，她和采梅也出過一份力，就是藥棉的配方，她都是曉得的。

任青松輕輕咳了一聲，終於轉入正題，竟也有些不好意思起來，「聽聞程家的丫頭媳婦子們都使過藥棉包，我想問一聲，可有誰用過後有過敏症狀的？」

采蓮本以為他要問鋪子生意相關的事體，因此才一直忍著羞，不料他講得卻是這般隱祕的事，臉上就止不住的燙，含羞帶怒道：「這樣的小事，人家怎會講給我聽，你不如回家問你娘子。」

任青松理直氣壯，「我要有娘子，還來問妳作甚？此等女人家的事，我比妳還羞，可鋪子出了事總要有人管，妳要是不肯去打聽，就尋幾個丫頭媳婦子來，我親自一個一個問。」

采蓮紅著臉呸了一聲，丟下他扭身就往外走，回到房裡卻坐也坐不穩，站也站不直，到底還是又挪到隔，用蚊子聲兒講了一句：「以為誰都跟你似的不知羞哩，且等我給你問去。」

家裡女事房是現成的，她先去問過女事房管事，又在幾個交好的小姊妹中間問了一圈兒，回去向任青松道：「並沒有你說的那樣的事。」

任青鬆緊鎖了眉毛，背著手在房內走來走去，「我就曉得多半是詐，可這樣的事哪個講得清？」

采蓮站在門邊盯著他看了好一會兒，端了杯茶來與他，道：「鋪子到底出了什麼事？你也莫要太心焦，講出來咱們都替你出出主意，三個臭皮匠賽過諸葛亮哩。」

很是高興她主動相問，忙把事情前前後後講了一遍。被喚作葛娘子的夫人，幾個月前在棉花包鋪子裡買了藥棉和布料，回家自己動手縫了棉花包使，這個月卻使人來鬧事，說用過之後下體瘙癢難忍，吃了好些日子的藥都沒好。

采蓮聽了這篇話更是羞得很，背過身去不敢看他，道：「藥棉和布雖是咱們煮過的，可誰知道她縫之前有無洗手。」

任青松嘆氣道：「可不就是這個理，咱們的藥棉和布料賣前都是封在盒子裡的，那封條一撕即壞，斷沒有事先就弄髒的可能，但葛娘子一口咬定她縫前是用澡豆洗過手的，咱們也拿她無法。」

采蓮憂心道：「這事要是揪不出她的錯來，咱們恐怕不是要賠錢，就是要打官司。」

任青松苦笑，「賠錢打官司倒不算什麼，只是這事兒要不給個說法，往後哪個還敢來咱們鋪子買藥棉？」

二人俱是憂心鋪子，竟忘了這是件羞人的事，同坐到桌邊商議起來。過了會子小圓那裡有事要找采蓮，程慕天親自來叫，見她同任青松同坐在一處，還以為任青松是藉了鋪子有事的名頭來私會丫頭，臉上就十分不好看起來，道：「你們若處得來，去求夫人配婚便是，這般偷偷摸摸成何體統。」

采蓮聽了這話，捂著臉就往外跑，任青松急道：「少爺，真是鋪子有事，咱們是一時情急，才坐到了一處商量。」

程慕天此時認定了棉花包一事是假的，就不再害羞，哼了一聲，「我也是做生意的，有什麼事且說來聽聽，我倒要看看你還能編出些什麼話來。」

任青松方才瞧了采蓮半日，對她已生了那麼幾分好感，就有些埋怨程慕天老古板，連小廝丫頭坐在一處都要管，便故意把葛娘子使了藥棉包得了婦人病的事講了個詳詳細細，直到程慕天的臉由白變紅，由紅變紫方才停下來，又問他道：「少爺，這事兒處理不好，鋪子怕就要關門哩！夫人若是曉得她一年多的心血付諸東流，怕是要……」

「閉嘴！」程慕天橫了他一眼，「休要以為拿個棘手的事來考我，就能將勾引我家丫頭的事混過去！」

任青松也有幾分倔強氣，梗著脖子道：「若少爺能將藥棉包的事圓過去，我自背了棍子來任你打；若是你圓不過去，就把采蓮許給我。」

程慕天很想說那是我娘子的丫頭，嫁與不嫁的我作不了主，但此等掉價的話他哪裡好意思講出口，臉上更是紅了一層，幸虧他對自個兒的能力很是自信，袖子一甩，「你回去備棍子吧！」

他為了男人的臉面，應承下了這件事，但卻對棉花包幾乎一無所知，僅僅曉得那是女人家來了月事要使用的物件，至於為何要摻進藥物做出個藥棉包來，就絲毫不清楚了。他皺著眉頭苦思冥想不得法，想去請教請教娘子，又礙著屋裡有下人，便謊稱還要歇午覺，將她們盡數趕了出去，連個打扇的都沒留下。

小圓抿著嘴望著他笑，「都什麼時辰了還歇午覺，害我無人打扇熱得慌。」無外人在場的時候，程慕天向來沒什麼脾氣，二話不說撿了扇子，就勢坐到小丫頭坐過的凳子上，替娘子扇起風來。小圓跟他認識這麼些年，自然曉得他是心裡有事，卻故意不主動相問，只一會兒腰酸，一會兒腿痛。

程慕天有求於人，無可奈何地一邊替她揉腰捏腿，一邊思忖如何才能既問了問題又不叫她曉得鋪子裡出的事。小圓被伺候得舒舒服服，笑道：「到底有什麼為難的事，竟叫我們程少爺皺起眉頭來？」

程慕天終於等到她主動來問，忙湊到她耳邊放低了聲音，含含混混地問：「娘子，妳可用過棉花包？」

小圓很是驚訝他問這個，又見他俊朗的一張臉紅撲撲的模樣煞是可愛，就逗他道：「我用那個作什麼？」程慕天的頭愈埋愈低，恨不得將整個臉藏進她脖子裡，「妳不用那個，設女事房作什麼？」小圓的脖子覺到他臉上的滾燙，知他已是羞極，忙拍了拍他的背，道：「用的，用的，只是懷著身子的這幾個月沒了月事，所以許久沒去取而已。你這幾天不是只關心孩子的尿布嗎，怎的想起問這個來？這可是女人的事，你一向不是不屑於過問的嗎？」

程慕天猛地抬起頭，「胡說，我何時問過孩子的尿布？那也是該女人管的事。」

小圓慢慢地挪下軟榻找鞋子穿，笑道：「是，都是女人的事，你只管做生意賺錢便是。我現在要去園子裡逛逛，產婆和我姨娘都說，生產前多走動，孩子才好落地呢。」程慕天很自覺地替她把鞋套上，卻抹不下面子扶著她的手去外頭，只叫丫頭們來伺候，自己在一旁跟著。

小圓出行，丫頭婆子跟了一群，人一多，程慕天又犯了內向的毛病，恢復成那個永遠板著臉沉默寡言的程二郎來。

程家的後花園地盤極大，中間有潭清亮的湖水，養著上百條斑斕的錦鯉，在蓮花荷葉下自在游來游去，叫人看了挪不開眼。程慕天板著臉，下人們都不敢開口，一行人默默站在湖邊瞧了一回魚，又一路無語地登到湖中心四面敞亮的亭子中，小圓讚了聲「好風」，馬上就有人搬來鋪了玉石片兒的躺椅，端上各樣新鮮瓜果。

采蓮今日才被程慕天斥責過，有些兒怕他，正想尋個藉口溜走，抬眼看了看小圓的神色，見她像是有話要與程慕天講的模樣，就上前低低問了一聲，帶著下人們盡數退下，只在橋那頭遠遠地候著。

轉眼亭中只剩了她夫妻兩個，小圓慢慢地往程慕天身上靠去。程慕天慌忙抬頭看了看遠處的下人們，伸手把她扶正，「那邊有人看著呢，正經些！」

小圓被他哄著捧著過了這些日子，還真當他是轉了性子，此刻見他還是那副食古不化的模樣，就生起氣來，往椅子上一躺，「就是不告訴你棉花包的事，急死你！」

「又作小兒姿態。」程慕天皺了皺眉頭，忽地又警覺，「哪個要問那個什麼的事，我不過是隨口提提罷了。」

小圓閉了眼不理他，一隻手擱在在肚子上輕輕摸著，一隻手搭在小几上慢慢拍著。程慕天無法，只得裝模作樣慢吞吞地踱過去，朝橋那頭看了又看，見下人們確是都垂著頭，這才飛快地從盤子裡揪下一顆葡萄，塞進她口中。

小圓覺著嘴裡多了顆酸酸涼涼的果子，立時就睜了眼，還是只來得及看到程慕天又走回欄杆邊低頭看魚的背影。她突發奇想，就是練了輕功的武藝人，怕也是沒這般快的速度吧。

程慕天背對著她，耳朵卻豎得老高，聽得身後一聲輕笑，忙轉過身來，「這下滿意了，快些講給我聽。」說完又編了一篇話來，「生意上來往的幾個朋友聽說咱們家賣得好棉花包，都想買了回去討好娘子，但卻不知買哪一種好，便來問我，可這女人使用的物件，我哪裡曉得詳細，只得先來問過妳，改日再去敷衍他們。」

這謊話編得極有條理，小圓真的就信了，便起身走到他身旁，將普通棉花包和藥物棉花包細細講了一遍，「外頭傳得邪乎，其實就是加了活血的方子和幾味香料，不過用了的確能緩解肚痛倒是真的。」

「來月事還會肚子痛？又不是生孩子！」程慕天第一次聽到這個說法，很是好奇，居然跑偏了題。

小圓望著他忍了半晌，還是撐不住笑了，「你是沒瞧見我以前疼得在床上打滾呢，後來使了藥棉包方才好些。」

原來來月事是會疼的，那癢也不是不可能了。程慕天若有所思，卻不敢將這樣的問題講出口，只旁敲側擊道：「到底是藥物，所謂是藥三分毒，用多了不會有害處吧？」

小圓笑看他一眼，「那藥又不是吞到肚子裡，能有什麼害處？咱們家上上下下都使那個，你看哪個使出過毛病來？你打聽得如此詳細，莫非是想偷技？這個卻是不能，乃是我祖傳——傳女不傳男。」

程慕天心裡裝著事。無心與她辯解祖傳祕方怎能「傳女不傳男」，但他身為生意人，卻甚是忌諱別個說他有偷師之心，當即閉了嘴，收起所有表情。

他滿腹疑惑，偏生娘子興致頗高，遊完了湖又要去賞花，賞完了花又要去瞧石頭，好不容易待到她走累，陪著回去吃完茶，這才抽身出來尋程福。

程福如今有子萬事足，正在房裡同阿繡兩個逗弄兒子，聽見程慕天親自在外頭喚他，忙帶了兒子喜哥出來，教他叫人行禮。喜哥快滿一歲，墩墩實實虎頭虎腦，程慕天自己也是快當爹的人，見了孩子就不像以前那般無動於衷，自腰間扯了塊玉佩下來送他。程福忙替兒子謝了賞，叫阿竹抱了進去，這才悄悄問程慕天：「少爺，可是棘手事？」

到底還是自幼服侍的小廝懂得我心思，程慕天虛握了拳頭，湊到嘴邊咳了兩聲，「你兒子如今是良人，還需得取個大名的好。」

程福心中一忖量，看來少爺這回遇上的事不僅棘手，且還不好啟齒，他一向擅長替主子解憂，忙道：「少爺，我雖跟你學了幾個字，可哪裡會取名字？不如你交件差事與我辦，若辦得好，就賞個名兒給喜哥？」

程慕天滿意地點了點頭，招手叫他近前，低聲把任青松的話和在小圓處套來的消息講了一遍。程福聽後大呼後悔，極不該上了程慕天的當，一時口快應承下來，這等女人家的事體，他個大老爺們如何去辦差？

「少爺，夫人的鋪子不是有管事嗎？他們都是能幹人，哪裡輪得到咱們去費腦筋？」程福心一急，腦子轉得更快，開始搜尋起推脫這尷尬差事的理由來。

程慕天可不願告訴他自己是因為抹不下面子才應下這事來的，躊躇間，抬頭瞧見阿繡坐在窗前，靈機一動，提高了聲量道：「他們管事與我打了賭，若我解決了此事，就將家裡的丫頭嫁一個給他。你說不願替我辦這件事，其實正合我意，我家裡的丫頭又懂事，又會認字，把個給你不好些，沒得便宜了外人。」

話音未落，就見阿繡抱著兒子風風火火地跑了出來，「少爺，他既是你的小廝，哪有不替你辦事的道理？看我揍他！」

程慕天還要多添把火，程福急得只差冒眼淚，拱手求饒道：「我的好少爺，我去辦就是，切莫再說了，我家婆娘可是真會使棒槌的。」

他送走暗自得意的程慕天，轉頭怪阿繡道：「虧妳跟了夫人這麼多年，還這般沉不住氣！少爺是叫我去打探棉花包鋪子裡的事呢，妳說我怎麼好開得口？」

阿繡撲哧一笑，「怪不得少爺要哄你去辦，他面皮兒比女人家還薄，恐怕連棉花包鋪子的門都不敢進。不過，你也是太迂，現成的先生在面前不曉得討教，倒在這裡唉聲嘆氣。」

程福眼一亮，「怎的把妳給忘了？好娘子，不如妳上那葛娘子家去打聽打聽，看看到底是怎麼一回事。」

阿繡卻搖頭，「你要問我棉花包，我還答得上來，可這與人打交道，還是去請別個的好。我的火爆脾氣你不曉得，怕是事情沒打聽清楚，倒與人吵一架。」

程福抓了兒子的手羞她道：「妳倒是有自知自明，不如就請妳去尋個懂事的人？好歹妳現下在程家也是有頭有臉的管事娘子，任誰都要賣妳幾分面子。」

阿繡把牆角豎著的棒槌看了一眼，笑道：「少拍馬屁，我就算要去，也是怕你辦不成差事，無奈收了少爺賞的人，要挨我的打。」

程福老在外跑的人，花茶樓哪個月不去個幾趟，他又不似程慕天嫉妾如仇，少不得就動過幾次心，要仗著主子的寵愛收幾個家來，可無奈每回都鬥不過阿繡的棒槌，這才慢慢地歇了花花心思。他心有餘悸地也朝牆角看了一眼，主動要求在家帶孩子，娘子不回來絕不出門，恭恭敬敬送了阿繡出門去求人打探消息。

雖然程福沒提醒，阿繡倒也曉得不能給小圓添堵，思前想後，程家除了夫人，就屬采蓮與自己最熟，且都是從陳姨娘家出來的。她打定了主意要去尋采蓮，就先到院子去打聽，正巧小圓逛累了園子在歇息，便使了個小丫頭把采蓮喚了出來，把棉花包鋪子的事講與她聽，又央她去葛娘子家打探詳細。

采蓮與阿繡相識多年，又羨慕她嫁人後還過得好，就在她面前吐露了實言：「繡姊姊，非是我不願幫妳，只是今兒我幫著小任管事出了幾個主意，就被少爺誤會我不守規矩，這要是再替他去葛娘子家走一趟，還不知被誤解成什麼樣呢。」

阿繡笑著把她輕輕一拍，「哪個他？明明是我求妳辦事，怎麼同小任管事扯上關係了？」

采蓮向來心思縝密不下小圓，此番卻說漏了嘴，頓時羞得滿臉通紅，扭身便要走，阿繡忙一把抓住她道：「采蓮，聽姊姊一句話，這樣的事，任別個怎麼說，妳只當婚姻大事自有夫人替妳做主。妳若不大大方方行事，叫旁人看見，倒真以為你們有什麼首尾似的。」

采蓮聽了這話，初時不以為然，細想過來卻覺得字字在理，福身謝過阿繡，替她去那葛娘子家跑一趟。她是個聰明的，回房脫下丫環的衣裳改了打扮，又收拾了幾樣首飾絹花，用個雙層的盒子提著。也不坐家裡的轎子，只在外頭雇了個滑竿，扮作個走街串巷賣珠子的媳婦子，到葛娘子左鄰右舍賣了一圈兒下來，就把事情打聽了個七七八八。原來葛娘子並非任青松所料想的是個渾人，乃是清清白白一個小寡婦，雖家裡窮些，但卻從未做過偷奸耍滑之事。

采蓮提著盒子藉著賣珠子，又進到她家去瞧了一瞧，屋裡收拾得清清爽爽，房頂無蜘網，桌上無浮灰，再打量葛娘子，頭髮梳得一絲不苟，指甲縫裡也是乾乾淨淨。

她回去向阿繡講了所見所聞，奇道：「我看葛娘子不是邋遢之人，想來縫棉花包前是洗過手的，既然東西是乾淨的，怎會用後得病？」她不明白，阿繡更是想不通，這話就原封不動轉到了程福那裡。程福一聽，哼了一聲，「妳們女人家都不懂，我哪裡曉得關節，不如交還給少爺！」

於是這團經由數人，兜兜轉轉一整圈，又擺到了程二郎的面前，他望著眼中帶著些許期盼的程福哭笑不得，「你可是故意不辦事，想收個人回去？」程福連忙搖頭，「想也無用，阿繡的棒槌嚇人，她是夫人的丫頭，我得罪不起。」

他是少爺的人，卻怕夫人的丫頭，這是在暗諷少爺比夫人低一頭？程慕天狠狠瞪了他一眼，「你要納便納，莫要扯到夫人頭上！」程福腦袋一縮，忙專心出主意，「少爺，查不清就不查，私下裡塞葛娘子幾個錢，叫她把事情自個兒認了。要不，就鬧上官衙，給官老爺塞錢。」

程慕天又瞪了他一眼，「你說的那些，要麼是查不出頭緒的事，要麼是對付無理取鬧的渾人，那葛娘子是哪樣？」

程福吶吶地講不出話來，好半天試探了一句：「是查不出頭緒？」程慕天踹了他一腳，「我看你的確是欠棒槌，還不跟我去鋪子裡瞧瞧，若真查不出頭緒，咱們程家鋪子的人往後就別想在陪嫁鋪子面前抬頭。」這一腳沒下力氣，程福嘿嘿笑了一聲，趕忙跟上去，免得他家地少爺到了棉花包鋪子跟前不敢進門。

他卻是多慮了，棉花包鋪子根本不賣棉花包，各種吸水的隔水的布料，還有普通棉花藥物棉花都是分開來賣，配套盛在各種不同檔次的小盒子裡。這裡只有布料與棉花，沒有「棉花包」，要是不知詳細，根本看不出這是賣女人用品的店鋪。

程慕天站在櫃檯前笑了，娘子果然好心思，若真是賣成品棉花包，怕是沒一個女子好意思上門來買，這般佈置卻是連他這個男子都敢堂而皇之地站在店裡觀看。程福見少爺笑了，也站直了腰，叫了個夥計去請管事的。

任青松早就候在鋪子裡專門等候程慕天大駕，此時笑著拱手迎出來，將他往後邊讓，「少爺，可是有頭緒了？」程慕天今天臉紅了無數次，這番又變了顏色，但還是穩穩站在櫃檯前，指著那些布料棉花問道：「小任管事不介紹個清楚，我就是青天大老爺，也沒法斷案。」

任青松見程慕天竟敢當眾問詳細，倒是佩服了一番，當即將各種棉花包上至功效下至使用方法講了個仔仔細細，羞走櫃檯前看貨的小娘子無數。程慕天認真聽完，走到後邊坐下。任青松一心想要瞧他的本事，便親自捧了一盒子擱到桌子上。

程福打小跟在程慕天身旁，最是知曉他心思，見他要棉花包，忙尋了把剪刀過來，動手將棉花和布料各剪下一小塊，放到他手邊。程慕天取了布料，用兩根手指揉搓一番，搖了搖頭，又揀起藥棉放在鼻下細細聞了聞，道：「艾葉、當歸、益母草、魚腥草、香附，還有一味是薄荷，這棉花是用藥水煮過的？」

任青松聽他將藥名一個不差地報出來，額上沁出薄汗，強自穩神道：「是煮過的，不過少報了幾味。」

程慕天這是常年在碼頭接貨聞香料，順路練就出來的辨藥本事，從來就沒失過手。他輕輕一笑，也不爭辯，道：「這些藥就算口服也無什麼大礙，何況只是煮了棉花。葛娘子的症候必不是出在這上頭，程福，你且去把給葛娘子瞧過病的郎中請來。」

任青松道：「她哪裡肯請郎中瞧那種病，還是我們要告她訛詐，才讓一個老郎中的閨女給瞧了瞧，說是用了不乾淨的棉花包才得的病。」

程慕天與程福對視一眼，這可奇了，人也愛乾淨，棉花包也乾淨，問題究竟出在何處？任青松見程慕天眉頭皺了起來，心中竟有些竊喜，勸他道：「這事也不急於這一時，天色已暗，少爺不如明兒再來想辦法。」程慕天很是不悅被人看低，這麼些年總是有些習慣和套路，便吩咐把帳本搬來查一查。

任青松也不悅起來，叫你來幫著處理糾紛，又不是請你來查帳，帳本這樣的機密怎能叫你曉得？程慕天見他不肯，明白這是他的忠心，道：「不看也成，你把葛娘子買布料和棉花的時間和數目報與我聽聽。」

任青松緩了神情，叫來帳房先生查帳本，回道：「葛娘子是三個月前買的布料和藥棉，各買了一盒，共六塊布料、六片藥棉。」

程福脫口而出：「六個哪裡夠用。」說完，見幾個男人全都一臉好奇盯著他看，頓時鬧了個大紅臉，拉著任青松道：「我家少爺不曉得底細還罷了，你是管鋪子的，難道不知道棉花包都是用後即扔的，我家——」他本想說，我家娘子每個月起碼要用十來個呢，突然意識到場合不對，及時把後半截的話吞了回去。

任青松聽了只顧著笑，程慕天卻馬上發問：「六個能用多久？」他好不容易抓住了些頭緒，不顧臉紅地發問，程福反倒不好意思起來，扭扭捏捏道：「只能……可能……恐怕一個月都不夠用。」

程慕天微微一笑，果斷吩咐任青松：「派人去問葛娘子，為何三個月前買的東西，現在才出問題？」程福好奇插了一句：「少爺，萬一她有怪癖，買了藏到現在才用呢？」

任青松道：「這東西藥效還不滿一個月，咱們都是現製現賣，若是她使的是過期的東西，咱們可是不負責任的。」他急於弄清狀況，不顧這時外頭已是漆黑，仍使了幾個站櫃臺的女夥計去葛娘子家詢問。

半個時辰後便有消息傳來，說那葛娘子見人來問，窘得連門都不敢開，原來她嫌棉花包太貴，捨不得用完就扔，便拆拆縫縫，洗洗刷刷，硬是將六個棉花包用了三個月。這樣的東西都是不敢見陽光的，陰乾的棉花比草木灰更容易生菌，用了不得病才怪。

程慕天今日臉紅了太多回，見事情已水落石出，就不願再多留一分鐘，將後續扔給任青松，匆匆往家趕。

此時已是夜深，房裡還亮著燈，阿雲、阿彩見他回來，一個打起湘妃繡簾，一個忙跑進去報信。小圓扶著腰迎出來，心疼道：「怎的忙到這時候？快些來用飯。」

程慕天朝桌上看了一眼，兩雙碗筷，飯菜分毫未動，生氣道：「妳不疼惜自個兒餓著肚子，我忙活來忙活去又有什麼意思？」

小圓先前見他打聽棉花包，早就使人去查探了詳細，不過是不想拂了他的好意，這會兒才裝作不知情。她此刻聽了程慕天發火，還以為是事情沒有解決，有心要安慰他，又不想露了餡反叫他難堪，只得裝了笑臉哄他道：「早就吃過了，肚子大了容易餓，所以陪你再吃些。」

程慕天這才露了笑容，但他生性不喜張揚，就是鋪子裡的事已圓滿解決，還是隻字不提，害得小圓擔心了一晚上，直到第二日大清早，任青松上門負荊請罪，她才得知了實情。

任青松背著根棍子跪在房裡，講到程慕天昨日心細如髮，甚是服氣，「少爺是個有本事的，可惜我沒福氣跟著他歷練幾年。」小圓笑道：「你真是個膽大的，叛變也不用當著我的面講出來吧。」任青松忙道不敢，「我與少爺打過賭，若是他解決了這事兒，我甘願受罰。」

小圓望著他背著的棍子又笑了起來，「既是賭注，斷沒有只論輸不論贏的，若是你贏了，少爺許你的是什麼？」任青松看了采蓮一眼，卻是搖頭道：「我是故意激少爺呢，哪裡會許下那麼多！」

小圓曉得此間必有緣故，也不多問，只將葛娘子後續處理的事拿來問他。任青松道：「那葛娘子不過是勤儉，並不是故意為之，再說這事兒也沒鬧大，因此我只叫人另送了幾盒去給她，教她如何使用。」

此番話連躲在裡屋的程慕天聽了也不住地點頭，做生意也要有容人之量，方才能興旺。他曉得替人掩飾尷尬，這葛娘子只要手頭有了錢，定還會來店裡買東西。

小圓深知程慕天能鼓起勇氣辦完棉花包的事已是極限，斷不會出來見任何跟此事有關的人，便命人扔了那根棍子，好說歹說將一心求打的任青松勸了回去。待得任青松出了院子，她走到裡屋門口，將竹簾子掀開一道縫，輕輕倚在門框上，衝正在聽牆角的程慕天一笑，「二郎，若是你沒辦成這件事，要將什麼輸給青松，為何他竟不敢說？」

程慕天才聽任青松用棉花包作主題演講了半日，正羞得不敢挪步，忽見小圓堵在門口，還以為她也要把這個拿來說，就不由自主地往床後躲，直到聽見她問的是賭注，這才鬆了口氣，從床後走出來道：「他想讓咱們把采蓮許給他呢！」

小圓朝外看了一眼，走進來把簾子重新放下，道：「方才采蓮就在我身後站著，想必是青松怕她羞惱不敢提，但我看采蓮那丫頭並不像對他有意思的樣子，大大方方地看他，臉都不曾紅。」

程慕天看了看她挺得高高的肚子，責怪道：「都快生了，不向產婆請教請教如何生產，倒琢磨這些小事？他們有沒有意思的，等妳生完孩子，叫過來問問便是。」

小圓摸了摸肚子，道：「你說的是，昨天肚子就墜墜的，怕就是這幾日了。不過這事兒無需我琢磨，若青松那小子真對采蓮有意，自有他老子任五去操心聘禮婚嫁。」

說話間外頭的早飯已擺上，小圓出去一看，桌上有程慕天最愛的蝦仁餡包子，忙招呼他來吃。程慕天急著去碼頭，想把幾天事務一日之內就處理完，後頭幾天好在家守著娘子，因此也不坐下，抓了幾個包子就走。小圓見他急沖沖的模樣，笑問：「可是想把事情今兒都做完，好在家守著我生產？」

程慕天被她點中心思，又見丫頭婆子們俱捂嘴偷笑，立時就惱了，「妳生又不是我生，守著作什麼？」

他怕被人笑話，本來下午就在碼頭看完了貨，硬是挨到晚飯時分才歸家，豈料一進房門，就聽見產婆們低聲議論，說夫人中午見了紅，怕是這兩天就要生。他不知見紅是何意，估摸著是不好的症候，想起自己故意在外晃悠，不早些回來陪著娘子，一時間悔恨莫及，短一截的那條腿突然就失了重心，朝前猛跌了兩步，好不容易勉強穩住身形，一抬頭，卻見小圓就站在面前，正同幾個產婆一起看他，都是一臉的莫名其妙。

糟糕，定是我會錯意了！程慕天的臉一點一點地紅起來，直想把閒雜人等全都趕下去，好叫她們看不見自己窘迫的樣子。可惜這裡在場的都是有用人，一個也遣不得，他只好低著頭，匆匆扎進裡屋。

小圓知他是擔心得緊了才站不穩，忙跟進裡屋關上門，將產婆們隔在外頭，安慰他道：「二郎，我還沒發作呢，莫怕！」程慕天的嘴角勾了勾，忍不住笑了，「妳肚子疼不疼？怎的反安慰起我來？」

小圓過去摸了摸他的額頭，道：「我這裡還沒開始痛呢，你就先出了一身冷汗，不安慰你安慰哪個？」說著就去翻衣箱，要取乾淨衣裳出來給他換。程慕天忙扶她到床上坐下，自己動手換了身全新的，笑道：「第一次見我兒，且穿件新衣裳。」

小倆口說說笑笑，一同吃過晚飯，小圓的肚子還是沒動靜。程慕天要去請郎中來瞧，產婆們笑道：「夫人頭一回生產呢，瞧這樣子，至少要明天才能生，且安心去睡吧，若腹痛再來叫我們。」這也就是大戶人家才專門養著產婆，一般的小門小戶都是肚子痛得受不了才匆匆忙忙去喊人。產婆們對程慕天著急的態度很不以為然，但到底拿了人家的錢，就得勤快辦事，便主動排了兩班，留了三人徹夜不睡，在隔壁小廳裡吃濃茶候著。

小圓早由陳姨娘仔細教導過，曉們講的是實情，就拉著朝產婆瞪眼睛的程慕天回房睡覺。誰知經驗老道的產婆也有失算的時候。四更天還未過，她的肚子就一陣一陣疼痛起來，雖然還不至於疼到皺眉，但她兩世都未生產過，旁聽來的理論知識豐富，攤上實踐的活兒，還是免不了緊張。一時間竟只曉得捧著肚子叫哎喲，卻記不起叫產婆，還好程慕天睡眠淺，聽到她低低的呻吟立時就醒了過來，輕輕推她道：「娘子，快起來生孩子。」

他匆匆下床披衣裳，高聲叫產婆，盯著她們把小圓扶進了產房，仍站在門口不肯離開。采蓮勸他再去睡會子，他竟發起了脾氣，「夫人正在生產，妳不說去伺候著，倒在這裡躲懶！」陪嫁丫頭都是未嫁之身，怎麼好進得產房？采蓮只得勸他往旁邊挪了兩步，莫要礙著產婆們進出。

天色漸漸泛白，產房裡還是無甚動靜，外頭等候的眾人俱是捏了把汗，忽然房門開了道縫，走出個產婆來，「夫人還未大痛呢，說要吃蛋糕。」程慕天不等丫頭們動身，拔腿朝外奔，「那東西鋪子裡才有，我叫小廝們拿去。」

前院住著的程老爺覺得今日很是奇怪，怎的兒子兒媳都不見過來請安，待問過下人，方知小圓半夜進了產房，孫兒就要落地。他捋著鬍子樂了一陣，突然想起程慕天來，「兒媳生產，不來也就罷了，二郎怎的也不來？」下人們連忙出院門，把親自取了蛋糕來的程慕天攔在了半路，「少爺，老爺叫你過去請安呢！」

程慕天平日裡最守孝道，今兒實在是著急才混忘了，聽得下人們提醒，忙提著蛋糕盒子趕往前院。心情大好的程老爺拉著他講了半日閒話，直道女人家生孩子沒男人什麼事，叫他等著抱兒子便是。

等他聽完程老爺的嘮叨奔回後院，產房裡的呼痛聲已是一陣高過一陣，他忙拉了個出來端熱水的產婆，叫她把蛋糕送進去，那產婆卻搖頭，「已疼成這樣了，還怎麼吃？少爺等夫人生完再送進去吧。」

程慕天望了望手裡還未開封的蛋糕，想起產房裡餓著肚子受累的娘子，頭一次對老父生出一絲埋怨。

產婆端了熱水回產房替小圓擦汗，笑道：「夫人，少爺是真擔心妳呢，慘白著臉站在外頭一動也不動，拳頭攥得比夫人還緊。」小圓本已疼得昏頭昏腦，聽了這話忽地清醒過來，「不是有備著布嗎，拿來我咬著，定是我喊痛，嚇著他了。」

蛋糕盒子的提手幾被程慕天攥斷，突然房裡的聲音小下來，他心中一喜，正要上前去問，方才那個產婆又走了出來，「少爺，夫人怕你擔心，特意咬了塊布在口中，不叫你聽見她喊痛呢！」

小圓在房裡聽見直發急，這婆子將這事兒告訴二郎作什麼，不是讓他更著急嗎？她正想忍著疼痛斥兩句，那產婆走回來道：「夫人，莫要慣著男人，不叫他們曉得生孩子的痛，還以為孩子是石頭縫裡蹦出來的呢！」

原來她是存了這樣的心思，小圓心中發笑，轉移了注意力，倒覺得疼痛稍稍減了幾分。轉眼到了中午，產婆們還是一致認定沒到用力的時候，便端了加人參的雞湯來勸小圓喝兩口補補力氣。

小圓已疼得蜷作了一團，不願再爬起來，突然窗外的程慕天大吼一聲：「夫人還餓著呢，我吃什麼，都不許吃！」她聽見這話，不知怎的就生出了力氣來，忙叫婆子們扶她起來喝湯。

先前的那個產婆極是明白她心意，不待吩咐就隔著窗子道：「少爺，夫人已在用中飯了，你也去吃些吧。」

小圓半躺在產床上，趁著陣痛的間隙斷斷續續喝著雞湯，一碗湯才下去小半，就有產婆走上來接過碗去，道：「夫人，是時候了。」

花了大價錢請來的產婆果然有真本事，一個守在小圓旁邊教她何時吸氣、何時用力，另幾個則輪番上陣，手法老道地替她推肚子助力。

小圓疼了足足十幾個時辰，等到真正使力生產，反倒順利起來，僅一個多時辰孩子就落了地。

程慕天在門外候到心焦，終於等來了那聲啼哭，他心中喜極，想大喊一聲「我當爹了」，卻又不好意思，只得將面前的那棵老樹重重拍了幾掌，口稱「叫你也沾沾我的喜氣」。

待得房門打開，他頭一個衝進去，直奔小圓床前，問她還疼不疼。小圓雖筋疲力盡，精神卻尚好，輕輕搖頭道：「產婆們說我底子足，使力不到兩個時辰就把孩子生了下來，我這是在府裡做粗活時攢下的一把力氣呢！」

方才產婆們開門是抱著孩子想討賞錢，卻被他一陣風捲進來的模樣嚇住了，待得他們兩口子講過幾句知心話才回過神來笑道：「少爺真真是好郎君，連孩子都不瞧就先去看夫人。」

程慕天見產婆來討賞錢，便知得的是個兒子了。他接過孩子，竟是輕鬆大過喜悅，「這回爹無甚可說了！」

小圓聽見這話不免有些心酸，原來承受著壓力的不只我一個，不過都埋在心裡不開口罷了。程家乃是單傳，少夫人一舉得男，家中添丁，上上下下都喜氣洋洋，親戚友朋送來的粟米碳醋滿滿堆了一屋子。

程老爺親自上後院，抱著孫子足足看了一日，樂得合不攏嘴，「幾十年前老太爺帶著咱們南遷，到二郎這輩落地時，一大家子還是七零八落，因此沒能按著族中人口論排行，如今咱們安定下來，我要親自上泉州報族譜，看看我孫子在族中排行第幾。」他在家裡，程慕天連兒子的襁褓都摸不著，因此歡歡喜喜地把同樣歡歡喜喜的程老爺送上了去泉州的海船。

小圓本是打著自己奶孩子的主意，因此並未備得奶娘，卻無奈人算不如天算，任她吃遍了催奶的食物和湯藥，還是一滴奶水也無，正愁匆忙間尋不著好奶娘，陳姨娘及時趕到，領來個才生了孩子的余大嫂。

小圓以為她家孩子夭折才出來做奶娘，細細一問才知，她自家孩子已滿月，丟在家裡吃米湯。陳姨娘見小圓面露不忍之色，寬慰她道：「她若不出來做活，孩子連米湯也沒得喝，妳要真憐惜她，不如多給一份月錢。」

小圓如今自己做了娘，很是能將心比心，忙道：「多給月錢哪裡夠，我家莊上產得好羊奶，叫人每日裡送了去。」余大嫂大喜過望，趴下就磕頭，「早先也在別的人家做過奶娘的，哪個都比不上夫人這般有善心！」

程慕天在外候了半日，實在忍不住，親自抱了兒子帶著怒氣進來，「女人家就是話多，等到妳們講完，我兒子已是餓死。」

才剛餵了羊乳吃，哪裡會這樣快就餓了？小圓無可奈何，陳姨娘欣慰，余大嫂目瞪口呆，幾個丫頭則是司空見慣，裝了著急的樣子接過孩子交到奶娘手中，果然，程慕天見奶娘要解衣餵奶，不待人催他，忙自掀了簾子出去。

「才吃過，莫要漲著他。」陳姨娘攔了奶娘接過孩子，摟在懷裡輕輕拍著，嘆道，「還是我閨女有福氣，頭胎就得男孩。」

小圓心一緊：「可是薛家人為難妳？」陳姨娘搖頭，「談不上為難，不過是看我年紀大了，怕不能再生養，想過繼個侄子給我們。」

小圓臉一沉，「又沒分家，什麼過繼不過繼的？再說姨娘的年紀也不算大，四十歲上得兒子的人都有呢！他們非要這樣也成，叫薛大叔兩個哥哥回家去，不必在我家健身館做活了！」

陳姨娘向幾個陪嫁丫頭笑道：「瞧瞧妳們夫人，到底有了兒子的人，講起話來硬氣不少。」小圓不好意思地低頭揉被角，「我就這麼一個妹子，自然想讓你們把家產都留給她。」

陳姨娘叫她這一聲妹子暖到心窩裡，「有妳幫襯著她，我還愁什麼？」

程慕天在外繞了好幾個圈子，怕奶娘還沒掩衣裳，不敢就進來，隔著門簾問：「還沒吃飽？該行三朝禮了。」

小圓嗔道：「沒見過你這樣的爹，外頭辦著湯餅會呢，想必賓客不少，你不去招待客人，倒在這裡胡鬧！」

陳姨娘見她小倆口要拌嘴，忙抱了孩子出去落臍炙顖，好讓程慕天安心出去待客。

一家子圍著孩子轉，日子格外跑得快，一臘二臘接踵而至，轉眼二十一天過去，三臘又到了。

采蓮帶著丫頭們抬了男女家親戚送的禮來給小圓過目，豬腰、豬肚、蹄腳和雞魚，乃是「送蛋湯」，又謂之「催奶」。小圓看得直發笑，「虧了這些好東西了，我吃了也沒得奶水，還是叫廚房燉了給余大嫂端去。」

余大嫂偏了夫人的好東西，十分感激，照顧起孩子來更加盡心盡力，連愛挑毛病的程慕天看了也無話可說。

眨眼又是八、九天過去，程家張燈結綵，再一次大宴賓朋，舉辦「洗兒會」。此洗兒非彼洗兒，乃是孩子的滿月禮。是日，產婦娘家需備得彩畫錢金銀錢、果品彩緞、珠翠囟角兒送往婿家。小圓在家盼了又盼，直等到香湯煎好，親朋俱齊，也沒能等到娘家的賀禮。程二嬸朝自家幾個媳婦丟了個眼神兒，笑道：「親家也是奇了，別個都是生了女孩兒才不好意思上門送禮，他們卻是得了兒子都不來。」

大兒媳方十娘介面道：「娘，妳是不曉得，何家得不到咱們程家的股份，心裡惱著呢，只怕是生了女孩兒才會來看熱鬧……」

她一句話未完，程大姊一盞子滾燙的茶照著她的臉潑過去，「要胡回妳家去，爹早與二叔分了家，再怎麼也輪不到妳來插嘴。」

此時八月天，秋老虎仍在，那杯茶又極燙，方十娘拿冷水沖了好幾遍仍疼得哇哇叫，程二嬸護著媳婦，怒道：「咱們好心好意來賀大哥得孫子，妳不給個笑臉也就罷了，竟還出手傷人！」

程大姊連程老爺都敢罵的人，哪裡把她放在眼裡？回嘴道：「道賀？妳巴不得咱們家男人死絕了，把家產盡數摟進妳家，那時才真心來賀呢！」說著又喚媳婦子：「趕緊把二嬸送來的禮好生查看查看，莫要害了我的小侄子。」

程二嬸想要辯解，卻見周圍親戚俱是一副深以為然的表情，她怕越描越黑，忙藉著要替方十娘敷臉避了出去。

小圓惱火娘家不替她做臉，連看這齣鬧劇的心情都無，恨不得裝作暈倒，好叫人抬進去躲著。正坐立難安之時，忽聽得外頭鞭炮劈里啪啦，和著小廝們的報喜聲一聲接著一聲直傳進內院來：「女家賀禮至。」

采蓮湊到她耳邊道：「夫人，是三夫人從老爺那裡得了信兒，使人用船裝了賀禮來，還捎帶了一封信，我給夫人擱到房裡去。」

不過一個滿月禮，竟要三嫂從泉州千里迢迢送來，小圓心下百味雜陳，強壓著萬般情緒，輕輕抬手示意。候了多時的下人們魚貫而出，往裝了香湯地銀盆中投入洗兒的金銀、棗子、蔥、蒜等物，又用數丈彩緞將四周纏繞成「圍盆紅」。

銀盆備好，該輪著家中尊長「攪盆釵」，這項差使本是程二嬸的，但她見著何家已送來賀禮，更是不好意思再露面，她的幾個兒媳倒是躍躍欲試，卻被程大姊一個一個瞪回去。小圓感激方才程大姊維護她，便笑道：「我家大哥兒只得妳一個大姑，勞煩妳呀！」

程大姊等的就是這句話，讓也不讓一下兒，逕直取了金銀釵往盆裡攪去。眾親友見香湯已動，紛紛取了金錢銀釵投進去「添盆」。那些新婚不久的，又或婚後久不生育的娘子們，爭相撿那豎起的棗兒來吃，取個早生貴子的意頭。小圓輕嘆一聲，可惜三嫂不在這裡，不然也取幾個棗子來吃才好。

既是洗兒會，自然要替孩子沐浴，程大姊親自給小侄子剃了胎髮，裝入金銀小盒中，又抱著他向親友們一一參拜。這一圈兒還沒拜完，程慕天稱外頭的賓客都等著看孩子，親自接到了門口來。他見兒子是被程大姊抱在懷裡，皺著眉朝小圓望了一眼，接了孩子就走，連客氣話也不留。

程大姊幫著招呼完女客，極是忐忑地問小圓：「四娘，二郎是不是惱我抱了大哥兒？」小圓忙搖頭，「妳是孩子親大姑，他惱妳作什麼？那是怪我沒請尊長呢！」

程大姊記恨程二嬸不是一天兩天，道：「若二郎是怪罪妳這個，我一人擔著，她害死我丫頭的帳還沒跟她算哩！」

小圓此次對程大姊刮目相看，不曾想她這麼個渾人，很是曉得一致對外。程大姊也是感激小圓今日給了她臉面，讓她作了一回尊長。二人互存幾分好感，聊得倒比往日投機些，直到程慕天抱著孩子回來方才道別。

小圓見程慕天仍是黑著一張臉，知他還在為「攪盆釵」不合規矩而生氣，心道這講究得也太過頭了，二嬸當眾給我沒臉，難不成還要忍辱負重去請她來？她越想越生氣，索性不理他，自喚了丫頭取李五娘的信來念。

夫妻間的氣勢向來都是此消彼長，但程慕天當著下人的面，卻是要端夫君的架子，便將孩子往她懷裡一塞，「妳這做娘的萬事不理，大哥兒都滿月了，就算大名要等著爹回來取，小名兒總該有一個吧。」

余大嫂見少爺發飆，嚇得在門口探了探頭又縮回去，小圓故意喊道：「少爺是在向我賠罪呢，莫要錯怪了他！」

其實她早就去得遠了，哪裡聽得著？但程慕天還是哐噹一聲被個銅盆絆了下，差點跌到小圓腳跟前。他又羞又惱，正要發脾氣，抬頭卻見屋裡的下人們早就無聲無息撤了個乾乾淨淨，只有娘子捏著兒子的小手在臉上一下一下地劃，他一肚子的氣就散作了天邊的雲，搶過兒子道：「我替他取了個好名兒，既是午時生的，就喚作午哥吧。」

采蓮帶著丫頭們在外頭候著，直到聽見屋裡轉來歡笑聲，這才拿李五娘的信進去給小圓瞧。

程慕天伸過頭去瞟了一眼封皮兒，興致乏乏，「定又是些女人家雞毛蒜皮的小事。」說著抱起兒子，自帶他去外頭搖撥浪鼓。

小圓抽出信紙，共有兩張，第一張打頭是寫恭賀他們喜得貴子的吉祥話，後頭才是正題。李五娘說她一路舟車勞頓到得泉州，將妾生了兒子的消息告訴何耀弘，何耀弘歡喜之餘卻責怪她沒留在家中照顧那個妾坐月子，信中還說她再過幾個月就要動身回臨安，因為何耀弘新納的妾肚子也大了，要帶她回家生產。

她才讀完一張信紙，已是氣不打一處來，「三哥不時提醒我要看緊二郎，不叫他納妾，怎麼他自己卻左一個右一個？三嫂是跋扈了些，可還不是為了他。」

采蓮接過信紙摺好，勸道：「三少爺不過是愛溫柔，他家的那個妾不就是細聲細語話不多的，再說他還是敬著三夫人的，再多妾也越不過她去。」

小圓嘆道：「兩口子過日子，舉案齊眉有什麼趣味，總要交心才好，可惜三嫂這輩子怕是學不會低眉順眼的模樣了，只盼著三哥哪天能真正曉得她的好。」

今兒小圓的臉面全靠李五娘相助才得以保全，阿雲就替她打抱不平道：「夫人，妳讓三夫人去泉州是指望她懷著身孕回來的，怎麼如今卻變成了妾大著肚子回來？不如妳叫她還留在泉州，不懷上就不回。」

采蓮拍了她一把，「這話也是妳說得的，女孩兒家呢！」小圓卻笑道：「她說的有幾分道理，既然我得了三哥的幾分寵愛，不拿來用用豈不可惜？來啊，磨墨鋪紙。」

她怕何耀弘不聽勸，親自提筆寫了洋洋灑灑幾大篇，信中稱，若是李五娘不大著肚子回來，她就親自送三嫂上泉州。程慕天聽見屋裡的動靜，掀了半邊簾子笑道：「妳三哥生怕妳三嫂生了兒子愈發彈壓不住呢，豈會聽妳這幾句小兒撒嬌的言論！」

小圓一愣，「到底同為男人，我看你把三哥的心思琢磨得透徹呢！」程慕天搖頭，「這是為官之道，咱們平頭百姓可不敢相提並論。我又不怕正房娘子生兒子，多生幾個才好呢。」

小圓走到門口親了親兒子的小臉，道：「你這幾句話怎的不和我三哥說？興許他聽了你的話就不再納妾了呢！」

程慕天有些哭笑不得，「咱們說的不是一回事，難道就因為我自己不願納妾，就要去勸親戚家也不納？再說妳三哥納妾其實無傷大雅，只是不叫正妻生子，終歸不是正途。」

連嫉妾如仇的程二郎都認為男人納妾是無傷大雅的行為，小圓按了按額角，突然有種無力感。阿雲等程慕天放下簾子出去，嘀咕道：「要是都跟繡姊姊學起來，看他們還敢不敢納妾！」

小圓腦中浮現出阿繡提著棒槌滿院子追著程福打的場景來，笑道：「這主意倒是好，只是那畢竟是我的親三哥呢，沒得唆使人去打他的道理。」

采蓮伏在桌上寫好兩層封筒，外頭一層是何耀弘的大名，裡頭一層則寫著李五娘的閨名。她吹乾墨跡，捧去給小圓過目。小圓就著她的手瞧了瞧，滿意點頭，叫小丫頭們拿去封好，交與外頭送信的小廝。

采蓮遞過李五娘的第二張信紙，小圓以為這張還是寫嫂子的不如意，就只匆匆掃了一眼。不想這一掃，竟瞧見了大新聞，忙命人把院子裡逗弄兒子的程慕天喚進來。

程慕天極是不捨地將兒子交到余大嫂手裡，抱怨道：「明兒我就要去照看生意，好不容易得閒抱抱兒子，偏妳看個信還大呼小叫。」

小圓也不言語，將信紙丟到他面前，笑道：「咱們家又要辦喜事了。」

程慕天莫名其妙拿起信紙看了看，驚道：「爹要娶繼室？」

小圓開了帶鎖的小箱子，取出帳本來翻，道：「我倒是料到過爹要帶個妾回來，不曾想卻是位正室。信上說她的陪嫁比我三嫂的還要多一倍呢，真不知是哪樣富足的人家。」

程慕天將信紙揉成一團，道：「那家是絕戶，只得個獨閨女，一直想留在家裡招贅，卻又挑三揀四，拖到三十來歲還是個老姑娘，估計是實在招不到合適的上門女婿了，這才下決心將她嫁出去。」

小圓奇道：「她家在泉州，你如何得知？」

程慕天把揉成一團的信紙又慢慢地展平，「是我大伯的舊識。」

小圓笑道：「是位正經繼母呢，又有好陪嫁，你惱什麼？」

程慕天默不作聲，竟將信紙摺好塞進懷裡，重重嘆了口氣。小圓心中好奇，追著問詳細，程慕天被纏得無法，含混道：「爹身子不好呢，養病要緊，繼室什麼時候不能娶。」不過消渴症而已，跟娶妻有何干係，這話愈發讓人生疑，小圓待要繼續問，卻聽見兒子在隔壁哭了，忙和程慕天爭相恐後往外衝，都將程老爺要給他們娶繼母的事忘到了腦後。

轉眼秋意漸濃，針線房呈上給小主子做的小棉衣小棉褲來，小圓仔細瞧了瞧，不是棉布就是絲綢，針腳都很細密，裡頭穿的小衣服則是阿繡家的喜哥穿過的舊衣。針線房管事娘子祝嫂取了百衲衣給她瞧，道：「夫人，都是到全福的人家討來的呢，小少爺穿了定也是有福氣的。」

小圓讚了一聲，命人賞錢，又把幾件新衣翻了翻，問道：「怎地都是奶娃娃穿的，沒給小四娘做嗎？」祝嫂回道：「我叫她們做了兩套新的，已是送過去了。」

小圓看了看堆滿桌子的小衣裳，責怪道：「妳們也太偏心，午哥才一點子大，做這麼些也穿不了，四娘子是小姑娘，怎麼不給她多做些？」

程慕天在外聽見，很是不滿，「我掙來的錢做的衣裳，不給我兒子穿給哪個穿？四娘子又不曾把她凍著，我看妳才是太偏心。」小圓被他堵得哭笑不得，只得壓低聲音跟做賊似的吩咐祝嫂給四娘子多做幾套喜慶衣裳預備過年。

祝嫂低聲應了，抱著衣裳去午哥房裡，程慕天忙跟了過去看兒子換新衣。程大姊在院門口探了探頭，幾步溜進房裡，撫著胸道：「好險，差點跟二郎打照面。」小圓笑看她一眼，「又不會吃了妳，今日怎的有空過來？」

程大姊笑嘻嘻地把她身後的三個丫頭挨個打量一番，道：「四娘，妳這幾個丫頭生得都水靈，沒想過給二郎收一個在房裡？妳自己的陪嫁丫頭，可比外頭買來的更貼心。」

小圓如今同她熟了些，知道她是個不會繞圈子的人，便也學她直截了當，「二郎願不願意納妾妳不曉得？小心他又給姊夫送樂女。」

程大姊果真不同「常人」，聽了這話不僅半點尷尬神色都無，反倒興高采烈起來，「說起來還要謝妳，若不是那幾個狐媚子，我哪裡曉得屋裡人要找個貼心的？」說著說著，挨著小圓坐下，打起商量來：「四娘，把妳的丫頭送個與我吧，回頭我給妳補兩個來。」

小圓故作聽不懂她的話，道：「大姊既有兩個丫頭，留著自用便是，何必做這虧本的買賣？」

程大姊急道：「我那兩個丫頭也是極伶俐的，只不過生得差些，妳姊夫看不上眼。」

這話實在是講得直白，小圓朝身後看了看，采蓮臉色微紅卻未低頭，阿雲撇著嘴，阿彩則是跟沒聽見似的。她心中暗笑，我這三個丫頭，怕都不是任人擺佈的主兒呢！

程大姊見她不言不語只盯著丫頭們瞧，道：「我知妳是個心善又心軟的，想必是開不了口，也罷，我自己來問。」

小圓想起還未來提親的任青松，心道，若采蓮亦對他有意，豈不是生生叫程大姊拆散一段姻緣，忙道：「那個大的已是許了人家了。」

程大姊倒不堅持，只把阿雲、阿彩叫到跟前，問她們可願去給金九少做通房。阿雲看了小圓一眼，道：「我也是許了人家的，只不過他上戰場殺金狗去了，沒得他在戰場殺敵我卻在這裡改節的。」

程大姊帶了薄怒：「又沒成親，何來改節一說？」小圓親手替她添了熱茶，笑道：「這回朝廷北伐，爹都捐了錢糧呢，這孩子既有意等個替咱們殺金狗的壯士，何不成全她？」

程大姊不知那抗金壯士不過是個十歲的小兒，只得熄了心思轉頭欲問阿彩，卻見她正望著一盆花傻笑，口水滴到了胸前都不知曉，她皺眉嫌棄道：「怪不得平日裡聽不到她一聲言語，原來是個傻愣的。」

小圓又是一陣好笑，真傻子才會上趕著去做個沒名沒分的通房呢！

程大姊一個丫頭都沒說動，心有不甘，一雙眼睛就東瞄西瞄起來，小圓實在是怕了這位大姊，忙把那件大新聞拿出來講：「大姊，妳可知爹給咱們尋了位繼母？」

程大姊聽了這新聞，果然就忘了挑通房的事，急切問道：「是哪家的女子？陪嫁幾何？」小圓笑她道：「聽說嫁妝倒是不少，恐怕二十萬貫都不止，只是這回妳怎麼不怕爹給二郎添兄弟了？」

程大姊聽說陪嫁豐厚，喜笑顏開，「妾哪裡能和正妻相提並論？若這位繼母帶得好嫁妝來，對二郎的生意也有助益呢！」

小圓想起程慕天看到那張信紙時的奇怪舉動，悄聲問程大姊：「咱爹除了消渴症，可還有別的隱疾？」程大姊一愣，隨即搖頭，「這倒不曾聽說，不過爹自得了那病，消瘦得厲害倒是真的，你們也該多給他老人家燉些好補品補補身子。」

小圓解釋道：「消渴症就是不能暴飲暴食呢，咱們可是按郎中的囑咐來的。」

程大姊聽說是郎中的吩咐，就沒了二話，起身告辭，說要回去給程老爺寫信，問問那位繼母的詳細。

她一走，小圓先衝著阿彩樂，「還不趕緊把妳那口水擦了。」幾個丫頭也都笑了起來，「想不到不聲不響的人自有不聲不響的法子。」

采蓮因方才小圓當眾說她是許了人家的，卻不知這話是真是假，就提了紅泥小爐上來，說要替夫人煎茶。她這是要尋機會單獨說話呢！小圓用了她這些年，豈有不知的，當即配合道：「這又是蔥又是鹽的茶湯我可吃不慣，還拿桂花泡的茶來。」

采蓮忙把幾個小丫頭遣去廚房取曬好的桂花，待得房中只剩了她與小圓兩個，便福身謝道：「多謝夫人救了我一回。」她只道自己是趁機，卻不想小圓也是在尋機會，拉了她到近前細細詢問，問她可對那任青松有意思。

采蓮見她開口就提任青松，愣道：「夫人，可是少爺講的？那只是場誤會，可惜少爺不信。」

小圓本就在奇怪任青松為何還不挑聘禮來，此刻聽說是場誤會，反倒釋然，就又問她可有真正的意中人。采蓮取了乾淨瓷壺來預備泡桂花，搖頭低聲道：「咱們的親事自有夫人作主，夫人挑的必是好的。」

采蓮雖是個丫頭，卻也是一直住在深宅大院，平日見小廝的機會都寥寥無幾，因此沒有瞧得上的人實屬正常。小圓見阿雲、阿彩兩個捧著花茶罐子也進得屋來，就笑道：「也罷，我替妳們多留意，必給妳們都挑個好婆家。」

采蓮、阿彩聽了這話，面兒上都是害羞，只有阿雲嘀咕兩句「我要等孫大郎」，眾人只當沒聽見，都去洗手來泡桂花。

沒過幾日，程大姊的信還沒走到泉州，程老爺的家書先至，這回卻是程慕天搶先一步拆開封筒，才看了幾行神色就不自然起來，硬生生把信紙裁去了一截，只把下半頭遞給小圓。

因丫頭婆子站了一屋，小圓不好與他搶，只得接了半截信紙來瞧，一邊看一邊驚嘆：「未過門的繼母家果真有錢，竟然要先舉家搬到臨安來，將隨嫁田置辦齊了再送閨女出門。不過我猜，定是他們的家財被族中盯上了，怕被人塞個過繼兒子，這才起心躲出去。」

她讀完信一抬頭，見程慕天還在揉另半截信紙，以為他不高興多個繼母，便笑著勸他：「我這做媳婦的都不怕多個婆母來立規矩，你擔心個什麼？」

程慕天扯著嘴角勉強笑了笑，藉著碼頭要來船，飯也不吃便獨身出門。小圓本就懷疑，忙使了個人悄悄跟出去，不多時就接得回報，說少爺是去了自家藥鋪，同常替程老爺瞧病的江郎中鑽進後邊講話去了。

采蓮拿著賞錢進來，問小圓道：「夫人，要不要再打探？」小圓搖頭道：「既是找江郎中，想必是為老爺的病。公爹到底不比婆母，既有兒子操心，我就當不曉得吧。」

正說著，程三娘抱著程四娘來尋小圓，羞答答地問起程老爺可有從泉州來信。小圓知她是要打聽甘遠的消息，可偏偏甘家未有書信隨來，只得安慰她道：「甘十二早已買通了舉人，說是明年就要來臨安考進士呢，如今定是在家苦讀，所以才無暇寫信來。」

程三娘被猜中心思，雙頰飛上紅雲，把程四娘擋在身前羞道：「人家是問爹爹，嫂嫂盡講別的。」

程四娘朝小圓撲騰著小胳膊，興奮學著叫嫂嫂，小圓忙把她接過來親了親，又叫人抱午哥來給她看。程三娘瞧見桌上地封筒，問道：「爹來信了？在泉州可還住得慣？」

小圓一手摟著小四娘，一手摟著午哥，笑道：「家書而已，妳又不是不識字，自個兒拿來看吧。」程三娘取了信讀完，默默將信紙重新摺好塞回封筒，良久不語，連小四娘叫姊姊也不理會。小圓關切問她：「可是怕繼母來了立規矩？妳本來就是個守禮的，就算繼母進門，也挑不出妳的錯去，怕什麼？」

程三娘偷偷瞧了瞧她的神色，試探問道：「嫂嫂，妳不怕繼母進門要當家？」

小圓深深看了她一眼，叫來奶娘把兩個孩子抱出去，方道：「婆母當家天經地義，怎能用一個怕字？」程三娘點頭稱是，卻忍不住黯然垂淚，小圓安慰她道：「繼母是大家出身，必不會為難妳，且放寬心。」程三娘既不點頭也不搖頭，拿手帕子自己將淚擦乾淨，禮數周全地告辭。

采蓮送她到院門口回轉，向小圓道：「夫人，將來咱們家的老夫人進門，這位三娘子怕是背地裡有動作呢！」小圓重新接了午哥摟在懷裡拍著，笑道：「我如今有子萬事足，恨不得關了小院子的門過日子呢，管她們怎麼鬧去！若是這位繼母真不待見三娘，咱們貼補些便是，她一個女孩兒家，能有什麼開銷？」

晚上程慕天回來，擔心娘子會問起另外半截信，匆忙扒了幾口飯就扎進裡屋。小圓哪裡不曉得他的心思，便裝了萬事不知，只鋪床拍枕頭，一句話也不提。程慕天候了半晌，見她像是忘了那信，就高興起來，撲過去將她按到床上，口稱要行人倫。小圓被嚇了一跳，驚呼出聲：「什麼是人倫？」

程慕天嫌她的聲音大了些，忙俯身堵住她的口，手下一刻不閒地扯了她的裙子，含混道：「且讓為夫教教妳如何行人倫。」

小圓輕輕將他的舌頭咬了一口，趁他吃痛避開，故意逗道：「我還沒去瞧兒子呢！」

程慕天哪裡停得下來，喘著氣道：「那殺千刀的郎中，從妳懷著八個月起就不讓我碰妳，我都忍了足足四個多月了。」

誰能想到，外頭正經得連扶娘子一把都不敢的程二郎，關了房門會是這般如飢似渴的模樣。小圓想笑又怕他惱，只得緊緊纏了他的腰，謝他這幾個月來苦忍的辛勞。

捌之章　繼母塞妾費思量

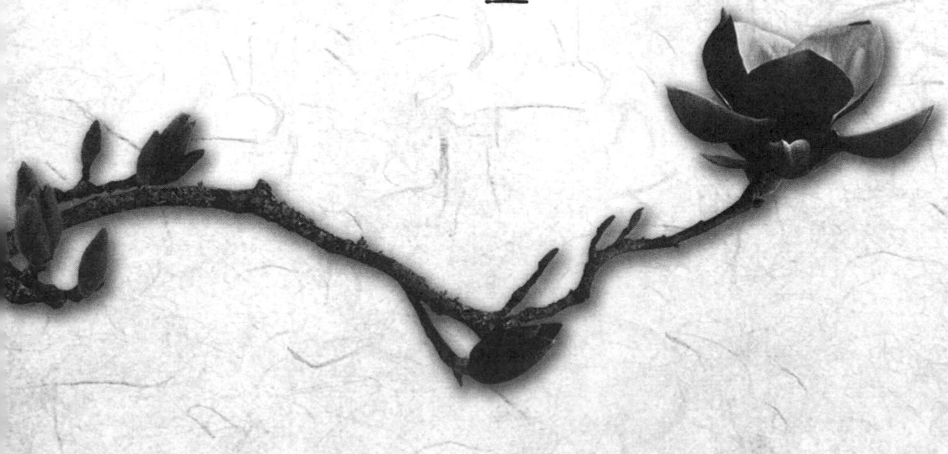

程老爺不在家，小倆口萬事如意，夜夜汗流浹背研究人倫之事，好不快活，轉眼十月節過完，泉州來的海船泊在了碼頭，下來幾個面生的小廝丫頭直奔程家，分頭尋到程慕天和小圓，講了同樣的話：程老爺與親家翁錢老爺一家人三日後到臨安，錢老爺先奉上金銀一箱，務必要少爺、少夫人在他們踏上臨安的碼頭前，將宅子下人都備好。

小圓瞧著滿滿一箱子金元寶銀元寶發了半日呆，「雖說替繼母家出力是該的，可我怎麼就覺著這是拿人手短呢？」程慕天從鋪子裡回來，將兩個金元寶重重摜在地上，惱道：「幫個小忙還塞這個給我，把我程二郎當什麼了？」

采蓮見他兩個臉色都不好看，笑道：「這要換作別人，見繼母家大方，不知樂成什麼樣兒呢！也就咱們的少爺夫人，自願幫忙，還嗔著別人不該給錢！」小圓被逗笑起來，親自撿了那兩個元寶放進箱子，鎖上蓋兒，吩咐道：「就照著這些金去買宅子下人，一文錢也不許剩下。」

程慕天心中大讚，還是我家娘子會辦事，但他向來不會在人前將誇讚娘子的話講出口，只道：「錢老爺家錢不算頂多，卻比常人愛花銷，妳趕緊叫她們給午哥多做幾套時興的衣裳備著，莫要讓人笑話了去。」

午哥還不到兩個月大，需要什麼時興衣裳？小圓又發了半日呆才想轉過來，這是變著方兒的叫她自己去做新衣裳穿呢！她忍住笑，叫來祝嫂吩咐：「安排人手加緊給三娘子、四娘子做新衣，料子式樣都要臨安府最時興的款。」

程慕天見自己一顆關愛娘子之心被她生生移到了兩個妹妹身上，大急，「光給她們做，我兒子呢？」小圓起身背著下人們輕輕捏了他一把，道：「繼母是什麼性子還不知道呢，這般早就張揚起來，惹人厭呢！」

娘子擔心婆母刁難，竟連新衣也不敢穿？程慕天又是心疼又是難過，偏偏孝字當頭，他什麼話也說不得，只能暗自祈求那尚未過門的繼母是個善待媳婦的好婆母。

且說那照著小圓的吩咐去替錢家置辦房宅的管事，訪遍了臨安府，尋牙郎買了最貴的一座四進大宅，每個院子塞進二十來個下人，還是剩下半箱金銀未動。他不敢擅自作主，特特來回小圓，說他不會花錢，請少夫人責罰。

小圓領他到程老爺的正房，指著牆上的名人字畫笑道：「是咱們家佈置得太樸素了嗎，竟讓你為這個犯難？琴書字畫可有備得？」

管事苦笑道：「夫人，最時興的山水畫掛滿了牆，瓶兒裡插的都是最貴的絹花，我還給添了一張焦尾古琴，就是這樣，那箱子金銀也還剩一半。說起來咱們家也算得是臨安數一數二的大富商，花錢卻不如他。」

小圓笑道：「若我們家也如此，你豈不是更要日日為難？」又指點他道：「天氣眼看就冷了，你把翠毛茵褥、貂褥多買些，錦帳、珍珠帳也要多備，還有虎皮的暖席、金子打的唾壺、銷金的帳幔……」她一口氣講了一大串，怕他記不住，便讓采蓮提筆寫了個冊子與他。

管事接過冊子翻了翻，猶豫道：「夫人，怕還是花不完。」小圓把桌子敲了敲，果斷吩咐：「那就在城外替他們再置個別院，湖水繡樓、嶙峋怪石，什麼貴搬什麼去。」

主僕二人花費了大腦筋，終於將那箱金銀盡數花完，小圓還沒來得及歇一歇，就聽得碼頭來人報信，說錢老爺帶著好幾艘滿滿當當的大海船到了臨安，正等著少夫人派挑夫去接應。她不敢怠慢，忙點了十幾個最穩妥的小廝，去碼頭幫錢老爺搬物件，又使人去知會錢宅裡的下人，叫他們提起精神，好生伺候著。

程老爺陪著未來岳丈下船，先到他的新居看了看，對媳婦的豪華佈置十分不滿意，回來責備她道：「妳怎將那箱金銀全花在宅子上了，也不留幾個攢私房？」他在兒媳面前將自家岳丈當外人，

小圓實在不知如何介面，好在有個小午哥，忙命人抱來見祖父。寶貝孫子果真是靈丹妙藥，程老爺一抱著他就只會笑：「我看過族譜，我孫子排行第二十八。」

小圓暗笑，幸虧取了個小名，不然二十八哥叫起來，拗口多少人。程慕天大概是一樣的想法，抿了抿嘴道：「兒子已給他取了個小名叫午哥，大名還請爹來。」

程老爺樂呵呵地看了孫子一眼，「在泉州就請半仙算過了，說他五行缺木，就叫程梓林吧。」一旁候了多時的程三娘見他高興，便抱了小四娘來見爹爹，程老爺的一張臉立時就垮了下來，「過幾日你們繼母就要進門，無事莫要出來，不然她還以為我納了多少妾呢！」

程三娘不敢回嘴，低低應了一聲，紅了眼眶，帶著小四娘退下去。程老爺見她們離開，又換上了笑臉，抱著孫子喃喃自語：「午哥，祖翁娶妻都是為了你呢，將來那些陪嫁都是你的！」

小圓將這話聽了個大概，正尋思，程老爺喚她道：「媳婦，錢家同我已商定，待他們將嫁妝置辦齊全就成親，聘禮的事還需妳操勞。」公爹何時這樣客氣過？小圓心下明白這是要支開自己，忙上前接過午哥，帶著下人們退下。

她回到房中，命采蓮翻出當年程慕天與她的定禮單子，見上頭列著珠翠、首飾、銷金裙褶，還有緞匹茶餅等物，便讓人照著去準備。

采蓮猶豫道：「夫人，聽說錢家陪嫁無數，咱們的聘禮是否也要加些？」小圓搖頭道：「方才妳沒聽見，老爺怪我對錢家太大方呢，我何必多花自家的錢反去討埋怨？」

過得兩日聘禮備足，她送了單子去給程老爺過目，果然贏得了幾聲誇讚。她不禁暗自替未來的那位繼母感嘆，程老爺對陪嫁的熱心怕是比她那個人更多些呢！

陳姨娘聽說她家要迎娶繼母，怕閨女沒操辦過這些不懂得規矩，特特趕過來幫她，笑道：「妳嫁過了生母，如今又要替公爹娶親，也真是個奇才了。」小圓見了娘親，歡喜道：「正愁不知如何下定，虧得我還有個親娘。」

陳姨娘親自上陣，指揮下人們裝了八樽金瓶酒，飾以大花銀方彩勝，再蓋上羅帛貼套花酒衣，又取了四幅銷金有色紙，請字寫得的先生寫了三份婚啟，用紅綠銷金魚袋盛了，一同裝進繪了五男二女的木盒子裡，使人用彩色包羊一併送去錢家。

小圓看得眼花繚亂，謝她道：「今兒要不是姨娘，我怕是要被人嘲笑呢！」陳姨娘抱了午哥在懷裡，笑她道：「妳也趕緊學著些吧，將來我外孫子娶親，少不得還要妳自己操辦。」小圓抱著她的胳膊撒了一回嬌，命廚下去做新鮮鵝肉，留她在家吃飯。

陳姨娘嘆道：「那時把妳嫁過來，還道沒有婆母能少受些氣，哪裡曉得妳家老爺去了妾又娶繼室。」小圓寬慰她道：「哪裡有誰給我氣受，我不是還當著家嗎？」

陳姨娘知道自家女兒不是個任人揉搓的，但還是心疼她要在婆母面前立規矩，便同小時一樣摟著她拍了半日，又在飯桌上把聘禮財禮的規矩細講與她聽，直到日頭西下方才辭去。

程家下過定禮沒幾日，錢家便送了回定禮物狀來，莊子、鋪子、金銀首飾、綾羅綢緞，果真足有二十萬貫。小圓握著單子感嘆了一回有錢好辦事，命人去準備「三金」：金、金鐲、金帔墜。因程老爺和錢老太爺都是做過官的人，又添上銷金大袖、黃羅銷金裙、緞紅長裙、珠翠髻冠和上等細好彩緞匹帛，再加上取意頭的花茶、果物和羊酒，尋了穿紫背子的媒人送去錢家作聘禮。

定聘二禮既下，財禮不過是過場，錢老太爺盼了整整三十多年才尋到個佳婿，竟比程老爺還急，等不到冬至節就使人來鋪房，要早早地把閨女送過來。小圓只好忙做起迎親的準備，幸好四司六局齊全，操辦宴席是他們的老行當，做菜迎客敬酒，不消人操半點心。

迎娶這天，她早早地指揮下人們抬出花瓶、花燭、香球、妝合、照臺、裙箱、衣匣、百結、清涼傘和交椅等物，雇了吹鼓手和行郎，又請來媒人，讓他們帶著花轎替程老爺去錢家接新婦。

小圓前前後後忙活了個把月，待到迎親隊伍出門，她卻閒了下來，便同程慕天兩個搭了個炭火爐子烤羊肉串吃，又叫采蓮把程三娘、程四娘也請過來。

程三娘雖怕那個板著臉替嫂子烤肉的哥哥，但到底有些孩子心性，見了雙面的鐵絲網夾子很是新奇，就挨在小圓那邊坐下，自己動手取了串菌子來烤，悄聲問道：「嫂嫂，妳同哥哥怎麼也沒出去吃酒，是不是爹爹怕繼母不高興，所以不許你們去？」

程慕天就挨著小圓的那一邊，豈有聽不見的，便不悅道：「爹怎麼說，咱們做兒女的照做便是，豈有妳我論是非的份？」

程三娘得了哥哥的訓，嚇得丟了半熟的菌子垂首站起，小圓忙拉她重新坐下，又衝她吐了吐舌頭，張口做了個「孝子」的口型，逗得她嘴角翹起來，連才滿一歲的小四娘也咯咯地笑，撲到嫂子懷裡討肉吃。

鋪了煙道的房中暖烘烘，小午哥在搖籃裡酣睡，程三娘帶著欣喜研究著鐵絲網，小四娘舉著小手餵小圓吃肉，就連板著臉的程慕天也隱隱帶著笑意。

突然外頭一陣喧嘩，緊接著咚咚咚的腳步聲愈傳愈近，直到房門口才停下，「少爺、少夫人，外頭花轎才攔門，有個瘋女人不知從哪裡竄了出來，非說她是老爺的妾室，前來拜見正房夫人。」

程三娘看了小四娘一眼，不消小圓吩咐，就抱起她躲了出去。采蓮放了報信的丫頭進來，卻原來是槐花，小圓問道：「那女人要拜，就讓她胡亂拜一個便是，總不能不讓轎子進門吧？」

槐花回道：「少夫人，她捧著一盞子冷茶，說正房夫人不吃她敬的茶，她就不起來。」

程慕天拿起鐵絲網在爐子上重重敲了敲，不耐煩地道：「多大點子事，叫人拖下去便是。」

槐花道：「早就想拖她了，可外頭看熱鬧的人都起哄，說那就是生了四娘子的丁姨娘。錢家送親的客就在門口，老爺不敢動手，叫我來向夫人討主意。」

小圓深感頭疼，只恨自己怎麼沒早些尋個藉口躲出去。丁姨娘當初在程家大門口當眾咬程老爺就已鬧得沸沸揚揚，如今若再來一場，程家的臉面怕就再也拾不起來了。

她還在這裡左右為難，外頭又有人來催，「少夫人，女家親戚都在問那個妾是怎麼回事，老爺急得直跳腳呢！」

程慕天突然問道：「未進門的老夫人怎麼說？」小圓不禁笑起來，「她定是在花轎裡穩穩當當地坐著，能怎麼說？」

程慕天聽說新夫人躲在花轎裡是不會表態的，眉頭就皺了起來。他再怎麼孝順，也曉得做兒子的不好插手老子的妻妾糾紛。

小圓想起上回的洗兒事件，提議道：「要不，咱們再避一回寒？」程慕天正犯難呢，聽了這提議連聲稱好。采蓮馬上叫來幾個丫頭，動手收拾行李，不料幾個包袱還沒裹完，第三個報信的又至，「少爺、少夫人，不用出主意了，新夫人已喝了那杯茶，叫丁姨娘進門了。」

程慕天揮退報信人，頗有些懊惱，「當初就該幾板子打死，這樣的人又進門，家宅不寧。」采蓮亦道：「不想新夫人這般好性子，不過一個租來的妾，拿出契紙來打發回去又如何？」

小圓慢慢地把火上烤的肉串翻了個面，心道，我看這位新夫人可不像你們想的那般好性兒，怕是恨著丁姨娘衝撞了她的喜事，要收進府裡慢慢整治呢！她礙著旁邊有位「孝子」，這樣的想法不敢講出口，只把兩面金黃的羊肉串遞了過去，笑道：「長輩的事，沒有咱們小輩插嘴的份，且吃肉喝酒早些歇下，明日還要去前頭請安呢！」

程慕天對她這個態度極是滿意，吃罷烤肉便摟著她進裡屋睡下，一夜溫存不提。

第二日，兩口子俱起了個大早，抱著兒子，捧著帳本，去向程老爺和錢夫人請安。

二人到得程老爺院中，錢夫人已端坐堂上，只見她頭戴白角冠，頰間唇上點著紅妝，穿著銷金大袖黃羅裙，底下隱約露著一雙三寸大的金蓮，端的是位美人。程慕天帶著小圓問過安，又讓奶娘抱上午哥來，錢夫人許是還沒適應才做新婦就當祖母，賞過見面禮就再無話可說。

小圓見冷了場，便要奉上帳本，忽見丁姨娘滿面春風地出現在門口，忙站起身要行禮，卻聽得堂上的錢夫人慢吞吞講了一句：「媳婦乃是嫡長子正妻，正經的塚婦，一個妾豈能受得起妳的禮？」

小圓謹守事不關己高高掛起的原則，見繼母要趁機管教妾室，忙斂聲靜氣重新坐好。程老爺乾咳了兩聲，喚了聲二郎：「鋪子裡有事呢，咱們且瞧瞧去。」說完帶著程慕天一溜煙地出門去了。

看來這位繼母有些手段，才一夜就將公爹制得服服貼貼，小圓一面暗笑一面起身，欲學程老爺遁走，不料錢夫人卻留她道：「我才進程家門，兩眼一抹黑，媳婦不教教我？」

小圓忙稱不敢，重新坐下。錢夫人命人端上熱茶給她，卻連個凳子也不與丁姨娘，還是那副慢吞吞地語調：「我進門晚，老爺有個妾實屬正常，妳以前是如何過的我不管，往後須得同我一道盡心服侍老爺，做得好有賞，若犯了錯，罰起來也莫怪我。」

丁姨娘張了張口，還未出聲，錢夫人指了她身上的衣裳又道：「所謂尊卑有別，咱們程家在臨安也算有頭有臉，這身大衣不是妳能穿的，回去換了背子再來請安吧。」丁姨娘昨日遞出了那杯茶，就拿錢夫人當個軟柿子，哪裡想到她綿裡藏針的手法比起小圓來毫不遜色，就有些後悔重進程家門，垂頭喪氣地邁過門檻回房換衣裳。

錢夫人轉頭朝著小圓微微笑，「我屋裡的妾不守規矩，讓媳婦見笑了。」

小圓忙起身垂首，將帳本子奉上，「這是家中帳目，娘先瞧著，若哪裡不對，再喚媳婦來。」錢夫人搖頭道：「妳管得好好的，交與我作什麼？」

小圓是真心誠意敬婆母，無奈錢夫人也不是客套，二人推了幾輪太極，到底還是小圓做媳婦的落了下風，將帳本重新收起。

錢夫人叫人取了泉州的吃食來，慢慢問她些臨安的風俗。二人都不是外頭帶刺的，一婆一媳竟相談甚歡，讓前來見新母親的程三娘鬆了一口氣。錢夫人見了程三娘倒不覺什麼，只盯著她身旁的四娘子看了看，問道：「瞧這樣貌，是丁姨娘生的那位吧？」

小圓欠身答了個是字，走到小四娘身旁教她向錢夫人行禮。小四娘來時是由孫氏教過的，奶聲奶氣叫了聲「娘」，引得錢夫人臉上稍稍露了些笑意。小圓趁機道：「家中長久無女主人，媳婦這才代行母職，如今娘在這裡，還是叫她跟著妳吧。」

錢夫人慢慢吹著茶湯，嘗了嘗鹹淡，方才開口：「她不是有生母嗎？」小圓笑道：「她一個奴婢哪能教導主子，再說咱們大宋不都是這規矩嗎？子女不論嫡庶都是要跟著嫡母的。」

錢夫人放下茶盞子，臉上看不出喜怒，語調還是一如既往的慢：「既然如此，就在我院子裡騰一間屋出來給她住吧。」

小圓得了這話，就將小四娘留下，只帶了程三娘去幫她搬物件。

孫氏聽說四娘子要跟著繼母過活，忙道：「夫人，四娘子既有了嫡母教導，我還是回妳屋裡吧。」小圓點頭：「還是妳想得周到，只叫奶娘跟過去，其他人都留下，不然讓人嚼舌頭，說是我不放心繼母。」

待得四娘子的物件都送過去，小圓便拉了程三娘回房吃酒釀圓子，笑道：「多虧繼母來了，身上擔子少了許多。」程三娘手裡的調羹一頓，「嫂嫂，妳把帳交出去了？」小圓道：「我看這位繼母不是刻薄人，就算她管帳，也虧待不了妳。」

程三娘聽了這話，便知還是嫂子管家了，心下十分歡喜，兩口將圓子吞下，從奶娘手裡抱過午哥帶他出門去耍。

小圓拿起帳本翻了翻，命人給丁姨娘收拾她原先住的院子，服侍的人和月錢照舊，沒過一會子，前頭錢夫人就有話傳來：「丁姨娘如今是簽了死契的妾了，用不了那麼些月錢，減半吧。」小圓十分聽話，立時照辦。

錢夫人滿意，丁姨娘不幹了，匆匆上門，口稱有驚天大祕密，要面見少夫人。

小圓叫人攔著不許她進門，道：「妳如今有正房夫人，有事自找她去。」丁姨娘卻道：「少夫人，妳可知老爺的病？」小圓心中咯噔一下，突然想起程慕天的那些神神祕祕，按捺不住好奇，命人放了她進來，又將下人盡數遣退，只留了采蓮服侍。

丁姨娘見這陣勢，以為小圓略知一二，就放大了膽子道：「少夫人，妳在夫人面前實在無須那般恭敬，她遲早要看你們的臉色過活呢！老爺的那話兒早就不中用了，我能生下四娘子都已是老天開眼，若我沒料錯，她現如今還是姑娘身呢！」

小圓大吃一驚，斥道：「休要胡說，老爺不過是得了消渴症而已。」丁姨娘嗤笑道：「少夫人不曉得嗎？消渴症到了一定時候是會加重那種病的，再說我是老爺屋裡人，他行不行的，我能不曉得？」

小圓深知她慣使暗絆子，雖對她的話信了七八分，但還是裝了副不感興趣的樣子出來，「公爹這種事，與我何干？」

丁姨娘看了她面前的帳本一眼，「這樣的事傳出去總不好聽吧？少夫人，我那裡缺錢使呢，親生的閨女也不在身邊……」

采蓮是女孩兒家，在一旁害羞了多時，忽然聽見這個話，心頭直冒火，暗道當初要不是少夫人將妳救下，妳怕是早死在柴房裡了，如今見了面，半句謝話聽不到不說，竟還威脅起人來。她生怕小圓為難，先開口道：「丁姨娘，少夫人就算有心貼補妳，也得有個說法才行，畢竟有婆母在上面呢！」

小圓卻是越想越奇，問道：「妳這樣的話怎不去向夫人說，難道她就不怕傳出去？」丁姨娘還是只看那帳本子，道：「她手中又無錢，與她講有何用？」

小圓看著她極為頭痛，不是沒有法子對付，只是她身為兒媳，去管公爹房裡的亂七八糟，這叫什麼事？

采蓮深知小圓有些話不好講出口，她身為貼身丫頭，自然要替主子分憂，便道：「丁姨娘，妳這樣的話講出去誰會信，四娘子擱在那裡呢，莫非妳是想叫別個說她不是老爺親生的？」

丫頭機靈，主子果然就省事，小圓鬆了口氣，配合道：「休要胡說，四娘子還做人呢！」

丁姨娘叫她們主僕一唱一和弄暈了頭，起身道：「妳們不信，我去和夫人說，叫她來向妳們要錢。」

小圓看著她出了房門，渾身無力地靠到榻上感嘆：「她以前不過是私底下做動作，如今都敢當面講了，這是變聰敏了，還是變愚蠢了？」

采蓮還在氣她不知感恩，道：「自然是變蠢了！這回老爺若還要打她，我頭一個遞板子！」

小圓笑道：「若咱們能遞板子，我還為難什麼？趁著繼母還無心旁顧，且躲著懶偷著樂幾日吧。」

晚上她將丁姨娘到訪的事講與程慕天聽，程慕天立時就要喚人拖她去柴房，小圓掐了他一把，「大張旗鼓作什麼？你瞞我那麼些時候，現在不怕別個曉得了？爹現在有了正房夫人，這些小事無須咱們操心。」程慕天才不好意思與她討論這樣羞人的「小事」，蒙上被子就裝睡，小圓坐到床頭又感嘆：「怪不得爹竟是有些怕繼母的樣子，她又待我親親熱熱，還叫我管帳，原來是沒了念想。」她還有半截子話不敢講，程老爺廢人一個，還娶個老姑娘進門，害人呢！

程慕天哪裡不曉得她在想什麼，伸手將她拖進被窩壓在身下，怒道：「長輩的事不消妳論是非！」小圓摟了他的脖子，「要是旁人說咱們是為了繼母的陪嫁，這樣的名聲不好聽呢！」

程慕天一臉的怒氣突然就變作了無奈，「沒有兒子管老子的理，爹非要娶，我有什麼辦法？」小圓見不得官人為難，忙又勸慰：「我也不過白說罷了，繼母定有法子管住丁姨娘，外頭不會曉得爹的事。」

且說丁姨娘將那些話到錢夫人面前又講了一遍，開口要錢要閨女，可她那裡威脅得到，錢夫人根本不拿這個當回事，帶著幾個陪嫁到她院子裡搜了搜，不知怎的就翻出條男人的褲子來，請來程老爺一問，卻不是他的，丁姨娘當場就嚇軟了腿。

程老爺信以為真，親自上陣將她揍了個頭破血流，又要喚人來把她打死，錢夫人拉他到一旁死命掐了一把，「屋裡連個妾都不留，想叫別個都曉得你不行？」程老爺娶她本只為了財，此刻卻覺得她極賢慧，就如同撿了個大便宜，走路都輕飄起來。

錢夫人拿了丁姨娘的錯，反倒待她親熱起來，每日裡無事也要把她叫過來伺候。

這日小圓收到錢家送來的三朝禮，忙拿到錢夫人跟前，把冠花、彩緞和鵝蛋一樣一樣取出來給她瞧。一旁的小四娘頭一回見著圓圓的鵝蛋，伸著小手就討，錢夫人把鵝蛋舉到她面前，卻晃來晃去的與她。捧著茶盤子的丁姨娘見閨女著急，忙丟了盤子也取了個鵝蛋，遞到小四娘手中，不料小四娘卻哇的一聲哭起來，直往錢夫人懷裡撲。

丁姨娘愣愣地看了看手中的鵝蛋，又看了看小四娘，「四娘，我是妳生母。」小四娘轉過頭看了她一眼，又哭起來，錢夫人忙把鵝蛋塞到她手中，哄得她破涕為笑，響亮地叫了聲「娘」。

小圓看著錢夫人這個苦命人自娛自樂，一時不曉得是去同情丁姨娘，還是去同情她。錢夫人逗弄了孩子，心滿意足地看著丁姨娘黯然退下，這才去尋了程老爺，同回娘家拜門。

錢府雖比不得程家宅子氣派，卻勝在華貴，那一屋子一屋子的貴重擺設，讓程老爺見了心裡堵得慌，幸好他轉念想起錢家是絕戶，這些將來都是他的，這才好過了些，打起精神陪著岳丈去吃酒。

錢夫人的母親辛夫人乃是錢老太爺的正房娘子，接著閨女到房中，足有七八個妾來服侍。辛夫人待得她們擺好了茶水果子，無事也斥責了兩句，這才趕了她們下去。錢夫人見房內只剩了她們嫡親的母女倆，就把設計丁姨娘的事講與辛夫人聽。

錢老太爺這麼些妾，卻只有錢夫人一個閨女，全都是辛夫人的「功勞」。她使慣了大手段的人，根本不把這樣的小事放在眼裡，擺手道：「這樣的小事情，吃茶嗑瓜子都不好意思拿來閒話。」

錢夫人把袖子慢慢擼起來給辛夫人瞧手臂上的守宮砂，「娘，你們給我尋的好人家。」

辛夫人吃了一驚，「只道他那麼些兒女，哪曉得竟是個不中用的！」她反覆問過閨女，確認程老爺確是無法盡人事，站起身就要找錢老太爺進來談和離的事體，錢夫人卻攔她道：「娘，我三十好幾才出嫁，本就是一樁笑話，再丟不起這人了。再說我這個年紀還未生養，就算他中用，怕也是膝下無子的多，好在他還有個兒子，我又有好嫁妝，往後就指望他吧。」

辛夫人悔恨難當，抱著閨女哭了一場，又替她出主意：「聽聞程二郎是個有出息的，妳靠著他怕是比親兒還強些，但他屋裡的娘子不是自己人，終歸不讓人放心，不如把妳阿姨的孫女嫁與他。」

錢夫人輕輕搖頭，「我看她算是個好的，何必拆散人家夫妻？表侄女又不是肯做妾的……」

辛夫人將屋裡的陳設指給她看，道：「我們給她的金銀她不要，是個有大主意的人呢。現下你們好著，自然相安無事，若哪天不留神得罪了，該當如何？」錢夫人叫她說得有些心動，又想著，親娘總是不會害自己的，便低頭不語。

辛夫人曉得她這就是同意了，忙叫了貼身婆子來寫信，叫她的老姊妹把孫女送一個到臨安來。

錢夫人的表侄女在路上，就有些後悔沒有就著小圓的意思把帳接過來，回家便給程老爺吹枕邊風。她到底沒有經過人事，不曉得並不是所有在枕頭旁邊講的話都叫枕邊風。程老爺沒有將她得上手，再覺得她賢慧也不會拿她當自己人，被她嘮叨了兩句就不耐煩起來，自搬到書房睡了兩夜。

錢夫人在程老爺那裡沒得逞，就趁小圓來請安，話裡話外旁敲側擊討要管家權。主動交權她不要，才回了趟娘家就變卦，其中必定有文章，小圓心中生疑，自然只裝傻充愣，將帳本牢牢鎖起。

采蓮見她日日在婆母面前忍得辛苦，心疼道：「頭天見她待少夫人親親熱熱，哪曉得才幾天就為難妳。」小圓取了手帕子來擦汗，笑道：「其中必是有緣故的，且看吧。」

采蓮奇道：「少夫人既曉得，怎不派人去打探？」小圓抱了午哥往榻上一躺，道：「無著無落的人才成日裡想鬥來鬥去呢，我有胖兒子，官人又聽話，家中大小事務都在我的箱子裡，任誰來都不怕。」

她懶得跟一個很可能要做一輩子老姑娘的可憐人成日裡耍太極，就帶了兒子去娘家探望回臨安過年的李五娘。李五娘房裡一個抱著奶娃的妾，一個大著肚子的妾，襯得她地神情有幾分憔悴，小圓愧道：「三哥不聽我的話。」

李五娘笑起來，道：「心意我領了。」她自己沒兒子，見了午哥十分歡喜，抱在懷裡不肯放下，又命人取了個珠帽來送他。

小圓接過帽子一看，小小的一頂，卻通體都是小珍珠串成，正中間還鑲著塊紅瑩瑩的寶石，忙推辭道：「他一個娃娃，哪兒能戴這樣貴重的帽子？」李五娘看了妾懷裡的孩子一眼，道：「午哥不能戴，難道還要給他不成？」

那個妾低著頭看不清神情，小圓生怕這樣的話傳到何耀弘耳裡，更要不待見李五娘，只得將那華貴的帽子收下，另取了個小金鎖送與那個妾的兒子。

李五娘看了看兩個妾，嘆道：「家家都有本難念的經呢，妳繼母已是進了門吧，如今是誰當家，可要我去替妳撐腰？」小圓謝她道：「滿月酒那天要不是三嫂，我真不知該如何熬過去，現下家裡暫時還是我管著呢，萬一哪天出岔子，少不得還要妳出面，讓我狐假虎威一回。」

李五娘撫了撫午哥的小臉，「妳有兒子，不怕。」她說著說著想起自身，忍不住幾點淚落到午哥臉上，忙伸手去擦，不想卻是越擦越多。

小圓發狠道：「三嫂，等過完了年，我送妳去泉州。」李五娘苦笑一聲，「傻妹子，這種事情，他不情不願的，我就是在泉州待上三年五載的又如何？」小圓本是要躲錢夫人才出來的，不想見了李五娘的遭遇更是堵得慌，想安慰她又不知從何說起，只能講些好聽的話來寬她的心。

人生之不如意，十之八九，小圓一路替旁人嘆息，卻沒料到有人也想讓她不如意——才進家門就有丫頭來報：「夫人三日後要辦鬥茶會，叫少夫人去下帖子呢。」

聽說錢夫人要鬥茶，很是高興她終於尋了點子事，不再只盯著自己，就問那丫頭，夫人要請哪幾位。

那丫頭回道：「夫人說她那邊有幾位親戚要來，其他的客人，讓少夫人看著請。」

這陣勢，是要泉州人與臨安人鬥茶？小圓啞然失笑，回房吩咐采蓮：「既然夫人只請了親戚，咱們也請親戚吧。大姊、三嫂，再加上二嬸和她大兒媳方十娘。」

采蓮猶豫道：「那邊的夫人、少夫人也請？」小圓道：「都是至親，雖有不和，到底沒鬧到老死不相往來的地步，另兩家都請，獨獨不請她們，像什麼樣子？」

正說著，錢夫人那裡又有話傳來，說鬥茶會的開銷從她嫁妝錢裡出，不必動用公帳。丫頭們俱讚嘆，錢夫人於錢財一事真真是大方。錢家一向手裡散漫，小圓以為她不介意用嫁妝錢是家風使然，便沒怎在意，依了錢夫人，由得她去花錢。

三日後，幾位親戚齊聚程家，參加鬥茶會。所謂鬥茶，即是比試點茶技藝高下。程大姊見錢夫人還未到，先擔憂起來，「鬥茶就是從福建興起的，她們久居泉州，想必精通此道，難不成今兒我們要被比下去？」

小圓還未來得及答話，錢夫人攜著兩位小娘子走進廳裡來，笑道：「我一個堂兄的閨女、一個阿姨的孫女齊齊來臨安玩，都說閒坐無趣要鬥茶，我這個又作主的又作長輩的，少不得將出幾文嫁妝錢來，辦個鬥茶會，邀眾位親戚一同來樂樂。」

這話講得極客氣，小圓卻覺得有些不對勁，還沒想轉過來，就聽得程二嬸開腔：「妳們還是兒媳當家嗎？未免也太小氣，辦個鬥茶會還要婆母自掏錢。」

小圓自嘲，原來在這裡等著我，看來自己是舒服日子過久了，反應竟遲鈍起來。好在錢夫人討要管家權在暗，推辭在明，她幾步上前攙住繼母，親親熱熱地笑道：「二嬸可是誤會我了，夫人進門頭一天，我就要將帳本奉上，是她信得過我，叫我繼續管呢！」

錢夫人面上一滯，這兒媳果然不貼心，幸虧聽了母親的話，叫了表侄女來，只可恨堂兄曉得了消息，也把個閨女送了來，倒讓一樁輕鬆事變得有幾分棘手。

程二嬸三番兩次在小圓面前都落了下風，就把心思轉到錢夫人身上，心想她年紀不小，命中多半無子，尋機會將自家小兒過繼一個與她，真真是順理成章。她打定了這主意，就待錢夫人愈發親切起來，自頭上拔下兩根翡翠簪子，送與她的兩位侄女作見面禮。

小圓用胳膊肘悄悄撞了撞程大姊，同她也各從身上取下幾樣小配飾送上，又問那兩位小娘子如何稱呼。錢夫人堂兄的閨女與錢夫人有幾分相像，極標致的一位小美人，走到小圓面前福了一福，「謝姊姊賞賜，我在家排行十三，姊妹們都喚我十三娘。」錢夫人的表侄女卻不上前，只站在錢夫人身旁道：「謝少夫人的禮，我姓季，人稱季六娘。」

一個叫「姊姊」，一個稱「少夫人」，這是依哪門子的叫法？小圓心裡一沉，面上笑容卻愈盛，先向季六娘道：「都是至親，叫少夫人多生分，若六娘不嫌棄，就喚我一聲嫂嫂吧。」

李五娘今日來的目地就是替小姑子在繼母面前撐腰，便將不快寫在了臉上，「我在泉州也待過幾日，沒見過管表兄媳婦叫姊姊的。」

屋裡坐的這幾位都是家中妾室通房大群的，一見這陣仗，都曉得了這場鬥茶會不過是繼母要給兒媳房裡塞妾所豎的幌子，說不定還想更進一步，取而代之。一時間，眾人心中都打起了小九九。程二嬸一門心思要同錢夫人拉攏關係，自然想幫一把。方十娘是事不關己，只顧看熱鬧。程大姊夫家的生意與程慕天綁在一處，哪裡容許旁人插手，便打定主意，只要繼母一開口，她就先將兩位不要臉的拐彎親戚打個稀爛。

小圓心裡暗嘆氣，自己同這位繼母往後相處的日子還長著呢，現下就撕破臉面，往後倒楣的還是做兒媳的。想到此處，她開口打圓場：「想必是十三娘才來，還不大明白親戚間的關係，一時叫錯了口又值什麼？咱們還是快些鬥茶是正經，不如就請十三娘先來？」

錢夫人卻搖頭，把季六娘推到前面，「十三娘還小，讓六娘來。」

錢十三娘垂了眼簾，默默退到邊上。小圓見到她眼裡的一絲怨恨，暗笑，這到底是誰和誰在鬥？

季六娘想是深諳茶道，帶著幾分得意神色地取出建州窯的茶盞，又拿出餅，道：「這是專為鬥茶備的上好『鬥品』。」她入茶碾槽，細細碾成粉麵，後將研細的茶末放入建盞，加沸水調成膏。調膏完畢才是點茶。她果真技藝高超，一手高高執壺，熟練點水，一手握茶筅拂動茶湯，時緩時急，毫不慌張。茶盞裡漸漸浮上鮮白的茶湯來，錢夫人先讚道：「好茶。」

方才季六娘剛把茶餅拿出來時，就有人竊竊私語，此刻聽得錢夫人讚好茶，全都忍不住，一個個笑得花枝亂顫。錢夫人不明所以，道：「我們六娘這技藝，稱個『三昧手』都綽綽有餘，莫非妳們更有高人在？」

程大姊嘴上最是不留德，「蠢人呀蠢人，這樣的茶咱們早就不吃了，現下最時興的是花茶。」

程二嬸替季六娘辯解道：「許是花茶還未傳到泉州去，我倒覺得古方煮茶最是有趣味，二郎房裡正缺這樣一位擅調茶湯的賢慧人。」

錢夫人暗道，我還未開口，就有人來分憂，倒是省了不少力氣，便順水推舟道：「我視二郎如親生，自然是捨得的，只不曉得媳婦嫌不嫌棄？」

長者賜，本就不可辭，哪裡還敢嫌棄？婆母果然比公爹更難對付，小圓沒法接這一招，只得望向李五娘。李五娘自家幾個妾，那是拿官人沒辦法，對付別人的婆母她還會有什麼顧忌，便整了整衣裳就起身告辭：「市舶司來信了呢，我回去看看。」

錢夫人忙問：「妳家竟同市舶司有來往？」

小圓終於能夠接過話來笑答：「我三哥在泉州市舶司當差呢！」

程大姊不糊塗，緊接而上，「咱們程家的海運生意全仗四娘的三哥照拂，她三哥最是個不耐煩妹夫納妾的，小心惹惱了他，把咱家的海貨全都抽稅。」程大姊雖急於維護自家利益，卻到底不曉得其中詳細。錢夫人自己是個無子的，程家有再多的家產，也與她不相干，至於海運生意如何，更是不在她的謀算之內。

但錢夫人卻有幾分擔心明目張膽塞妾給小圓房裡，影響了程家海運，會惹惱程老爺，就思忖著如何把自個兒的話收回來。季六娘見她有些尷尬，忙道：「我表姑是說笑呢，我家在泉州也是有頭有面的，豈會與人做妾？」

錢十三娘在小圓身旁嘀咕了一句，聲音不大不小，正好讓她聽見，「妳本就是奔著正室來的，自然不與人做妾。」

小圓只當沒聽見，拉住李五娘道：「三嫂，不過一場誤會，快些坐下，我叫人拿桂花和蜂蜜來泡茶。」

程二嬸家也是靠著海運吃飯的，但她家那幾個兒子都不成器，不過白分幾股，就不如大房家那般看重。她生怕錢夫人從此偃旗息鼓，忙講出幾句頗有深意的客氣話：「大嫂，這兩個孩子我見了都是極喜歡的，可要留著多住幾日，我那裡還有好些玩意呢，改日叫人拿來與她們玩。」

錢夫人自然明白她的意思，卻不知她為何一門心思幫著自己，便只淺淺一笑，不置可否。李五娘見錢夫人並不隨意被人拉攏，扯了小圓的袖子到外頭，悄聲道：「妳這個繼母怕是比妳嫡母還難對付，程二郎又是出了名的孝子，妳可得多留幾個心眼子。」

小圓笑道：「只要二郎不負我，再來幾個繼母又何懼？」李五娘聽了這般有底氣的話，竟是有些恍神，被小圓連喚了幾聲才醒過來，一同重新進廳，吃那還未入口就已鬥了個不休的茶。

下人們端上蜂蜜桂花茶，錢夫人嘗了一口，果然比加了姜鹽桂椒的茶湯好吃些，便問這茶是誰人所創。李五娘得意地將自家小姑子指了指，「臨安府的娘子們時興用什麼吃什麼，看看四娘便知。」一直沒開口的方十娘也點頭，「這個茶配上她鋪子裡的蛋糕，更是味美。」

小圓忙叫人去鋪子裡取各式蛋糕和新研製出來的脆餅乾，錢夫人望著她微微一笑，「媳婦，泉州還沒這樣好吃的茶呢，不如妳教一教六娘，讓她把這法子帶回去？」

留一個哪兒成，全留下才有趣呢，小圓爽快地應下來：「娘同我想到一處去了，我正有此意，要留十三娘和六娘住幾日呢！」

鬥茶會結束，錢十三娘和季六娘都留了下來，錢夫人便叫小圓給季六娘安排個住處，又道：「十三娘是我本家，就同我一處住吧。」明明是兩個人，為何只提季六娘，小圓稍稍一想就明白過來，家中僅剩的一進空院子，同他們的緊挨著，錢夫人這是要單給表侄女親近二郎的機會呢。

錢十三娘張了張口，卻不知如何反駁，一雙眼可憐巴巴地瞧著錢夫人，小圓豈會浪費自己多留下一個錢十三娘的「苦心」，便笑勸錢夫人：「娘，我曉得妳同十三娘親厚，要住到一處多講講貼心話，只是爹也住在這院子裡呢，進出怕是諸多不便。」

錢十三娘感激地看了她一眼，向錢夫人道：「姑姑，嫂子講得對，我的名聲要緊，還是同六娘住一處吧。」程老爺是個廢人，錢夫人無甚好擔心，但錢十三娘把自個兒的名聲抬了出來，她也無話可反駁，只能由著她去。

小圓起身道：「還請兩位妹子在夫人這裡坐坐，待我替妳們收拾完住處再來接。」錢夫人聽了這話，以為她是要去收拾那進空院子，滿意點頭，趕緊放了她回去。可她也太小看了這位兒媳，小圓一回房，便命人去請程三娘，拉著她的手道：「三娘，鬥茶會上的事妳可曾聽說？」

若嫂子換成了錢家親戚，程家便是繼母一手遮天，哪裡還有程三娘待的地方？因此她比小圓還焦急三分，「早聽說了，這可怎生是好？嫂嫂可得趕緊想法子。」

小圓拍了拍她的手，道：「那兩位妹妹要在家裡住下，咱們那進空院子……」

程三娘心裡比誰都敞亮，不待她講完便道：「她們又不長住，何必費事去收拾？再說馬上要過年了，嫂嫂多的是事要忙，我隔壁小四娘住過的那間小院子空著呢，不如就給她們住，我定會好生照料她們。」說罷又補上一句：「嫂嫂請放心。」

小圓再三謝過她，親自點了幾個穩妥人跟著她去收拾院子，笑著感嘆：「還是幫我的人多些呢。」采蓮帶著管事娘子們走進來，笑道：「所謂前因後果，少夫人平日裡待人就寬厚，有難自然都來幫襯。」

小圓在桌邊坐下，攤開帳本，對管事娘子們道：「今日叫妳們來，是因著家裡兩位女客要小住幾天，勞動大家都費神，因此各人多發半個月的月錢。妳們管事的，多發一個月。」管事娘子們聽說有多的錢拿，俱是喜笑顏開，秦嫂又笑道：「必替少夫人把她們盯得緊緊的，不給她們半點空子。」

這些管事娘子的賣身契都是在小圓手裡握著，因此她極為放心，道：「人家是客人，要以禮相待，只是既住到咱們家，規矩還是得守，不然叫旁人看笑話。妳們倒說說，咱們家有哪些規矩？」

秦嫂頭一個開口：「園子裡的出產都是要賣錢的，她們若想和丁姨娘當年那般，怕是不成。」

阿繡如今管著各院的粗使下人，便道：「男女有別，我叫兩個婆子把著內院裡的幾個門，出入只走夾道。」

小圓滿意點頭，到底是自小跟隨的人，極是知曉她心意。餘下的幾個管事娘子也都明白過來，一致表態，家中各處用度，沒有少夫人的牌子，一根針都不給。小圓此生最得意的，除了官人與兒子，便是這家子忠心耿耿的奴僕。她笑著叫阿彩帶了她們去帳房領錢，又命人請來孫氏，鄭重施了一禮，道：「余大嫂忠厚，怕是防不了小人，午哥就拜託孫大娘了。」

孫氏側身避過，俯身回禮，亦是鄭重：「蒙少夫人收留，自當竭盡全力。」

阿雲見她們文縐縐地講話，笑出聲來，「我竟從未見過少夫人這般厲害模樣，管事娘子們領了這樣令，別說那兩位女客，就是老夫人，怕都要受幾回氣。」

小圓心裡冷哼一聲，我真心敬她是個繼母，她卻明目張膽觸及我底線，須知綿花裡藏的針，戳一下也是要疼的。

她佈置完方方面面，已是晚飯時分。想著馬上就是臘月二十五，躲懶不得，匆忙扒了兩口飯，命人掌燈算帳，分派事物。程慕天在外應酬了一整天，帶著薄薄酒氣回來，極想早些摟了娘子睡覺，卻見她端坐桌前，一手捏筆，一手托腮，將那筆頭啃得有滋有味。他帶了幾分醉意，膽子略大了些，就在八仙桌另一邊坐下，笑問：「娘子，筆頭是鹹是淡，可要加幾顆鹽？」

幾個丫頭捂嘴偷笑，連醒酒湯也不端，忙收拾了桌子退下。小圓愛極吃醉了酒的程二郎，想引他講些甜言蜜語來聽，不料程慕天並未深醉，膽兒還不夠大，只敢摟了她往嘴上香。小圓由著他親了幾口，提醒他道：「晚了回來，路上可得小心些，別認錯了人，親到別人的嘴。」

程慕天不愛聽這樣輕薄的話，把掉到桌上的筆重新塞進她手裡，道：「我的名聲生生被妳壞掉了。」小圓忍不住地笑，「你個大男人，還名聲呢！我是擔心後頭院子裡住著的那兩位嬌滴滴的小娘子！」

程慕天吃了一驚，忙指著門外道：「挨著的那進？」

小圓很滿意他這反應，笑道：「不是，同三娘子作鄰居呢！」程慕天稍稍鬆了口氣，還是疑惑，「誰家的小娘子，為何要住到咱們家來？」

小圓將筆狠狠擲到地上，咬牙道：「是繼母家的兩位侄女，今日她當著諸多親戚的面，說要給你做妾呢！」

程慕天嚇得直跳起來，幾分酒意全醒，「妳不會答應了吧？」小圓搖頭，冷聲道：「從今往後我要做幾件扎人眼的事了，免得這位繼母動不動就想打我男人的主意。」

程慕天嫌這話難聽，皺眉道：「大姊、二嬸哪個沒想過往咱們屋裡塞妾，妳怎都能忍下來，唯獨繼母不能忍？」

小圓眼中含淚，「大姊和二嬸到底只是親戚，不管哪個送人來，我都能明著暗著拒回去，可她是婆母呀！別說長者賜不可辭，她就是硬要給哪個一個妾室的名分，我又能怎樣？若她只有這樣的打算，那還算輕的，咱們大宋可是有『出婦』這一條的。」

所謂「出婦」，因姑不悅子婦而出之，講的是若婆母不滿兒媳，完全可以不顧兒子的意願，強行將兒媳休離。錢夫人雖說不是程慕天的親母，但大宋並未規定繼母與親母的權力差別。程慕天的嘴角猛地抽搐了兩下，「爹在那裡呢！」

他的意思，小圓十分明白，是叫她放寬心，程老爺不會由著錢夫人亂來。她見程慕天還陷在「孝子」二字裡爬不出來，有心要將他激醒，便轉身取了兩張帖子，丟到程慕天面前。程慕天撿起來一瞧，一張是小圓目前的嫁妝清單，一張則是錢夫人的陪嫁單子。他也是聰明人，一看就明白，程老爺是愛財的，若錢夫人送個陪嫁更豐厚的兒媳來，保不准程老爺那裡就變了風向。

他死死攥著單子，好叫手不要抖動，勉力笑道：「咱們有午哥呢，爹總要看在孫子分上。」小圓抹了把淚，「換個兒媳生的，也是他孫子。」

她的邏輯竟是嚴絲合縫，程慕天左想右想沒有出路，突然摟過她大哭，「是我沒用，連自個兒娘子都護不住。」小圓確實是有意將事態講得這般嚴重，好叫他不要嗔怪自己反擊繼母，但她沒料到程慕天的反應竟如此之大，忙撫他的背道：「二郎，你糊塗了，我還有個市舶司的三哥呢！」

程慕天立時住了淚，瞪著眼道：「妳故意逗我？」

程二郎竟還是頑固不化，這回輪到小圓垂淚，捂著臉就往外走，「我這就抱了兒子回娘家去，免得在你家成日裡受欺負。」

程慕天一見娘子哭了，慌得又是替她抹淚又是堵門，「我也是擔心別個說妳不孝敬繼母，遭人詬病。」小圓嘴角微微一勾，「真只是為了我？」程慕天怕她再哭，除了點頭還是點頭。

小圓笑著親了他一口，「你娘子是那般蠢笨的人嗎？不過是想讓繼母不敢再往咱們屋裡塞妾而已，只要她不碰我這根底線，就算打我罵我，罰我在碎瓷渣子上跪著，我都不講個不字。」

程慕天的嘴角又翹了起來，「妳這說風就是雨，打我還罷了，妳這身子骨能挨幾下？若真到那分上，偷偷使人去叫我呀！」

小圓笑道：「叫你來有何用，你敢對繼母講個不字？」程慕天伸手擦去她淚痕，「我替妳挨著。」

小圓聽了這話，淚又淌了下來，這回卻是感動的。程慕天忙不迭送替她擦淚，趁機在她臉上捏了一把，「老實交代，妳是不是都已佈置好了，怕我說妳，所以拿那些傷人心的話來試探？」小圓頗有些不好意思，只低頭扭他的寬腰帶。程慕天把嘴湊到她耳邊，「扯我的腰帶，想作什麼？」

「啊呀，又不正經！」小圓就勢朝他腰間輕捶兩下。程慕天一把抓住她的手，按倒在榻上，「敢試探妳官人，看我如何罰妳。」

「奴家做錯了事，甘願受罰。」小圓一面說，一面用空著的那隻手將他腰帶扯了下來。程慕天從未見過這般主動的娘子，又驚又喜，正想好生罰一罰不聽話的她，突然外頭響起敲門聲，「少夫人，三娘子那院兒裡吵起來了。」

慕天正在緊要關頭，生生被打斷，極為惱火，朝門喊道：「什麼事？」報信人答道：「來咱們家作客的兩位小娘子吵起來了。」程慕天就要起身，小圓攬住他的腰，向門外問道：「三娘子在做什麼？」門外答：「三娘子說，親戚吵架，她不好管，隨她們去吧。」

小圓抿著嘴笑，「三娘子講得極有理，親戚間拌個嘴，咱們不好理會，且叫她們院子的小廚房把宵夜備著，兩位小娘子若吵累了，端一碗吃食上去。」

門外報信人應聲而去，連程慕天都忍不住地笑，「就是這樣。」小圓趁他鬆懈，翻身而上逃脫懲罰，笑問：「此番不怕是不孝順了？」程慕天不滿她挑戰自己的權威，重新將她按在身下，「孝順繼母也輪不到她們頭上去。」

二人反覆幾個回合，最終還是官人占了上風，將娘子好生罰了罰。

第二日一早，小倆口抱著午哥去請安，毫不意外地在堂上瞧見了昨晚吵架的那兩位，二人問安畢，錢夫人先開口：「我這兩個侄女，不讓人省心，才住到一處就吵鬧，媳婦還是將她們分開吧。」

原來昨晚的吵架大有深意，想來是季六娘先挑的頭，目的就是那進空院子。程慕天不經意地皺眉頭，突然覺得娘子的擔憂不無道理。小圓在繼母面前一如既往地恭順，「是媳婦疏忽了，這就叫人把那進空院子收拾出來，讓十三娘搬過去。」

怎是十三娘不是季六娘？錢夫人恨得牙根直癢，偏論起親疏遠近，確實是該錢十三娘住那進大院子，她半句反駁的話也講不出來。

錢十三娘生怕姑母變卦，不待她想出迂迴應對之策，先上前謝過小圓，立時就帶了貼身丫頭下去收拾衣物，把錢夫人又氣了個倒仰。

昨日鬥茶會的事，程老爺業已知曉，他本是責怪錢夫人不該不顧何耀弘的臉面，強行往程慕天房裡塞妾，錢夫人卻道：「指不定二郎自己就想納，只礙著媳婦不好開口呢！咱們何不試上一試，我那兩個侄女家中都是有錢的，隨便抬一個進來，咱們家不是又有進帳？」程老爺被那「進帳」二字撓得心癢癢，今日在堂上就只觀火，抱著孫子逗弄來逗弄去。

小圓本也沒指望這個公爹，但他依靠著自家三哥，此刻卻連句場面話都不講，心裡就有些氣升上來，命奶娘去接過午哥，道：「我三嫂過會子要來瞧外甥呢，且先把午哥抱回去。」

程老爺極是不捨，但小圓拿來擋箭的是他得罪不起的何耀弘媳婦，就只能將一雙眼朝程慕天那邊看，偏他的孝順兒子此刻滿腦子都在震驚要同一個陌生小娘子挨著院子住，無暇旁顧他的眼神。程老爺左顧右盼了多時，見無人搭理，倒隱隱有些後悔得罪了兒媳來。

小圓抱了兒子就走，行至他們所住的第三進院子天井裡，突然瞧見第三進與第四進相接的門口，錢十三娘的身影晃了一晃。這樣快就出來勾引人了嗎？她輕輕把一旁的官人撞了撞，程慕天正為著第四進院子垂首苦悶，忽然被人一撞，沒弄清狀況就先發起脾氣來，「我日日在外辛苦，回家還不得安生。」官人為著不願納妾而發脾氣，小圓開心還來不及，便用兒子地襁褓遮住臉，只顧偷笑。

程慕天的聲音極大，院牆後的錢十三娘聽了竊喜，原來這小倆口的情感並不十分深厚，怪不得姑母要下手。她自以為逮著了天賜良機，提了裙子就想邁過月亮門，慰一慰暴跳如雷的程二郎，卻不想才邁了一條腿，守門的媳婦子就大叫著來攔，後頭還有丫頭高聲來回話，說季六娘有請。

這般大的動靜，程慕天豈有聽不見的，卻看也不看她一眼，只朝小圓吹鬍子瞪眼，「妳這家怎麼當的，這個門就不能鎖起？」

小圓作出副吵架的腔調，「你就曉得鎖，這個門要是不通，十三娘怎好進出？」程慕天朝第四進院子那扇該死的門狠狠瞪了一眼，「鎖起來，全都給我走夾道！」

程二郎很生氣，後果很嚴重。小圓忍著笑，臉上還要裝出不情不願的樣子來，叫阿繡取了家裡最大的鎖，將第三進和第四進間的院門牢牢鎖起。阿繡一面親自鎖門，又笑道：「少夫人多慮了，錢十三娘成日裡被季六娘絆著，季六娘又被咱們的三娘子緊盯著，根本脫不開身來邁這道院子門呢！」

小圓笑著嘆氣：「二郎非要如此，我有什麼辦法？他那牛脾氣上來，少不得都要依他！」

程慕天本還擔心封了這道門，娘子要被繼母責難，不料錢夫人不但不怪罪小圓，反倒誇她思慮周全，把陪嫁的首飾好好賞了她幾件。他見小圓笑容滿面地捧著首飾回來，放下一顆心，「看來繼母並不是刁難兒媳的人。」小圓大大地白了他一眼，「做夢呢，全是我安排得巧，第四進院子裡住的是季六娘，你再瞧瞧？」

程慕天不愛聽這樣的話，一雙濃眉擰成了結，小圓這回可不哄他，取了院門的鑰匙在手，狠狠威脅道：「再給我臉子瞧，我就去開院門，放小娘子進來咬你。」

程慕天還要仗著娘子的保護，頭一回服了軟，放緩了神色，笑道：「世間事真真是奇怪，既然咱們都不愛要個妾，那兩位自個兒鬧來鬧去，鬥來鬥去，有什麼滋味？」

「可不就是自己先鬥上了，誰愛搭理她們！今年咱們家多了小午哥，臘月二十五要添人口粥，我正忙得很，沒空去理會！」小圓催了他出門，叫他快些把生意上的事務打理完畢，好騰出空來在家過節。

臘月二十五，宋人極為看重，小圓捎信給田二的兒子田大，叫他運反季菜蔬下山時，順路捎松枝，又捎信給另一個莊上的管事，叫他拖豆和稻草，預備二十五那天燒火盆。

「春前五日初更後，排門燃火如晴晝。大家薪乾勝豆秸，小家帶葉燒生柴。青煙滿城天半白，棲鳥驚啼飛格。兒孫圍坐雞犬忙，鄰曲歡笑遙相望。黃宮氣應才兩月，歲陰猶驕風栗烈。將迎陽豔作好春，正要火盆生暖熱。」小圓抱著午哥坐在院子裡，曬著冬日裡難得的暖陽，為他念著時人所作的詩，大廚房的管事娘子洪嫂來回事，笑道：「少夫人，午哥才四個月大，哪能聽得懂？」

小圓柔柔看著襁褓中的兒子，「我覺得能呢。人口粥可熬好了，給咱們午哥也來一碗。」洪嫂稟道：「少夫人，我正是來問這事兒，錢、季兩位小娘子在咱們家住了三五天了，難不成人口粥也在這裡吃？」

小圓一愣，「這幾日沒理會她們，竟把這事兒混忘了。聽妳這口氣，錢家竟是無人來接她們回去過年？」

祝嫂道：「我看哪，她們就是打定主意要賴在這裡喝上一碗咱們家的人口粥呢！」阿繡抱著喜哥也進了院子，介面道：「休想，人口粥也是能亂吃的？不是程家人，碗邊也不許摸。」

阿繡的性子極對阿雲的脾氣，她上前接過喜哥，笑道：「繡姊姊講得對，咱們家的阿貓阿狗都吃得，獨獨她們吃不得。」

祝嫂瞧了瞧小圓的神情，試探著問：「少夫人，那我不給她們盛？」阿繡趕她道：「這樣的話本就不該拿來問少夫人，趕緊回去盛粥來，多多加糖霜。」祝嫂又瞧了瞧小圓的神情，得了准信兒，吐了口氣，「這下放心了，我叫她們拿笤帚趕人。」

「怎麼，她們竟上廚房討去了？」小圓沉默了半天，這才開口。祝嫂點頭道：「使了小丫頭，在門口站了半晌了，我沒敢讓她們進去。」

小圓讚許道：「妳很盡職，今日熬粥勞累了，阿雲去把那根鑲玉的琉璃墜子拿來。」阿雲依言取來墜子，塞到祝嫂手中。祝嫂得了賞賜，腦子愈發轉得快，出主意道：「兩位小娘子到底背井離鄉，好不可憐呢，不如我使兩個人去錢家，端兩碗他們的人口粥來？」

采蓮帶人拖著株大松樹進來，笑道：「好主意，記得挑底下印了姓氏的碗，若他家沒得，就現印一個去。」祝嫂也笑起來，「還是采蓮姑娘技高一籌。」說完又問小圓可還有別的吩咐。

小圓起身只看松樹，微笑道：「該說的妳們都說了，我還能講什麼？」

祝嫂知她這是揚不是譴責，帶著笑意出門，派了兩個婆子去錢家取粥。辛夫人自然曉得那兩位小娘子打的主意，哪裡肯給。程家的婆子們都是得了教導才來的，絲毫不與她分辯，趕到賣瓷器的店子，買了兩個印了錢字的瓷碗，再回程家廚房舀了兩碗粥，給錢、季兩位捧了去。

錢十三娘同季六娘正賴在程三娘房中不走，盯著她吃人口粥，忽見婆子也端了兩碗上來給她們，喜出望外，抱起碗就喝，待得三人的碗都見了底兒，相互一看，卻只有程三娘那個印著程字，她兩個上頭都是錢。季六娘自認吃了暗虧，一言不發，尋錢夫人去了。

錢十三娘曉得自己在錢夫人那裡討不到好，心道，反正我沒那樣大的志向要做正室，掙個妾來能離了家中嫡母的眼，就是個好結果。上回想同程二郎親近親近反被鎖了門，不如轉個方向，去和正頭娘子套近乎。她打定了討好小圓的主意，就回房將自己能拿得出手的三樣首飾揣進袖子，轉進通往第三進院子的夾道。

十三娘在夾道內一路暢通無阻，可就在她要到半中腰院子的小角門時，被兩個婆子攔住了，說要先瞧瞧少夫人得不得閒。大戶人家見主人要先通傳，這個道理錢十三娘很是懂得，便遞過幾文錢，站在夾道內候著。

一個婆子跑得飛快去報信，攤著手心在小圓面前露出五六個銅板，「姓錢的小娘子與咱這些錢，說要見少夫人。」一院子的人笑得左右直晃站不住，阿繡拍了拍喜哥，笑道：「我們喜哥荷包裡都不止這幾個錢，虧她好意思拿出手。」

采蓮卻道：「錢家都是手中散漫的，為何這個十三娘這般小氣？必是有緣故。」

阿雲對阿繡的棒槌一直十分佩服，此刻見來了機會，就要去取笤帚。阿繡到底作了管事娘子，行事比以前老成，攔她道：「打她作什麼，落人口實呢，且叫進來咱們會會。」

眾人本就為少夫人打抱不平，聽了這話都明白，這是要擠兌錢十三娘，為少夫人出氣哩，於是都道好，拿眼瞧小圓。小圓只顧哄午哥，指著掛了各式小玩意的松樹給他瞧，漫不經心道：「別太出格。」

那婆子得了這話，不待阿繡她們吩咐，一溜煙又跑回角門，將錢十三娘引進來，邊為她指路邊道：「小娘子看清腳下了，別走錯路，咱們少爺並不在家。」

錢十三娘的一雙眼可不正在東瞄西瞄，聞言臉上一紅，再一抬頭，一院子的丫頭媳婦子俱在瞧她，立時恨不得扎進地裡去。阿雲見她臉上通紅，拉著阿繡嘀咕：「那天她要衝進咱們院兒裡來勾引少爺時，怎不見這般要臉面？」

錢十三娘好歹是個大家閨秀，受不了這樣的言語，將垂下的頭又抬了起來，想找小圓要個說法，偏小圓遠遠地站在天井裡瞧松樹，沒有聽見，她只得忍了一肚子的氣，走過去見禮，勉強堆起笑容，尋話來問：「嫂子，只聽說砍松枝燒火盆，這裡立這樣一棵大松樹卻是為何？」

小圓極和氣地指了樹上的布老虎、銀鈴鐺給她瞧，「見這松樹的枝多，掛上小玩意兒來哄孩子呢！」正說著，丫頭媳婦子們聚了過來，阿彩搬過一張交椅，阿雲搭上狐狸皮，采蓮請小圓坐下，「少夫人，坐下歇會子，都站半天了。」說著，又招呼孫氏和余大嫂過來抱午哥。

小圓瞧錢十三娘還是站著，便問怎麼不給客人搬椅子，阿繡一本正經地欠身回道：「咱們院子只有兩張椅，一張是少爺的，一張是夫人的，再多可沒得位子。」

所謂鑼鼓聽音，聽話聽聲，錢十三娘糊塗卻不蠢笨，自然曉得這是在告誡她不要打妾室的主意，但她既然來了，豈有不出師就言敗的理，當即換了個話題，問小圓道：「聽聞嫂子是庶出？」她話音剛落下，就見眾人俱怒目，忙補上一句：「我也是庶出呢，咱們妾生的孩子，在家苦呀！」

小圓想起婆子掌心的那幾文錢，再看看錢十三娘身上的衣裳，的確是不如程三娘與季六娘的穿戴，她也是苦水裡泡大的，不免生了幾分同情，命人搬了個瓷凳子來請她坐。

錢十三娘挨上那冰冷的瓷凳子，只覺得渾身上下都涼颼颼。面前這位和顏善目，甚至有些少言寡語的程家少夫人，怕是不太好對付哩。

小圓在椅子上坐得端端正正，笑道：「我是庶出，且不討嫡母喜歡，還不是一樣受人三媒六聘地抬來作正妻。十三娘不必太擔憂，待得尋個好郎君嫁出去，日子自然就好過了。」

錢十三娘將她細細打量，身上半舊不新的長裙，面不施粉黛，頭上只插著一支玉簪，可偏偏就讓人覺得她通身都是氣派。她將袖子裡的那三樣飾悄悄捏了捏，沒敢拿出手去，只垂眉滴淚道：「我沒嫂子那般好本事，天生與人做妾的命呢。家裡比我小的幾個嫡出妹妹早就許了人家了，唯獨我，好似無人瞧見，若不趁著還年少，厚了這張臉皮與自己謀個出路，待得年歲長了，就只有做姑子那條路了。」

這張苦命牌著實打得好，小圓暗讚一聲，也不自覺落下淚來，再瞧瞧旁邊幾個丫頭，也是眼眶紅紅的。錢十三娘偷眼望眾人，心道，瓷凳子也是凳子，果真還是個善人，這事兒怕是成了大半。

不料小圓流著淚握住她的手，真心誠意地道：「咱們是妾生的，所以命苦，難不成還要自己也做個妾，再生幾個庶出的孩子出來受同樣的苦？」

錢十三娘似有所觸動，喃喃半晌，開口卻是反問：「嫂子替我尋一個？」

小圓好心好意勸她，卻換來這樣一句話，心頭不免有了些火氣，乾脆順著她的話往下講：「這有何難，包在嫂子身上，妳且先回去過年，來年開春，定為你找個人家。」

錢十三娘見她曲解了自己的意思，先是一愣，後見她只提給自己尋人家，卻不提季六娘，又是一愣，「嫂子既這般好心，不替季六娘也尋一個？」

小圓微微一笑，卻不作答，只朝錢夫人住的第二進院子看了一眼。錢十三娘袖子裡的手一緊，一根簪子的尾尖刺入掌心裡，疼得她哎喲一聲，匆匆告辭。

阿繡奉上茶來，撫著胸口道：「方才少夫人落淚，我都捏了一把汗，生怕妳一時心軟，要將她收入房中。」小圓笑看她一眼，「妳剛才還不是紅了眼眶，怎沒見妳善心？」

眾人齊聲大笑，笑聲飄呀飄，飄到了第三進院子的正房裡。季六娘的長指甲直戳到肉裡，恨道：「表姑，妳瞧她們那囂張樣子，就不替我作主？」錢夫人才被程二嬸的到訪攪得暈頭暈腦，揉著太陽穴道：「我是不好出頭的，只能暗地裡替妳安排，妳也莫要心急，且先回我娘家過年，萬事等開春再說。」

季六娘抱怨道：「我正經嫡出的小娘子，備下的陪嫁也有數十萬，哪裡尋不到好人家，偏信了表姑信裡的漂亮話，千里迢迢跑到臨安來，直到進了程家才發現，原來妳所謂的好二郎，不但是個瘸子，還有娘子與大兒，我是上了妳的當呢！」

錢夫人見她把自己形容成騙子，按捺不住火氣，道：「我怎麼聽說妳是因為在泉州名聲不怎麼好，我阿姨實在無法，才把妳送了來？」季六娘忘了錢夫人是才從泉州遷來的，對她的底細一清二楚，那氣勢就矮了下去，吭吭哧哧地又求她。

錢夫人見好就收，安撫她道：「等過完了年，我還接妳來住，所謂來日方長，不急這一時。妳是不曉得，今日程家二嬸又來，說我年紀不小，擔心生不出兒子，要把她家的么兒過繼給我呢。我的娘家就是因為族中親戚都想過繼兒子給我母親，這才躲到了臨安來，沒想到這樣的煩惱，我如今也要嘗味道。」

季六娘道：「怪不得表姑妳不喜錢十三娘呢，想必她家也打過主意吧。」錢夫人點頭，「她不足為慮，孤軍奮戰能有什麼結果，妳尋機會把二郎哄好就成。」

季六娘對哄男人很是有心得，不然也不會有壞名聲傳出來，當即帶著七分自得地點頭，又分了三分關心與錢夫人，「表姑，萬一程二嬸真的塞個兒子與妳，可怎生是好？」

錢夫人嘆氣，「這事情現在還不足為慮，我們老爺也不願弄個侄子來分家產，只是我比他足足差了十來歲呢，一多半是他走在前頭，待到他歸西，誰曉得族長會不會強塞個侄子給我。」

季六娘安慰她道：「表姑手裡有錢，怕什麼，大不了到時帶著陪嫁改嫁，寡婦改嫁可是義舉呢！」

錢夫人自己能講「歸西」二字，卻不願意聽到旁人提「寡婦」，面色沉了一沉，道：「妳曉得什麼，程二嬸日日上門來擾，害我何事都做不成，偏她又是至親，罵也罵不得，趕也趕不得。」說罷就催季六娘趕緊回錢府過年，莫要年節也賴在未來的婆家，若在臨安也把名聲壞掉，將來如何坐那正房的位置。

就同錢夫人不願聽「寡婦」，季六娘也不願聽「壞名聲」，無奈錢夫人還是為她打算的，就只得露出笑臉謝過，回房收拾包袱，坐轎子去錢家。

下午時分，程慕天提前收工，回家喝人口粥，一進院子就瞧見天井裡那株五顏六色的大松樹，他近前仔細看了看，只見上頭纏了彩帛，撒了彩紙，還用細棉繩掛著好些娃娃玩的玩意兒。

他從小圓手裡接過午哥，取了個小鈴鐺搖給他聽，笑道：「這樹不錯，孩子瞧著必是喜歡的。」

小圓吩咐下人們往松樹上再掛些吃食，亦笑道：「你到底見多識廣，我還以為你瞧見要大驚小怪呢！」

程慕天抱了兒子回房，道：「不過一株樹，掛了幾樣玩意，有什麼好奇怪？我還嫌妳掛太少，不夠咱們午哥玩呢！」

小圓心思活動起來，同他商量：「過完年，咱們不如請個巧匠來家，多做些好玩意給午哥，如何？」

程慕天大讚：「這才像個做娘親的，等來年正月一過完咱們就請。」

小圓心中的小算盤又撥開，取了紙筆塗塗畫畫，一心想要在來年，給自家陪嫁再添個鋪子。

（未完待續）

漾小說 44

南宋生活顧問 上

國家圖書館出版品預行編目資料

南宋生活顧問 / 阿昧著. -- 初版. -- 臺北市：
麥田, 城邦文化出版 : 家庭傳媒城邦分公司發行,
2012.07
冊； 公分. --（漾小說 ; 44）
ISBN 978-986-173-787-4（上冊：平裝）. --

857.7 101009634

作者	阿昧
繪圖	游素蘭
責任編輯	施雅棠
副總編輯	林秀梅
編輯總監	劉麗真
總經理	陳逸瑛
發行人	凃玉雲
出版	麥田出版 城邦文化事業股份有限公司 104台北市中山區民生東路二段141號5樓 電話：（886）2-25007696　傳真：（886）2-25001966
發行	英屬蓋曼群島商家庭傳媒股份有限公司城邦分公司 104台北市中山區民生東路二段141號2樓 客服服務專線：（886）2-25007718；25007719 24小時傳真專線：（886）2-25001990；25001991 服務時間：週一至週五上午09:00~12:00；下午13:00~17:00 劃撥帳號：19863813；戶名：書虫股份有限公司 讀者服務信箱：service@readingclub.com.tw
麥田部落格	http://blog.pixnet.net/ryefield
香港發行所	城邦（香港）出版集團有限公司 香港灣仔駱克道193號東超商業中心1樓 電話：852-25086231　傳真：852-25789337 E-mail：hkcite@biznetvigator.com
馬新發行所	城邦（馬新）出版集團【Cite (M) Sdn Bhd】 41, Jalan Radin Anum, Bandar Baru Sri Petaling, 57000 Kuala Lumpur, Malaysia. 電話：(603) 90578822 傳真：(603) 90576622 Email：cite@cite.com.my
美術設計	洸譜創意設計股份有限公司
印刷	鴻霖印刷傳媒股份有限公司
初版一刷	2012年07月12日
定價	250元
ISBN	978-986-173-787-4